Lena Avanzini

Nie wieder sollst du lügen

Carla Bukowskis erster Fall

Lena Avanzini

Nie wieder sollst du lügen

Für Eva, das Leben und seine Kellerjochantworten

HAYMON taschenbuch 212

Haftungsausschluss: Dieser Kriminalroman spielt zwar an real existierenden Orten, ist aber natürlich rein fiktiv – alle erwähnten Personen entstammen ausschließlich der Fantasie der Autorin.

MIX
Papier aus verantwortungsvollen Quellen
FSC® C083411
www.fsc.org

Auflage:
4 3
2019 2018 2017 2016

HAYMON tb **212**

Originalausgabe

www.haymonverlag.at

ISBN 978-3-7099-7848-1

Umschlag- und Buchgestaltung nach Entwürfen von hœretzeder grafische gestaltung, Scheffau/Tirol
Umschlag: Eisele Grafik · Design, München, unter Verwendung eines Bildelements von www.bigstock.com/digitalista
Satz: Da-TeX Gerd Blumenstein, Leipzig
Autorenfoto: privat

Gedruckt auf umweltfreundlichem, chlor- und säurefrei gebleichtem Papier.

Dying is a wild night and a new road.
Emily Dickinson

1
4. August

Ihre Fußsohlen brennen. Sie schwitzt. Sie versucht, in den stechenden Schmerz hineinzuatmen, der ihr wie ein Messer zwischen die Rippen gefahren ist, weil sie schon viel zu lange viel zu schnell rennt. Carla Bukowski ist am Ende, sie kann nicht mehr, aber in ihrem Nacken sitzt die Angst, eine bucklige Alte, die mit ihren fetten Schenkeln Bukowskis Hüfte umklammert und die Fingernägel wie Widerhaken in ihre Schultern bohrt. Die Schenkel der Alten sind stärker als Schmerz und Erschöpfung zusammen, sie treiben Bukowski an, holen die letzten Reserven aus ihr heraus.

Bukowski rennt noch schneller. Sie keucht. Sie streckt die Arme vor, als könnte sie ihn im nächsten Moment erreichen; als müsste sie nur zupacken und ihn von dort zurückreißen. Vom Abgrund.

Aber sie ist zu weit weg. Noch fünfzig Meter bis zur Klippe, die wie die Nase eines versteinerten Monstrums in den Nachthimmel ragt. Milchiges Mondlicht lässt den verkrüppelten Baum, der auf der äußersten Nasenspitze wächst, einen Schatten werfen. Vor dem Schattenschwarz hebt sich schemenhaft die Gestalt eines Jungen ab.

Wie klein er ist, denkt Bukowski. Viel zu klein für sein Alter. Samuel!, will sie schreien, aber sie bekommt nicht genügend Luft und formt den Namen tonlos mit den Lippen, während sie weiter den steilen Pfad hinaufkeucht.

Sie sieht, wie er den Oberkörper vorbeugt und in die Tiefe starrt, wie sein rechter Fuß vorkriecht, sich einem tastenden Fühler gleich ins Nichts streckt. Mit Schaudern sieht sie es, ahnt, dass sie zu spät kommen wird, so schnell sie auch laufen mag, und hört die bucklige Alte in ihrem Genick hysterisch auflachen.

„Samuel!" Als heiseres Krächzen schlüpft das Wort über ihre Lippen, und obwohl er es eigentlich nicht gehört haben kann, dreht er sich um.

Weiß wie frisch gefallener Schnee schimmert sein Gesicht. Je näher Bukowski kommt, umso mehr Details kann sie erkennen. Das T-Shirt mit dem skateboardfahrenden Bart Simpson – noch dreißig Meter, das Haarbüschel unter der feuerwehrroten Schildkappe – noch zwanzig, das spitze Kinn, das Samuel ebenso von ihr geerbt hat wie das undefinierbare Graugrün der Augen – noch fünfzehn.

Zwölf Meter, aber die Farbe von Samuels Augen ist nicht graugrün, sondern angstschwarz.

Zehn, Löcher sind an die Stelle der Augen getreten, von Panik bewohnte Löcher. Sie sind auf Bukowski gerichtet, nein, sie starren durch Bukowski hindurch, starren auf einen Punkt hinter ihr.

Neun, und Samuel hebt den Arm, streckt ihn in Richtung dieses Punktes, in dem sich seine Angst manifestiert hat. Die Angst, der er Einhalt gebieten will.

Bukowski bleibt abrupt stehen, als hätte die bucklige Alte an unsichtbaren Zügeln gezerrt. Sie dreht den Kopf, späht hinter sich, um zu erkennen, wovor Samuel sich fürchtet. Aber da ist nichts. Keine Menschenseele, kein Tier, nur der steinige Pfad, der sich in Serpentinen abwärts windet und vom nebelverhangenen Wald geschluckt wird. Einen Herzschlag lang meint sie, einen Schatten auszumachen, der sich aus dem Nebelwald schält, aber sie hat sich getäuscht. Kein Schatten, keine Bedrohung. Nichts.

Rasch wendet sie sich wieder dem Jungen zu, der Klippe, den letzten Metern, die sie im Sprint zurücklegt.

Bleib stehen, schreit es aus jeder ihrer Poren, ich bin gleich da, beweg dich nicht, alles wird gut.

Sechs, und in den schwarzen Löchern explodiert die Angst.

Fünf, Samuel öffnet kurz den Mund, als wolle er Bukowski eine stumme Warnung zurufen.

Vier, seine Hand löst sich vom Baumstamm.

Drei, er wendet sich dem Abgrund zu.

„Nein!“

Anderthalb Meter, eine Kinderbettlänge, und Samuel tritt mit einem einzigen Schritt hinaus und verschwindet im Nichts, während Bukowskis Finger vorschnellen, zupacken und sich um dünne Luft schließen.

Sie erwachte von ihrem eigenen Schrei. Ihr Herz raste, als wäre sie tatsächlich gerannt, dabei war sie an ihrem Schreibtisch eingeschlafen, mitten im Tippen eines Berichts über eine Schlägerei mit Todesfolge in Ottakring. Sie öffnete die oberste Schublade, kramte nach einem Taschentuch und wischte sich damit den Schweiß von der Stirn. Kopfschüttelnd starrte sie auf den Bildschirm. Sie war beunruhigt. Nicht wegen der geschätzten siebzig U, die sich auf der letzten Seite des Berichts tummelten und ein Ergebnis ihres Headcrashs auf die PC-Tastatur waren, sondern wegen des Albtraums, den sie schon so lange nicht mehr geträumt hatte. Über drei Monate nicht. Sie hatte gehofft, ihn für immer los zu sein. Und jetzt suchte er sie ausgerechnet tagsüber heim. Im Dienst.

Wie sie diesen Traum hasste! Obwohl ihr bewusst war, dass sie träumte, konnte sie nicht ausbrechen oder seinen Verlauf ändern. Er spulte sich jedes Mal gleich ab. Sie rannte, Samuel sprang, sie erwachte schreiend.

Und noch Stunden danach zitterten ihre Finger und in ihrem Kopf breitete sich Hoffnungslosigkeit aus, eiskalt, dunkelgrau, zähflüssig.

Wie oft hatte sie schon über die Bedeutung des Traums nachgedacht, über die verschlüsselte Botschaft, die ihr Unterbewusstsein ihr zukommen lassen wollte. Denn wozu sonst sollte ein immer gleicher Albtraum gut sein, wenn nicht zum Übermitteln einer Botschaft?

Sie löschte die siebzig U und wischte den letzten Gedanken weg. Tief im Innersten wusste sie natürlich, dass Träume sinnlos waren. Unfug. Eine Fehlfunktion des menschlichen Gehirns, während es sich im Schlafmodus befand. Das Gedöns von verschlüsselten Botschaften war nur Geschwätz von halbseidenen Psychologen, die nach Bukowskis Einschätzung in dieselbe Schublade gehörten wie Wahrsager und Tischrücker.

Wie hatte ihre Großmutter immer gesagt, wenn die kleine Carla mitten in der Nacht weinend aufgewacht war und nicht mehr einschlafen konnte?

„Träume sind Schäume."

Genau, dachte Bukowski und fühlte einen Stich, wenn sie sich das Lederapfelgesicht unter den bläulichen Omalöckchen vorstellte, das jetzt im Pflegeheim vor sich hin schrumpelte; das sie schon so lang nicht mehr gesehen hatte, weil sich das Pflegeheim in Tirol befand und zwischen ihrem Wiener Schreibtisch und ihrer alten Heimat nicht nur 480 Kilometer lagen, sondern eine unüberwindliche Barriere, mit Stacheldraht umwickelt.

Bukowski schob das Lederapfelgesicht in die Schublade zurück, in die es gehörte. Nur der Traum ließ sich nicht wegschieben. Sie griff zu ihrer Tasse und stürzte den kalten Kaffeerest hinunter. Fast sofort antwortete ihr Magen mit einem Brennen. Dabei hatte sie heute erst sechs Tassen getrunken. Oder waren es sieben? Vielleicht sollte sie in Zukunft besser auf ihre Ernährung achten? Mehr Obst, mehr Gemüse und regelmäßige Mahlzeiten statt Würstelstand am späten Abend.

Einen Versuch wäre es wert, dachte sie und wusste zugleich, dass der zum Scheitern verurteilt war. Kategorien wie „gesund" und „regelmäßig" ließen sich nicht mit ihrer Wesensart vereinbaren. So sah es nun einmal aus.

Besser, sie nahm sich vor, nicht mehr im Büro einzuschlafen. Kein Schlaf, kein Traum, so einfach war das.

Zum Glück hatte Manni, mit dem sie sich das Büro teilte, nichts von ihrem Lapsus mitbekommen, weil er zum Zahnarzt gegangen war.

Bukowski tippte den Bericht fertig und druckte ihn aus. Ihr Herz schlug noch immer wie nach einem Sprint mit Gewichtsweste. Und als sie die Blätter aus dem Drucker zog, zitterten ihre Finger so sehr, dass sie sich eine Pause verordnete.

Sie sperrte sich in der hintersten WC-Kabine ein, öffnete das Fenster und rauchte. Schon der ersten Zigarette gelang es, den Puls zu normalisieren und das innere Frösteln, das der Traum heraufbeschworen hatte, auszuräuchern. Nach der zweiten beschloss Bukowski, dass es ihr wieder gut ging. Nur das Gesicht, das sie aus dem Spiegel über dem Waschbecken anstarrte, belehrte sie eines Besseren: Es war weiß wie Schnee, in dem sogar die Sommersprossen versanken. Die Augenringe stachen dunkel hervor, die Wangenknochen warfen Schatten und die Fältchen um Mund-

und Augenwinkel erinnerten an die Sprünge in der Glasur ihrer Lieblingstasse.

Einundvierzig und ein Wrack, dachte sie und sagte laut zu ihrem Spiegelbild: „Kein Grund zum Jammern, du Auslaufmodell."

Als sie ins Büro zurückkehrte, wippte Manni auf seinem ergonomischen Hocker vor und zurück und beendete ein Telefonat mit dem vielsagenden Satz: „Sind schon unterwegs!" Er nuschelte ein bisschen, was vermutlich mit seinen asymmetrisch geschwollenen Lippen zu tun hatte. Der Zahnarzt hatte also gebohrt.

„Wohin?", fragte Bukowski und schnappte sich ihre Jacke. Frische Luft und ein neuer Fall würden sie hoffentlich auf andere Gedanken bringen.

„Hernals, Höhenstraße, meine schöne Jadis", flötete Manni. „Ein Autounfall. Drei Tote, eine Schwerstverletzte." Die Akne auf seinen Wangen erblühte rot, als freue er sich nach der Zahnbehandlung über jede Abwechslung, und sei sie noch so blutig.

„Und was geht uns das an?"

„Unsere uniformierten Kollegen vermuten, dass es sich um erweiterten Selbstmord handelt."

„Dann lass uns fahren", sagte Bukowski. Sie versuchte, lässig zu klingen, obwohl der Begriff „erweiterter Selbstmord" eine Alarmglocke in ihrem Inneren angeschlagen hatte. Ihre Finger zitterten wieder und sie musste schlucken, um den galligen Geschmack loszuwerden, der immer mit bösen Ahnungen verbunden war.

Als sie wenig später vor dem rotweiß gestreiften Absperrband parkten, kam ihnen Czerny entgegen, ein altgedienter, mit allen Wassern gewaschener Polizeiinspektor, der sich selbst stets als Kiwara bezeichnete. Er führte sie zum Wrack eines halb ausgebrannten Golf. Der Wagen hatte – von oben kommend – die Kurve nicht gekriegt und war zuerst mit einem Betonpoller kollidiert, der dabei in mehrere Teile zerbrochen war und vermutlich den Unterboden des Fahrzeugs aufgerissen hatte. Dann hatte der Golf das kurze Stück Leitplanke weggefegt, war in eine Baumgruppe gekracht und in Flammen aufgegangen.

„Keine Bremsspur", sagte Czerny. „Der hat nur das Steuer herumgerissen. Wenn er es geplant hat, hätte er sich keine bessere Stelle aussuchen können."

„Aha", sagte Bukowski und trat näher.

Es war der Geruch, der sie warnte und die Alarmglocke in ihrem Kopf schriller klingen ließ. Es roch nach verbranntem Menschenfleisch – eine Duftnote, die sie seit sieben Jahren zu vergessen versuchte. Trotz der sommerlichen Nachmittagshitze war ihr, als hätte man sie in Eiswasser getaucht. Die Härchen an ihren Armen sträubten sich und ihr rechtes Lid begann zu zucken.

Auf den Anblick war sie nicht vorbereitet, Ahnungen und Alarmglocken hin oder her. Als das Bild der verkohlten Kinderleiche im zusammengeschmolzenen Kindersitz in ihrem Gehirn ankam, taumelte sie, als hätte ihr jemand einen Faustschlag in den Magen verpasst. Ohne Vorwarnung, quasi aus dem Hinterhalt heraus.

Alles wurde rot.

Bukowski sah Feuer, zuckende Flammen, dichten Rauch. Sie blinzelte, aber die Brandbilder verschwanden nicht, sie verbanden sich zu einem Film, der gnadenlos vor ihren geschlossenen Augen ablief.

Ihr Magen zog sich zusammen. Sie krümmte sich und übergab sich auf Czernys Schuhe.

Was danach passierte, konnte sie sich später nur bruchstückhaft aus verschiedenen Zeugenaussagen zusammenreimen. Es war, als befände sich Carla Bukowski plötzlich allein in einem geschlossenen System, in dem es keine Möglichkeiten gab, mit Außenstehenden zu kommunizieren. Sie war die Heldin eines Computerspiels, die aufgrund strategischer Misserfolge in einen niedrigeren Level katapultiert worden war. Sie fühlte nichts. Ihre Sinne funktionierten nicht. Sie bemerkte weder Mannis erschrockene Blicke noch hörte sie Czernys besorgte Fragen. Die Fernbedienung, mit deren Hilfe sie normalerweise den Alltag meisterte, war ihr entglitten, und eine Frau, die ihr aufs Haar glich und doch eine völlig fremde war, hob sie auf. Die rätselhafte Doppelgängerin drückte auf einige Knöpfe und Bukowski, zur willenlosen Marionette degradiert, stolperte zum Dienstwagen, startete und fuhr los.

Manni versuchte sie aufzuhalten.

Sie sah ihn nicht. Mit quietschenden Reifen raste sie auf ihn zu. Nur ein Sprung zur Seite konnte ihn davor bewahren, überrollt zu werden.

Bukowski bekam es nicht mit. Auch die Flüche, die er ihr hinterherbrüllte und die so gar nicht zum charmanten Revierinspektor Manfred Pribil passten, entgingen ihr.

Später sollte sie sich nicht mehr an den Vorfall erinnern. Von ihrer gesamten Amokfahrt durch Hernals, Döbling, die Brigittenau, Leopoldstadt und Simmering, bei der sie fünf oder sechs rote Ampeln überfuhr, drei parkende Autos schrammte, einen Zaun und ein abgestelltes Moped verschrottete und nur um ein Haar niemanden verletzte, blieb kein Eintrag in ihrem Gedächtnis zurück.

Ihre Erinnerung setzte in dem Moment ein, als ihr ein älterer Herr mit Walrossschnauzer seine Hand auf die Schulter legte und sie wie aus einem Fieber erwachte. Zu diesem Zeitpunkt dämmerte es bereits, ein Gewitter mit sintflutartigem Regen und vereinzelten Blitzen ging über Simmering nieder. Sie war nass bis auf die Haut. Mit klappernden Zähnen stand sie vor einem schmiedeeisernen Grabkreuz mit der Inschrift: *Hier ruht Wilhelm Töhn. Ertrunken durch fremde Hand am 1. Juni 1904 im 11. Lebensjahr.* Die Inschriften der Nachbargräber bestanden dagegen nur aus einem einzigen Wort: *Unbekannt.*

Das Walross entpuppte sich als ehrenamtlicher Friedhofswärter. Er behandelte Bukowski wie ein rohes Ei, führte sie ins nahe Gasthaus, organisierte trockene Kleidung und bestellte einen Fiaker – üblicherweise ein gezuckerter Mokka mit einem Schuss Kirschwasser, in diesem Fall ein dreifacher Slibowitz mit einem Fingerhut voll Kaffee.

Die Stimme des Walrosses klang väterlich. Er wollte wissen, was eine Frau wie Bukowski bei so einem Wetter und kurz vor Einbruch der Dunkelheit ausgerechnet an diesem Ort suche. Vielleicht das Grab eines Angehörigen? Aber hier, im Friedhof der Namenlosen, in dem früher die von der Donau angeschwemmten Leichen von Selbstmördern und Ertrunkenen beigesetzt worden waren, deren Identität man nur in den seltensten Fällen kannte, sei seit 1940 niemand mehr begraben worden. Der Friedhof werde als stillgelegt geführt. Niemand kümmere sich um die Gräber, nur er, in seiner Freizeit, der letzte aus einer ehemaligen Familie von Totengräbern.

Bukowski nickte und schwieg. Es wäre ihr vermessen vorgekommen, den freundlichen Herrn zu korrigieren. Er konnte ja nicht ahnen, dass sein Friedhof die Asche von zwei weiteren Toten beherbergte. Asche, die sie selbst vor sieben Jahren über dem Grab des Wilhelm Töhn ausgestreut hatte. Dort, wo jetzt die Schwertlilien so üppig wucherten.

„Als mein Sohn klein war, hat er diesen Platz geliebt“, sagte sie nur und zwang ihre Lippen zu einem Lächeln.

Der ehrenamtliche Friedhofswärter strich über seinen Walrossbart. Er gab sich mit der Antwort zufrieden und lächelte zurück.

2
7. August

Nowak starrte auf den Bildschirm. Ameisen, nichts als Straßen verschwommener Ameisen. Es ärgerte ihn, dass er es wieder nicht geschafft hatte, eine neue Lesebrille zu besorgen. Er rückte an seiner alten, schob den Laptop eine Handbreit von sich weg und kniff die Augen zusammen. Endlich verwandelte sich die Insektenschar in scharfe Buchstaben. Während er Mannis Bericht über den Unfall in der Höhenstraße überflog, rieb sein Zeigefinger über den Rand des Kaffeebechers, als könnte er ihn zum Klingen bringen.

Drei Tote, eine Schwerverletzte; so schwer verletzt, dass die Opferbilanz vermutlich bald auf vier erhöht werden musste. Die Kriminaltechniker hatten keinerlei Mängel oder Manipulationen am Fahrzeug feststellen können. Der Autolenker, ein gewisser Fritz Hirmer, Besitzer einer alteingesessenen Antiquitätenhandlung in der Hernalser Hauptstraße, wohnhaft im Eigenheimweg der Siedlung Hügelwiese in Neuwaldegg, keine dreihundert Meter vom Unfallort entfernt, war zum Zeitpunkt des Crashs weder alkoholisiert gewesen noch unter dem Einfluss von Drogen gestanden. Der gerichtsmedizinische Schlussbericht bescheinigte ihm vollkommene Gesundheit – bis er mit 64 km/h ungebremst gegen einen Betonpoller und schließlich in eine Gruppe von Bäumen gekracht war und in Folge mehrfache Rippenbrüche mit Lungenanspießung und einen Aortenriss davongetragen hatte. Zum Glück verblutete er, bevor der Wagen in Flammen aufging.

Bei seiner Frau Lisa ging es noch schneller. Aufgrund einer falsch eingestellten Kopfstütze erlitt sie einen Genickbruch. Schnipp und aus, Ende, keine Schmerzen, kein Kampf, vermutlich nicht einmal Todesangst.

Die beiden Kinder hatten es weniger gut getroffen: Die achtjährige Emilia war nicht angeschnallt gewesen. Bereits bei der Kollision des Wagens mit dem Betonpoller flog sie durch die Windschutzscheibe, wurde über die Böschung geschleudert und landete in einem Dickicht aus Brombeerbüschen und Haselnussstauden. Dadurch entging sie zwar dem Feuer, erlitt aber eine Schädelfraktur – neben unzähligen Schnitt-, Schürf- und Rissquetschwunden, mehreren Wirbelbrüchen, einem Trümmerbruch des linken Oberschenkels und zahlreichen kleineren Knochenbrüchen. Noch kämpfte sie in der Intensivstation einen wenig aussichtsreichen Kampf um ihr Leben, wenigstens bekam sie vom Ausmaß der Tragödie nichts mit, weil die Ärzte sie in künstlichen Tiefschlaf versetzt hatten.

Der Einzige, der den Aufprall mit heilen Knochen überstanden hatte, war Emilias kleiner Bruder. Jonas war noch am Leben gewesen, als seine Kleidung Feuer gefangen hatte, das folgerten die Gerichtsmediziner aus den Rußablagerungen in den Atemwegen und aus der im Blut befindlichen Menge an Kohlenmonoxid-Hämoglobin. Ob der Sechsjährige bei Bewusstsein gewesen war, konnte die Obduktion nicht klären.

Zum Glück nicht, dachte Nowak. Bestimmte Details nicht zu kennen, war manchmal eine Gnade. Das Wissen, dass es sich beim Verbrennen um die schmerzhafteste aller Todesarten handelte und dass Niki, der jüngste Sohn von Nowaks Schwester und sein Patenkind, nur um ein halbes Jahr älter war als Jonas, reichte ihm vollkommen.

Er scrollte weiter zum letzten Absatz, zur Beurteilung des Unfallgeschehens durch Revierinspektor Manfred Pribil. Die gestelzten Formulierungen entlockten ihm ein Grinsen. An seinem Stil musste der gute Manni noch feilen, aber in der Sache hatte er zweifellos recht: Nach Pribils Einschätzung handelte es sich nicht um einen Unfall, sondern um erweiterten Suizid durch den Lenker Fritz Hirmer, der in der Höhenstraße und in unmittelbarer Nähe seines Wohnsitzes mit 64 km/h – und damit immerhin um 34 km/h zu schnell – das Lenkrad verrissen hatte, als hätte er sich extra die Stelle mit den vielversprechendsten Hindernissen ausgesucht. Pribil untermauerte seine These mit den hohen Schulden Hirmers und der Flaute, in der der Antiquitätenhandel im Allgemeinen und Hirmers Geschäft im Besonderen steckte. Gemäß einer Aussage von Hirmers Schwiegervater hatte es zuletzt auch in der Ehe heftig gekriselt.

Klarer Fall, dachte Nowak, auch wenn ein Abschiedsbrief fehlt und wir es nicht beweisen können. Er überlegte, der wievielte erweiterte Suizid das in diesem Jahr war, allein in Wien. Erst vor wenigen Wochen hatte ein Mann die Mutter seiner Kinder und sich selbst erschossen, auf offener Straße, am helllichten Tag, mitten in Favoriten. Und obwohl Nowak sich für einen abgebrühten Kriminalbeamten hielt, den nach dreißig Dienstjahren eigentlich nichts mehr aus der Fassung bringen konnte, beunruhigte ihn die Vorstellung, dass immer mehr Menschen diese Art des Ausstiegs aus ihrem verkorksten Leben wählten. Selbstmord schön und gut. Aber warum genügte es ihnen nicht, ihr eigenes Lebenslicht auszublasen? Warum mussten sie andere mitnehmen, Menschen, die sie angeblich liebten oder zumindest einmal geliebt hatten, Verwandte, Lebensgefährten, Kinder? Aus Angst, „drüben" – wie auch immer man sich das vorstellen musste – allein zu sein? Oder weil sie ihren Angehörigen nicht zutrauten, ohne sie zurecht zu kommen?

Vermutlich liegt es eher daran, dass die meisten Leute das Lieben mit dem Besitzen verwechseln, dachte er. Bevor er sein Gewissen erforschen konnte, ob auch er zu dieser Spezies Mensch zählte, klopfte es.

Er musste nicht hinsehen, um zu wissen, wer den Raum betrat, mit federnden Schritten, leichtfüßig und lautlos wie eine Indianerin auf dem Kriegspfad.

„Setz dich", knurrte er und nahm die Lesebrille ab. Natürlich war Knurren kindisch. Aber etwas Besseres fiel ihm nicht ein, um sich gegen sie zu wappnen; gegen die einzige Untergebene – er erschrak ein bisschen und ersetzte das Wort „Untergebene" in seinem Kopf durch „Kollegin" –, die ihm je Paroli geboten hatte; die einzige Frau, deren bloße Anwesenheit ihm immer noch an die Nieren ging, obwohl er längst nicht mehr mit ihr ...; kurz, die ihm zusetzte; mehr, als er sich eingestehen wollte.

Ohne sie zu beachten, starrte er weiterhin auf den Bildschirm, auch wenn es dort nichts Neues mehr zu lesen gab und die Buchstaben sich wieder in Ameisen zurückverwandelt hatten. Aus dem Augenwinkel registrierte er, wie sie den Stuhl zu sich zog und Platz nahm. Er rief sich noch einmal ins Bewusstsein, was er längst beschlossen hatte, und nahm sich vor, nicht nachzugeben. Keinen Millimeter. Dann atmete er tief durch und wandte sich ihr zu.

Bei ihrem Anblick erschrak er. Nicht, dass er rosige Wangen erwartet hätte. Oder blühende Lippen. Aber das Ausmaß ihrer Blässe, die Breite der dunklen Ringe unter den Augen und der strähnige Zustand ihrer Haare versetzten ihm einen Stich.

„Du wolltest mich sprechen?" Ihre Stimme klang, als würde rostiges Eisen mit einer Feile bearbeitet.

Alte Erinnerungen stiegen in ihm auf, Bilder von früher, von ihrem ersten Dienstjahr an der Außenstelle West, als immer etwas Sprühendes in ihrem Blick gelegen hatte. Wie sehr hatten ihn diese Augen fasziniert, obwohl sie zu groß und zu hell waren, um als schön zu gelten.

Heute hockten sie tief in ihren Höhlen, als gehörten sie einer Greisin, und es gab nur Müdigkeit in ihnen.

„Du siehst scheiße aus."

„Dein Charme ist überwältigend, wie immer."

Wenigstens ihre Schlagfertigkeit hatte sie nicht eingebüßt, aber die Antwort klang lahm.

„Im Ernst, Carla. Wann hast du das letzte Mal etwas gegessen? Oder geschlafen?"

„Ich war krank." Kantig wie Vorwürfe stachen Kinn und Wangenknochen aus ihrem schmalen Gesicht heraus. Das Gesicht einer Spitzmaus auf einem Schwanenhals.

„Und welcher Arzt hat dich gesundgeschrieben?" Nach allem, was passiert war, hatte Nowak mit einem mehrwöchigen Krankenstand gerechnet.

„Meine Hausärztin. Wieso?"

„Hast du sie mit deiner Dienstwaffe bedroht?"

„Deine Witze haben auch schon bessere Zeiten erlebt." Nicht der Hauch eines Lächelns verzog ihre Mundwinkel. Stattdessen musterte sie ihn eindringlich und ein bisschen herablassend.

Er fühlte sich wie ein seltener Käfer unter der Lupe einer Insektenforscherin. Fühlte ihren Blick über sein Doppelkinn gleiten, das er sich in den letzten Jahren angefressen hatte, über die teigigen Wangen und die Tränensäcke, die das Ergebnis regelmäßigen Rotweinkonsums waren. Die Folge ihrer Inspektion war ein Schweißtropfen, der im Zenit seiner Glatze entsprang, der Schwerkraft folgte und sich seinen Weg über die Stirn bahnte. Wütend wischte er ihn weg.

„Alles in Ordnung. Mir geht's gut", sagte sie endlich und schnippte eine Haarsträhne aus der Stirn.

„Was am Montag passiert ist ..."

„Wird nicht wieder vorkommen."

Nowak schüttelte den Kopf. „Hör mir zu, Carla. Ich ... wir alle haben Verständnis. Aber du darfst das nicht auf die leichte Schulter nehmen. Du brauchst Hilfe. Professionelle Hilfe. Mit einer posttraumatischen Belastungsstörung kann man nicht allein fertig werden." Er wusste nicht mehr genau, wie viele Jahre seit dem tragischen Ereignis vergangen waren, dachte aber, dass es mehr als fünf sein mussten. Jedenfalls hatte er geglaubt, dass sie die Geschichte verarbeitet hatte. Vielleicht nicht endgültig verarbeitet, das war vermutlich gar nicht möglich. Aber dass sie gut damit umgehen konnte, belastbar war und im Alltag funktionierte. Was für ein Irrtum! Offensichtlich hatte sie ihm die ganze Zeit etwas vorgespielt.

„Posttraumatische Belastungsstörung also." Sie lachte auf. „Danke für die Diagnose, Herr Doktor. Hast du Tante Wikipedia bemüht?" Für einen Sekundenbruchteil zerriss der müde Schleier und ein bissiges Grün blitzte in ihren Augen auf. „Das mit der Couch und dem Seelenklempner habe ich schon hinter mir. Wenn du denkst, dass ich mir das noch einmal antue, hast du dich geschnitten."

Er ignorierte ihren Tonfall, der einem Vorgesetzten gegenüber unpassend war. Auch wenn man mit diesem Vorgesetzten gevögelt hatte. Vor einer halben Ewigkeit. „Kein Klempner." Aus seiner Brusttasche zog er eine Visitenkarte und gab sie ihr.

„Clarissa Leinweber, diplomierte Psychotherapeutin – Existenzanalyse und Logotherapie nach Viktor Frankl – Systemische Familientherapie – Termine nach Vereinbarung." Sie las mit gerunzelter Stirn, dann riss sie das Papier in winzige Stücke. „Mir ging es am Montag nicht gut. Ich war krank und der Anblick des verbrannten Jungen – er war in Samuels Alter!"

„Deshalb sag ich ja ..."

„Es war eine Ausnahme. Wird nie wieder passieren. Es ist sieben Jahre her und ich bin damit fertig."

Ratlos starrte er auf die Papierschnipsel. Sieben Jahre also. Wie die Zeit verging! „Du meinst, du hast es jahrelang verdrängt und in Arbeit erstickt."

„Eine Therapie hilft nur Menschen, die dafür empfänglich sind. Ich halte aber nichts von Familienaufstellungen und ähnlichem Hokuspokus."

„Wie du meinst. Aber ich bestehe darauf, dass du Urlaub nimmst." Zufrieden stellte er fest, dass seine Stimme entschlossen klang. Souverän. „Ab sofort."

„Urlaub? Wozu? Zu Hause fällt mir bloß die Decke auf den Kopf."

„Dann fahr weg. Aufs Land. Auf eine Insel. Irgendwohin, wo du zur Ruhe kommen und dich entspannen kannst."

„Ich entspanne mich am besten, wenn ich arbeite. Ich *kann* arbeiten. Ich *will* arbeiten. Bitte, Hanno!"

Ein „Bitte" aus ihrem Mund in Verbindung mit seinem Vornamen war nicht nur eine Seltenheit, es bewies, dass sie ihre Felle davonschwimmen sah. Trotzdem war er auf der Hut. Er stand auf, schlenderte zum Fenster und schaute hinaus. Beobachtete eine gehbehinderte Frau, die, ohne auf den Verkehr zu achten, die Ottakringer Straße überquerte, in aller Seelenruhe. Nicht einmal durch das wütende Bimmeln der Straßenbahn ließ sie sich aus dem Takt bringen. Er schwieg lange. Beschloss, erst recht mit harten Bandagen zu kämpfen, wenn Carla mit einem „Bitte" auffuhr. Nein, diesmal würde er nicht nachgeben, um keinen Preis. Ein Gefühl edler Entschlossenheit breitete sich in seinem Inneren aus und vertrieb die letzten Reste des Alt-und-schwammig-Feelings.

Er vollführte eine halbe Drehung und sah ihr in die Augen. „Nach allem, was du dir am Montag geleistet hast, kann ich nicht einfach zur Tagesordnung übergehen." Obwohl es ihm leichtfiel, die richtige Mischung aus väterlicher Strenge und geschäftsmäßiger Distanz in seine Stimme zu legen, spürte er ein leichtes Ziehen hinter den Schläfen wie einen Vorgeschmack auf kommende Kopfschmerzen. „Du warst vollkommen außer Kontrolle. Hast den Dienstwagen entwendet, hast um ein Haar Manni niedergefahren, hast gegen ein Dutzend Verkehrsregeln verstoßen, mehrere parkende Autos beschädigt, ein Moped und einen Zaun. ‚Amokfahrt einer Kripobeamtin', stand in der Zeitung. Der Dienstwagen ist Schrott. Bloß ein Wunder, dass niemand verletzt wurde."

„Das hätte nicht passieren dürfen. Es tut mir wirklich leid."

„Und was, wenn es wieder passiert? Beim nächsten Mal gibt es vielleicht Tote. Glaubst du, da hilft uns deine nachträgliche Entschuldigung?"

Es war so still im Büro, dass er sie atmen hörte.

Sie flüsterte: „Es wird nicht wieder ..."

„Ist dir überhaupt klar, dass ich alle Hebel in Bewegung setzen musste, um den Vorfall herunterzuspielen?"

„Danke dafür."

„Lass stecken. Im Gegenzug erwarte ich, dass du endlich deinen angesammelten Urlaub nimmst, wenn du dich schon nicht krankschreiben lässt. Drei Wochen Minimum! Und denk zumindest über eine Therapie nach. Ich kann nicht riskieren, dass du beim Anblick von verkohlten Leichen jedes Mal durch die Decke gehst."

„Ist angekommen. Darf ich mir aussuchen, wo ich die drei Wochen verbringe? Oder hast du schon in einer geschlossenen Anstalt gebucht?"

Ihr Zynismus bohrte sich wie ein Splitter unter seine Fingernägel. Doch als er die Müdigkeit in den grüngrauen Augen sah, schluckte er den aufkeimenden Zorn hinunter. „Warum fährst du nicht nach Tirol, zu deiner Familie?"

„Fantastische Idee! Urlaub mit Mami und Papi in den Bergen. Familienaufstellung in echt ..."

„Dann eben nicht!", brüllte er. Sekunden später ärgerte er sich darüber, dass ihn doch noch der Zorn übermannt hatte. „Jedenfalls will ich dich hier drei Wochen lang nicht sehen."

Eines musste man ihr lassen: Sie wusste, wann sie verloren hatte. Stumm und hoch erhobenen Hauptes segelte sie zur Tür hinaus wie ein zutiefst gekränkter Schwan. Halb im Korridor drehte sie sich noch einmal um, hob die Rechte und salutierte. „Zu Befehl, Herr Major!" Als die Tür ins Schloss fiel, klang es wie das Zusammenschlagen von Hacken.

Nowak schluckte den Affront hinunter. Er atmete auf, wischte sich mit dem Ärmel über die Stirn und wunderte sich, dass man seine Erleichterung nicht hören konnte. Diesmal hatte er ihr gezeigt, wo Barthel den Most holte. Aber die Freude darüber verflog rasch.

Zurück blieb ein schaler Nachgeschmack. Es war viel zu leicht gegangen. Sie hatte zu schnell nachgegeben. Was bedeutete, dass sie bereits resigniert hatte. Dass nicht das kleinste Quäntchen Kampfgeist mehr in ihr steckte. Und dass er sich jetzt erst recht Sorgen um sie machen musste.

3

Jana Pechtold erklärte die morgendliche Gassirunde für beendet, öffnete die Gartentür und ließ Tomlinson von der Leine. Der pubertäre Schnauzer-Beagle-Mischling raste mit flatternden Ohren zum Hasenstall und umkreiste ihn bellend. Er brauchte mehrere Runden, um einzusehen, dass er den Zwergkaninchen keinen Schreck mehr einjagen konnte. Sie knabberten gemächlich weiter an ihren Salatblättern und Karfiolstrünken und scherten sich nicht um den Kläffer. Woraufhin Tomlinson es sich anders überlegte und ein Insekt verfolgte. Er schnappte danach. Entweder hatte er ein stachelbewehrtes Exemplar oder eine kulinarische Niete erwischt, denn er schüttelte sich und rieb seine Schnauze ins Gras. Dann setzte er sich kerzengerade hin und stieß ein schauriges Heulen aus.

Jana lachte. Vielleicht hatte Paulina doch nicht so unrecht gehabt, ihn nach ihrem Lieblingssänger von *One Direction* zu benennen, weil der Hund wie Louis William Tomlinson über eine sonore Stimme verfügte.

Nachdem Jana zwei Rechnungen, einen Katalog für Kindermode und einen Briefumschlag aus dem Postfach gefischt hatte, ging sie ins Haus. Die Handyrechnung war wie erwartet niedrig ausgefallen, dafür schockierte sie der Betrag, den sie für das Feriencamp ihrer Töchter hinblättern musste. Der würde ein Riesenloch in ihre Finanzen reißen. Aber einen Ausweg gab es nicht, sie hatte es den beiden versprochen. Eine Woche Zirkusworkshop hatten Sophie und Paulina sich in seltener Einigkeit gewünscht und Jana war heilfroh, dass die Zwillinge etwas gemeinsam unternahmen, aus freien Stücken, und dass es mit Bewegung zu tun hatte. Paulina wollte unbedingt Jonglieren lernen, während Sophie sich mehr fürs Einradfahren interessierte.

Seufzend legte Jana die Rechnungen in den Ordner mit der Aufschrift „Banking" und öffnete den Briefumschlag. Zum Vorschein kam ein Zeitungsausschnitt mit einer Todesanzeige. Sonst enthielt der Umschlag nichts, keine handgeschriebene Botschaft, kein Kärtchen, keinen Absender. Merkwürdig.

Ein Ziehen im Unterbauch ließ sie zusammenzucken. Wie immer, wenn sich finanzielle Probleme in den Vordergrund drängten, blieb ihre Monatsblutung aus. Also ziemlich oft. Dann plagten sie tagelang krampfartige Bauchschmerzen. Sie ignorierte die Kontraktionen ihrer Gebärmutter und betrachtete die Todesanzeige genauer.

Zuerst fiel ihr Blick auf den Namen Hirmer, der ihr nichts sagte. Nein, sie kannte niemanden, der so hieß, und auch die Gesichter auf dem Foto weckten keine Erinnerung. Allerdings war es unscharf und sehr klein. Es zeigte einen lockigen Mann mit Brille, eine lächelnde Frau mit einem Baby im Arm und ein kleines Mädchen mit Zöpfen, das den Blick ernst – fast ein bisschen vorwurfsvoll – auf den Betrachter richtete. Darunter war ein Gedicht von Rilke abgedruckt.

Der Tod ist groß.
Wir sind die Seinen
lachenden Munds.
Wenn wir uns mitten im Leben meinen,
wagt er zu weinen
mitten in uns.

Jana las weiter.

Durch einen tragischen Verkehrsunfall müssen wir Abschied nehmen von unseren Lieben:

Fritz Hirmer, Antiquitätenhändler, 16. 8. 1976 – 4. 8. 2014

Lisa Hirmer, geborene Silberstein, Kunsthistorikerin, 15. 5. 1983 – 4. 8. 2014

Jonas Hirmer, 24. 2. 2008 – 4. 8. 2014

Es dauerte mehrere Sekunden, bis der Name Silberstein in Janas Bewusstsein sickerte. Lisa Silberstein.

Um Himmels willen. War das etwa *die* Lisa? Ihre Schulkollegin und Banknachbarin? Ihre allerbeste Freundin im Alter von sieben bis siebzehn?

Unmöglich. Oder?

Sie las die Namen noch einmal. Kontrollierte das Geburtsdatum.

Es *war* Lisa. Zweifel ausgeschlossen. Die Gebärmutterkrämpfe wurden heftiger. Jana presste eine Hand auf den Bauch.

Bilder flitzten durch ihr Hirn, Erinnerungsfetzen. Die blonde, fröhliche Lisa. Immer zu Späßen aufgelegt. Temperamentvoll. Klug. Beliebt. Wann hatte sie sie zum letzten Mal gesehen? Bei der Maturafeier? Nein, ein Jahr später, flüchtig, an der Uni. Schon damals hatten sie keinen Kontakt mehr gehabt. In der siebten Klasse war die Freundschaft zerbrochen. Besser gesagt, sie war langsam in sich zusammengefallen. Wie verunglückte Salzburger Nockerl. Oder wie die Hüpfburg, die die Silbersteins zur Geburtstagsparty von Lisas Bruder ausgeliehen und in die Lisa und sie ein Loch gebrannt hatten, mit dem Grillanzünder. Jana hatte weder gewusst, dass Lisa ihren Traum, Medizin zu studieren, für Kunstgeschichte aufgegeben, noch, dass sie ihre ungezähmte blonde Mähne gegen einen dunkel gefärbten Bob getauscht und einen Mann geheiratet hatte, der mit alten Bildern und Möbeln handelte. Und jetzt waren beide bei einem Unfall gestorben, zusammen mit ihrem sechsjährigen Sohn. Nur das Mädchen mit den Zöpfen war übrig geblieben. Was für ein Schicksal!

Jana fragte sich, was sie empfand. Trauer? Oder Mitleid? In Anbetracht ihrer langjährigen Freundschaft wäre wenigstens ein gewisses Maß an Betroffenheit angebracht gewesen. Aber so sehr sie in sich hineinhorchte, da war nichts. Außer einer erschreckenden Leere konnte sie keinerlei Emotionen aufbringen. Höchstens Verwunderung darüber, wer ihr die Todesanzeige geschickt hatte. Noch dazu nicht wie üblich als Parte, sondern als Zeitungsausschnitt. Lisas Eltern bestimmt nicht. Erstens entsprach das nicht dem Stil der Silbersteins. Zweitens waren sie mit ihren Eltern befreundet und hatten Jana, die missratene Tochter, entweder aus Überzeugung oder aus Solidarität zur „persona non grata" erklärt, wie Lisas Vater, der alte Lateinprofessor, sich ausdrücken würde.

Sie musterte den Briefumschlag. Die Adresse war mit Füllfeder geschrieben, in einer altmodischen, nach rechts geneigten Handschrift, die ihr nicht bekannt vorkam. Der Stempel auf der Briefmarke sagte: Neusiedl. Seltsam. So viel sie wusste, lebten Lisas Angehörige alle in Wien. Aber was wusste sie schon?

Sie zerbrach sich den Kopf, erkannte aber bald, dass das nichts brachte. Mit Grübeln konnte sie das Rätsel nicht lösen und Lisa würde davon auch nicht mehr lebendig werden. Außerdem hatte Jana genug zu tun, um ihr eigenes Leben auf die Reihe zu kriegen. Schließlich legte sie die Todesanzeige zum Katalog für Kindermode und stopfte beides in den Altpapiereimer. Aus den Augen, aus dem Sinn, hoffte sie.

Sie brühte grünen Tee auf, um ihren Kopf frei zu bekommen, und stellte sich vor die Magnettafel in der Küche, ihr wichtigstes Hilfsmittel zum Strukturieren des Alltags. Die gelben Notizzettel „Hasen füttern" und „Hundespaziergang" nahm sie ab, auch „Nudeln kochen für Nudelauflauf". All das hatte sie bereits erledigt. Wie jeden Tag zerknüllte sie die abgearbeiteten Zettel genüsslich und warf sie mit Schwung in den Papierkorb. Wie jeden Tag traf sie nicht und musste sich bücken. Ein lieb gewonnenes Ritual.

Leider wartete die Tafel für heute mit acht weiteren Zetteln auf. Drei der Aufgaben wollte Jana am Vormittag absolvieren: „Einkaufen", „Gynäkologin" und „Glückskekse." Ein Blick auf die Uhr überzeugte sie davon, dass das nicht zu schaffen war. Sie beschloss, das Einkaufen auf den späten Nachmittag zu verschieben, bevor sie nach Purbach fuhr, um Paulina und Sophie abzuholen. Die beiden hatten bei einer Freundin übernachtet, deren Eltern ein eigenes Bootshaus besaßen, und wollten den ganzen Tag am Neusiedler See verbringen.

Die gynäkologische Untersuchung war zwar überfällig, aber Jana hatte überhaupt keine Lust dazu. Die lästigen Krämpfe und Unregelmäßigkeiten im Zyklus würde sie auch noch ein paar Wochen länger aushalten. Sie rief an und verschob den Termin auf September. Wieder ein Zettel weniger auf der Pinnwand und mehr Zeit für ihr wichtigstes Vorhaben, den neuen Auftrag. Bis morgen musste sie fünfzig Sprüche für Glückskekse abliefern. Wenn sie den Wünschen ihres Auftraggebers entsprachen, hatte sie das Geld für den Zirkusworkshop in der Tasche. Sie würde ohne Kontoüberziehung über die Runden kommen und ohne Lili anpumpen zu müssen. Großzügig wie sie war, würde Lili ihr zwar bestimmt unter die Arme greifen, aber Jana wollte die Gutmütigkeit ihrer Freundin nicht überstrapazieren.

Entschlossen setzte sie sich an den Laptop. Normalerweise ging ihr das Erfinden von Glückskeks-Sprüchen leicht von der Hand und machte Spaß. Außerdem war es lukrativer als ihre übliche Arbeit als Werbetexterin. Sprüche im Stil chinesischer Weisheiten fielen ihr eigentlich immer ein: „Auch ein Marathon beginnt mit einem Schritt", zum Beispiel. Oder: „Glück ist das einzige Gut, das sich vermehrt, wenn man es verschenkt."

Doch diesmal wünschte sich der Marketingchef des größten deutschen Glückskeksherstellers etwas Besonderes. Etwas Abgehobenes. Glückskekstexte mit Hiobsbotschaften sollten es sein. Das hörte sich einfach an, aber Jana wollte nichts einfallen. Sie starrte minutenlang auf das leere Word-Dokument auf ihrem Bildschirm und wartete auf eine Eingebung. Irgendetwas in ihr sträubte sich dagegen, negative Prophezeiungen und pessimistische Sprüche zu erfinden, und sie fragte sich, ob es mit der Nachricht von Lisas Tod zu tun hatte. Nach einer Viertelstunde verlor sie die Geduld. Sie schnappte sich Stift und Notizblock und begann, in der Küche auf und ab zu laufen. Hieß es nicht, dass Bewegung die Kreativität förderte?

Sie stellte sich vor, wie der Besucher eines chinesischen Restaurants reagieren mochte, wenn er in seinem Glückskeks die Botschaft las: „Du steckst bis zum Hals im Schlamassel." Hoffentlich hat er Humor, dachte sie, überwand ihr ungutes Gefühl und notierte den Spruch. Ein Anfang war gemacht.

Als sie auf ihrer nächsten Küchenrunde am Fenster vorbeikam und hinausschaute, entdeckte sie Tomlinson, der gerade ein Loch in ihr Kräuterbeet grub. Die Petersilie war schon Geschichte. Jana riss das Fenster auf. „Pfui, Tomlinson! Aus!“

O Wunder. Der Hund hörte tatsächlich auf sie. Beleidigt trottete er davon, mit hängendem Kopf, die weiße Schwanzspitze lustlos nach unten geknickt.

„Heute ist ein guter Tag, um ein Grab auszuheben“, schrieb Jana auf ihren Block. Wieder kam ihr Lisa in den Sinn, die Todesanzeige, der schreckliche Unfall. Sie schob den Gedanken weg und nahm einen Schluck Tee.

„Jeder Schritt bringt dich dem Tod näher“, schrieb sie. Das Gefühl, dass der Knoten sich gelöst hatte, breitete sich als angenehme Wärme in ihrem Bauch aus. „Das Unglück hat lange Beine. Du kannst ihm nicht entkommen.“

Draußen kläffte Tomlinson hysterisch, als würde er jemanden verbellen. Aber Jana hatte keine Zeit, sich um den Hund zu kümmern. Die nächste Idee war beinahe greifbar. „Das Leben ...“ Nein. „Die Zeit ist ...“ Das schnöde Fiepen ihres Handys ließ den Einfall zerplatzen wie eine Seifenblase. Weg war er, bevor sie ihn formulieren konnte.

Unbekannte Nummer, zeigte das Display. Schon wieder zog sich Janas Gebärmutter schmerzhaft zusammen, so schmerzhaft, dass sie aufkeuchte. Eine Vorahnung?

Unsinn, dachte sie, du bist doch sonst kein bisschen abergläubisch. Sie nahm den Anruf an. „Hallo?“

„Jana, bist du's?“

Sie zuckte zurück, als hätte sie einen elektrischen Schlag bekommen. Diese Stimme hätte sie unter Tausenden erkannt. Vor Schreck setzte ihr Herz für ein oder zwei Schläge aus, um anschließend doppelt so schnell weiterzuklopfen.

„Hier ist Jo. Jo Fuchs.“

Sie schwieg. Umklammerte den glitschigen Fisch, in den sich ihr Handy verwandelt hatte, weil sie so stark schwitzte.

„Jana? Erinnerst du dich an mich?“

Was für eine blöde Frage! Als ob sie ihn je hätte vergessen können. Dabei hatte sie wirklich alles versucht, ihn sich aus dem Kopf zu schlagen, seit der Trennung damals, vor fünfzehn Jahren. Sie sah noch die Bernsteinsprenkel in seinen Honigaugen tanzen, als er ihr die Mitteilung gemacht hatte, dass es schön gewesen sei mit ihr, sehr schön sogar, aber jetzt sei es leider vorbei; dass es eben doch nicht die große Liebe gewesen sei, weil es diese große Liebe nicht gebe, natürlich nicht, nur in literarischen Dramen, Hollywoodschinken und pubertären Hirnen. Sie beide seien doch viel zu erwachsen für solche Märchen. Leichthin hatte er es gesagt, mit einem Lächeln, und ihr ganzes Leben danach – so schien es ihr – war vom verzweifelten Versuch geprägt gewesen, diesen Augenblick aus ihrem Gedächtnis zu löschen. Und ihn, Jo Fuchs.

Ein vergeblicher Versuch. Ein verpatztes Leben.

„Sag doch was, Jana!“

Sie lauschte und schwieg, während ihr Herz einen wahnwitzigen Galopp hinlegte. Kein Wunder. Zuerst die Todesanzeige von Lisa. Dann Jos Anruf. Hatte *er* den Zeitungsausschnitt geschickt? Wusste er mehr über Lisa und diesen Unfall?

Und wenn schon, dachte sie plötzlich, ich will davon nichts hören. Schließlich habt *ihr* euch aus *meinem* Leben gestohlen, nicht umgekehrt. Außerdem hatte sie selbst genug Probleme, auch ohne die Jos und Lisas dieser Welt. Rasch zog sie eine Mauer um ihr Herz, mit einbetonierten Glasscherben und Stacheldraht obendrauf, unerklimmbar wie die Zäune, die Europa gegen Flüchtlinge errichtete.

„Hör zu, ich muss unbedingt mit dir sprechen. Hast du …“

Schluss. Jana drückte den Anruf weg und schleuderte das Handy in die Obstschale, als hätte sie sich verbrannt. Eine Schar Fruchtfliegen flog von einem angefaulten Apfel auf und ließ sich Augenblicke später auf den überreifen Bananen nieder.

Erst nach sieben Runden um den Küchentisch beruhigte sich Janas Puls wieder. Sie besann sich, schnappte sich das Handy und speicherte Jos Nummer ein. Für alle Fälle. Wenn er nochmals anrufen sollte, würde sie sich gar nicht erst melden.

„Wer an ewige Liebe glaubt, ist selbst schuld“, kritzelte sie auf ihren Block, und: „Blinde Verliebtheit ist der erste Schritt auf der Straße der Enttäuschung.“

Sie schrieb mit einem Lächeln, das sich grimmig anfühlte. Ein Jetzt-erst-recht-Lächeln. Wenn ihre Einfälle so weiterflössen, könnte sie bald einen weiteren Zettel auf der Pinnwand zerknüllen. Vielleicht sollte sie Jo dankbar sein? Er hatte sie zwar aus der Fassung gebracht, aber ihre Kreativität beflügelt. Worüber er auch immer mit ihr sprechen wollte, es interessierte sie nicht.

„Der Weg zur Hölle ist mit den Ratschlägen guter Freunde gepflastert“, notierte sie und wechselte ins Arbeitszimmer, um ihre Notizen in die Word-Datei zu übertragen. Als sie sich später eine weitere Tasse Tee gönnte und dabei durchs Küchenfenster blickte, war Tomlinson schon wieder im Kräuterbeet zugange. Im ehemaligen Kräuterbeet, denn das Loch maß inzwischen einen halben Meter in der Breite und war so tief, dass nur mehr die Kruppe des Hundes herausschaute. Erdklumpen flogen in alle Richtungen und die weiße Schwanzspitze beschrieb Kreise wie ein Pendel, das Begeisterung kurz vor dem Überschnappen anzeigte.

„Aus!“, brüllte Jana.

Diesmal reagierte das Miststück nicht. Da nahm sie den faulen Apfel aus der Obstschale und warf. Sie verfehlte Tomlinson nur knapp, aber er musste den Luftzug der vorbeifliegenden Frucht gespürt haben, denn er hörte auf zu graben und hetzte dem vermeintlichen Ball hinterher.

Jana lief hinaus, um vielleicht doch ein paar von ihren Kräutern zu retten. Als sie am Hasenstall vorbeikam, stutzte sie. Im Gitter klaffte ein Loch. Doch die beiden Kaninchen waren nicht ausgebüxt, wie sonst bei jeder Gelegenheit, sie lagen friedlich nebeneinander. Zu friedlich.

Sie waren tot.

„Tomlinson!“, brüllte sie. „Wenn ich dich erwische!“

Dann besann sie sich. Betrachtete das Loch im Gitter näher. Die Drähte waren fein säuberlich durchtrennt worden. Und den Hasen hatte jemand den Hals umgedreht. Wenn der Hund zugebissen hätte, wäre Blut geflossen.

Etwas Eisiges rann ihren Rücken hinab, als ihr bewusst wurde, dass nur ein Mensch dafür verantwortlich sein konnte. Ein kranker, perverser Mensch. Während sie Hiobsbotschaften getextet hatte, musste er in den Garten eingedrungen sein und die harmlosen Karnickel abgemurkst haben. Und das am helllichten Tag. Am Stadtrand von Eisenstadt, dem friedlichsten und spießigsten Kaff, das man sich vorstellen konnte. Jetzt erinnerte sie sich auch daran, dass Tomlinson wild gekläfft hatte.

Mist! Sie mochte sich gar nicht ausmalen, wie viele Tränen das geben würde. Sophie würde am Boden zerstört sein. Ausgerechnet ihre Schmusehäschen! Dabei war die Anschaffung schon ein Kompromiss gewesen, denn natürlich hätte sich auch Sophie einen Welpen zum zehnten Geburtstag gewünscht, genau wie ihre Zwillingsschwester. Oder wenigstens eine Katze. Aber Jana hatte auf Sophies Vernunft gesetzt. Sophie würde schon einsehen, dass sie nicht zwei Hunde halten konnten, hatte sie gedacht. Von Hund und Katze ganz zu schweigen. Und so war es auch gekommen. Nach einer kurzen Phase der Enttäuschung, des Maulens und der bitteren Tränen hatte Sophie sich mit den Hasen angefreundet. Inzwischen liebte sie Flocke und Fluffel abgöttisch. Das grausame Ende der kuscheligen Freunde konnte Jana ihrer Tochter nicht zumuten.

Sie ging ins Haus und heftete zwei weitere Notizzettel an die Pinnwand: „Truhe“ und „Lentsch“.

Zuerst packte sie die kleinen Körper in einen Plastiksack, den sie gut verschloss und zuunterst in der Tiefkühltruhe versenkte. Dann schnappte sie sich den Autoschlüssel und ihre Geldbörse und machte sich auf den Weg zu Sigisbert Lentsch, dem Biobauern und Hasenzüchter.

Hoffentlich hat er zwei junge Zwerghasen, die Flocke und Fluffel aufs Haar gleichen, dachte sie. Hoffentlich merkt Sophie nichts. Aber je weiter sie sich von Eisenstadt entfernte, umso lächerlicher kam ihr dieser Gedanke vor. Selbst wenn sie Klone von Flocke und Fluffel auftreiben könnte, Sophie würde sich nicht täuschen lassen. Sie war ein hellhöriges Kind. Eines, das alles hinterfragte; das man nicht so leicht hinters Licht führen konnte.

Am Verhalten der Hasen und vor allem an Janas eigenem Verhalten würde sie merken, wie der Hase lief. Den Rest würde sie sich zusammenreimen und noch ein bisschen schrecklicher ausmalen, als es sich tatsächlich abgespielt hatte.

Nein, Jana musste ihr die Wahrheit sagen. Und hoffen, dass zwei hilflose, zitternde Fellknäuel, die Liebe und Aufmerksamkeit brauchten, Sophie über Trauer und Enttäuschung hinweghelfen konnten. Vielleicht würde es sie auch trösten, ein schönes Grab für Flocke und Fluffel auszusuchen. Zum Beispiel das Kräuterbeet, das Tomlinson so vorsorglich in eine Grube verwandelt hatte.

Was für ein Tag, der mit Todesanzeigen, Hiobsbotschaften und ermordeten Zwerghasen beginnt, dachte Jana. Wie wird erst der Nachmittag aussehen?

„An manchen Tagen geht alles schief, dafür klappt an anderen gar nichts." Sie beschloss, den Spruch ihrer Glückskekstextsammlung hinzuzufügen, sobald der Hasenkauf erledigt war.

4
8. August

Ein monotones Geräusch weckte sie. Ein Geräusch, das sie nicht gleich einordnen konnte, obwohl es ihr bekannt vorkam. Sie hatte lange und tief geschlafen, traumlos, den kleinen gelben Kapseln sei Dank, die ihr vor sieben Jahren verschrieben worden waren; die angstlösend, muskelentspannend und schlaffördernd wirken sollten. Sie hatte sie ganz hinten im Apothekerschrank gefunden, vermutlich waren sie längst abgelaufen.

Ihr Mund war trocken und das Gehirn funktionierte noch nicht. Sie brauchte mehrere Minuten, bis sie dem Geräusch einen Namen geben konnte: Gurren. Das Gurren von Tauben.

Fast gleichzeitig fiel ihr die Stille im Hintergrund auf. Wenn man sich die Vogellaute wegdachte, herrschte absolute Ruhe. Kein Verkehrslärm von der Straße, kein Pressluftgehämmer von der Baustelle schräg gegenüber, kein Babygeschrei aus der Nachbarswohnung, kein Gezänk aus der Wohnung darüber. Sonnenlicht fiel schräg durch die hölzernen Lamellen der Jalousien in ein Zimmer, das nicht das ihre war.

Wo bin ich, dachte Bukowski. Was ist passiert?

Einen Augenblick später setzte die Erinnerung ein und mit ihr heftiger Kopfschmerz.

Die Bilder überfielen sie mit Wucht. Bilder von den verbrannten Unfallopfern in der Höhenstraße und Bilder vom Wohnungsbrand vor sieben Jahren. Sie vermischten sich, sie überlagerten sich, die älteren Bilder verdrängten die jüngeren und blieben hängen: eine schwarze Männerleiche mit grotesk angewinkelten Armen und Beinen, daneben die verkohlten Reste eines Kinderkörpers.

Die Bilder löschten das Sonnenlicht aus, das gelbe Kringel auf den Parkettboden gemalt hatte. Sie brachten eine qualvolle Trostlosigkeit mit, die sich als zähe graue Flüssigkeit in Bukowskis Kopf ausbreitete und dabei in die geheimsten Ecken ihres Gehirns vordrang, sie flutete, als wollte sie alles Helle darin für immer auslöschen.

Bukowski war schlecht. Sie taumelte aus dem Zimmer – wo verdammt war hier das Klo? –, fand es nicht, fand stattdessen ein fröhlich-türkis gefliestes Badezimmer und übergab sich ins Waschbecken.

Als sie nach einer ausgiebigen Dusche auf der Pergola saß, unter dem wuchernden Grün Wilden Weins und zwischen gigantischen Hortensienstauden, zitterten ihre Finger noch immer, aber Kopfschmerzen und Übelkeit waren verflogen. Sie biss in eine Scheibe Schwarzbrot, das ihre Freundin Kim Newrkla gebacken hatte. Das Brot war warm, die Rinde knackte unter Bukowskis Zähnen. Es schmeckte nach Fenchel und Koriander und erinnerte sie an die Tiroler Krustenwecken, für die Opas Bäckerei berühmt gewesen war.

Kim kam barfuß über den Rasen gelaufen und brachte ein voll beladenes Tablett mit. Bukowski roch schon von Weitem das betörende Aroma ihres zweitwichtigsten Lebenselixiers. „Kaffee!“, rief sie erleichtert und nahm eine dampfende Tasse entgegen. Unter der zimtbraunen Crema hatte das Gebräu die Farbe von flüssiger Lakritze. „Heißt das, du hast deine Kamillenteephase überstanden?“

Kim strich sich eine ihrer widerspenstigen Locken aus dem Gesicht. „Alles zu seiner Zeit.“ Sie runzelte die Stirn. „Und nenn ihn bittschön nicht Kaffee. Du hast es hier mit einem ganz speziellen Espresso à la Newrkla zu tun.“

„Aha“, sagte Bukowski und setzte die Schale an. Sie sog den Duft ein und trank. Schluckte. Riss die Augen auf. Der Espresso brachte nicht nur ihre Geschmacksknospen zum Erblühen, er schaffte es sogar, ihre Mundwinkel um mehrere Millimeter anzuheben. Ob sie wollte oder nicht, sie musste lächeln. Sekunden später schoss das Koffein durch ihre Adern und vertrieb die zäh-graue Trostlosigkeit, die von den Brandbildern herrührte, und die dumpfe Benommenheit, die eine Nebenwirkung der gelben Kapseln war.

„Sakradi!“

„Ein Gedicht, was?“

„Verrätst du mir dein Geheimnis?“

„Ganz einfach. Du nimmst den teuersten De-luxe-Vollautomaten und fütterst ihn mit frisch gerösteten *Miniaci Super Bar*-Bohnen. Und mit bestem Leitungswasser natürlich. Du drückst auf den Knopf und denkst dabei an den heiligen Vinzenz von Valencia, den Schutzpatron der Kaffeehäuser.“ Kim zwinkerte. „Oder auch nicht. Auf jeden Fall streust du als i-Tüpfelchen eine Prise von Kim Newrklas ganz spezieller Gewürzmischung auf den fertigen Espresso.“ Erst auf mehrfache Nachfrage verriet sie, dass es sich dabei um einen Mix aus Kardamom, Zimt, Nelkenpulver, Piment und einem Hauch Chili handelte.

Respekt, dachte Bukowski. Kim war immer für eine Überraschung gut. Einerseits färbte sie ihre Lockenpracht mit Henna, kleidete sich ausschließlich in wallende Bio-Baumwolle, kochte aus Überzeugung trockene Hirseaufläufe, die höchstens einen Wellensittich begeistern konnten; sie legte Kupferringe unters Bett, um schädliche Strahlen aller Art abzublocken, hatte gegen jedes Wehwehchen den passenden Heilstein parat und traf wichtige Entscheidungen nur nach Befragung ihrer Tarotkarten. Andererseits trank sie lieber Wein statt Wasser und verstand es, so deftige Schweinsbraten zu brutzeln, als wären Hirseaufläufe bloß ein Treppenwitz der Kulinarik. Kim steckte voller Widersprüche und vielleicht war es das, was Bukowski am meisten an ihr mochte.

„Fein, dass es dir schmeckt."

„Sehr. Aber so ein Wahnsinnsespresso verlangt nach der richtigen Begleitung." Bukowski fühlte Kims missbilligenden Blick auf ihren zitternden Fingern, während sie sich eine Zigarette ansteckte. Lebenselixier Nummer eins.

Nach dem zweiten Espresso und der dritten Zigarette war sie so weit. Sie begann zu erzählen. Stockend zuerst. Vom Unfall in der Höhenstraße, der – so vermuteten ihre Kollegen – ein erweiterter Selbstmord war. Vom Anblick des verkohlten Jungen im geschmolzenen Kindersitz. Wie alles wieder hochgekommen war. Die schrecklichen Bilder von damals. Die Gedanken an das FURCHTBARE. Wie sie daraufhin durchgedreht und die Kontrolle verloren hatte.

Kim unterbrach sie nicht, sie nickte nur ab und zu und beschränkte sich im Übrigen aufs Zuhören.

Bukowski erzählte immer flüssiger, beinahe sprudelnd. Dass sie Angst hatte, wieder in eine Depression zu fallen, wie vor sieben Jahren; nichts mehr auf die Reihe zu kriegen, ihren Beruf nicht, den Alltag nicht oder das Leben überhaupt. Dass ihr nur Arbeit helfen könne, zu vergessen; sinnvolle Arbeit. Doch Nowak, dieser Idiot, habe sie zwangsbeurlaubt. Weil er keine Ahnung habe. Weil er ihr nicht vertraue.

Als sie zum Ende kam, merkte sie, wie sehr ihr das gefehlt hatte. Kims warmherzige Art, die Gelassenheit, die sie ausstrahlte. Und wie gut es ihr tat, zu reden, wenn ein Mensch zuhörte, durch den die Worte nicht einfach hindurchmarschierten, sondern bei dem sie an die richtige Stelle fielen.

„Wie gut, dass die Ferienwohnung gerade rechtzeitig fertig geworden ist. Manchmal gibt es doch glückliche Fügungen", sagte Kim. „Jetzt wirst du erst mal aufgepäppelt. Du schaust ja aus wie ein Gespenst. Ein unterernährtes Gespenst!"

Bukowski stolperte über eine von Kims Formulierungen. Ein Wort, das ihren gestrigen Spontanentschluss in ein ganz anderes Licht rückte. Sie versuchte, sich zu erinnern.

Nach ihrem frustrierenden Gespräch mit Nowak war sie unverzüglich nach Hause gefahren und hatte überlegt, wo sie ihren Zwangsurlaub verbringen sollte.

In Wien bleiben? Ohne ihre Ermittlungstätigkeit würde sie aus dem Grübeln nicht herauskommen. Die gefürchteten Brandbilder würden ihre Tage, der wiederkehrende Albtraum ihre Nächte beherrschen, sie würde nicht schlafen können und über kurz oder lang krank werden.

Verreisen? Dafür fehlte ihr das nötige Kleingeld. Ersparnisse hatte sie nicht. Der Großteil ihres Gehalts ging für den Kredit drauf, den sie und Gregor für die Wohnung aufgenommen hatten und den sie jetzt allein abstottern musste. Die verbrannte Eigentumswohnung, deren Verkauf nicht einmal ein Viertel des ursprünglichen Kaufpreises eingebracht hatte. Für das Loch, das sie aktuell bewohnte, musste sie natürlich Miete bezahlen. Der Rest reichte gerade zum Überleben, große Sprünge konnte sie nicht machen.

Nowaks Vorschlag – ein Heimaturlaub in Tirol – wäre die billigste Möglichkeit eines Tapetenwechsels. Aber dagegen sträubte sich alles in ihr. Verzweifelt wog sie ab, was das kleinere Übel wäre. In Wien bleiben? Oder sich der Konfrontation mit ihren Eltern und Brüdern aussetzen? Sie drehte sich im Kreis, kam zu keiner Lösung.

Und mitten in ihre Überlegungen hinein vibrierte ihr Handy. Kim. Was für eine Überraschung! Sie erzählte, ihr Sohn Mark sei nach Mattersburg gezogen, um eine Stelle als Bäcker anzutreten. Sie habe sich einsam gefühlt, so ganz allein in ihrem Haus, und habe die Idee geboren, den ersten Stock zu einer Ferienwohnung mit eigenem Eingang auszubauen. Die Wohnung sei jetzt fertig und sie auf der Suche nach einem Menschen, der einige Zeit dort probewohnen würde. Um zu testen, ob die Unterkunft den Ansprüchen von Urlaubern genüge. „Hättest du Zeit und Lust, Carla?“, fragte sie wie nebenbei. „Es kostet dich nichts, und mir tust du einen Gefallen. Außerdem haben wir uns viel zu lang nicht gesehen.“

Bukowski war überwältigt, eine schwere Last von ihren Schultern genommen. Natürlich sagte sie zu. Im Handumdrehen packte sie ihre Kosmetiktasche, Wäsche, Klamotten und das Tablet ein, setzte sich ins Auto und fuhr los. Euphorisch und erleichtert war sie gewesen, sowohl Wien als auch Tirol zu entkommen – und vor allem ihrer lieben Familie. So erleichtert, dass ihr die Unwahrscheinlichkeit eines derartigen Zufalls gar nicht aufgefallen war.

Und jetzt, jetzt saß sie hier, in Kims Garten, und stolperte über dieses Wort: „Fügung“.

„Schon komisch, dass du genau im richtigen Moment angerufen hast. Die Ferienwohnung wolltest du doch bestimmt vermieten, oder?“

„Freilich.“ Kims Stirn warf Falten. Offensichtlich war sie auf der Hut. „Aber zuerst muss jemand testen, ob alles funktioniert. Du weißt ja, wie verwöhnt Touristen heute sind. Deshalb bin ich so froh, dass du ..."

„Unsinn! Die Wohnung ist eins a, das weißt du ganz genau. Die kannst du vom Fleck weg anbieten. Da stehen die Urlauber doch bestimmt Schlange, um diese Jahreszeit." Bukowski legte ihren Zeigefinger an die Nase und dachte nach. „Ich wette, du hattest schon Mieter dafür." Sie drückte gegen den rechten Nasenflügel, der an dieser Stelle eine leichte Delle aufwies. „Du hattest Mieter und hast ihnen meinetwegen abgesagt. Richtig?"

„Aber nein! Wie kommst du denn darauf?", brauste Kim auf. Ein, zwei rote Flecke manifestierten sich auf ihren Wangen wie Vorboten einer Schamwelle. Sie wich Bukowskis Blick aus, stand auf und wandte sich den Hortensien zu, um daran herumzuzupfen.

„Von wegen Fügung. Hanno hat dich angerufen!" Bukowski umrundete den Hortensienbusch und hockte sich Kim gegenüber. Sie hob das Kinn ihrer Freundin an und starrte in die kastanienbraunen Augen. „Stimmt's?"

„Hanno? Ich kenne keinen Hanno." Inzwischen hatte sich Kims Gesicht in einen durchgehenden tomatenroten Fleck verwandelt.

„Lügen war noch nie deine Stärke. Du weißt genau, dass ich von meinem Chef spreche. Major Hanno Nowak." Jetzt fiel Bukowski auch wieder ein, dass sie Nowak Kims Handynummer gegeben hatte, weil er einer seiner Töchter einen Gong schenken wollte und Kim als ausgebildete Klangmassagen-Therapeutin natürlich wusste, wo man gute und günstige Instrumente bekam.

„Ruf meine Freundin an, sie kann dir weiterhelfen", hatte Bukowski zu Nowak gesagt. Das war vor ein, zwei Monaten gewesen. Und gestern hatte er Kim offensichtlich noch einmal angerufen und sie um einen weiteren Gefallen gebeten.

„Er hat dir von meinem Nervenzusammenbruch erzählt. Und du hast nichts Besseres gewusst, als die Buchungen zu stornieren und mir das Märchen vom Testwohnen aufzutischen."

„Und wenn schon!" Kim erhob sich zu voller Größe und strich ihren Rock glatt. „Sind wir Freundinnen oder nicht?"

„Mensch, Kim!"

„Dein Chef war sehr besorgt um dich. Zu Recht! Weißt du eigentlich, wie mager du geworden bist? Wie bleich? Wie deine Hände zittern? Und ...", Kim senkte die Stimme, „... wenn ich mir deine Aura so anschaue – Carla, die ist fast schwarz! Das bedeutet pure, gesundheitsbedrohende Verzweiflung! –, dann bin ich einfach nur froh, dass du hier bist und ..."

„Bitte lass meine Aura aus dem Spiel. Ich bin dir dankbar, dass ich meinen Zwangsurlaub bei dir absitzen darf. Sehr dankbar sogar. Aber ..."

„Schon gut, ich werde dir nichts aufdrängen. Obwohl dir eine Aura-Soma-Therapie helfen könnte! Aber reden wir nicht davon. Lass uns einfach deinen Urlaub genießen."

Kim schlug vor, gemeinsam um den Neusiedler See zu radeln, dabei ein- oder zweimal zu übernachten und natürlich diverse Heurigenwirte abzuklappern.

„Sport?" Bukowskis Begeisterung hielt sich in Grenzen, was nicht an der Aussicht auf Heurigenbesuche lag.

„Oder lass uns nach Parndorf fahren und das Outlet Center leershoppen."

„Was? Du willst in diese Zuckerguss-Metropole? Wie die Frau eines russischen Oligarchen?"

Kim lachte. Sie hatte natürlich nur Spaß gemacht. Parndorf war ein rotes Tuch für sie.

Schließlich entschieden sie sich für einen Ausflug nach Rust, in die idyllische Stadt der Störche. Mit dem Auto und ganz gemütlich.

Es war gegen halb zehn, als sie losfuhren, das Wetter mild und die Bundesstraße wenig befahren. Im Radio wurde allerdings vor einem sechs Kilometer langen Stau gewarnt, den ein Unfall bei Donnerskirchen verursacht hatte. Tatsächlich stockte der Verkehr schon vor Purbach.

Als Bukowski die Unfallstelle passierte, bot sich ihr ein spektakuläres Bild. Ein zitronengelber Alfa Romeo war von der Fahrbahn abgekommen. Er hatte die Ortstafel von Donnerskirchen samt Blumenrabatte und Straßenlaterne umgemäht und war dann in die Gartenmauer eines Einfamilienhauses gekracht. Dabei hatte er sich zusammengefaltet wie der Balg einer Ziehharmonika.

„Schrecklich!", sagte Kim und schüttelte den Kopf. „So ein Pechvogel. Das sieht ja fast so aus, als ob er absichtlich ..."

Genau wie bei dem Unfall in der Wiener Höhenstraße, dachte Bukowski und stellte mit einem Anflug von Erleichterung fest, dass der Alfa nicht gebrannt hatte.

Ein beleibter Herr mit Hosenträgern – vermutlich der Besitzer der beschädigten Gartenmauer – unterhielt sich heftig gestikulierend mit zwei Polizisten.

„Glaubst du, da hat einer überlebt?", fragte Kim.

„Unvorstellbar", sagte Bukowski.

„Schau bloß weg!" Besorgnis schwang in Kims Stimme mit.

Aber der Unfall musste bereits vor Stunden passiert sein. Die Verletzten oder Toten waren längst abtransportiert worden, nur die Polizisten taten noch ihre Arbeit und das Wrack wartete darauf, geborgen zu werden.

„Und wieder gab es keine Bremsspuren", sagte Bukowski. „Bloß eine Schleuderspur, genau wie in Wien." Bevor sie zur Kripo gewechselt war, hatte sie in der Verkehrsabteilung gearbeitet und war hauptsächlich mit der Aufnahme von Unfällen betraut gewesen, deshalb kannte sie sich mit Reifenspuren ziemlich gut aus.

Inzwischen hatten sie Donnerskirchen durchquert. Kim bemühte sich zwanghaft, vom Unfall abzulenken und über Unverfängliches zu plaudern. Hin und wieder zeigte sie auf eine postkartentaugliche Sonnenblumenplantage, ein abgeerntetes Weizenfeld oder auf besonders prächtige Rebstöcke.

Bukowski sagte „Ja" oder „Aha". Aber obwohl sie sich bemühte, gelang es ihr nicht, dem Gelaber ihrer Freundin zu folgen. Den ganzen restlichen Tag über war sie unkonzentriert. Weder das beschauliche Ortsbild von Rust mit den lobenswert erhaltenen Fassaden, den Erkern und idyllischen Innenhöfen berührte sie nachhaltig, noch der Storch, der seinen Partner mit weit zurückgebogenem Hals und lautem Geklapper begrüßte. Dabei mochte sie beschauliche Orte. Und Störche sowieso. Doch in ihrem Inneren war kein Platz. Dort hatte sich der zusammengefaltete Alfa breit gemacht, er, und der Gedanke an nicht vorhandene Bremsspuren.

Aus den Nachrichten erfuhr Bukowski, dass der Unfall ein Todesopfer gefordert hatte. Der Fahrer, ein junger Mann aus Neusiedl, war gestorben, andere Insassen hatte es zum Glück nicht gegeben.

Abends, als Kim sie zu ihrem Lieblingsheurigen in Mönchhof einlud – zu einem Grammelschmalzbrot von gigantischem Ausmaß und einer Flasche Rosé –, sah Bukowski diesen jungen Mann vor sich. Er war groß, schlank und gesichtslos und hatte eine leicht gebückte Haltung, die Bukowski an Gregor erinnerte. Obwohl er sein Gesicht hartnäckig vor ihr verbarg, forderte er ihre Aufmerksamkeit so sehr, dass sie mehrfach den Gesprächsfaden verlor.

Als der Rosé ausgetrunken war, reichte es Kim. Sie fragte Bukowski, was sie schon den ganzen Tag so beschäftige. Ob es womöglich immer noch der Unfall sei?

Bukowski stritt alles ab, aber Kim ließ sich nicht beirren. „Hältst du mich für blöd?“, fragte sie und bestellte eine zweite Flasche. „Ich seh’ doch, wie dir das zu schaffen macht.“ Die ungarische Kellnerin brachte den Wein, Kim schenkte ein und prostete Bukowski zu. Logisch sei ein Unfall mit Todesfolge eine ausgesprochen tragische Angelegenheit, sagte Kim. Aber auf der B 50 krache es ständig. „Weil die Leute sich auch nach fünf Achterln noch ans Steuer setzen. Weil sie rücksichtslos fahren, weil sie zu schnell fahren. Weil heutzutage ein jeder das Gefühl hat, er könnte was versäumen.“

Bukowski nickte und beobachtete gleichzeitig den jungen Mann in ihrem Kopf, dessen Umrisse umso schärfer wurden, je mehr sie trank. Als die zweite Flasche nur noch halbvoll war, brachte sie den Mut auf, Kim einzuweihen.

„Ich sehe ständig diesen Verunglückten“, sagte sie.

„Wo?“ Kim drehte sich um und musterte die Heurigenbesucher hinter ihr.

„Nein, nicht da“, sagte Bukowski. „In meinem Kopf!“

„In deinem ... Kopf?“

„Ich muss die ganze Zeit an ihn denken. So intensiv, dass ich ihn vor mir sehe. Verstehst du?“

Kim sah aus, als hätte ihr jemand eine kalte Dusche verpasst. „Schon. Ja“, sagte sie schließlich, aber es war klar, dass sie gar nichts verstanden hatte.

„Der junge Mann, der in die Gartenmauer gekracht ist ...“, versuchte Bukowski zu erklären.

„Ist tot.“

„In meinem Kopf lebt er, und ich sehe ihn so deutlich vor mir wie dich jetzt.“

„Aha“, sagte Kim. „Sitzt er auch beim Heurigen?“

„Er will mir etwas sagen. Etwas Wichtiges. Es hat mit den fehlenden Bremsspuren zu tun. Den fehlenden Bremsspuren am Ortseingang von Donnerskirchen und den fehlenden Bremsspuren auf der Wiener Höhenstraße.“

Kim schlug die Hände zusammen. „Mensch, Carla, du bist ja vollkommen verrückt.“ Sie tippte mit dem Zeigefinger gegen ihre Schläfe. „Was soll denn diese Wiener Geschichte mit dem Unfall auf der B 50 zu tun haben?“

„Beide Male gab es nur Schleuderspuren. Beide Fahrer haben also nicht gebremst, sondern bloß das Steuer verrissen. Und ich frage mich, warum.“

„Ist das nicht sonnenklar? Euer Mann in Hernals hat es absichtlich verrissen. Der war lebensmüde, das haben doch deine Kollegen schon herausgefunden“, sagte Kim. „Vielleicht hatte unser Burgenländer auch die Schnauze voll von allem. Scheint ja im Trend zu liegen. Oder ihm ist einfach schlecht geworden.“

„Vielleicht“, sagte Bukowski. „Vielleicht auch nicht.“

„Er kann einen Schlaganfall erlitten haben, das passiert immer öfter auch ganz jungen Leuten. Oder es war eine gewöhnliche Ohnmacht.“

„Kann sein. Kann aber auch sein, dass etwas faul ist an der Sache."

„Faul? Weil jemand das Steuer verreißt? Wieso denn faul, um Himmels willen? Vielleicht ist plötzlich eine Katze auf die Straße gelaufen oder ein Hund. Ein Reh. Oder eine alte Frau mit Gehhilfe, und der arme Kerl ist so erschrocken, dass er aufs Bremsen vergessen hat." Kim teilte den letzten Rest des Rosé auf beide Gläser auf und trank ihres in einem Zug leer.

„Vielleicht, vielleicht, aber man weiß es eben nicht."

„*Du* weißt es nicht", ätzte Kim. „Deine burgenländischen Kollegen werden es schon wissen."

„Das ist es", sagte Bukowski. Der Wein beflügelte sie. Ihre Zunge hatte zwar leichte Schwierigkeiten mit der Artikulation, aber im Übrigen fühlte sie sich energiegeladen. „Tolle Idee. Gleich morgen fahre ich hin und erkundige mich bei den Kollegen."

„Spinnst du?" Kim brauste auf. Sie war eindeutig beschwipst. „Die werden gerade auf dich gewartet haben! Ein Verkehrsunfall im Burgenland geht eine Wiener Kripobeamtin einen feuchten Dreck an. Außerdem bist du beurlaubt. Du wirst dir Ärger einhandeln. Großen Ärger!"

In diesem Punkt musste Bukowski ihr sogar Recht geben. Ärger war vorprogrammiert. Doch dann behauptete Kim, sie, Carla, würde nur künstlich einen Fall konstruieren, um von ihren eigenen Problemen abzulenken, und das war natürlich völliger Unsinn. Ein Beweis für Kims Trunkenheit.

Bukowski selbst fühlte nur einen leichten Schwindel, als sie aufstand. Einen angenehmen Schwindel. Belustigt hörte sie sich Kims Schimpftiraden an, während sie Arm in Arm nach Hause wankten.

„Du spinnst dir da was zusammen. Dabei solltest du deinen Urlaub nutzen, um etwas für dich zu tun. Für deine Seele." Das Wort „Seele" flatterte hinaus, in die Nachtluft. Es gesellte sich zu den Fledermäusen, die im Zickzack zwischen den Häusern hindurchfegten und Insekten zerknackten. „Oder glaubst du, dass sich dein Trauma einfach so –", Kim schnippte mit den Fingern, „– in Luft auflöst?"

Bukowski schwieg. Mitten in ihr Schweigen hinein hallte plötzlich ein Schrei durch die Nacht. Eine Mischung aus Fiepen und Miauen, die sie nicht gleich einordnen konnte.

„Ein Steinkauz", flüsterte Kim ehrfürchtig. Früher hätten die Menschen den Ruf dieses Vogels als Ankündigung eines bevorstehenden Todesfalls interpretiert, erklärte sie. Steinkäuze seien deshalb regelrecht verfolgt und fast ausgerottet worden. Heute sei man natürlich längst nicht mehr so abergläubisch. Man sei den Vögeln im Gegenteil dankbar, denn man wisse ihren Ruf als Warnung zu deuten. „Eine Warnung des Universums vor unüberlegten Schritten", sagte sie mit erhobenem Zeigefinger.

Bukowski lachte. Sie lachte Tränen. Lachte, bis sie Schluckauf bekam. Und obwohl sie es vorhin nur so dahingesagt hatte, vom spritzigen Rosé angestachelt, war sie jetzt felsenfest entschlossen: Morgen würde sie nach Eisenstadt fahren und ein paar Takte mit den Kollegen reden. Da konnte Kim ihre Lippen noch so sehr zu beleidigten Strichen zusammenpressen.

5
9. August

Als sie sich dem Komplex der Landespolizeidirektion Burgenland am Stadtrand von Eisenstadt näherte, schwand ihre Selbstsicherheit dahin wie der Kondensstreifen des Flugzeugs, das vermutlich in Wien-Schwechat gestartet war und schnurgerade in den Süden flog. Bei Morgensonne und ohne den Einfluss von vergorenem Traubensaft kam ihr die Vermutung, die beiden Verkehrsunfälle würden auf mysteriöse Art zusammenhängen, absurd vor. Aberwitzig. Um nicht zu sagen: an den Haaren herbeigezogen. Sie fragte sich, was wirklich hinter ihrem Besuch bei den burgenländischen Kollegen steckte. Nein, sie fragte sich nicht, sie kannte die Antwort.

Sie brauchte Arbeit, in die sie sich verbeißen konnte, um nicht ständig an die Vergangenheit zu denken. An das FURCHTBARE, das sich nach all den Jahren wieder so massiv in den Vordergrund gedrängt hatte. Das nie verarbeitet worden war, nur weggeschoben und unter dem Alltagswahnsinn begraben. Aber der Teppich, unter den sie es gekehrt hatte, war fadenscheinig geworden und jetzt blitzte es an allen Ecken und Enden hervor.

Und was tat sie? Anstatt das Problem an der Wurzel zu packen und es noch einmal mit einer Therapie – einer seriösen Therapie – zu versuchen, bastelte sie sich einen „Fall“ aus zwei tragischen, aber voneinander unabhängigen Ereignissen zusammen und witterte hinter einem Suizid und einem Unfall – ja was? Etwa eine Mordserie?

Klarer Fall von Selbstbetrug, Kim hatte das messerscharf erkannt.

Bukowski unterdrückte ein Gähnen. Nach dem gestrigen Alkoholexzess hatte sie auf die kleinen gelben Kapseln verzichtet, um am Morgen nicht mit Übelkeit und einem dumpfen Schädel aufzuwachen. Natürlich hatte sie ewig nicht einschlafen können, und als sie endlich eingeschlafen war, hatte sie wieder geträumt. Denselben Albtraum wie immer. Auch diesmal wurde sie von ihrem eigenen Schrei aus dem Schlaf gerissen. Sie musste so laut geschrien haben, dass das Taubenpärchen wach wurde, das in Kims Dachstuhl nistete. Die Vögel dachten wohl, der Tag sei angebrochen. Sie ließen ihr monotones Gru-Gru erschallen, obwohl es stockfinster war und Bukowskis Handydisplay behauptete, es sei siebzehn Minuten vor vier.

Danach konnte sie nicht mehr einschlafen. Trotz selbstgebastelter Ohrstöpsel aus Kerzenwachs, die zwar das Gurren der Tauben ausblendeten, aber nicht den Anflug von Todessehnsucht, der darin enthalten war. Nach stundenlangem Wälzen von der Bauch- in die Seitenlage und wieder zurück hatte Bukowski aufgegeben. Hatte ausgiebig geduscht und war nach zwei doppelten Espressi und zwei Morgenzigaretten nicht mehr ganz so zerknittert losgefahren. In aller Frühe, um Kims Unkenrufen zu entgehen.

Ich hätte auf die Unke hören sollen, dachte sie voll Reue, als sie den Wagen im Innenhof der LPD Burgenland abstellte. Wenn bloß ihr Tiroler Dickschädel nicht gewesen wäre! Aber sie wäre nicht Carla Bukowski, wenn sie jetzt zurückrudern würde. Augen zu und durch, dachte sie. Ich will ja nicht die Tüchtigkeit der Polizei in Eisenstadt anzweifeln, sondern mich bloß informieren.

Den letzten Gedanken nahm sie zurück, als sie sich den beiden Beamten gegenübersah, die mit dem

Wochenenddienst betraut worden waren. Der Ältere, ein Bär von einem Mann, hatte sich die Schuhe ausgezogen, seine Füße auf den Schreibtisch gelegt und auf seinen Oberschenkeln ein kariertes Taschentuch wie eine Mini-Tischdecke ausgebreitet. Darauf thronte eine angebissene Semmel. Das ganze Büro roch so intensiv nach Leberkäse, als hätte dessen regelmäßiger Konsum eine aromatische Patina auf dem Mobiliar hinterlassen. Der Bär kaute und dachte nicht daran, seine Tätigkeit in absehbarer Zeit zu unterbrechen, obwohl er Bukowski bemerkt haben musste. Immerhin schenkte er ihr ein Nicken.

Sein Kollege, ein junger Mann mit dunklen, schulterlangen Locken und einer markanten Nase, war in seinem Schreibtischsessel eingepennt. Erst als der Bär ihn mit einem Radiergummi bewarf, wachte er auf. Sein Zu-sich-Kommen dauerte mehrere Sekunden, weshalb Bukowski zu einer Begrüßung ansetzte, ihren Namen und Dienstgrad nannte.

Endlich begann der Lockige zu sprechen. Er stellte seinen kauenden Kollegen als Bezirksinspektor Josef Ackerl, sich selbst als Inspektor Arpad Lakatos vor.

Bukowski musste unweigerlich an die Fernsehserie aus den Siebzigerjahren denken, die ihre Mutter so gern gesehen hatte: *Arpad, der Zigeuner*. Zum sechzigsten Geburtstag hatte sie ihr eine DVD-Box mit allen Filmen geschenkt – das einzige Geschenk, das vor Mutters Augen Gnade gefunden hatte, vielleicht hatte es sie sogar gefreut.

Arpad, der Polizist, trug sein Haar auf dieselbe Art wie sein Namensvetter, der Serienheld. Seine dunkle Hautfarbe beruhte jedoch nicht auf den Schminkkünsten einer Maskenbildnerin, sondern ließ vermuten, dass er tatsächlich der Volksgruppe der Roma angehörte. Nur das Temperament schien so gar nicht dem Klischee zu entsprechen. Eher einer Tasse Kamillentee.

Wie gut, wenn hier jemand nach dem Rechten sieht, dachte Bukowski. Sie nahm ihr ganzes Selbstbewusstsein zusammen, vermischt mit einem Schuss näselnder Wiener Arroganz, die ihr nach all den Jahren in der Bundeshauptstadt durchaus vertraut war, und verklickerte den verschnarchten Kollegen aus der Provinz, weswegen sie gekommen war: der denkwürdige Verkehrsunfall bei Donnerskirchen, die auffälligen Gemeinsamkeiten mit einem Unfall in Wien vor wenigen Tagen, der Auftrag von höchster Stelle an sie, Gruppeninspektorin Carla Bukowski, die Ermittlungen zu koordinieren.

Sie schwitzte, war sich aber hundertprozentig sicher, dass keiner der beiden Herren den Sachverhalt überprüfen würde, schon aus Bequemlichkeit nicht.

Nach einigem Hin und Her verschwand Arpad Lakatos in einem Nebenzimmer, um den Unfallbericht zu holen. In der Zwischenzeit zelebrierte Bezirksinspektor Ackerl das Verspeisen seiner Leberkässemmel wie ein religiöses Ritual. Danach wischte er sich die fettigen Finger in die Hose und informierte Bukowski über die Identität des Unglückslenkers. Es handle sich um einen gewissen Dr. Oliver Laaber, 32 Jahre alt, wohnhaft in Neusiedl, Anästhesist im Krankenhaus der Barmherzigen Brüder in Eisenstadt. Der Fall sei klar, meinte Ackerl, ein Unfall, wenn auch ein ausgesprochen tragischer, da das Opfer eine hochschwangere Ehefrau hinterlasse.

„Aha“, sagte Bukowski.

„Laaber war auf dem Weg zur Arbeit. Natürlich ist er zu schnell gefahren. War wohl ein bisserl zu spät dran, der Gute. Und so ein Sportwagen verleitet halt auch dazu, nicht? Ein Alfa Romeo 4C Spider!“ Ackerl schnalzte mit der Zunge.

„Überhöhte Geschwindigkeit also“, sagte Bukowski, „wie in Wien.“

Ackerl winkte ab. „Auf der B 50 ist das normal. Gerade die Einheimischen fahren alle zu schnell. Und Laaber fuhr die Strecke täglich, der kannte jede Unebenheit im Asphalt.“

„Warum hat er dann die Kontrolle über den Wagen verloren?“

„Gute Frage“, sagte Ackerl und lächelte verschmitzt, „weil alkoholisiert war der Bursche nicht. Das gerichtsmedizinische Endergebnis steht zwar noch aus. Aber Drogen können wir höchstwahrscheinlich auch ausschließen. Und der Wagen scheint picobello in Ordnung gewesen zu sein, den technischen Abschlussbericht erwarten wir bis Montag.“

„Das heißt, Laaber ist grundlos ins Schleudern gekommen. Und er hat nicht gebremst, sondern bloß das Lenkrad verrissen, wie unser Wiener Unglücksfahrer“, sagte Bukowski. „Er hat die Ortstafel von Donnerskirchen umgenietet und ist in die Gartenmauer gekracht, als hätte er sich dieses Hindernis auf einer an Hindernissen armen Strecke extra ausgesucht. Die Frage ist, warum?“

„Denken Sie etwa an Suizid?“, fragte Ackerl. Sein Lächeln legte an Verschmitztheit zu. „Aber liebe Frau Kollegin, ein lebensmüder Anästhesist hat doch ganz andere Möglichkeiten, als in eine Mauer zu krachen und das Risiko einzugehen, dass er womöglich mit einer schweren Behinderung überlebt!“

Bukowski nickte. „Genau, lieber Herr Kollege. Damit steigt die Wahrscheinlichkeit dafür, dass etwas an der Unfalltheorie faul ist.“ Wieso sollte ein Ortskundiger, der vielleicht ein bisschen zu schnell unterwegs war, aber nicht schneller als die meisten Einheimischen, die Kontrolle über den Wagen verlieren? Auf dem Weg zur Arbeit, auf einer Strecke, die er wie seine Westentasche kannte und zu einer Uhrzeit, zu der er weder alkoholisiert noch übermüdet sein konnte, weshalb Sekundenschlaf ebenfalls ausschied? Abends – ja gut. Nach einer Party – ja vielleicht. Aber unter den vorliegenden Bedingungen? Nein!

Ackerl spielte seinen letzten, mächtigsten Trumpf aus: „Der Laaber war Epileptiker. Und so ein Anfall kündigt sich zwar meistens an, aber nicht immer. Manchmal kommt das aus heiterem Himmel und dann ...“ Er ließ seine rechte Faust gegen die linke Handfläche klatschen.

Bukowski schluckte. Eins zu null für Mister Leberkäse. Sie ärgerte sich. Hätte sie bloß auf Kim gehört! Jetzt hatte sie sich blamiert. Dabei hatte sie in der Vergangenheit immer wieder einen siebten Sinn für Verbrechen bewiesen, die sich im scheinbar Harmlosen verbargen.

„Zeugen gibt es keine?“, fragte sie – ein letzter Versuch, bevor sie zugeben musste, auf dem Holzweg zu sein.

„Keine“, sagte Ackerl.

Im selben Augenblick kehrte Arpad Lakatos zurück und händigte ihr einen grauen Aktenordner aus, auf dessen Rücken *Verkehrsunfälle 2014* zu lesen war. Sie überflog den Bericht.

„Aber hier wird eine gewisse Trude Naglreiter erwähnt.“

„Die Aussage ist leider unbrauchbar“, sagte Lakatos und zuckte mit den Schultern. „Ein Kräuterweibl, über achtzig und hat Alzheimer.“

Ackerl nickte. „Hat uns weismachen wollen, dass Marsmenschen schuld am Unfall waren." Er wedelte mit der flachen Hand vor seinen Augen hin und her. Dann lachte er mit offenem Mund. Ein rosafarbenes Partikel verließ seine Zahnzwischenräume und landete auf dem Schreibtisch.

Bukowski räumte das Feld. Vorher verlangte sie aber noch die Adresse der Frau Naglreiter. Lediglich um das Gesicht zu wahren, nicht aus Überzeugung. Und weil sie ohnehin nicht wusste, was sie mit dem angebrochenen Tag anfangen sollte, fuhr sie gleich nach Donnerskirchen.

Trude Naglreiter saß auf einer Bank vor ihrem Haus und blinzelte gegen die Sonne. Den polizeilichen Unterlagen zufolge war sie einundachtzig, sah aber so verwittert aus, als ginge sie auf die hundert zu. Zu ihren Füßen stand ein Eimer mit Marillen, die lauter braune Flecke hatten. Sie bückte sich, holte eine Marille heraus, schnitt mit ihrem Obstmesser das Faule weg, halbierte die Frucht und ließ die beiden Hälften in eine Schale gleiten, die sie auf ihrem Schoß balancierte. Den Kern warf sie auf eine aufgeschlagene Zeitung am Boden. Die knotigen Finger der Alten arbeiteten flink und schienen sich nach dem Rhythmus zu richten, den der mahlende Unterkiefer ihnen vorgab.

Als Bukowski sich ihr vorstellte, wischte Frau Naglreiter die Hände in ihre geblümte Kittelschürze und deutete neben sich auf die Bank.

„Heiß heute, was?", sagte Bukowski. Zugegeben, ein einfallsloser Einstieg, aber dazu angetan, Vertrauen aufzubauen. „Meinen Sie, dass es länger so bleibt?"

Die alte Frau widmete sich weiter ihrer Tätigkeit und antwortete mit einem Kichern und einem Nicken.

„Machen Sie Marmelade aus den Früchten?“ Bukowski deutete auf die Schale, die schon halb voll mit halbierten, überreifen Marillen war.

Wieder das Kichern. Dazu schüttelte die seltsame Alte aber den Kopf.

„Also keine Marmelade. Dann brennen Sie vermutlich Schnaps“, sagte Bukowski. Sie bedauerte bereits, hergekommen zu sein. „Und wenn Sie zu viel davon getrunken haben, sehen Sie grüne Männchen, stimmt's?“ Sie wollte aufstehen und gehen, als zum dritten Mal das Gekicher losging. Es mauserte sich zum Glucksen und brach schließlich abrupt ab.

Trude Naglreiter drehte den Kopf und musterte Bukowski aus wässrigen, aber ausgesprochen listigen Äuglein. „Grüne Männchen“, sagte sie verächtlich. „Ranti-putanti! Das war nur ein Witz. Soll deinen Kollegen eine Lehre sein – die glauben ja, ich bin ...“ Sie wedelte auf dieselbe Art mit der Hand vor den Augen herum wie zuvor Josef Ackerl, nur hielt sie dabei das Obstmesser zwischen den Fingern. „War doch eine gute Idee mit den Marsmenschen, gell? Ist eh egal, hab ich mir gedacht, wenn die mich sowieso nicht ernst nehmen.“

„Ach so ist das“, sagte Bukowski. „Erfundene Außerirdische also.“ Vermutlich hatte die alte Frau sich einsam gefühlt und Aufmerksamkeit gesucht. „Dann waren Sie gar nicht an der Unfallstelle?“

„Freilich. In aller Früh war ich schon draußen, so gegen fünf, Brennnesseln klauben. In der Wiese neben dem Weingarten vom Grubinger gibt's nämlich die schönsten. Mein Korb war fast voll, wie's passiert ist. Die Brennnesseln, die brauch ich für mich, gell? Sind gut gegen Rheuma.“ Sie rieb sich ihr Handgelenk. „Aus denen, die ich über hab', mach ich ein

Brennnessel-Tonikum. Das ist für die Poldi, meine Nachbarin.“ Sie senkte die Stimme zu einem vertraulichen Flüstern. „Die hat eine Glatze und meint, mein Tonikum könnt’ da noch was richten.“ Diesmal schwang Missbilligung in Trude Naglreiters Kichern mit. „Und aus den Brennnesselsamen koche ich einen Absud und verkaufe ihn dem Schandl Klaus. Damit er besser in Fahrt kommt.“ Schalk blitzte aus den wässrigen Äuglein. „Aber bei dem rührt sich trotzdem nix mehr, gell?“ Als die Alte loslachte, lachte Bukowski verhalten mit.

„Aber Frau Naglreiter, dann haben Sie ja gar nichts sehen können, wenn Sie Brennnesseln gepflückt haben. Da hat man die Nase am Boden, nicht wahr?“

„Gehört hab’ ich’s. Dass ein Auto gekommen ist. Und grad, wie es an mir vorbei war, hat es schon einen Mords-Schepperer getan.“ Sie schlug die Hände zusammen. „Jessasmaria, da bin ich erschrocken. Und wie ich mich aufgerichtet und hingeschaut hab’, war das Ortsschild weg und das Auto schon in der Mauer vom Krautsieder Pepi drin. Aber das Licht, das war noch da. Und was für ein Licht! So ein schönes Licht hab’ ich meiner Lebtag nicht gesehen.“

Bukowski hob interessiert die Brauen. „Aha?“

„Der hellste Lichtstrahl, den du dir vorstellen kannst.“ Trude Naglreiter senkte die Stimme. „Ganz giftgrün war der.“ Sie bekreuzigte sich.

„Also doch die Marsmenschen?“

„Papperlapapp!“, fiel die alte Frau Bukowski ins Wort. „Da hätte der Lichtstrahl ja aus einem Raumschiff kommen müssen“, sagte sie mit ernster Stimme. „Aber da war kein Raumschiff weit und breit.“

„Haben Sie sonst noch jemanden an der Unfallstelle gesehen?“

„Nein, da war niemand. Bloß ein Auto hat da geparkt, auf der Nebenfahrbahn, vor dem Grubinger seinem Feld. Hab nicht erkennen können, ob da einer drin saß oder nicht."

„Ein Auto also. Und Sie haben nicht zufällig die Nummer ..."

„Freilich hab ich die Autonummer gesehen! Meine Augen sind nämlich noch tipptopp." Trude Naglreiter strahlte.

Vor Aufregung begannen Bukowskis Fußsohlen zu kribbeln. Vielleicht gab es einen weiteren Zeugen. Einen jüngeren, vertrauenswürdigeren. Es hielt sie nicht mehr auf der Bank. „Haben Sie die Nummer notiert?"

„Wie denn, ohne Schreibzeug? Und bis ich daheim war, hab' ich sie schon wieder vergessen. Das Alter, gell? Da helfen nicht einmal die Brennnesseln." Der Naglreiter'sche Unterkiefer mahlte schneller und das obligate Kichern blieb aus.

Bukowskis weitere Fragen, ob sie die Automarke erkannt hatte oder sich wenigstens an die Farbe des Wagens erinnerte, ließ die alte Frau unbeantwortet. Es war überhaupt nichts Vernünftiges mehr aus ihr herauszubringen. Lieber wollte sie vom Schandl Klaus erzählen, bei dem sich leider gar nichts mehr rührte, Brennnesselabsud hin oder her.

Bukowski verabschiedete sich. „Vielen Dank, Frau Naglreiter. Sie haben mir sehr geholfen. Und seien Sie nicht so streng mit dem Klaus!"

Das Kichern hörte Bukowski noch, als sie schon im Wagen saß, und sogar nachdem sie Donnerskirchen hinter sich gelassen hatte, hallte es noch immer in ihren Gehörgängen, obwohl das akustisch natürlich unmöglich war.

Die Aufregung, die sie während Trude Naglreiters Aussage befallen hatte, ließ ihr rechtes Augenlid zucken. Sie musste Manni anrufen, jetzt gleich. Vielleicht gab es in der Causa Wiener Höhenstraße auch Unfallzeugen?

„Keine Zeugen", schnappte ihr junger Kollege. Der sonst so gesprächige Manni war auffallend kurz angebunden. „Was interessiert's dich? Du hast doch Urlaub!"

Da fiel es ihr wie Schuppen von den Augen. Sie hatte sich noch nicht einmal bei ihm entschuldigt! Dabei hätte sie ihn bei ihrer Amokfahrt beinahe umgenietet. Sie schämte sich über die Maßen. Sofort erkundigte sie sich nach seinem Befinden; betonte, wie unverzeihlich sie gehandelt habe. Unverantwortlich. Wie von Sinnen. Und wie sehr sie es bedaure. Ausgerechnet ihn, den besten, den zuverlässigsten und liebenswertesten Kollegen, den man sich vorstellen könne ...

„Lass stecken, Jadis", sagte Revierinspektor Manfred Pribil, „Schleimen steht dir nicht." Doch das Schleimen hatte seinen Zweck erfüllt, denn der gute Manni schnappte nicht mehr, er flötete wieder und nannte sie Jadis, wie immer, wenn er besonders charmant sein wollte. Angeblich, weil sie Tilda Swinton ähnlich sah, die die weiße Hexe von Narnia gespielt hatte. Die böse weiße Hexe. Dabei hatte Bukowski mit bösen weißen Hexen gar nichts gemeinsam. Und mit der schönen Schauspielerin erst recht nicht, höchstens die schmalen Lippen und das spitze Kinn.

Bukowski kam zur Sache. „Was ist eigentlich mit der verletzten Tochter, mit Emilia Hirmer? Ist sie schon aufgewacht? Habt ihr sie befragt?"

„Die befragt keiner mehr. Ist gestern gestorben."

Bukowski seufzte. „Und wie ist jetzt der Stand der Dinge? Gibt es weitere Untersuchungen?“

„I wo! Akte geschlossen. Klarer Fall von erweitertem Suizid, auch ohne Abschiedsbrief.“

„War dieser Fritz Hirmer denn depressiv? Ich meine, war er in ärztlicher Behandlung? Haben die Angehörigen mit seinem Selbstmord gerechnet?“

„Negativ“, sagte Pribil. „Aber du kennst das ja. Nie rechnet jemand damit. Immer fallen alle aus allen Wolken, wenn es passiert. Nein, wir haben keinen Beweis, keine passende medizinische Vorgeschichte und keine Medikamente gefunden. Aber Gründe für einen Suizid gab es genug: kaputte Ehe, Trennungsängste, drohender Konkurs, haufenweise Schulden.“

Um über Mannis Worte besser nachdenken zu können, fuhr Bukowski rechts ran. Durfte man aus dem bloßen Vorhandensein von Motiven auf die Tat schließen? Sie kannte viele Leute, die Gründe gehabt hätten, sich umzubringen. Die vielleicht ab und zu darüber nachdachten. Sich selbst eingeschlossen. Aber nur wenige setzten den Gedanken in die Tat um oder unternahmen auch nur einen Versuch.

Mensch Manni, das ist alles sehr dünn, dachte sie und konzentrierte sich auf die Fakten, die dafür sprachen, dass eine Verbindung zwischen den beiden Fällen existierte. Eine Verbindung, die weitere Ermittlungen rechtfertigte. Da waren einmal die fehlenden Bremsspuren. Außerdem der fehlende Beweis für den Suizid im Wiener Fall und das seltsame grüne Licht im Fall von Donnerskirchen. Der hellste und schönste Lichtstrahl, den Trude Naglreiter je gesehen hatte, so schön, dass sie den Kollegen aus Eisenstadt spaßeshalber die Theorie mit den Marsmenschen schmackhaft machen wollte.

Aber war die alte Frau eine vertrauenswürdige Zeugin?, fragte sich Bukowski, während ein Auto nach dem anderen vorbeirauschte.

„Die Naglreiter ist senil, und du bist paranoid“, murmelte sie dem bleichen Gesicht im Rückspiegel zu, das ihr zuzwinkerte. Nein, das war kein Zwinkern, sondern ein unkontrolliertes Zucken des rechten Augenlids.

Sie wusste, dass sie sich etwas vormachte und es Zeit war, Farbe zu bekennen. Kim würde triumphieren. Bukowski stellte sich ihre Freundin dabei vor. Ihren Siehst-du-wohl-Gesichtsausdruck, den Was-hab-ich-dir-gesagt-Blick. Und sie beschloss, dass sie darauf verzichten konnte, zumindest konnte sie das Ganze noch etwas hinauszögern. Schließlich hatte sie Urlaub, und im Urlaub war es doch legitim, sich mit Dingen zu beschäftigen, die Spaß machten. Und wenn ihr, Gruppeninspektorin Carla Bukowski, nun einmal das Ermitteln Spaß machte, warum sollte sie sich diesen Spaß nicht gönnen? Im besten Fall entdeckte sie doch noch eine Unregelmäßigkeit. Im schlechtesten Fall musste sie kapitulieren. Und dafür war auch in drei Tagen noch Zeit.

Da Neusiedl ohnehin auf ihrem Weg lag, beschloss sie, die Witwe des verunfallten Anästhesisten zu besuchen.

Die Begegnung mit der hochschwangeren Katharina Laaber verlief schlimmer, als Bukowski es sich ausgemalt hatte. Die Verzweiflung stand der jungen Frau ins Gesicht geschrieben. Sie haftete als stumme Anklage ihrem Blick an, klebte an den Blütenblättern der weißen Orchideen am Fensterbrett, hing am Sekundenzeiger der poppigen Wanduhr und ließ ihn scheinbar langsamer ticken. Sie infiltrierte die Wohnzimmerluft, die schwach nach Kaffee, vergammeltem Blumenwasser, Möbelpolitur und in der Sonne tanzenden Staubpartikeln roch und intensiv nach – ja, eben nach Verzweiflung.

Bukowski setzte sich auf ihre Hände, damit man das Zittern ihrer Finger nicht sah. Sie versuchte, ihre rostige Alltagsstimme in rosa Watte zu packen. „Hat Ihr Mann Medikamente genommen, Frau Laaber? War er wegen seiner epileptischen Anfälle in ärztlicher Behandlung?“

Katharina Laaber verneinte. Er habe seit seiner Jugend keine Anfälle mehr gehabt. Die Krankheit sei zum Stillstand gekommen, das hatte Oliver jedenfalls geglaubt. Und sie auch, deshalb sei der Unfall so unbegreiflich für sie.

Interessant, dachte Bukowski. Die Epilepsie-These kam ins Wackeln. War es also doch kein Unfall? Sie konnte ihre aufkeimende Freude nur schlecht verbergen. Zum Glück bemerkte Katharina Laaber nichts.

„Erzählen Sie mir von Ihrer Ehe.“

Glücklich sei sie gewesen, außerordentlich glücklich sogar. Oliver habe sich wie verrückt auf das Kind gefreut, das sie beide sich schon seit vier Jahren wünschten. Und jetzt, jetzt endlich ... Katharina Laaber streichelte ihren Kugelbauch. In ihren Augen schimmerte Feuchtigkeit.

„Hat Ihr Mann Feinde gehabt? Neider?“, fragte Bukowski. „Kennen Sie jemanden, der ihm womöglich den Tod gewünscht hat?“

Katharina Laaber hörte mit dem Streicheln auf und starrte Bukowski an. Verständnislos. Als wäre das Wort „Feinde“ in Verbindung mit ihrem Mann eine Absurdität, unmöglich und unvorstellbar. Der

Damm brach, Tränen flossen, die junge Frau wurde von einem Weinkrampf geschüttelt.

Oliver sei ein erstklassiger Arzt gewesen, beliebt bei den Kollegen, geschätzt von den Vorgesetzten, ein Bilderbuch-Schwiegersohn, ein Ehemann, wie ihn sich jede Frau wünsche, ein wunderbarer Nachbar und Freund, erklärte die Nachbarin der Laabers, eine resolute Frau um die fünfzig, die auf Bukowskis Bitte herbeigeeilt kam, um Katharina zur Seite zu stehen. Sie reichte ihr ein Taschentuch nach dem anderen und legte beschützend den Arm um sie.

Bukowski schenkte sie einen missbilligenden Blick. „Sind alle Polizistinnen so feinfühlig?“

Bukowski verabschiedete sich. Sie hatte es eilig, ins Freie zu kommen. Wenigstens bleibt Katharina Laaber noch das Baby, dachte sie. Sobald es geboren war, würde es seine Mutter auf Trab halten. So sehr auf Trab halten, dass sie gar keine Zeit haben würde, eine Depression zu entwickeln. Das wünschte sie der jungen Frau jedenfalls aufrichtig.

Auf dem Heimweg überlegte sie, wie sie weiter vorgehen sollte. Wenn der Wiener und der Donnerskirchner Fall tatsächlich zusammenhingen – wenn es also nicht um einen Suizid und einen Unfall, sondern um zwei Morde ging – dann musste es zwischen Fritz Hirmer und Oliver Laaber eine Verbindung geben. Diese Verbindung galt es zu finden. Die Chance, zu versagen und von Kim und den Kollegen als verrückt angesehen zu werden, lag dabei vermutlich bei neunundneunzig Prozent.

Weitermachen und mich total blamieren oder den Irrtum zugeben?, fragte sie sich.

Sie war so in Gedanken versunken, dass sie beinahe die Abzweigung zu Kims Haus übersehen hätte. Sie parkte den Wagen vor dem Haus, stieg aus und straffte ihre Schultern, bevor sie die Klinke des Gartentors hinunterdrückte.

Aufhören? Oder erst recht weitermachen?

„Na? Haben dir die Eisenstädter Kollegen gezeigt, wo der Barthel den Most holt?“, fragte Kim zur Begrüßung und schenkte ihr ein Lächeln, das man im besten Fall als mitleidig bezeichnen konnte.

Bukowski lächelte grimmig zurück. Jetzt wusste sie, wie ihre Entscheidung ausfallen würde.

6

Sophie hockte im Gras. Ihr Blick schweifte über das Kondenswasser, das den Plastiksack von Lidl überzog, bis er an einem einzelnen Wassertropfen hängen blieb. Der kullerte über das rote I des Logos, langsam zuerst, dann immer schneller, und wurde schließlich von einem Grashalm aufgehalten. Sie schüttelte sich; wollte sich lieber nicht vorstellen, was der böse Mann ihren Hasen angetan hatte; wie Flocke und Fluffel gestorben waren. Aber ihre Gedanken kreisten um genau diesen Punkt, ununterbrochen, und ließen sich weder ablenken noch vertreiben. Vor ihrem inneren Auge sah sie Blut, Unmengen von Blut und Horrorbilder von abgeschlagenen Köpfen und aufgeschlitzten Bäuchen mit hervorquellendem Gedärm. Und wenn ihre Mutter hundertmal beschwor, dass da kein Tropfen Blut gewesen war, dass die Hasen ganz friedlich dagelegen hätten, als würden sie selig schlafen. Sie wusste es besser. Mama log doch sowieso ständig, meistens, weil sie ihr wieder einmal nichts zutraute oder weil sie ihren Paulina-Liebling vor irgendetwas beschützen wollte – wovor eigentlich, vor der Wahrheit?

Notlüge nennt man das wohl, dachte Sophie. Und ihrer Meinung nach war das viel abscheulicher als eine echte, ehrliche Lüge, weil eine Notlüge angeblich mit einem gut gemeinten Hintergrund daherkam, als wollte sie sich aufspielen und etwas Besseres sein.

„Ich will sie noch einmal sehen!", sagte sie.

Ihre Mutter, die das Loch im Kräuterbeet verbreiterte, ließ die Schaufel fallen und wischte sich mit dem Ärmel über die Stirn. „Das willst du bestimmt nicht! Behalte sie lieber lebendig in Erinnerung."

„Warum eigentlich nicht, wenn sie so friedlich eingeschlafen sind, wie du gesagt hast?“

„Das war vorgestern. Aber bei der Hitze verwesen tote Körper sehr schnell. Das sieht bestimmt eklig aus.“

„Du hast sie doch extra in die Tiefkühltruhe getan, damit sie nicht verwesen.“ Sophie wusste nicht, was sie schlimmer finden sollte, die Vorstellung, dass Mama ihre toten Lieblinge eingefroren hatte wie Fischstäbchen, oder dass sie die kleinen seidigen Körper in eine bunte Plastiktasche gestopft hatte. Noch dazu von Lidl, dem Billig-Discounter!

Ihre Mutter beeilte sich, weiterzugraben. „Wie kommst du denn darauf? Ich würde doch deine Hasen nicht ...“ Pinkfarbene Flecke bildeten sich an Hals und Wangen, und allein daran konnte Sophie die Lüge erkennen. Und natürlich am Kondenswasser auf dem Plastiksack, dessen Inhalt allmählich in der Sonne auftaute.

Mama log, wie es ihr gerade in den Kram passte, und sie war unmöglich. Sowas von unmöglich! Sie hatte doch tatsächlich gedacht, sie könnte zwei neue Hasen kaufen und alles wäre gut. Als ob es um zwei Teller ginge, die man einfach durch neue ersetzte, wenn sie zerbrochen waren. Aber Flocke und Fluffel waren Familienmitglieder gewesen, kein Geschirr. Und auch kein Spielzeug. Sophie hatte die beiden geliebt. Vielleicht nicht von Anfang an, okay, zugegeben, aber in den vergangenen drei Monaten waren sie ihr ans Herz gewachsen. Sie konnte nicht einfach auf einen Knopf drücken und ihre Liebe auf zwei völlig fremde Hasen übertragen.

„Ich will sie sehen!“, sagte sie noch einmal.

„Hör auf mich, mein Schatz, du würdest nur Albträume davon bekommen.“

Von wegen ‚mein Schatz'! In Wirklichkeit ging es um etwas ganz anderes. Mama wollte nicht, dass sie die Wahrheit herausfand. Denn den bösen Hasenmörder-Mann hatte sie bestimmt nur erfunden, um nicht zugeben zu müssen, dass Tomlinson die Hasen umgebracht hatte. Garantiert war Paulinas verdammter Köter an allem schuld. Vermutlich hatte er auch die Grube ausgehoben, nicht Mama. Die hätte doch nie ihr heiliges Kräuterbeet geopfert!

„Weißt du, was ich nicht verstehe?", fragte Sophie.

Ihre Mutter stützte sich auf den Stiel des Spatens und schielte argwöhnisch durch eine Lücke in ihrem Haar-Vorhang.

„Wenn jemand mitten am helllichten Tag in unseren Garten gekommen ist und Flocke und Fluffel den Hals umgedreht hat, warum hat er dann Tomlinson nichts getan?"

„Vermutlich weil Tomlinson davongerannt ist. Was deine Häschen leider nicht konnten. Hör zu, Sophie, es ..."

„Er hätte ihn ja vergiften können! Der dumme Hund frisst doch alles, wenn es nur annähernd nach Wurst riecht."

„Jetzt reicht's aber! Sofort entschuldigst du dich! Nur weil dir etwas Schlimmes passiert ist, musst du Paulina nicht etwas noch Schlimmeres an den Hals wünschen."

Sophie kniff ihre Lippen zusammen. Typisch! Wenn Paulinas doofer Hund massakriert worden wäre, wäre es natürlich ‚etwas noch Schlimmeres' gewesen als das Gemetzel an ihren Zwerghasen. Paulina war eben wichtiger als sie, und Paulinas Köter war wichtiger als ihre beiden mickrigen Karnickel. Und warum? Bloß weil ihre Zwillingsschwester ein verwöhntes

Sensibelchen war, das nichts abkonnte und bei jeder Kleinigkeit in Tränen ausbrach. Weshalb Mama sie immerzu in Schutz nahm. Sogar dieses Begräbnis wollte sie ihr ersparen, dabei wäre es das Mindeste gewesen, dass Paulina sich ansah, was ihr Tomlinson, dieser hinterhältige Mistköter, angerichtet hatte.

Gift soll das Biest fressen, dachte Sophie. Abkratzen soll es, und Paulina soll sich die Augen ausweinen! Sie stellte sich vor, wie Tomlinson mit erloschenem Blick in seinem eigenen Erbrochenen liegen würde.

Im nächsten Augenblick erschrak sie furchtbar. War sie wirklich so eifersüchtig? Weil Paulina einen Hund bekommen hatte und sie nicht? Weil Mama Paulina bevorzugte? Dabei konnte ihre Schwester doch gar nichts dafür! Sie bemerkte es nicht einmal. Und Tomlinson konnte am allerwenigsten dafür. Er war bloß ein verspielter Welpe. Außerdem mochte Sophie ihn genauso gern wie Paulina, und sie durfte genauso oft mit ihm Gassi gehen. Oder ihn streicheln, mit ihm im Garten toben. Niemals könnte sie ihm ein Haar krümmen, so grausam es auch war, was er ihren Hasen angetan hatte. Wahrscheinlich war er nur seinem Instinkt gefolgt.

„Ich wünsche Paulina gar nichts Schlimmes", sagte Sophie kleinlaut. „Es ist nur ... Ich wette, Tomlinson hat die Hasen auf dem Gewissen!"

„Hat er nicht!" Die Wangen ihrer Mutter mussten brennen, so rot waren sie. Vorwurfsrot mit zornigen Schattierungen. „Weißt du was? Ich habe jetzt genug von deinen Verdächtigungen! Ich hätte dir den Anblick gern erspart, aber wenn du darum bettelst ..." Sie legte den Spaten weg und öffnete die Lidl-Tüte.

Sophie erhaschte einen Blick auf Fluffel. Nein, das war nicht Fluffel. Nur ein groteskes Zerrbild von ihm, scheußlich wie eine misslungene Karikatur. Sein ehemals so flauschiges Fell wirkte strähnig, das Weiß schmutziggelb, der Bauch aufgebläht. Die Beine standen starr vom Körper ab, als gehörten sie nicht dazu. Sein Leichnam war bereits halb aufgetaut, eine dunkle Flüssigkeit sickerte aus dem Po. Obwohl Sophie nur flach atmete, strömte eine Wolke süßlichen Gestanks in ihre Nase und legte sich wie ein klebriger Film über ihre Haut, als wollte er für immer daran haften bleiben.

Sie sprang auf, taumelte zurück; würgte, brauchte mehrere Anläufe, um die aufsteigende Galle hinunterzuschlucken.

Kein Blut, dachte sie, als der Anfall von Übelkeit vorbeigegangen war. Da war wirklich kein Blut gewesen. Tomlinson war unschuldig. Und Mama hatte gar nicht gelogen, nur in Bezug auf das Einfrieren.

„Entschuldige, Schatz. Es tut mir so leid!“ Ihre Mutter verschloss den Plastiksack wieder, streifte die Gartenhandschuhe ab und drückte Sophie an sich. Strich ihr eine Haarsträhne aus dem Gesicht, küsste Tränen von ihren Wangen. Und obwohl Sophie – zum Unterschied von der verschmusten Paulina – Umarmungen und Küsse nicht mochte, ließ sie diesmal alles mit sich geschehen. Die Mauer, die sonst zwischen ihr und ihrer Mutter bestand, war auf einmal nicht mehr da. Noch nie hatte sie sich Mama so nahe gefühlt. Nur schade, dass dieser gute Moment ausgerechnet beim Begräbnis ihrer Hasen stattfinden musste, und nicht bei einer anderen, ganz gewöhnlichen Beschäftigung, an einem anderen, ganz gewöhnlichen Tag.

Die Zeremonie verlief schlicht, aber feierlich. Der gut verschlossene Plastiksack mit den Körpern von Flocke und Fluffel wurde in die Grube gelegt.

Irgendwie ist diese Hülle mit dem blau-gelb-roten Lidl-Logo gar nicht so schlecht, dachte Sophie versöhnlich. Wie ein Leichentuch mit einer fröhlichen Note. Eigentlich passte das viel besser zum Charakter der Kaninchen als die dunkelblaue Seidenstola, in die sie die beiden hatte betten wollen und die Mama ihr ausgeredet hatte. Sophie streute die erste Schaufel voll Erde über ihre toten Lieblinge, danach wechselten ihre Mutter und sie sich ab. Zum Schluss kamen zwei Natursteinplatten auf das Grab, die vom Verlegen des Terrassenbodens übrig geblieben waren.

„Damit Tomlinson die beiden nicht wieder ausgräbt", sagte Mama und stellte eine Keramikschale obenauf, die Sophie ganz allein bepflanzen durfte. Sie entschied sich für Sommersalbei, weil er in ihrer Lieblingsfarbe blauviolett blühte. Und weil die duftenden Salbeiblüten den schrecklichen Leichengeruch übertünchen würden, falls er durch die Erdschichten dringen sollte. Außerdem würden Flocke und Fluffel mit Hilfe des Salbeis wenigstens in den Genuss von Bienen- und Hummelgesellschaft kommen.

Am Schluss summte Mama leise „Guten Abend, gut' Nacht", wie sie es früher immer vor dem Einschlafen gemacht hatte. Das war besser als ein Gebet, und den Hasen hätte es bestimmt auch gefallen.

Leider piepte ausgerechnet bei der Stelle „Schlaft nun selig und süß" Mamas Handy. Sie fischte es aus der Hosentasche, warf einen Blick aufs Display und zuckte zusammen. So sehr erschrak sie, dass sie ganz aufs Weitersummen vergaß.

„Schaut im Traum 's Paradies", flüsterte Sophie an ihrer Stelle.

Energisch drückte ihre Mutter den Anruf weg. Danach war auch der letzte Anflug von Röte aus ihrem Gesicht verschwunden, das jetzt kreidebleich wirkte. Sophie hätte zu gern gewusst, wer der Anrufer war. Paps bestimmt nicht. Beim Anblick seines Namens hätte Mama höchstens genervt die Brauen hochgezogen.

Später, nachdem Sophie sich die Hände ausgiebig mit Seife, heißem Wasser und einer Bürste abgeschrubbt hatte, um auch die letzte Erinnerung an den Verwesungsgeruch loszuwerden, saßen Paulina und sie am Küchentisch bei Butterbrot und Kakao. Da piepte Mamas Handy zum zweiten Mal. Wieder zuckte sie zusammen und wurde bleich vor Schreck, obwohl sie diesmal gar nicht wissen konnte, wer der Anrufer war, denn sie schob das Handy nur ein Stück tiefer in die Hosentasche.

Draußen klapperte der Briefkastendeckel. Tomlinson kläffte los wie ein Irrer.

„Der Briefträger!", rief Paulina. Sie lief hinaus, als müsste sie Fred Daneschits, einen kräftigen, baumlangen Kerl, vor Tomlinsons Milchzähnen beschützen. Dabei war doch klar, dass der Hund nur spielen wollte. Und der Daneschits hatte selbst zwei Schäferhunde, der kannte sich aus.

Im nächsten Augenblick fiel Sophie ein, dass heute Samstag war. Und am Samstag kam kein Briefträger, schon gar nicht am Abend.

Aber als Paulina kurz darauf zurückkehrte, hielt sie tatsächlich einen Briefumschlag in der Hand, den sie Mama überreichte.

„Hat den der Daneschits gebracht?", fragte Sophie.

Paulina zuckte mit den Schultern. „Hab niemanden gesehen."

Eine Rechnung, dachte Sophie zuerst, als sie die gerunzelte Stirn ihrer Mutter betrachtete. Eine Rechnung, die wieder einmal höher ausgefallen war, als es

Mamas Vorstellung und ihrem Kontostand entsprach. Aber was ihre Mutter aus dem Umschlag zog, war bloß ein Foto. Sekundenlang starrte sie es an, mit offenem Mund und weit aufgerissenen Augen. Plötzlich entglitt es ihrer Hand und fiel auf den Küchenboden.

Paulina bekam nichts mit, sie war damit beschäftigt, den letzten Rest Kakao aus dem Emailtopf in ihren Becher zu gießen und aus dem Augenwinkel zu beobachten, ob Sophie den Betrug bemerkte.

Sophie interessierte sich nicht für den Kakao. Sie stürzte sich auf das Foto und hob es auf. Bevor sie es ihrer Mutter zurückgab, schaute sie es sich genau an. Ein Mann war darauf abgebildet, den sie noch nie gesehen hatte. Er trug ein kariertes Hemd und lächelte spitzbübisch in die Kamera. Eigentlich ganz sympathisch. Auf die Rückseite des Fotos hatte jemand mit schwarzem Filzstift ein Kreuz gemalt.

Mama riss Sophie das Foto aus der Hand, zerfetzte es in winzige Teile und warf es zum Altpapier. Ihre Hände zitterten dabei wie die von Herrn Ott, Sophies ehemaligem Zeichenlehrer, aber der Ott war steinalt und in Pension und er hatte irgendeine seltsame Krankheit.

„Beschichtetes Papier gehört zum Restmüll, nicht in den Papiercontainer“, sagte Sophie und erkannte im selben Augenblick, dass sie besser den Mund gehalten hätte. Mütter vertrugen Kritik – auch wenn sie noch so berechtigt war – generell nicht gut. Vor allem dann nicht, wenn sie andere Sorgen hatten. Und die hatte ihre Mutter ja ständig.

„Raus, alle beide, und verschwindet in euer Zimmer!“

Paulina gehorchte anstandslos und Sophie folgte ihr, ausnahmsweise ohne zu maulen. Ihr war klar, dass die plötzliche Verstimmung ihrer Mutter mit den seltsamen Anrufen zu tun hatte. Und mit dem Karierten auf dem Foto, der nicht besonders alt aussah, ungefähr so alt wie Mama. Trotzdem war er anscheinend gestorben. Ob er ein Freund von Mama war?

Während Paulina sich aufs Bett hockte und zu lesen begann, schaute Sophie aus dem Fenster.

Im Westen ging die Sonne unter und verfing sich dabei im Geäst des alten Marillenbaums, der im letzten Jahr ganz plötzlich verdorrt war. Seither stand er wie ein vergessenes Gerippe herum. Sophie fragte sich, woran der Karierte gestorben sein mochte. Ob er Krebs gehabt hatte? Einen Unfall?

Oder hatte auch ihm jemand den Hals umgedreht, so wie ihren Hasen, die jetzt – die kleinen starren Körper in einen bunten Plastiksack von Lidl gehüllt – am Grund einer Grube lagen, die einmal Mamas Kräuterbeet gewesen war?

7
11. August

Mit jedem Zug an der ersten Morgenzigarette reduzierte sich das Gefühl von Dumpfheit in ihrem Kopf, das den gelben Kapseln zuzuschreiben war. Der Cocktail aus Benzol, Nitrosaminen, Formaldehyd, Blausäure, Teerpartikeln, Benzpyren, Cadmium, Polonium und anderen wertvollen Spurenelementen verlieh ihr Tatkraft und Energie. Wen interessierte da die karzinogene Wirkung?

Nach der zweiten Zigarette waren die Speicher gefüllt. Sie stieg in ihren Wagen und fuhr los.

Im Radio spielten sie das zweite Streichquartett von Arnold Schönberg. Komponiert im Jahr 1908, gewidmet seiner Frau Mathilde. Bukowski erinnerte sich, dass der dritte und vierte Satz entstanden waren, nachdem Schönberg seine Gattin mit seinem Freund, dem Maler Richard Gerstl, in flagranti erwischt hatte. Es kam zum Eklat. Mathilde verließ ihren Mann, kehrte aber nach kurzer Zeit zurück, der Kinder wegen. Gerstl verkraftete die Trennung von seiner Geliebten und den Verlust des Freundes nicht. Man fand ihn erhängt vor einem Spiegel – zuvor hatte das Genie einen großen Teil seiner Werke zerstört und seinen Körper mit einem Messer durchbohrt.

Die Komposition war gespickt mit Dissonanzen, die zu keiner Auflösung führten, sondern zu weiteren Dissonanzen. Rücksichtslos und unbarmherzig klang diese Musik, wie eine in Töne gesetzte Anklage, eine moralische Verurteilung des Liebespaares durch den betrogenen Komponisten. Als hätte Schönberg den Freund regelrecht in den Selbstmord getrieben!

Unsinn, hätte Gregor gesagt und aufs Schärfste protestiert. Den Versuch, private Tragödien aus Werken großer Künstler herauszulesen, hatte er stets belächelt.

Erinnerungen überschwemmten Bukowski, Erinnerungen an die guten Jahre. Als Samuel ein Baby gewesen war und Gregor an seiner Dissertation geschrieben hatte: *„Ich fühle Luft von anderem Planeten": Arnold Schönberg, seine geistigen Väter und die ästhetischen Prämissen seiner frühen Werke.*

Den ganzen Tag über war Musik gelaufen. Der „Pierrot lunaire", während sie kochte, die „Erwartung", während er Geschirr spülte, die „Drei Klavierstücke", während sie Samuel stillte. Gregor hatte ihr Schönbergs Musik nahegebracht, sie hatten diese Liebe geteilt wie den abendlichen Fencheltee und Samuel hatte sie – wie die krampflösende Wirkung des Fenchels – mit der Muttermilch aufgesogen.

Wann war es zerbrochen?

Die Viola artikulierte vorwurfsvoll.

Warum musste es so enden?

Gläsern parierten die Violinen.

„Ich wäre auch zurückgekommen", murmelte Bukowski. „Wieso hast du nicht gewartet?"

Das Cello antwortete fahl.

Wieso, warum? Die Fragen vermehrten sich, vielstimmig kreisten sie in ihrem Kopf. Ihr rechtes Lid zuckte.

Als die Sopranistin „Mir blassen durch das Dunkel die Gesichter", mit viel zu viel Vibrato sang, schaltete Bukowski mit einem Faustschlag das Radio aus. Ihre Hände zitterten so sehr, dass sie Probleme hatte, den Schalthebel zu bedienen.

Reiß dich zusammen, befahl sie sich. Konzentriere dich auf den Verkehr. Bei Parndorf fuhr sie auf die Ost-Autobahn auf, den Blick stur geradeaus gerichtet, und bekam sich langsam in den Griff. Um nicht wieder in alte Grübeleien zu verfallen, dachte sie an den Fall. An den Fall, von dem sie sich so sehr wünschte, dass er einer sei. Doch bisher sträubte er sich.

Den ganzen Sonntag über hatte sie sich bemüht, einen Zusammenhang zwischen dem Wiener Unglückslenker Fritz Hirmer und dem Opfer von Donnerskirchen, Oliver Laaber, zu finden. Es gab keinen. Dass beide Männer gebürtige Wiener waren, schien die einzige Gemeinsamkeit zu sein.

Laaber, dessen Eltern eine florierende Schokolademanufaktur in Hietzing besaßen, hatte das LUWI besucht, eine der teuersten Privatschulen Wiens. Anschließend studierte er an der MedUni Medizin und absolvierte im Universitätsklinikum Graz die Ausbildung zum Facharzt für Anästhesiologie und Intensivmedizin. Bei einer Weinmesse lernte er die Winzertochter Katharina Rottenmeier aus Neusiedl kennen, ein Jahr später heirateten die beiden. Vor drei Jahren war das Paar in Katharinas Heimatort gezogen und Oliver hatte seine Stelle im Krankenhaus der Barmherzigen Brüder in Eisenstadt angetreten.

Fritz Hirmers Lebenslauf las sich nicht ganz so glatt. Fritz war die Frucht einer Affäre des sechzigjährigen Antiquitätenhändlers Franz Josef Hirmer mit der halb so alten Edina Jović, die zweimal wöchentlich Franz Josefs Geschäft putzte. Da Edina den ganzen Tag arbeiten musste, wuchs ihr Sohn bei seiner Oma in Lilienfeld auf, einer wenig mütterlichen Frau, die ihr Lebtag lang hart gearbeitet hatte und der immer die Hand ausrutschte, wenn sie mit dem heranwachsenden Enkel überfordert war. Und sie war immer öfter überfordert, vor allem nach Edinas tragischem Tod bei einem Badeunfall. Mit fünfzehn flog Fritz wegen diverser Sabotageakte von der Schule. Er begann eine Lehre zum Einzelhandelskaufmann und erwies sich als tüchtig. Sein Vater zahlte zwar Alimente, lehnte aber jeden Kontakt ab. Erst kurz vor seiner Übersiedlung ins Altersheim besann sich der inzwischen verwitwete Franz Josef Hirmer. Da seine Ehe kinderlos geblieben war, adoptierte er Fritz, der sich von diesem Zeitpunkt an mit Haut und Haaren den Antiquitäten verschrieb. Er bewies ein Händchen für alte Möbel und erbte das Geschäft, als sein Vater starb. Fünf Jahre später heiratete er Lisa Silberstein und bekam mit ihr zwei Kinder.

Um diese Informationen zusammenzutragen, hatte Bukowski fast den ganzen Sonntag gebraucht. Vor allem Fritz Hirmers Lebenslauf hatte ihr Mühe bereitet, da seine einzige lebende Verwandte, die Oma, längst wieder in Kroatien lebte und in den letzten zehn Jahren kaum Kontakt zu ihrem Enkel gehabt hatte. Anstatt mit Kim eine Radtour zu machen, war Bukowski stundenlang im Garten gesessen, hatte telefoniert, geskypt, im Internet recherchiert. Sie wurde von Gelsen zerstochen und holte sich einen Sonnenbrand, ohne es zu merken, trank Unmengen an Kaffee, aß kaum etwas und brütete über ihrem Tablet.

Gegen Abend riss Kim der Geduldsfaden. Sie regte sich maßlos auf. Über Carlas Sturheit, ihre Realitätsfremdheit und vor allem ihre gesundheitsverachtende Lebensweise. Sie drohte damit, Nowak anzurufen und ihn über ihre Recherchen ins Bild zu setzen – wenn, ja wenn Carla nicht sofort Besserung gelobe.

Bukowski gelobte. Sie hätte alles getan, um sich Ärger mit dem Chef zu ersparen.

Zähneknirschend räumte sie ihr Tablet weg und lud Kim zum Heurigen ein. Es wurde dann doch noch ein netter Abend, wozu der in Barrique ausgebaute St. Laurent das Seine beitrug. In Kombination mit zwei gelben Kapseln entspannte er Bukowski so nachhaltig, dass sie noch vor Mitternacht in einen traumlosen Schlaf hinüberglitt.

Als sie am Montagmorgen erwachte, fühlte sie sich erstaunlich fit. Sie versprach Kim, den ganzen Tag am See zu verbringen und nicht einmal an Ermittlungsarbeit zu denken. Wozu auch? Der Fall sei ja doch keiner, das sehe sie natürlich ein, log Bukowski.

Kim freute sich. Wenn Carla zur Vernunft gekommen sei, könne sie beruhigt zu ihren Kundinnen fahren. „Drei ältere Damen um die siebzig", erklärte sie. „Zwei leiden an Schlafstörungen und wünschen sich eine Klangmassage, die dritte hat Angst vor einer bevorstehenden Operation und braucht ein Channeling."

„Ein was?"

„Channeling." Nach einem Blick in Bukowskis Gesicht winkte Kim ab. „Du, das verstehst du nicht."

„Warum erklärst du's mir nicht?"

Kim zuckte mit den Schultern. „Channeling heißt, dass ein Channel, also ein Medium, Botschaften höherer Geistwesen weitergibt."

„Höhere Geistwesen?" Bukowski musste die Kaffeetasse mit beiden Händen festhalten. „Was zum Kuckuck meinst du mit höheren Geistwesen?"

„Ja Himmel, Arsch und Zwirn, Engel halt! Selbst eine Zweiflerin wie du wird doch wissen, was Engel sind!"

Bukowski ignorierte den aufwallenden Zorn ihrer Freundin. „Ach so, Engel. Und du übersetzt dann also aus dem Engelischen?"

Kim verdrehte die Augen. „Ich helfe der alten Dame, ihre Urängste aufzulösen. Beispielsweise die Angst vor tödlichen Viren, die man sich bei einem Klinikaufenthalt einfangen kann."

Bukowski konnte ihr Entsetzen nicht verbergen. Ihr Mund stand offen.

„Es tut ihr gut! Also wo ist dein Problem?"

„Du musst nicht so schreien, nur weil ich ein paar harmlose Fragen stelle."

„Von wegen harmlos", schnaubte Kim und dampfte aus dem Haus wie eine wütende Lokomotive.

Bukowski fühlte einen Stich Mitleid mit ihrer unverstandenen Freundin. Trotzdem überwog die Freude darüber, dass die Beschwörung höherer Geistwesen Kim bestimmt den halben Tag lang beschäftigen würde und sie freie Bahn hatte. Ein schlechtes Gewissen ließ sie gar nicht aufkommen, immerhin hatte Kim ihr mit Nowak gedroht und sie erpresst. Nach zwei Morgenzigaretten war sie also aufgebrochen, hatte den Neusiedler See links liegenlassen und stattdessen Wien angepeilt, die Firmiangasse in Ober-St.-Veit, wo die Schwiegereltern von Fritz Hirmer wohnten.

Als sie den von Marmorlöwen bewachten Aufgang zur Prachtvilla der Familie Silberstein nahm, fiel ihr plötzlich auf, wie schäbig ihre Jeans aussahen. Das Poloshirt hatte ein Loch, und sie hatte keine Zeit gehabt, sich am Morgen die Haare zu waschen. Außerdem schälte sich infolge des Sonnenbrands die Haut von ihrer Nase und – das hatte ihr der Rückspiegel ihres Toyotas verraten – die Sommersprossen hoben sich wie Dreckspritzer vom Schnee ihres Gesichts ab. Gleichzeitig ärgerte sie sich darüber, dass der Duft der Hietzinger Noblesse sie derart einschüchterte. Oder roch nur der alte Efeu so unangenehm? Bukowski richtete sich zu voller Größe auf und klingelte.

Frau Silberstein hatte die fünfzig längst überschritten und musste einmal eine attraktive Frau gewesen sein, wenn man sich die verhärmten Linien um ihren Mund wegdachte, die die Lippen in ein permanentes Abwärts zwangen. Trotz der tragischen Ereignisse zeigte sie keinerlei Emotionen, als wären Beherrschung und Kontrolle ihr Lebenszweck. Sie bat Bukowski herein und führte sie ins Wohnzimmer, das in Wahrheit ein Salon war, ein dunkel getäfelter, mit zwei Kristalllüstern bestückter Raum, in den Bukowskis gesamte Wiener Wohnung hineingepasst hätte. Mehrere Lagen feinster Perserteppiche dämpften die Schritte. Beim Anblick des gediegenen Mobiliars verging Bukowski auch der Ansatz eines Lächelns. Aber ein Lächeln wäre ohnehin unangebracht gewesen.

Frau Silberstein servierte blassen Tee in Meißner Tassen. Auf die gestellten Fragen antwortete sie so knapp wie möglich. Erst als sie begriff, dass Bukowski nicht vom erweiterten Suizid ihres Schwiegersohns überzeugt war, wurde sie gesprächiger. Sie erzählte von Lisa und etwas Weiches rutschte in die maskenartige Miene. Ihre Tochter sei ein quirliges, lebenslustiges Wesen mit einer Vorliebe für schöne Künste und alte Möbel gewesen.

„Sonnig war sie“, sagte die Silberstein. „Das genaue Gegenteil meines Mannes.“

Nicht, dass Frau Silberstein selbst durch einen sonnigen Charakter aufgefallen wäre. Aber ihr Gatte, ein Lateinprofessor mit dem ehrenwerten Titel Oberstudienrat, musste sie in Sachen Nüchternheit offenbar um ein Vielfaches übertreffen.

„Wo ist Ihr Mann jetzt? Mit ihm würde ich mich auch gern unterhalten."

„Er ist nicht da." Eine senkrechte Falte mischte sich unter die zahlreichen Querfalten auf Frau Silbersteins Stirn. „Er ist im Krankenstand, aber zu Hause hält er es nicht aus", sagte sie. „Geht stattdessen spazieren. Oder soll ich sagen, er läuft davon? Vor sich selbst, vor der Situation, was weiß ich." Ein kaum wahrnehmbares Kopfschütteln zeigte ihre Missbilligung an.

Bukowski ahnte, dass der Schicksalsschlag die Eheleute nicht unbedingt zusammenschweißen würde.

„Jedenfalls hat er schon in aller Früh das Haus verlassen und wird wohl erst am späten Abend zurückkommen."

Während Bukowski sich vornahm, an einem anderen Tag wiederzukommen, erzählte Frau Silberstein bereits von Theo, Lisas Bruder, der als Dozent für Altphilologie in Hamburg lebe. Er sei das Ebenbild seines Vaters. Weder quirlig noch sonnig, schon gar nicht lebenslustig. Dafür klug und fleißig. Einer, der sich stets vorhersehbar entwickelt und nie Probleme gemacht habe.

Bukowski tippte Stichworte in ihr Tablet und versuchte, möglichst zügig auf die Hauptperson des Dramas zu sprechen zu kommen. „Was können Sie mir über Fritz Hirmer sagen?"

Ein Zucken bewegte die Mundwinkel von Frau Silberstein. Sie beschrieb ihren Schwiegersohn in kurzen Sätzen und überwiegend positiv. Aus dem, was sie nicht sagte, ließ sich jedoch schlussfolgern, dass sie mit der Wahl ihrer Tochter nicht einverstanden gewesen war.

Ein guter Mensch, der Fritz, ja durchaus, meinte die Silberstein, ein attraktiver Mann, ja sicher, außerdem überaus charmant und ein anregender Gesprächspartner. Kein Langweiler wie ihr eigener Gatte. Doch was zählten Charme und Temperament? Gehe es nicht viel mehr darum, etwas zu schaffen? Etwas Bleibendes? Rückhalt und Sicherheit für die ganze Familie?

Bukowski ließ ihre Blicke schweifen – über die Perserteppiche, die beiden Kristalllüster, das Meißner Porzellan –, und sie musste nicht nachfragen, was Frau Silberstein unter Rückhalt und Sicherheit verstand.

Außerdem sei Lisas Mann ein Windbeutel gewesen, wie alle charmanten Männer. Leichtlebig und oberflächlich. Einem schnellen Auswärts-Abenteuer nicht abgeneigt. Letzteres sagte die Silberstein zwar nicht, Bukowski las es aus den Pausen zwischen den Sätzen und aus den Zwischenräumen der verhärmten Linien in ihrem Gesicht.

„Wie stand es um die Ehe? Hat es gekriselt?"

„Gekriselt?", wiederholte Frau Silberstein. Wieder ein Zucken der Mundwinkel, so minimal, dass man sich nicht sicher sein konnte, ob es nicht Einbildung war. „Gekriselt?", sagte sie noch einmal und schenkte Tee nach.

„Aber ich bitte Sie, Frau Bukowski, in welcher Ehe kriselt es nicht, wenn sich der Alltag einschleicht und das Feuer der ersten Monate vorbei ist? Welche Paare leben sich im Lauf der Zeit nicht auseinander?" Das Wort „auseinander" betonte sie, als wüsste sie nur zu genau, wovon sie sprach.

„Wollte Lisa sich scheiden lassen?"

„Nein, nein, auf keinen Fall." Eine Trennung wäre nicht in Frage gekommen, schon wegen der Kinder. Und wegen des Geldes. Scheidungen kosteten. Und wozu? Man sei doch erwachsen, man könne sich arrangieren. Frau Silberstein sah aus dem Fenster, das den Blick auf einen weitläufigen Garten mit englischem Rasen und einigen wenigen Ziersträuchern freigab.

Bukowskis Arme juckten. Wo die Gelsen sie gestochen hatten, waren kleine Beulen entstanden. Sie versuchte, gegen den Juckreiz anzuatmen. „Wie lief es eigentlich mit dem Geschäft? Stimmt es, dass Ihr Schwiegersohn vor dem Konkurs stand?“

„Ach was. Keine Spur.“

„Nein? Dann hat er nicht unter der Finanzkrise gelitten?“

„Das haben Ihre Kollegen von meinem Mann. Aber es ist Unsinn! Sicher, die Hirmer'sche Antiquitätenhandlung war nie der große Bringer.“

Bukowski horchte auf. Aber die Silberstein hatte tatsächlich „Bringer“ gesagt, ein Wort, das sich im Wortschatz einer Oberstudienratsgattin fremd vorkommen musste wie es ein IKEA-Regal im Silberstein'schen Wohnzimmer getan hätte.

„Aber sie hatten einen kleinen, feinen Kundenstamm und damit kamen sie halbwegs über die Runden. Natürlich hätten sie keine großen Sprünge machen können, wenn ...“ Frau Silberstein löste ihren Blick von den Ziersträuchern und wandte sich Bukowski zu. „Wenn *wir* sie nicht unterstützt hätten. Doch das haben wir. Von Anfang an und hätten es natürlich auch weiterhin getan.“

„Finanzen kein Motiv“, tippte Bukowski in ihr Tablet. Sie kratzte sich verstohlen am Arm und fragte sich, ob Lateinprofessoren tatsächlich so viel verdienten, dass sie sich ein protziges Heim und einen luxuriösen Lebensstil leisten und ihren mit Losern verheirateten Kindern zu großen Sprüngen verhelfen konnten.

Als hätte Frau Silberstein ihre Gedanken gelesen, erklärte sie, dass ihr Vater einer der größten Bauunternehmer des Landes gewesen sei. Sie habe ein ansehnliches Vermögen geerbt und würde es niemals zulassen, dass eines ihrer Kinder finanzielle Not leiden müsse.

Bukowski notierte das Wort „Erbin". Der Juckreiz verlagerte sich auch auf die Waden. Sie erkundigte sich, ob Fritz Hirmer Freunde gehabt hatte. Oder Feinde.

Beides verneinte die Silberstein. Freunde seien ihr nicht bekannt, Feinde könne sie definitiv ausschließen.

„Sie glauben weder an Selbstmord noch an einen Unfall, nicht?", fragte sie plötzlich. „Nicht?" Zum ersten Mal bekam ihre Maske Sprünge und die Augen glänzten verräterisch.

„Wir gehen allen Möglichkeiten nach", wich Bukowski aus. Der Juckreiz wurde stärker, es fiel ihr schwer, ruhig sitzenzubleiben. „Wie war das eigentlich? Ist Ihr Schwiegersohn jeden Morgen um dieselbe Zeit von zu Hause weggefahren? Mit der ganzen Familie an Bord?"

Frau Silberstein schüttelte den Kopf. Normalerweise sei Lisa allein ins Antiquitätengeschäft gefahren, sagte sie. Täglich außer sonntags. Während sie im Laden war, begleitete ihr Mann die Kinder in den Kindergarten und zur Schule. In den Ferien unternahm er etwas mit ihnen. Am Nachmittag wurden die Rollen getauscht. Fritz fuhr ins Geschäft oder zu Kunden, Lisa betreute die Kinder.

„Und warum saß am Tag des Unglücks die ganze Familie im Auto?", fragte Bukowski.

„Weil Fritz mit den Kindern zum Zahnarzt wollte." Die Silberstein sah haarscharf an Bukowski vorbei. „Man vereinbart doch keinen Termin beim Zahnarzt, wenn man sich umbringen will, oder?“ Die Frage zitterte im Raum. „Oder?“

Bukowski erhob sich. Während ihr Fuß die Blumengirlanden des ersten Perserteppichs überschritt und im Rautenmuster des zweiten aufsetzte, fiel ihr etwas ein.

„Hätten Sie ein Foto für mich? Von Lisa und Fritz?“

Frau Silberstein hatte eins, das Hochzeitsbild des Paares. Außerdem drängte sie Bukowski zwei weitere Bilder von Lisa auf. Ein aktuelles Porträt, das erst vor wenigen Wochen gemacht worden war. Und eine Aufnahme von Lisa als Teenager. Sie zeigte die etwas pummelige Sechzehnjährige vor einem Schulgebäude, Arm in Arm mit einer Gleichaltrigen, einer zierlichen Person mit schmalen, schön geschwungenen Lippen, deren Blick in die Ferne gerichtet war.

„Wer ist das?“, fragte Bukowski.

„Johanna Winter. Lisas beste Freundin und Mitschülerin.“

„Haben Sie ihre Adresse?“

„Die beiden hatten schon lange nichts mehr miteinander zu tun“, erklärte Frau Silberstein. „Johanna ist leider ...“, sie suchte nach Worten, „... auf die schiefe Bahn geraten, wenn Sie wissen, was ich meine.“ Die missbilligenden Stirnfalten sprachen Bände. „Ich habe keine Ahnung, was sie heute macht. Sogar Johannas Eltern haben den Kontakt zu ihrer Tochter abgebrochen.“ Frau Silberstein legte den Kopf schief. „Die Winters sind Ärzte, müssen Sie wissen. Professor Winter ist einer der angesehensten Onkologen unseres Landes, ein guter Freund meines Mannes.“

Bukowski erschauerte. Die Herzlichkeit der oberen Zehntausend, dachte sie. Und die Einsamkeit ihrer Kinder.

Sie bedankte sich fürs Gespräch, die Fotos und den blassen Tee, überquerte die Rauten von Perser zwei und die Arabesken von Perser drei. Saß endlich im Auto und kratzte sich ausgiebig, bis die kleinen Beulen auf ihren Unterarmen zu bluten begannen. Dann zündete sie sich eine Zigarette an.

Während sie fast in die Glut des Glimmstängels hineinkroch, um die Silberstein'sche Unterkühlung wegzuwärmen, dachte sie nach. Viel Neues hatte sie nicht erfahren.

Dass Frau Silberstein nicht an einen Suizid ihres Schwiegersohns glaubte, musste nichts heißen. Wer hatte schon gern einen Selbstmörder in der Familie? Die Motive, die Manni aufgezählt hatte – finanzielle Probleme sowie Ehekrise –, hatte die Silberstein bestritten. Aber sagte sie die Wahrheit? Oder versuchte sie, die Tatsachen zurechtzurücken, damit sie in ihr bürgerliches Weltbild passten?

Bukowski grübelte. Das einzig Sinnvolle wäre, die Sache auf sich beruhen zu lassen. Aber sie war noch nicht so weit. Irgendetwas in ihrem Tiroler Dickkopf sträubte sich immer noch. Also beschloss sie, in den nächsten Tagen weitere Angehörige zu befragen. Herrn Silberstein zum Beispiel, auch wenn sie sich nicht viel davon versprach. Oliver Laabers Segelfreunde und natürlich seine Eltern. Sie waren erst kürzlich aus Kreta zurückgekommen, wo sie vom Tod des Sohnes erfahren hatten.

Als Bukowski nach Mönchhof zurückkehrte, fand sie ihre Freundin dösend im Liegestuhl vor. Sie wollte sich leise ins Haus schleichen, da schlug Kim die Augen auf.

„Wo warst du? Du hast ja gar keine Badesachen dabei!“

„Und du siehst ziemlich müde aus“, konterte Bukowski. „Waren die höheren Geistwesen gesprächig?“

„Steck dir deinen Zynismus sonst wohin!“

„Ist dir eigentlich klar, dass du ziemlich ungerecht bist? Wenn ich mich nicht für deinen Esoterik-Kram interessiere, nennst du mich eine Banausin. Und wenn ich es tue, passt es dir auch wieder nicht!“

„Das soll Interesse sein? Dass du alles, was mir etwas bedeutet, mit deinem Spott überschüttest?“

Nicht alles, dachte Bukowski. Aber die Dialoge mit Engeln konnte sie leider wirklich nicht ernst nehmen.

Als sie die Feuchtigkeit in Kims Rehaugen sah, schämte sie sich. Sie hatte ihre beste Freundin verletzt. Kim, die so viel für sie tat. Die ihr so viel bedeutete, Esoterik-Kram hin oder her. Wenn jemand ungerecht war, dann sie.

„Es tut mir leid“, murmelte sie. Sie umarmten einander und Kim, die zwar rasch aufbrausen, aber nie lange beleidigt sein konnte, lächelte versöhnlich. Die gute Stimmung schien wiederhergestellt, aber das Gleichgewicht war ein labiles.

Als sie abends bei einer Flasche Silvaner in der Pergola zusammensaßen, war Bukowski so unkonzentriert, dass sie mehrfach den Gesprächsfaden verlor. Die Fotos von Lisa Hirmer gingen ihr nicht aus dem Kopf, sie wusste selbst nicht, warum. Auf allen drei Bildern lächelte Lisa und ja, sie strahlte etwas Sonniges aus, wie Frau Silberstein behauptet hatte. Eine unbeschwerte, fröhliche junge Frau. Warum musste sie sterben? Aufgrund einer Kurzschlusshandlung ihres Mannes? Obwohl Fritz weder depressiv noch bankrott war und die Ehe auch nicht so zerrüttet, wie ursprünglich vermutet? Oder war es ein Unfall, wenn auch ein unerklärlicher? So unerklärlich wie der von Oliver Laaber?

Oder doch eher Mord? In beiden Fällen? Aber wo war dann die Verbindung zwischen Laaber und Hirmer? Die Verbindung, die es geben musste, und die sie partout nicht sah?

„Wie findest du das?", fragte Kim.

„Toll", antwortete Bukowski. Sie hatte keine Ahnung, worum es ging, aber bestimmt erwartete ihre Freundin eine positive Bestätigung.

„Du findest es toll, dass ich morgen zum Zahnarzt muss?"

„Natürlich nicht. Nur, dass du so schnell einen Termin bekommen hast", redete sie sich heraus.

In diesem Moment fiel das Wort „Zahnarzt" in ihrem Gehirn an die richtige Stelle und zwei Puzzleteilchen in Bukowskis Gedankenchaos rasteten ein. Natürlich! Fritz Hirmer und die Kinder waren an jenem verhängnisvollen Montag nur deshalb im Auto gesessen, weil sie zum Zahnarzt mussten. Wenn die Hirmers also tatsächlich einem Mordanschlag zum Opfer gefallen waren, dann hatte der Täter es auf Lisa abgesehen. Einzig und allein auf Lisa, die die Strecke jeden Tag zur gleichen Zeit absolvierte. Die Verbindung, die Bukowski suchte, musste also zwischen Lisa Hirmer und Oliver Laaber bestehen. Sie hatte die ganze Zeit in die falsche Richtung gedacht!

„Was meinst du?", fragte Kim anscheinend schon zum zweiten Mal.

„Hm", antwortete Bukowski diplomatisch. Gleich morgen musste sie Frau Silberstein anrufen und fragen, ob ihre Tochter Oliver Laaber gekannt hatte. Und sie musste Johanna Winter ausfindig machen. Wenn sie wirklich Lisas beste Freundin gewesen war, wusste sie bestimmt einiges über sie. Vielleicht war der Kontakt gar nicht abgebrochen, wie Frau Silberstein behauptet hatte. Beste Schulfreundinnen legte man doch nicht einfach ab wie ausgelatschte Schuhe.

Bukowski hielt in ihrer Grübelei inne. Woher wollte sie das eigentlich wissen? Hatte sie während ihrer Schulzeit je Freunde oder Freundinnen gehabt?

Eher im Gegenteil, dachte sie im Hinblick auf das Mobbing, dem sie jahrelang ausgesetzt gewesen war. Wegen ihrer roten Haare. Und wegen der Sommersprossen, die pünktlich mit der ersten Frühlingssonne ihre Wangen erobert und die dichterische Ader ihrer Klassenkameraden zum Vorschein gebracht hatten: *Scheiße durchs Gewehr geschossen, gibt die schönsten Sommersprossen.*

„Eher im Gegenteil", sagte sie noch einmal, diesmal laut.

„Was?", fragte Kim beleidigt. „Heißt das, du willst nächste Woche nicht mitkommen?"

„Wohin denn?"

„Worüber sprechen wir denn die ganze Zeit? Über den Segeltörn natürlich! Das Wetter soll stabil bleiben. Und Reinhard hat endlich zugesagt, obwohl er sonst nie Fremde mitnimmt. Schon gar nicht, wenn sie keine Segelerfahrung haben. Stundenlang hab ich ihn bekniet. Aber du, du ..." Kim schnaubte und stellte ihr halbvolles Weinglas so schwungvoll auf den Tisch, dass der Silvaner überschwappte. „Statt dich zu freuen, machst du plötzlich einen Rückzieher. ‚Eher im Gegenteil'", äffte sie Bukowski nach.

Als Bukowski das Missverständnis aufklären wollte und ihre Unaufmerksamkeit mit der gedanklichen Beanspruchung durch die beiden Mordfälle erklärte, regte Kim sich erst recht auf.

„Welche Mordfälle?"

Und dann beging Bukowski den Fehler, zuzugeben, dass sie nicht am See gewesen war, sondern in Wien, bei Frau Silberstein. Sie erzählte, dass ein Motiv für Hirmers Suizid fehle und es also ein Anschlag gewesen sein müsse. Ein Anschlag, der Lisa gegolten habe. Jetzt müsse sie nur noch eine Verbindung zwischen Lisa und Oliver finden. Die es sicherlich gebe. Ganz bestimmt sogar, das habe sie im kleinen Finger.

Sie bemerkte zwar Ungläubigkeit, Unverständnis und sogar eine Spur von Entsetzen in den Augen der Freundin. Ein ähnliches Entsetzen, wie sie selbst es in Verbindung mit dem Begriff „Channeling" empfunden hatte. Aber sie war überzeugt davon, dass Kim sich wieder einkriegen würde.

Sie wünschte ihr eine gute Nacht, zog sich in die Ferienwohnung zurück und versuchte, Johanna Winters Adresse zu eruieren. Doch die neun Personen dieses Namens, die das Internet ausspuckte, waren entweder zu jung, zu alt, gebürtige Amerikanerinnen oder sie sahen vollkommen anders aus als das junge Mädchen auf dem Foto.

Nach Stunden gab sie auf. Johanna Winter existierte nicht. Möglicherweise war sie gestorben, untergetaucht, ausgewandert, hatte geheiratet oder ihren Namen geändert. Bukowski ließ sich ins Bett fallen. Obwohl sie erschöpft war, konnte sie lange nicht einschlafen, und als sie endlich einschlief, überfiel sie wieder der Traum.

Sie lief, Samuel sprang, sie schrie und erwachte schweißgebadet, mit rasendem Puls. Als sie sich aufsetzte, wurde ihr schwindlig. Sie brauchte Minuten, bis der Kreislauf sich so weit stabilisiert hatte, dass sie aufstehen, ins Bad wanken und den Zahnputzbecher mit Wasser füllen konnte. Sie wollte trinken. Doch sie zitterte so sehr, dass das Wasser überschwappte und ihr T-Shirt durchnässte. Erst als sie den Becher mit beiden Händen festhielt, konnte sie ihren Durst stillen.

In dem Moment trommelte jemand gegen die Tür der Ferienwohnung. Diesmal hatte Bukowskis Schrei nicht die Tauben geweckt, sondern Kim, deren Gesicht grau vor Sorge war.

„Carla, ich flehe dich an, lass diese sinnlosen Ermittlungen! Siehst du denn nicht, dass du dich total verrennst?“, sagte Kim mit einem Blick auf die vielen zerknüllten Notizzettel, die im ganzen Zimmer verstreut lagen. Und auf die noch nicht zerknüllten Zettel, auf denen Bukowski ihre Gedanken festgehalten hatte.

„Nein, ich verrenne mich nicht. Ich kann den Fall förmlich riechen.“ Bukowski legte ihren Zeigefinger in die Delle an ihrer Nase. „Schließlich mache ich den Job schon ein paar Jahre.“

„Du verrennst dich“, wiederholte Kim, „und es macht dich krank.“

Bukowski lachte. Besser gesagt: Sie versuchte, ein hohles Bellen als Lachen zu verkaufen. „Mir geht’s prima. Ich habe nur schlecht geträumt. Kein Grund zur Aufregung!“ Sie schob Kim zur Tür hinaus. „Und jetzt sei lieb und geh wieder schlafen, ja?“

Kim ging. „Prima geht’s dir? Dann schau doch einmal in den Spiegel“, sagte sie über die Schulter.

Das bin nicht ich, dachte Bukowski, als sie sich vor den Spiegelschrank im Badezimmer stellte. Ein Zombie starrte sie an. Bleich, mit einer roten Nasenspitze, die sich schälte, mit Sommersprossen, die wie getrocknete Blutspritzer auf einem Leichentuch aussahen, und Augen, die sich in dunklen Höhlen verkrochen. Die Augen einer Irren.

Die waren das Schlimmste. Wenn sie an Gott glauben könnte, hätte sie jetzt gebetet und ihn angefleht, ihr beizustehen; sie lieber sterben zu lassen als ihr den Verstand zu rauben. Und schon das Gebet allein hätte sie getröstet.

Aber so war es nun einmal nicht. Gott existierte nicht. Niemand würde ihr beistehen. Und wenn sie es nicht schaffte, sich selbst zu helfen, würde sie vor die Hunde gehen. Vielleicht blieben ihr noch ein, zwei Wochen. Dann würde der erste Windhauch genügen, sie würde zusammenbrechen wie ein Kartenhaus und ihr letztes bisschen Verstand würde sich verabschieden.

„Wenn es sich nicht schon verabschiedet hat", sagte sie zu dem Zombie im Spiegel.

8
12. August

Obwohl der Vormittag noch jung war, herrschte drückende Hitze. Nowak wischte sich den Schweiß von der Stirn, als er im vierten Stock den Aufzug verließ. Manni kam ihm entgegen, mit glasigen Augen und einer Gesichtsfarbe, die vergammeltem Steirerkäse zur Ehre gereicht hätte. Vergammeltem Steirerkäse mit Pickeln.

„Na? Gestern einen draufgemacht?"

Manni schüttelte den Kopf, hielt sich die Hand vor den Mund und stolperte treppab.

Kaum hatte Nowak die Wohnung betreten, begriff er. Die Luft war stickig und der Metallgeruch durch die Wärme so penetrant, dass er Peter Gruber von der Kriminaltechnik, auch Gruber eins genannt, anherrschte, doch endlich ein Fenster aufzumachen.

Das Baby lag in seinem Bett, als schliefe es. Vermutlich mit dem Kissen erstickt. Ein halbwegs friedlicher Anblick, wenigstens das. Der Oberkörper eines kleinen Mädchens, das bestimmt nicht älter war als vier, hing aus einem offenen Schrank. Es hatte wohl versucht, sich zu verstecken. Von den Zöpfen tropfte Blut. Kopfschuss.

Die Ehefrau und das dritte Kind, ein etwa zehnjähriger Junge, waren mit mehreren Schüssen getötet worden. Sie lagen ineinander verschlungen auf dem Küchenboden, in einem See aus Blut. Ein kleinerer See fand sich unter dem Küchentisch, darin lag die Pistole. Die dazugehörige Leiche fehlte. Jemand war in das Blut hineingetreten und hatte es in der ganzen Küche verteilt. In Sitzhöhe war die Wand rot gesprenkelt.

„Ist das eine Walther PP?", fragte Nowak.

Gruber eins kniete sich hin und unterzog die Waffe seinem gefürchteten Röntgenblick. „Eine Makarow. Selbes Kaliber wie die Walther, 9 mm Ultra." Der Techniker redete nie mehr, als unbedingt nötig war, nur wenn es um Waffen ging, machte er manchmal eine Ausnahme.

„Habt ihr sowas wie einen Abschiedsbrief gefunden?"

„Negativ."

Ein schriftliches Geständnis wäre auch zu schön gewesen.

Im Schnellverfahren verschaffte Nowak sich einen Überblick. Er bat Gruber eins, auch die herumliegenden Projektile und die Einschusslöcher in der Wand zu fotografieren, nicht nur die Opfer und das Muster der Blutspritzer.

Hinnerk hatte sich auf die Toilette zurückgezogen, wo er in aller Seelenruhe rauchte. Nowak hätte große Lust gehabt, den Faulpelz vor allen anderen zusammenzustauchen. Ihm fiel aber etwas Besseres ein.

„Du verständigst die Angehörigen."

„Welche Angehörigen?" Hinnerk wurde kreidebleich.

„Die Großeltern." Eine schlimmere Strafe als das Überbringen von Todesnachrichten war kaum vorstellbar. Besonders, wenn die Opfer Kinder waren. Oder wenn es eine ganze Familie erwischt hatte. „Und organisiere ein Kriseninterventionsteam, hörst du?"

Nowak wartete Hinnerks Reaktion nicht ab, er verließ den Schauplatz des Grauens. Im Treppenhaus stieß er auf seinen uniformierten Kollegen Zobernigg, der gerade eine neugierige Nachbarin in ihre Wohnung zurückscheuchte. Er war in der Nähe Streife gefahren und mit seiner Partnerin als erster am Tatort gewesen.

„Wo haben die Sanis ihn hin? Ins AKH?"

„Ins Lorenz Böhler. Aber mach dir keine Hoffnungen."

„Na, vielleicht hat er Glück."

Zobernigg nickte. Seine einst so prächtige schulterlange Mähne war schütter und grau geworden. Bald würde die Bezeichnung „friedhofsblond" zutreffen. „Bestimmt. Würd' mich wundern, wenn er den heutigen Tag überlebt."

Nowak hob die Brauen. „Ach so. Ja. Schon klar." Glück war natürlich immer eine Frage des Standpunkts. „Vielleicht haben *wir* Glück und es geht sich noch eine Befragung aus." Am besten ein Geständnis. Danach durfte Walter Kleinhappl seiner Familie gern in die ewigen Jagdgründe nachfolgen. Seiner Familie, die ihm unfreiwillig vorausgereist war.

Nowak läutete an der Wohnungstür von Emese Szabó, die unter den Kleinhappls wohnte und die Polizei alarmiert hatte.

Sie war eine zierliche, adrette Frau um die fünfzig, wirkte mit ihren grauen Haaren aber älter. „Guten Tag, Herr Kommissar."

„Den gibt's nur in Deutschland und im Fernsehen. Ich bin Major Hanno Nowak. Leiter des Wiener Landeskriminalamts, Außenstelle West." Er zückte seinen Ausweis.

„Ich bitte vielmals um Entschuldigung, Herr Major Nowak." Obwohl Emese Szabó ihren ungarischen Akzent nicht leugnen konnte, staunte Nowak, wie vollendet sie Deutsch sprach. So vollendet, dass er sich ein bisschen für seine Meidlinger Wurzeln schämte. Zwar hatte er sich angewöhnt, Hochdeutsch zu sprechen, aber der Dativ bereitete ihm ab und zu Probleme, und sein L besaß immer noch die dunkle Färbung, die für seinen Heimatbezirk typisch war.

Frau Szabó führte ihn in ihr Wohnzimmer, das trotz der alten Möbel und abgetretenen Teppiche einladend wirkte, vielleicht wegen der völligen Abwesenheit von Platzdeckchen und Ramschfigürchen. Und weil es keinen Fernseher gab, dafür ein Bücherregal. Auf der Fensterbank drängten sich Grünpflanzen, die einen ebenso gut genährten Eindruck machten wie die Siamkatze, die auf dem Sofa thronte.

Mit leichtem Unbehagen pflanzte Nowak sein Hinterteil daneben. Die Katze würdigte ihn keines Blickes.

„Frau Szabó, was machen Sie beruflich?", fragte er, als sie mit zwei Teetassen und einem Teller Kekse aus der Küche kam.

„Ich bin Raumpflegekraft für Sanitäranlagen", antwortete sie wie aus der Pistole geschossen. Und noch während Nowak seine Stirn in Denkerfalten legte, fügte sie hinzu: „Andere sagen Häuslfrau." Sie strich sich eine graue Haarsträhne hinters Ohr. „Heute habe ich frei. Deshalb habe ich länger geschlafen als sonst. Habe mich erst kurz vor acht mit einer Tasse Kaffee und der Zeitung an den Küchentisch gesetzt. Da habe ich sie gehört." Sie nickte mit dem Kopf nach oben.

„Sie meinen die Schüsse?"

„Laute Stimmen. Das Haus ist sehr hellhörig, müssen Sie wissen. Ich habe immer mitbekommen, wenn sie da oben gestritten haben, und sie haben oft gestritten. Sehr oft sogar." Sie hob ihre Teetasse zum Mund, trank aber nicht, blickte nur hinein, als wären im Bodensatz Antworten zu finden.

„Viel Streit also." Nowak zog sein Taschentuch aus der Hosentasche und wischte sich den Schweiß von der Stirn.

„Frau Kleinhappl hat oft eine Sonnenbrille getragen. Aber die Blutergüsse darunter konnte man trotzdem sehen."

„Herr Kleinhappl hat seine Frau geschlagen?"

„Erst, seit er seine Stelle verloren hat. Das war, scheint mir, vor zwei Jahren."

Nowak erfuhr, was er schon vermutet hatte. Kleinhappl war langzeitarbeitslos gewesen und aus Frust zum Alkoholiker geworden. Wenn er betrunken war, misshandelte er seine Frau, die nicht wusste, wie sie reagieren sollte. Die – wie so viele Frauen – nicht reagierte, solange er die Kinder in Ruhe ließ. Und weil sie bis zuletzt hoffte, dass sie diese Spirale des Verderbens eines Tages wieder verlassen konnten; dass ihr Mann Arbeit finden und der Frieden wieder einkehren würde.

Frau Szabó nahm nun doch einen Schluck und stellte die Tasse wieder ab. „Vorgestern habe ich Frau Kleinhappl im Stiegenhaus getroffen. Da hat sie mir anvertraut, dass sie sich scheiden lassen will. Wegen der Kinder. Weil sie immer solche Angst hatten, wenn er herumgebrüllt hat. Der Ivo hat deswegen schlechte Noten bekommen. Und die Saskia ist zur Bettnässerin geworden." Sie schüttelte traurig den Kopf.

„Und heute gegen acht, wie war das genau? Sie haben laute Stimmen von oben gehört?"

„Ich dachte, sie streiten, wie so oft. Dann hat plötzlich jemand geschrien." Emese Szabó wurde aschfahl im Gesicht. „So schrill und panisch. Schrecklich. Ich glaube, den Schrei werde ich mein Leben lang nicht vergessen." Sie starrte an Nowak vorbei, auf etwas, das nur sie allein sehen konnte.

Nowak schwieg. In seiner Brusttasche vibrierte das Mobiltelefon. Er drückte den Anruf weg.

„Kurz nach dem Schrei fielen die Schüsse. Es waren mehrere, aber ich weiß nicht mehr, wie viele. Ich war wie gelähmt.“ Emese Szabós Augen füllten sich mit Tränen. Aus dem Ärmel ihrer Bluse zog sie ein zerknülltes Papiertaschentuch und tupfte sie weg. „Mir war klar, dass etwas Furchtbares passiert sein muss, und ich habe den Notruf gewählt. Aber dass es so ... Dass jetzt alle ...“

Nowak versuchte, etwas Tröstliches zu sagen, aber er fand keine passenden Worte. Vermutlich gab es keine. Nicht für ein Grauen dieser Dimension. Er bat Frau Szabó, in den nächsten Tagen ins Kommissariat zu kommen und ihre Aussage zu unterschreiben, und verabschiedete sich.

Im Hof der Wohnanlage ließ er sich auf eine Bank fallen und zog das Handy hervor. Wessen Anruf er verpasst hatte, konnte er nicht lesen. Die Arme waren zu kurz und die Lesebrille lag in seinem Büro, auf dem Schreibtisch. Er rief trotzdem zurück.

Eine Frau meldete sich. Kim wer?

Sie hatte eine sympathische Stimme, die ihm bekannt vorkam. Als sie Carla erwähnte, fiel der Groschen. Es war Bukowskis Freundin, die Klangschalenexpertin. Mit der Erkenntnis begann er zu schwitzen. „Ist etwas passiert?“, fragte er und meinte: Was hat Carla diesmal angestellt?

„Passiert?“ Sie lachte. Oder schluchzte sie? „Passiert ist untertrieben.“ Und dann legte sie los. Dass sich Carla – trotz ihres katastrophalen Gesundheitszustands – nicht helfen lassen wolle. Nicht einmal von ihr, und sie habe einiges auf dem Kasten, was das Zurückgewinnen des seelischen Gleichgewichts betreffe – ob mittels Klangschalen- oder Aura-Soma-Therapie, Aromaölmassagen oder Engelsruf-Channeling.

Aha, dachte Nowak und empfand ein klein wenig Mitleid für seine Gruppeninspektorin.

Dabei schlafe sie kaum, fuhr Kim fort. Und wenn sie einmal ein paar Stunden schlafe, dann wache sie schreiend auf. Sie rauche Kette und ernähre sich von Koffein, könne aber die Kaffeetasse kaum halten, weil sie so zittrige Finger habe. Wie eine Parkinsonkranke. Lange könne sie, Kim Newrkla, das nicht mehr mitansehen. Momentan fühle sie sich zwar wie eine Verräterin, aber besser eine Verräterin als eine verantwortungslose Person, die tatenlos zuschaue, wie sich die beste Freundin ins Verderben stürze.

„Und wie kann ich helfen?", fragte er in ihre erste Luftholpause hinein. „Soll ich Carla zurückholen und sie mit Arbeit ablenken?"

„Um Himmels willen, nein! Das macht sie ja selber schon die ganze Zeit. Sie hat sich da einen Fall zusammenkonstruiert, der auf einem reinen Hirngespinst basiert."

„Sie arbeitet an einem Fall? Na hawedere!"

Ihm fielen fast die Ohren ab, als Kim Newrkla ihn über Carlas Aktivitäten aufklärte. Der erweiterte Suizid in Hernals und ein Unfall in Donnerskirchen, zwei abgeschlossene Fälle, und Bukowski witterte nicht nur einen Zusammenhang, sondern Mord! Sogar die Landespolizeidirektion in Eisenstadt hatte sie in ihre Ermittlungen einbezogen und den Kollegen weiß Gott was verklickert. Das war nicht nur ein No-Go, es schlug dem Fass den Boden aus.

„Welchen Zusammenhang soll es denn Carlas Meinung nach geben?"

„Das ist es ja. Es gibt keinen! Aber sie redet es sich ein. Weil dieser Fritz Hibler anscheinend kein Motiv gehabt hat, sich umzubringen."

„Fritz Hirmer. Behauptet wer?“, fragte Nowak.

„Die Mutter dieser Lisa Hibler.“

„Lisa Hirmer.“

„Möglich, jedenfalls ist Carla extra nach Wien gefahren, um sie zu verhören.“

„Befragen“, korrigierte Nowak. „Logisch behauptet die Mutter das!“, fauchte er. „Weil so ein Selbstmord nicht in ihre schöne heile Welt passt. Die würde das Blaue vom Himmel herunterlügen, nur um den Tatsachen nicht ins Auge schauen zu müssen.“

„Habe ich ihr auch gesagt, aber Carla will es nicht wahrhaben.“

Er betrachtete das Schild mit der Aufschrift „Wer Tauben füttert, füttert Ratten“, auf dem sich soeben eine Amsel niedergelassen hatte. „Aber gut. Selbst wenn das mit dem Suizid nicht eindeutig wäre – was soll der Unfall im Burgenland damit zu tun haben?“

„Weil es bei beiden Fällen keine Bremsspuren gab. Außerdem soll – und jetzt wird's unheimlich – eine demente Donnerskirchnerin an der Unfallstelle ein grünes Licht gesehen haben. Die Frau hat deshalb von Marsmenschen gesprochen.“ Wieder lachte Kim Newrkla, wieder hörte es sich wie ein Schluchzen an.

Er schluckte hart. Was er hier erfuhr, deutete auf eine handfeste Psychose hin, nicht bloß auf ein schlecht verarbeitetes Trauma. Carla war ernsthaft krank. Er musste einschreiten. „Ich komme“, sagte er. „Am Freitagnachmittag habe ich frei. Ich werde mit ihr reden – und auch mit den Kollegen in Eisenstadt.“

Kim Newrkla bedankte sich. Sie wirkte erleichtert.

„Einstweilen bitte ich Sie, ein Auge auf Carla zu haben.“

„Ha!“ Sie keuchte in den Hörer. „Einen Sack Kängurus hüten, wäre leichter.“

„Sie schaffen das schon“, sagte er und beendete das Gespräch. Wieso Kängurus?, fragte er sich. „Oder meint sie Flöhe?“

„Wer hat Flöhe?“

Nowak fuhr herum. Manni hatte sich von hinten angeschlichen. Radieschenrosa ersetzte die Farbe von vergammeltem Steirerkäse und zeugte davon, dass es Revierinspektor Pribil wieder besser ging. Und dass ihm der Anfall von Übelkeit peinlich war.

„Deine Kollegin, Manni.“

„Jadis? Ich meine Carla? Echt jetzt?“

Nowak verdrehte die Augen. „Natürlich nicht. Es ist eher so, dass sie sich gerade zum Affen macht. Konstruiert einen nicht existierenden Mordfall, statt sich in psychiatrische Behandlung zu begeben.“ Er seufzte. „Ich werde am Freitag hinfahren und sie mir vorknöpfen. Und mich bei den Eisenstädter Kollegen entschuldigen, denen sie weiß der Kuckuck was vorgeschwindelt hat.“

Pribil strich sich eine Haarsträhne aus dem Gesicht und sah unglücklich aus. Aus unerfindlichen Gründen schien der Junge an Carla zu hängen. Dabei war sie nie besonders nett mit ihm umgesprungen. Im ersten Jahr hatte sie ihn so hart angepackt, dass er in ihrer Gegenwart sogar ins Stottern verfallen war.

Vielleicht sieht er sie als eine Art Ersatzmutter, überlegte Nowak. Denn Pribil hatte seine Mutter früh verloren. Oder nicht? War es der Vater, der ihm in jungen Jahren abhandengekommen war? Nowak wusste es nicht mehr. Dachte, dass er seine Mitarbeiter zu wenig kannte. Dass er sich mehr für sie interessieren müsste, um ein guter Chef zu sein.

„Das kriegen wir schon hin, Manni“, sagte er aufmunternd und klopfte Pribil auf die Schulter. „Und jetzt hör dich um, ob noch jemand von den Nachbarn die Schüsse mitbekommen hat. Nicht nur die Frau Szabó. Ich fahr einstweilen ins Unfallkrankenhaus. Vielleicht ist der Kleinhappl schon ansprechbar."

„Nicht nötig, Hanno."

Nowak hob die Brauen.

„Ich komme gerade aus dem Kommissariat. Das Lorenz Böhler hat durchgegeben, dass der Kleinhappl es nicht geschafft hat. Außerdem hat seine Schwester angerufen. Der Kleinhappl hat sich bei ihr gemeldet und die Tat angekündigt. Schon gestern Abend. Sie war aber auf einer Geburtstagsfeier und hat seine Nachricht erst vor einer Dreiviertelstunde abgehört."

Nowak schluckte. „Na gut. Dann wissen wir das. Schreib am besten gleich einen Bericht, damit wir den Fall möglichst rasch vom Tisch haben." Ein geklärter Fall war ein guter Fall. Obwohl die Grausamkeit dieses Verbrechens natürlich ausgesprochen beunruhigend war, von der Häufung erweiterter Selbstmorde gar nicht zu reden. Drei innerhalb von weniger als drei Wochen! „Was ist?", fragte er, als er sah, dass Manni zögerte.

„Ich fürchte, der Bericht muss warten, Hanno." Manni kratzte einen seiner Pickel blutig. „Staatsanwalt Leschniak hat zwei von uns angefordert, es gibt einen ungeklärten Todesfall in Währing, in der Schopenhauerstraße."

„Muss das sein?" Nowak stöhnte. Sie hatten doch schon genug um die Ohren.

„Eine gewisse Anna Svoboda, sechsundachtzig. Ihre slowakische Pflegerin hat sie gefunden. Sie lag ganz friedlich im Bett."

„Und was ist so unerklärlich daran, dass eine Sechsundachtzigjährige friedlich hinüberdämmert? Irgendwann müssen wir alle abtreten."

„Der Hausarzt, der den Tod festgestellt hat, war sich nicht sicher. Ein ganz junger Typ. Er meint, es könnte ihr auch jemand ein Kissen ins Gesicht gedrückt haben. Die war zwar auf den Rollstuhl angewiesen, die Svoboda, aber sonst anscheinend erstaunlich gesund."

„Ein junger Doktor, der sich wichtigmachen möchte. Na bravo, das hat uns noch gefehlt!", motzte Nowak. „Aber wenn der Leschniak ruft, müssen wir natürlich hin."

Er trottete zu seinem Dienstwagen, Manni folgte ihm.

„Na bravo", sagte Nowak noch einmal, als er ins Auto stieg und seinen Hintern auf den beinahe kochenden Kunststoffbezug pflanzte. „Das hat uns noch gefehlt!" Fünf Tote, weil ein Mann die Kontrolle, den Lebensmut und die Selbstachtung verloren hatte, eine verstorbene Greisin mit einem hypernervösen Hausarzt – und alles an einem Vormittag. Ob das am Wetter lag?

Bevor er losfuhr, warf er einen letzten Blick auf die Fassade des Karl-Marx-Hofes, die sich über mehr als einen Kilometer erstreckte. Über vier Straßenbahnhaltestellen.

Er fragte sich, was für Menschen die einstige Ikone des roten Wien noch beherbergte, außer alkoholkranke Selbstmörder und Dostojewski lesende Häuslfrauen.

„Wenn die Svoboda doch ermordet wurde, dann haben wir sechs Mordopfer an einem Tag", sagte er zu sich selbst. „Das muss an dieser Affenhitze liegen." Dann fiel ihm plötzlich Kim Newrkla ein, Carlas esoterisch angehauchte Freundin.

„Vielleicht liegt es ja an der Verschlechterung des globalen Karmas?" Das Wort „Engelsruf-Channeling" geisterte durch seinen Kopf und die kehlige Stimme von Kim Newrkla, die es so lustvoll ausgesprochen hatte, als hätte sie „Powidltascherl“ gesagt, oder „Kaiserschmarrn“.

Und dann musste er plötzlich lachen. Vollkommen grundlos und befreiend lachen, wenn man bedachte, wie blutig der Tag begonnen und welche menschlichen Abgründe er womöglich noch in petto hatte.

9
15. August

Der Grabstein der Familie Rottenmeier war bemoost. Als hätte sich der nackte Stein in einen flauschigen Mantel gehüllt, einen fröhlichen Mantel, der seine algenartigen Auswüchse wie grünbefiederte Ärmchen in die Luft reckte.

Sympathisch, dachte Bukowski. Ein Zeichen von Protest in doppelter Hinsicht: Zum einen war es ein winziger Sieg des kreativen Chaos gegen die Biederkeit eines sterilen Gräberfelds. Vor allem aber ein Fingerzeig des Lebens, das hier in provokantem Grün direkt aus toter Materie spross.

Bukowski war nur ein kurzer Blick auf das Familiengrab von Oliver Laabers Schwiegereltern vergönnt, dann musste sie den übrigen Trauernden Platz machen, die sich auf dem katholischen Friedhof in Neusiedl drängten. Der junge Narkosearzt hatte sich offenbar großer Beliebtheit erfreut.

Sie entfernte sich ein Stück von der Menschentraube und setzte sich drei Gräber weiter auf eine Marmorplatte, die von einer mächtigen Fichte beschattet wurde. Obwohl es sie am ganzen Körper juckte, versuchte sie, die verschorften Gelsendippel nicht wieder aufzukratzen und nicht an den Hautfetzen zu zupfen, die sich von Nacken und Schultern lösten.

Stattdessen konzentrierte sie sich auf die Zeremonie. Prägte sich die Gesichter der Menschen ein. Einige kamen ihr bekannt vor, das waren Kollegen von Oliver Laaber, deren Fotos sie auf der Homepage des Krankenhauses gesehen hatte. Außerdem waren zahlreiche ältere Leute gekommen, vermutlich alteingesessene Neusiedler. In einer Kleinstadt wie dieser kannte jeder jeden und Oliver Laabers Schwiegereltern waren namhafte Winzer in der dritten oder vierten Generation.

In der vordersten Reihe der Trauernden stand Katharina Laaber, die Hände seitlich an ihren schwangeren Bauch gelegt, als wäre er eine zerbrechliche Kugel, die sie nicht fallen lassen durfte. Sie wurde von einem jungen Mann gestützt, der ihr ähnlich sah, wahrscheinlich ihr Bruder. Dicht dahinter standen die Eltern. Bukowski konnte die Gesichter des Ehepaars Rottenmeier nicht sehen, aber ihre Körperhaltung drückte Ohnmacht und Sorge gleichermaßen aus. Ohnmacht, weil sie ihre Tochter nicht vor dieser Tragödie bewahren hatten können, und Sorge um das ungeborene Kind, das vaterlos aufwachsen würde.

Während der Pfarrer seinen Sermon vom Stapel ließ, ging Bukowski in ihrem Geist die Erfolgsmomente durch, die sie am Dienstag erlebt hatte. Stundenlang hatte sie das Foto der sechzehnjährigen Lisa und ihrer Freundin betrachtet und mit einer Lupe das Schulgebäude im Bildhintergrund untersucht. Man sah einen Ausschnitt der Treppe und einen Teil des Jugendstil-Portals, über dessen Türsturz ein Spruch in den Marmor gemeißelt war: *… sprechen kann, darüber muss …*, entzifferte Bukowski. Sie brauchte einen dreifachen Espresso und zwei Zigarettenlängen, bis sie den Satz vervollständigen konnte:

Wovon man nicht sprechen kann, darüber muss man schweigen. Der berühmte und oft zitierte letzte Satz des *Tractatus logico-philosophicus* von Ludwig Wittgenstein. Auch Gregor hatte ihn verwendet, er hatte ihn an den Schluss seiner Dissertation gestellt, deren Testleserin sie gewesen war.

Nach dieser Erkenntnis ging es Schlag auf Schlag. Das Gebäude auf dem Foto – offensichtlich die Schule, in die Lisa und ihre Freundin Johanna gegangen waren – musste das Ludwig-Wittgenstein-Gymnasium sein, kurz LUWI, eine ziemlich exklusive Privatschule in Hietzing. Nach drei weiteren Zigaretten wusste Bukowski, wo sie schon vom LUWI gelesen hatte: in Oliver Laabers Lebenslauf. Sie jubelte! Endlich hatte sie ihre Verbindung. Lisa und Oliver waren LUWI-Schüler gewesen und da der Altersunterschied weniger als ein Jahr betrug, bestand die Chance, dass sie einander gekannt hatten.

Das ist der Durchbruch, hatte Bukowski gedacht und war wie eine Indianerin auf Kriegspfad um den Schreibtisch in Kims Ferienwohnung getanzt.

War es der Durchbruch? Oder bloß ein dummer Zufall?

Sie ließ ihren Blick wieder über die Trauernden schweifen. Er blieb an einem Ehepaar hängen, das etwas abseits stand und vollkommen verloren wirkte. Oliver Laabers Eltern. Seine Mutter, die die Figur und den Teint einer Porzellanpuppe besaß, wirkte, als hätte sie Sprünge bekommen. Als würde sie nur durch unsichtbare Fäden am Auseinanderfallen gehindert. Sein Vater stand zwar aufrecht wie ein Fels in der Brandung, aber er war das Gespenst eines Felsen. Die erste halbhohe Welle würde ihn einfach wegspülen.

Am Mittwoch war Bukowski nach Wien gefahren und hatte mit Olivers Eltern gesprochen. Einige Taschentuchpackungen waren bei dem Gespräch verbraucht worden. Immerhin bestätigten sowohl Herr als auch Frau Laaber, dass Oliver Lisa Silberstein gekannt hatte. Nicht nur gekannt, die beiden waren gute Freunde gewesen.

„Hatten sie nicht sogar eine kleine Liebelei?“, fragte Herr Laaber seine Frau und drückte ihren Arm, den er während des gesamten Gesprächs nicht losließ.

„Meinst du? Nein, nein, sie waren nur gute Freunde. Lisa, Oliver, Olivers bester Freund Jodokus und dessen Freundin Johanna. Wie ein Glücksklee mit vier Blättern."

„Jodokus?", fragte Bukowski. Der Name war ihr neu.

„Jodokus Fuchs", erklärte Frau Laaber beinahe ehrfürchtig. Ein angehender Opernstar."

Bukowski mochte keine Opern. Sie wollte lieber mehr über Oliver und Lisa wissen.

Ein nettes Mädchen sei Lisa gewesen, sagte Frau Laaber. Lebenslustig, sprühend, vielleicht ein wenig vorlaut. Aber klug und sehr freundlich.

Aus einem guten Stall, meinte Herr Laaber und lächelte.

Nur geraucht habe sie zu viel, sagte Frau Laaber, ständig geraucht, und dadurch die Befürchtung geschürt, Oliver würde auch mit diesem Laster anfangen. Er sei aber stark geblieben, der gute Junge. Es folgte eine Lobeshymne auf den guten Jungen und Weinanfall Nummer eins.

Was? Lisa sei auch ums Leben gekommen? Mit Mann und Kindern? Weinanfall Nummer zwei.

„Haben Oliver und Lisa einander oft gesehen?", fragte Bukowski. „In letzter Zeit, meine ich."

Die Laabers verneinten. Nach der Matura seien die Freunde auseinandergegangen. Einen bestimmten Grund habe es nicht dafür gegeben. So sei sie eben, die Jugend. Leichtsinnig und flatterhaft. Schnelllebiger sei alles geworden, nichts habe mehr Bestand.

Als Bukowski fragte, ob in der Zeit von Olivers Freundschaft mit Lisa irgendetwas vorgefallen sei, das in einem Zusammenhang mit den Todesfällen stehen könnte, verstand Frau Laaber sie nicht.

Wieso? Was für ein Zusammenhang? Oliver habe doch einen epileptischen Anfall erlitten und sei deshalb – Weinanfall Nummer drei.

Herr Laaber aber wurde bleich und nahm Bukowski beiseite. Fragte sie mit Grabesstimme, ob sie etwa denke, Oliver und Lisa seien gewaltsam zu Tode gekommen. „Gewaltsam zu Tode gekommen" sagte er, als wäre das Wort „ermordet" unvereinbar mit dem Charakter seines Jungen. Mit der ganzen Laaber'schen Familiengeschichte. Mit der wunderbaren Schokolade, die sie seit 1852 herstellten. Und Bukowski sah ein, dass sie Schluss machen musste. Dass es nichts brachte, das Weltbild dieser vom Schicksal Geschlagenen zu erschüttern. Sie hatte sich verabschiedet und den beiden viel Kraft gewünscht. Wenigstens wusste sie nun sicher, dass Lisa und Oliver befreundet gewesen waren, vielleicht mehr. Beide waren innerhalb weniger Tage unter ganz ähnlichen Umständen gestorben. Zufall ausgeschlossen. So spielte das Leben nicht.

Oder?

Oder?

Als ihr jemand auf den Rücken klopfte, zuckte sie zusammen. Aber es war nur der Baum, der einen Zapfen nach ihr geworfen hatte.

Der Pfarrer sprach den Segen, eine pausbäckige Ministrantin schwenkte ein Weihrauchgefäß. Die Trauernden traten einzeln vor, ließen Blumen auf den Sarg fallen und spritzten Weihwasser in die Grube. Dann gingen sie mit gesenkten Häuptern weg. Die Schlange wurde nur langsam kürzer und Bukowski beschloss, sitzen zu bleiben und jeden einzelnen einer genauen Musterung zu unterziehen. Begräbnisbeobachtung führte oft zu neuen Erkenntnissen. Gerade besprengte ein sehr korrekt gekleideter Mann das Grab, dessen Halbglatze sie entfernt an Professor Winter erinnerte. Ihr wurde übel, als sie sich an die Begegnung mit dem Onkologen erinnerte.

Am Mittwoch, nach dem Gespräch mit den Laabers hatte Bukowski die Winters im AKH aufgesucht. Die Eltern von Lisas früherer Freundin Johanna waren beide Ärzte. Sie wirkten überarbeitet und auf charmante Weise chaotisch. Freundlich wurde Bukowski ins Clinicum Café gebeten und auf Melange und Sachertorte eingeladen.

Selbstverständlich unterstütze man die Polizei bei ihren Ermittlungen, tönte der Herr Professor.

Schließlich sei man quasi seelenverwandt, meinte die Frau Doktor. Als Ärztin bemühe sie sich, das Leben der Menschen zu erhalten, indem sie zum Beispiel Viren bekämpfe. Ersetze man Viren durch Verbrecher, dann mache eine Kriminalbeamtin mehr oder weniger dasselbe.

Doch die zur Schau gestellte Aufgeschlossenheit entpuppte sich als billiger Anstrich, der abblätterte, sobald Bukowski sich nach Johanna erkundigte. Schlagartig machten die Winters dicht. Sie wüssten weder, was ihre Tochter mache, noch wo sie sich herumtreibe, und sie wollten es auch nicht wissen. Mit zwanzig sei Johanna vollkommen abgedriftet. Studium geschmissen, Alkohol, Drogen, die falschen Freunde – eine Karriereleiter, die steil nach unten führte. Zum Schluss habe sie ihre Eltern betrogen, belogen und bestohlen.

Von einem „Vertrauensbruch schlimmster Bauart“ sprach Prof. Winter, seine Frau fügte das Wort „abscheulich“ hinzu. Und das, obwohl sie alles für Johanna getan, ihr alles ermöglicht hätten.

„Der Rausschmiss war unvermeidlich“, sagte Winter. „Elf Jahre ist das nun schon her. Oder zwölf?“

„Zwölfeinhalb“, korrigierte seine Frau, „und ich glaube nicht, dass ich ihr je verzeihen kann.“

„Ich verstehe“, sagte Bukowski und verstand nichts. Wie konnten Menschen – noch dazu gebildete, wohlhabende – das Glück, eine gesunde Tochter zu haben, derart mit Füßen treten? Wegen irgendwelcher jugendlicher Dummheiten? Mit einer Härte, die die Ewigkeit überdauern würde, und auf die sie auch noch stolz waren!

„Ist in Johannas Gymnasialzeit irgendetwas vorgefallen, in das ihre Freunde Lisa Silberstein und Oliver Laaber verwickelt waren?“, lautete Bukowskis letzte Frage.

Herr Professor Winter strich sich ein paar Mal über die Halbglatze und beteuerte, sich an keinerlei Vorfälle zu erinnern. Frau Dr. Winter aber kniff die Lippen zusammen und schüttelte energisch den Kopf. Absolut nichts war vorgefallen, hieß das wohl, und wenn doch etwas vorgefallen wäre, bliebe es auf ewig hinter der Lippensperre verborgen. Da Bukowski keine Möglichkeit sah, die Winters unter Druck zu setzen, hatte sie sich angewidert verabschiedet.

Inzwischen stand nur noch ein gutes Dutzend Begräbnisteilnehmer vor dem Rottenmeier’schen Grab. Lauter alte Leute, die nur sehr langsam vorankamen und es auch nicht eilig hatten. Vielleicht, weil sie sich am Friedhof schon ein bisschen heimisch fühlten.

Als Bukowski beschloss, aufzubrechen, traf sie etwas Hartes am Kopf, prallte ab und kullerte vor ihre Füße. Noch ein Zapfen. War das ein Zeichen? Wollte die Fichte, dass sie blieb? Kim hätte es bestimmt so interpretiert.

Bukowski seufzte. Kim. Seit ihre Freundin in der Nacht auf Dienstag von ihrem Schrei geweckt worden war, hatte sie sie wie ein verletztes Vogeljunges behandelt. Sie von früh bis spät bekocht und ihr beruhigende Kräutertees gebraut. Hinter ihrem Rücken führte Kim seltsame Handbewegungen aus und murmelte Beschwörungsfloskeln. Außerdem – und das war wohl das Erschreckendste – drückte sie ihr die Visitenkarte einer gewissen Dr. Adelheid Zwerschina, Fachärztin für Psychiatrie und Psychotherapie in Eisenstadt, in die Hand.

„Ist das dein Ernst? Du setzt auf Schulmedizin statt auf Aurareinigung?“, fragte Bukowski augenzwinkernd.

Kim schüttelte traurig den Kopf. „Du darfst das nicht auf die leichte Schulter nehmen, Carla. Was du brauchst, ist professionelle Hilfe, und die Zwerschina soll sehr gut sein.“

Bukowski wäre gern wütend geworden, weil sie es als Bevormundung empfand. Doch der eigene Anblick im Badezimmerspiegel stand ihr noch so lebhaft vor Augen, dass sie tatsächlich einen Termin bei Dr. Zwerschina vereinbarte. Wider Erwarten bekam sie einen für den nächsten Tag und fuhr auch mit den besten Vorsätzen hin. Erst auf dem Parkplatz der Ordination überlegte sie es sich anders. Sie sagte ab und brach stattdessen nach Wien auf, um mit den Laabers und den Winters zu sprechen. Am Mittwoch war das gewesen, und das schlechte Gewissen Kim gegenüber hatte sie bis in den Nachmittag hinein gequält. Bis völlig überraschend ihr Kollege Manni anrief.

„Ich darf es dir natürlich nicht sagen.“

„Aha?“

„Und du darfst ihm natürlich auf keinen Fall sagen, dass du es von mir hast. Falls er doch herausfinden sollte, dass du es weißt."

„Schon klar", sagte sie und fragte sich, ob Manni einen Hitzschlag erlitten hatte oder ob wieder einmal akuter Liebeskummer seine geistigen Fähigkeiten trübte.

„Und ihr sagst du es natürlich auch nicht."

„Nie und nimmer."

„Versprichst du mir das?"

„Großes Ehrenwort."

Manni räusperte sich. „Deine Freundin hat nämlich den Chef angerufen und ihm gesteckt, dass du ermittelst. Jetzt ist er auf hundert, eh klar."

Kim, dachte Bukowski. Dieses durchtriebene Luder. Mit bebenden Lippen hörte sie, dass Nowak plante, ihr am Freitag einen Besuch abzustatten. Bei der Gelegenheit wollte er auch die Kollegen in Eisenstadt aufsuchen, sie über Bukowskis psychischen Ausnahmezustand ins Bild setzen und sich für ihren Alleingang entschuldigen.

„Jetzt sind wir quitt", sagte Manni, als sie sich überschwänglich bedankte. Sie war sich nicht sicher, ob er die Berichte meinte, die sie in seinem ersten Jahr für ihn getippt hatte oder den Aufklärungsunterricht in Sachen „Wie Frauen ticken". Vielleicht beides. Jedenfalls war sie froh, dass sie sich auf das nahende Unheil vorbereiten konnte. Und irgendwie erleichterte es sie sogar, dass Kim diesen Verrat begangen hatte. Schlechtes Gewissen, adieu.

Also hatte sie munter drauflos geschwindelt, als sie Kim am Mittwochabend von der ersten Therapiesitzung bei Dr. Zwerschina erzählte. Sie beschrieb die suggestive Stimme der Psychiaterin, das Parfum ihrer

Sprechstundenhilfe, das bequeme Sofa – ein rotes wie aus dem Ikea-Katalog – und andere Details aus der Praxis, die sie nie betreten hatte.

„Und jetzt? Hat dir die Zwerschina Ruhe verordnet?“

„Du wirst es mir nicht glauben“, sagte Bukowski, „aber zu viel Ruhe soll ganz schlecht sein, hat die Zwerschina gesagt. Weil man dann ins Grübeln verfällt. Nein, sie will, dass ich nach Wien fahre, die alte Wohnung anschaue und ihr am Freitag berichte, was ich dabei empfunden habe.“

Durch diesen Schachzug hatte Bukowski zwei Fliegen mit einer Klappe geschlagen. Erstens konnte sie so ihre Recherchen fortsetzen, Herrn Silberstein befragen und sich noch einmal die Unfallstelle in der Höhenstraße ansehen. Zweitens hatte es ihr die nötige Zeit verschafft, um Oliver Laabers Begräbnis zu besuchen, während Kim sich allein mit Nowak abmühen musste. Ha!

Während Bukowski den Fichtenzapfen betrachtete, bemerkte sie, dass ihre Schadenfreude verflogen war. Ein schaler Nachgeschmack blieb zurück. Sie wollte Kim nicht belügen, Kim war doch alles, was sie hatte. In den letzten Jahren war sie so mit ihrem eigenen Unglück beschäftigt gewesen, dass fast alle Freundschaften daran zerbrochen waren. Nur sie ist immer für mich da gewesen, dachte Bukowski. Höchste Zeit, ihr endlich einmal zurückzugeben, was sie für mich getan hat.

Als sie überlegte, wie sie Kim eine Freude machen konnte, fiel ihr auf, dass die letzten Begräbnisteilnehmer – ein alter Mann mit Rollator und seine noch ältere Begleiterin – gerade gegangen waren. Wie ausgestorben lag der Friedhof da. Wie ausgestorben? Nein.

Eine junge Frau huschte plötzlich aus der benachbarten Gräberreihe. Sie hielt einen Blumenstrauß in der Hand, der schon etwas lädiert aussah. Trotz der Hitze trug sie einen langen Mantel mit hochgestelltem Kragen, ein Kopftuch und eine Sonnenbrille. Sie sah sich ein paar Mal um, als befürchte sie, verfolgt zu werden. Dann ging sie zügig auf das Holzkreuz zu, auf dem Oliver Laabers Name und Lebensdaten vermerkt waren.

Bukowski, die unentdeckt im Schatten der Fichte saß, musterte die verspätete Besucherin genau. Trotz der Vermummung kam ihr das Gesicht bekannt vor. Leise stand sie auf, klopfte ein paar Fichtennadeln von ihrem Jeansrock und näherte sich von der Seite. Die Frau mochte Anfang dreißig sein. Sie hatte ein hübsches Gesicht mit hoher Stirn, breiten Wangenknochen und schön geschwungenen Lippen. Als sie die Inschrift des Kreuzes las, schien sie von innen heraus einzufrieren. Als wäre sie in einem bösen Traum gefangen, aus dem es kein Erwachen gab.

„Entschuldigen Sie!“, sagte Bukowski und berührte sie am Arm.

Die Angesprochene zuckte zusammen. Die Starre fiel von ihr ab. Sie drehte den Kopf. Ihre Pupillen weiteten sich, als stünde sie einem Gespenst gegenüber.

So schrecklich sehe ich also aus, dachte Bukowski.

Die junge Frau ließ den Blumenstrauß fallen und rannte zum Ausgang, mit der Verzweiflung eines angeschossenen Rehs.

Bukowski versuchte, zu folgen. Aber um ihre Kondition war es schlecht bestellt und das Reh lief verdammt schnell. Es lief auf einen blauen Kleinwagen zu und stieg ein.

Vielleicht solltest du wieder mit dem Joggen beginnen, dachte Bukowski außer Atem. Dass sie in ihren

Albträumen immer wie eine Irre rannte, genügte offensichtlich nicht. Wenigstens kam sie so nahe heran, dass sie das Autokennzeichen des blauen Hyundai erkennen konnte, bevor der Wagen aus der Parkreihe ausscherte und mit quietschenden Reifen davonfuhr.

Als sie wieder zu Atem gekommen war, rief sie Arpad Lakatos an und gab das Kennzeichen durch. Lenkererhebung.

Arpad versprach, sich darum zu kümmern.

„War mein Chef schon da?", fragte Bukowski.

„O ja."

„Und? Wie war's?"

„Ja, genau. Du sagst es."

Bukowski begriff. Arpad konnte nicht sprechen, vermutlich war Josef Ackerl ebenfalls im Büro. Sie musste ihm Fragen stellen, die er mit ja oder nein beantworten konnte.

„Hast du ihm erklärt, dass ich nur zufällig an der Unfallstelle vorbeigekommen bin, wie wir es ausgemacht haben?"

„Ja, richtig."

„Und dass ich euch aus reiner Hilfsbereitschaft gefragt habe, ob ich helfen kann?"

„Aber ja."

„Dass ich nur deshalb mit der Augenzeugin gesprochen habe, weil ihr mich darum gebeten habt, wegen eures notorischen Personalmangels?"

„Jaja."

„Und hat er es geschluckt? "

„Und wie!" Arpad lachte. Ein sympathisches Lachen, das aus den tiefsten Tiefen seines Bauches zu kommen schien. Er war zwar langsam und temperamentlos zum Quadrat, aber ausgesprochen zuvorkommend. Und hundertprozentig verlässlich. Gestern, während Kim zwei Kundinnen in Podersdorf Honig- und Klangschalenmassagen verpasst hatte, hatte Bukowski ihn zum Essen eingeladen. Sie beichtete ihren Alleingang, informierte ihn über Nowaks geplanten Besuch und bat ihn um Hilfe. Und ohne lang zu fackeln, versprach Arpad, allein mit Nowak zu sprechen und ihm jeden Wind aus den Segeln zu nehmen. Ackerl sei ohnehin froh, wenn er sich nicht mit einem arroganten Wiener Major herumschlagen müsse. Über ihre Rechercheergebnisse hatte Arpad zwar den Kopf geschüttelt und gemeint, das sei sicher nur Zufall und es sei kein Grund, den Unfall Oliver Laabers neu aufzurollen. Trotzdem hatte er ihr geholfen.

Bukowski bedankte sich, erinnerte ihn nochmals an die Lenkererhebung und beendete das Gespräch.

Es dauerte genau dreiundzwanzigeinhalb Minuten, bis Arpad zurückrief. Rekordverdächtig, wenn man sein kamillenhaftes Temperament berücksichtigte.

Der blaue Hyundai sei auf eine gewisse Jana Pechtold zugelassen, sagte er. Wohnhaft in Eisenstadt, im Buchgrabenweg.

Bukowski gab die Adresse in ihr Navi ein. Aus ihrem CD-Vorrat wählte sie nach dem Zufallsprinzip die dritte von links, dann fuhr sie los.

Das Cellokonzert von Ligeti begann mit einem einzelnen gestrichenen Ton, so leise, dass es zwei, drei Sekunden dauerte, bis er überhaupt als Ton wahrnehmbar wurde. Nach und nach fielen andere Instrumente ein – derselbe Ton, wechselnde Klangfarben – und schließlich gesellte sich ein Nachbarton dazu, dann noch einer und die Töne verbanden sich zu Klängen; zu schwebenden, langsam sich verändernden Klängen, für die Bukowski keine Worte hatte. Aber diese

Klänge öffneten Türen, und hinter den Türen taten sich neue Räume auf.

Auf der Höhe von Purbach trat Bukowski durch eine der Türen hindurch in einen überraschend hohen, hellen Raum.

Und plötzlich wusste sie, wer Jana Pechtold war.

10

Als Jana nach Hause kam, raste kein Hund mit flatternden Ohren und wehender Schwanzspitze auf sie zu wie sonst. Sie riss sich den Mantel vom Leib, unter dem sie schwitzte, und pfefferte das Kopftuch in den Garderobenschrank.

„Wo ist Tomlinson?", fragte sie Sophie, die auf dem Küchentisch hockte und Marillen aus der Obstschüssel stibitzte.

„Gassi."

„Mit Paulina?"

„Mit wem sonst?"

Janas Geduld war dünner als Spinnengewebe. „Spar dir deine patzigen Antworten!", fauchte sie. „Wir hatten vereinbart, dass keine von euch allein rausgeht!"

„Und wer soll inzwischen die Kübelpflanzen gießen, wie du es befohlen hast?"

„Erstens habe ich es nicht befohlen, sondern darum gebeten. Zweitens hättet ihr das auch später machen können."

„Wer alles gleich erledigt, hat mehr freie Zeit", ätzte Sophie. Das war einer von Janas Lieblingssprüchen. Woher nahm sie mit ihren zehneinhalb Jahren nur diese verdammte Ironie? Und wieso schaffte sie es immer wieder, die Momente herauszupicken, in denen Jana ohnehin schon dünnhäutig war, und sie dann noch bis aufs Blut zu reizen?

„Runter vom Tisch!"

Sophie verdrehte die Augen und hopste herunter. „Außerdem ist es Paulinas Hund. Und Paulina läuft schon keinen Schritt zu weit, höchstens einmal um den Block."

„Darum geht's nicht!"

Sophie stampfte auf. „Worum denn dann? Dass deiner Prinzessin etwas passiert? Dass sie sich ihr rosa Kleidchen schmutzig macht?"

Jana biss sich auf die Lippen. Der Wunsch, Sophie zu ohrfeigen, sie zumindest an den Schultern zu packen und kräftig zu schütteln, erschreckte sie. Sie rang um Beherrschung, flüchtete schließlich ins Freie und ließ die Haustür mit einem Knall ins Schloss fallen.

„Paulina!"

Keine Menschenseele war zu sehen. Die Spätnachmittagssonne knallte auf den Asphalt, als wollte sie ihn zum Schmelzen bringen. War Paulina den Buchgrabenweg in Richtung ORF-Landesstudio gegangen und womöglich weiter in den Wald? Oder war sie stadteinwärts unterwegs? Die Angst schnürte Janas Hals zusammen und gleichzeitig fragte sie sich, warum um alles in der Welt sie sich solche Sorgen um ihre Kinder machte. War das noch normal? Hatte es mit Ollis Begräbnis und der seltsamen Frau zu tun, die sie durch den Neusiedler Friedhof verfolgt hatte? Oder lag es am neuen Auftrag, der heute in ihr Mailfach geschneit war, dem lukrativen Auftrag, eine weitere Serie von pessimistischen Glückskekstexten zu schreiben, weil die erste so gut angekommen war?

„Der Wahnsinn ist nur einen Katzensprung entfernt", war ihr eingefallen, und jetzt schien er sie eingeholt zu haben, dieser Wahnsinn.

Sie entschied sich, bergab zu laufen und hatte noch keine dreißig Meter zurückgelegt, als etwas von hinten zwischen ihre Beine raste.

„Tomlinson!" Sie wirbelte herum. Ein Rosa wehte um die Ecke, aus dem Waldhofweg heraus. Jana war so erleichtert, dass sie sogar aufs Schimpfen verzichtete. Dabei sprach der Schokorand um Paulinas Mund für sich. Von irgendwem hatte sie ein Eis erbettelt, vermutlich von Lili, obwohl Jana den Kindern erst kürzlich verboten hatte, unmittelbar vor dem Abendessen zu naschen.

„Da bist du ja, mein Schatz!“ Sie drückte ihre Nase in die blonde Mähne der kleinen Naschkatze und sog den typischen Paulina-Geruch ein, diese Mischung aus Sonne, Kinderschweiß und Pfirsichshampoo. Dann schlang sie die Arme um ihr Mädchen und hätte sie am liebsten nie mehr losgelassen.

„Mama, du tust mir weh!“

„Entschuldige.“ Jana lockerte ihren Griff. „Aber ich bin so froh, dass dir nichts passiert ist. Du musst mir versprechen, nicht mehr alleine loszulaufen, okay?“

„Tomlinson war doch dabei.“

„Der zählt nicht. Sophie und du, ihr sollt nur noch zusammen gehen. Oder am besten mit mir.“

„Aber Mama, wir sind fast elf! Was soll uns denn passieren?“

Jana blickte in die großen blauen Kinderaugen und wusste keine Antwort. Sie dachte an tote Zwergkaninchen, seltsame Briefe mit Fotos von kürzlich verstorbenen Menschen, die sie einmal gekannt hatte, und Anrufe von jemandem, den sie am liebsten vergessen hätte. Und ihr schwindelte.

Wenig später saßen alle drei um den Küchentisch. Die Zwillinge verschlangen ihre Wurstbrote, als ginge es um einen Schnelless-Wettkampf. Jana bekam keinen Bissen hinunter. Sie starrte in ihre Teetasse. Das winzige Pfefferminzblättchen, das darin schwebte, hatte die Form von einem Grabkreuz.

Die Türglocke ließ die Friedhofsimpression zerplatzen. Das war bestimmt Lili, die auf einen kurzen Plausch und ein Glas Wein vorbeikam. Eine willkommene Ablenkung.

Schwungvoll öffnete Jana die Tür und – Himmel! Die Frau vom Friedhof. Janas Lächeln gerann.

„Jana Pechtold?", fragte die hochgewachsene Unbekannte, deren Augen gespenstisch in ihren Höhlen lagen. „Oder Johanna Winter?" Sie zückte einen Ausweis. Gruppeninspektorin Carla Bukowski, hieß es da.

„Winter war mein Mädchenname. Ich bin zwar geschieden, habe aber den Namen meines Mannes behalten. Und Johanna haben mich immer nur meine Eltern genannt."

„Aha", sagte die Frau.

Jana hätte sie eher für einen Junkie gehalten. Für eine Obdachlose oder eine Verrückte, die aus einer Anstalt ausgebrochen war. Bei der Vorstellung, dass sie vor einer Kriminalbeamtin davongerannt war, wurde ihr mulmig zumute.

„Darf ich hereinkommen? Ich hätte einige Fragen im Zusammenhang mit einer Ermittlung." Mit diesen Worten trat die ungebetene Besucherin über die Schwelle, ohne eine Antwort abzuwarten. Jana blieb nichts anderes übrig, als sie ins Wohnzimmer zu führen und ihr den bequemen Großvaterstuhl anzubieten, während sie selbst auf der durchgesessenen Couch Platz nahm.

„Ein schönes Haus haben Sie!"

„Es gehört nicht mir, sondern einer Kollegin, die viel unterwegs ist. Ich bewohne mit meinen Kindern nur das untere Stockwerk, schaue auf den Garten und das Aquarium der Besitzerin und zahle sehr wenig Miete." Sie ärgerte sich, dass sie so ausführlich geworden war. Ihre Wohnsituation ging die Polizei bestimmt nichts an.

Paulina kam angetrabt. „Mama, wir haben den Geschirrspüler eingeräumt und den Tisch abgewischt. Dürfen wir jetzt die DVD von Nicole anschauen?"

Sophie lauerte abwartend im Hintergrund. Immer schickte sie Paulina vor, wenn es um etwas ging, das nur in Ausnahmefällen genehmigt wurde. Weil sie wusste, dass Jana Paulinas Welpenblick nichts entgegenzusetzen hatte.

„Aber nur bis neun, und dann ab ins Bett."

„Danke!" Paulina gab ihrer Mutter einen Kuss und verabschiedete sich von der Kripobeamtin, als wäre sie eine Freundin des Hauses. Sophie dagegen musterte die Fremde mit gerunzelter Stirn, ehe sie sich wortlos ins Kinderzimmer verzog.

„Süß, die beiden", sagte die Kripobeamtin. „Aber nicht auseinanderzuhalten."

„In ihrer Wesensart sind sie grundverschieden. Durchtrieben sind beide!"

„Was ist das für eine DVD, für die sie freiwillig den Geschirrspüler einräumen?"

Jana lachte grimmig auf. „Angeblich ein Zeichentrickfilm, den sie sich von einer Schulfreundin ausgeliehen haben. Aber den schauen sie gar nicht an. In Wahrheit spielen sie *Pirates of the Caribbean*, ein Computerspiel, das dem Sohn meiner Nachbarin gehört."

„Aha?"

„Und das macht umso mehr Spaß, weil sie denken, ich wüsste es nicht. Aber solange sie keine Ego-Shooter-Spiele anschleppen und nicht den halben Tag verzocken, werde ich nicht dagegen einschreiten."

„Ein weiser Entschluss."

Jana war auf der Hut. Wenn die Polizei sich einschleimte, stimmte etwas nicht. „Sie wollten sich sicher nicht über meine Kinder unterhalten. Was kann ich also für Sie tun?“

„Sie waren eine Mitschülerin und Freundin von Oliver Laaber und Lisa Hirmer. Soviel ich weiß sogar Lisas beste Freundin. Deshalb hoffe ich, Sie können mir helfen, die Sache auf einen gemeinsamen Nenner zu bringen.“

„Welche Sache? Und auf was für einen Nenner?“

„Wollen Sie behaupten, Sie wüssten nichts von den Todesfällen? Ich habe Sie doch auf Herrn Laabers Beerdigung gesehen!“

„Heißt das, dass es zwischen Lisas und Olivers Tod einen Zusammenhang gibt?“

„Was denken Sie denn? Glauben Sie etwa an Zufall?“

„Aber es waren doch Verkehrsunfälle. Oder nicht?“

„So sollte es aussehen, ja.“

Der Wohnzimmertisch begann sich zu drehen. Jana musste mit aller Kraft gegen den Schwindel ankämpfen. „Hören Sie, ich habe Oliver und Lisa seit Jahren nicht mehr gesehen oder mit ihnen gesprochen. Seit der Matura. Ich weiß gar nichts über die beiden. Ich kann Ihnen leider nicht helfen.“

„Aber dass sie gestorben sind, wussten Sie immerhin, nicht wahr? Woher eigentlich?“

„Aus der Zeitung.“ Jana biss sich auf die Lippen. Die Briefumschläge mit Ollis Foto und Lisas Todesanzeige wollte sie auf keinen Fall erwähnen.

„Interessant. Herrn Laabers Todesanzeige stand nämlich in keiner Zeitung.“

Jana schwieg und fluchte innerlich.

„Frau Pechtold, Lisa und Oliver hatten angeblich auch keinen Kontakt mehr. Jetzt sind beide tot – innerhalb von wenigen Tagen auf ganz ähnliche Art und Weise ums Leben gekommen. Und Sie, Sie behaupten, nichts mehr mit Ihren Freunden zu tun zu haben, haben aber Angst, deshalb sind Sie vor mir davongerannt. Ist das nicht äußerst merkwürdig?"

Jana antwortete nicht. Sie musste raus. Brauchte Zeit, um nachzudenken.

„Jetzt frage ich mich natürlich, warum Sie lügen. Und ob Sie einen gemeinsamen Feind haben. Haben Sie?"

Jana sprang auf. „Wollen Sie Tee oder Kaffee?"

Die Finger der Kripotante zitterten, als wäre sie auf Entzug. „Kaffee, bitte."

Wie von der Tarantel gestochen war Jana Pechtold aufgesprungen und in die Küche geeilt. Vielleicht musste sie Dampf ablassen. Sie stand jedenfalls unter Druck. Und sie log, darauf hätte Bukowski wetten mögen.

Sie hatte das Gespräch zuerst auf die Zwillinge gelenkt, hatte gehofft, dadurch einen Zugang zu finden. Für ein paar Augenblicke war der verkniffene Zug um die Lippen der Pechtold verschwunden. Ein verschämtes Lächeln hatte sich gezeigt und für Momente war etwas Weiches in die blaugrauen Augen gerutscht. Doch kurz darauf war sie wieder in ihre abwehrende Haltung zurückgefallen. Und aus der Verbissenheit, mit der die Gute schwieg, konnte man weitreichendere Schlüsse ziehen als aus dem Wenigen, das sie gesagt hatte.

Bukowski tippte ihre stichwortartigen Notizen ins Tablet, als ein Brummen ihren Gedankengang unterbrach. Es kam vom Sofa. Ein Handy lag da, wo Jana Pechtold kurz zuvor gesessen war. Es musste ihr aus der Hosentasche gefallen sein.

Neugier tötet die Katze, dachte Bukowski, als sie sich über den Tisch beugte, um einen Blick aufs Display zu erhaschen. *Incoming call Jo Fuchs*, las sie.

Jodokus Fuchs? Das letzte Blättchen des Vierklees und Janas Exfreund? Der angehende Opernsänger?

Sie konnte ihr Glück kaum fassen. Blitzschnell schnappte sie sich das Handy. Sie warf einen Blick über die Schulter: keine Gefahr. Aus der Küche drangen das Klirren von Geschirr und das zischende Toben einer Kaffeemaschine.

Ein kurzer Fingerdruck, schon hatte sie den Anruf angenommen.

„Ja?“ Sie schraubte ihre rauchige Stimme um eine halbe Oktav nach oben, in eine Lage, die Jana Pechtolds Sopran zumindest näher kam.

„Jana, bitte leg nicht auf. Leg diesmal nicht auf und hör mir zu.“

„Ja?“ Die Aufregung lief als Ameisenkribbeln über Bukowskis Arm. In der Küche zischte es noch immer.

„Hast du auch das Foto von Olli bekommen? Mit einem Kreuz hinten drauf? Und Lisas Todesanzeige?“

„Ja“, sagte sie, ohne groß nachzudenken.

„Wir müssen uns treffen. Dringend. Bevor einer von uns ...“

„Ja?“

„Nicht am Telefon. Kannst du nach Bregenz kommen? Morgen?“

Die Kaffeemaschine war verstummt. Die Stille aus der Küche hörte sich beunruhigend an. „Ja.“

„Um elf im Café Götze?“

Schritte in der Diele, die rasch näher kamen.

„Ja“, hauchte Bukowski. Sie beendete das Gespräch und warf das Handy aufs Sofa zurück.

Jetzt waren die Schritte hinter ihr. „Was tun Sie da?“ Die Kaffeetassen klirrten, als Jana Pechtold das Tablett abstellte. Ihr Blick wanderte zwischen Bukowski und dem Sofa hin und her. „Was machen Sie mit meinem Handy?“

„Ich wollte nur rasch nachsehen, wie spät es ist.“

„Ach so? Und was hat Sie davon abgehalten, die Zeit von Ihrem eigenen abzulesen?“

Bukowski hob die Brauen. Gute Frage. Ihr eigenes Mobiltelefon lag auf dem Tisch. Die Uhrzeit sah sogar ein Blinder. In dieser Situation half nur noch die Flucht nach vorn. „Vielen Dank für das Gespräch“, sagte sie. „Vielleicht können wir es zu einem späteren Zeitpunkt fortsetzen? Für heute muss ich leider ...“

„Wie Sie meinen. Aber ich werde Ihnen weder heute noch an einem anderen Tag weiterhelfen können.“ Eis klirrte in Jana Pechtolds Stimme und auch in ihrem Blick. So eisiges Eis, dass sich die Härchen an Bukowskis Armen aufstellten.

Kaum war die Kripotante draußen, untersuchte Jana ihr Handy. Irgendetwas hatte diese Hexe damit angestellt, darauf hätte sie wetten mögen.

Unter „Angenommene Anrufe“ wurde sie fündig. *Jo Fuchs – 19:44 – 15. August 14 – 00:00:54.*

Verflucht noch mal! Schon wieder dieser Idiot! Vor wenigen Minuten hatte er angerufen und diese Bukowski hatte vierundfünfzig Sekunden lang mit ihm gesprochen.

Was fällt der Schlange eigentlich ein?, dachte Jana. Warum tut sie das? Und was hat Jo ihr bloß erzählt?

Plötzlich spürte sie die Angst. Eine diffuse, bohrende Angst, die sich mit den unerklärlichen Todesfällen ihrer ehemaligen Freunde angeschlichen hatte, von hinten angeschlichen. Bisher war es Jana gelungen, sie zu verdrängen. Sie sich auszureden. Es gab ja auch keinen vernünftigen Grund dafür, nein, überhaupt keinen Grund. Doch jetzt saß die Angst direkt unter ihrer Haut und bescherte ihr einen Schweißausbruch und eiskalte Fingerspitzen.

„Heute ist ein schwarzer Tag“, murmelte sie. Sie ignorierte die Angst und die kalten Finger und hackte den Glückskekstext in die Tastatur ihres Laptops.

Sie lachte grimmig auf, als sich ein zweiter Spruch dazugesellte. „Einen schwarzen Tag gehabt? Sei dankbar, denn der morgige wird noch schwärzer.“

Und Nummer drei: „Das war kein schwarzer Tag, sondern der Auftakt zu einer langen Pechsträhne.“

Jana tippte wie ferngesteuert. Als säße ein Souffleur in ihrem Kopf, der ihr die Hiobsbotschaften einflüsterte. Neun weitere fielen ihr ein, ohne dass sie groß nachdenken musste.

„Heute isst du deinen Keks, und morgen holt dich der Teufel“, lautete die letzte. An dem Wort „Teufel“ blieb ihr Blick hängen. Die Buchstaben dehnten sich, sie verbogen sich, bis sie zu einer formlosen Masse verschwammen.

Auf einmal hatte sie das Gefühl, nach hinten zu kippen. Sie fiel in ein Becken mit Eiswasser, wurde unter die Oberfläche gezogen, immer tiefer. Doch was da im Zickzack um sie herumschwamm, waren keine Fische, sondern alte Bilder und Erinnerungsfetzen.

Sie sah Oliver vor sich, das Gesicht voller Pickel. Und ihr fiel ein, wie sehr er unter der Akne gelitten hatte; dass er nie ohne seine Anti-Pickel-Creme aus dem Haus gegangen war.

Neben Olli tauchte Lisa auf, gestikulierend, Grimassen schneidend. Lisa, die Ulknudel, wie sie die alte Irlinger imitiert hatte, die langweiligste Lateinlehrerin der Welt, und den Bio-Haschek, der immer an der Funktionsweise des Beamers gescheitert war. Wie sie die ganze Klasse zum Lachen gebracht hatte.

Am schönsten hatte Olli gelacht. Ein rollendes Lachen, das wie ferner Donner irgendwo tief drin in seinem Bauch begonnen und sich über seinen ganzen Körper ausgebreitet hatte, bis in die Augenfältchen hinein. Ollis Lachen war ansteckend gewesen, eine Naturgewalt. Es hatte einen zum Mitlachen gezwungen, ob man wollte oder nicht; ob man wusste, worüber gelacht wurde, oder nicht. Sein Lachen war das Beste an ihm gewesen.

Jana kämpfte sich an die Oberfläche zurück. Ihre Zähne klapperten, als wäre sie wirklich in kaltem Wasser geschwommen. Sie schlang die Arme um ihren Körper und dachte nach. Die Kripo ermittelte also und suchte nach einem Zusammenhang zwischen den beiden Unfällen, die keine gewöhnlichen Unfälle sein sollten, sondern vorgetäuschte. Himmel, gingen die von Mord aus? Und warum wollte diese Bukowski nicht glauben, dass die Freundschaft zu den anderen zerbrochen war?

Ist sie auch nicht, dachte Jana. Sie ist eingeschlafen. Die Luft ist ihr ausgegangen.

Zerbrochen war damals nur eins: Janas Herz. Sie lachte auf, als sie diesen melodramatischen Satz formulierte, aber es war ein bitteres Lachen. Als Jo mit ihr Schluss gemacht hatte, war alles anders geworden. Ihre Gefühle erfroren, das Selbstwertgefühl verdorrt und mit dem Selbstwertgefühl die Lebensfreude, die Energie, der Ehrgeiz. Ihre Zukunftspläne zerplatzt wie Seifenblasen. Ihr Leben, nein, sie selbst hatte Sprünge bekommen. Erst nach dem Bruch mit ihrer Familie und der rigorosen Abwendung von ihrem Umfeld hatte sie einige Jahre später damit beginnen können, die Sprünge zu kitten. Ganz war sie bis heute nicht damit fertig geworden.

„Und genau deshalb will ich nichts damit zu tun haben“, sagte sie laut. Sie hatte genug eigene Probleme. Die Kinder, ihre Zukunft, die Finanzen, der Alltag, der so viel Kraft kostete. Immer alles allein bewältigen, allein entscheiden, allein Verantwortung tragen. Sie bedauerte aufrichtig, was mit Oliver und Lisa passiert war. Aber warum es passiert war, ging sie nichts an. Ihre ehemaligen Freunde waren Teil ihrer Vergangenheit, unter die sie vor vielen Jahren einen Schlussstrich gezogen hatte.

„Und was, wenn ihr alle dran seid?“, fragte eine Stimme in ihrem Kopf. Sie klang metallisch und erinnerte Jana an ihre Mutter, eine weitere Person aus ihrer Vergangenheit, mit der sie für immer fertig war.

„Es waren Unfälle“, konterte sie. „Diese Kripotante ist doch verrückt. Es gibt keinen Zusammenhang.“

„Und was, wenn du und deine Kinder die nächsten seid, die einen Unfall haben?“ Mutters Stimme ließ keinen Einwand gelten. Natürlich nicht.

„Nein!“, schrie Jana. „Sei still!“ Sie schloss die Augen und presste ihre Handflächen dagegen. Doch das Wegschauen half nicht, denn vor ihrem inneren Auge entstand ein Bild:

Sie sieht einen Mann. Er hat dunkle, wellige Haare, die ihm locker in die Stirn fallen, dunkle Augen und ein schelmisches Lächeln. So breit lächelt er, dass der Leberfleck über seinem rechten Wangenknochen in Schieflage gerät.

Das Bild bewegte sich, ein Film lief an:

Der Mann steht vor der Tafel, im Physiksaal. Er erklärt. Er nimmt einen Papierstreifen in die Hand, verdreht ihn und klebt ihn verdreht zusammen. Ein Möbiusband. Er greift zur Schere und schneidet es der Länge nach durch, sodass er ein größeres, doppelt verdrehtes Möbiusband erhält. Lächelnd zeigt er es herum, seine Augen funkeln vor Begeisterung.

Der Film flackerte. Er ruckte. Szenenwechsel:

Das Lächeln des Mannes friert ein, der Physiksaal verschwimmt, wird zum Gerichtssaal. Ein Urteil wird verkündet. Der Mann nimmt es entgegen. In seinen Augen spiegeln sich Fassungslosigkeit und Wut. Fassungslosigkeit. Und Wut, die den Leberfleck zum Zucken bringt.

„Nein!“, schrie Jana und riss die Hände von den Augen. Sie waren ganz nass, weil sie geweint hatte. Weil sie immer noch weinte.

Aber jetzt war keine Zeit dafür. Sie musste etwas tun.

Sie zog ihr Handy hervor und rief ihren Exmann an. Rechnete damit, dass der Anrufbeantworter anspringen oder einer seiner Mitbewohner abheben würde, weil Martin fast nie zu Hause war. Und ein Mobiltelefon lehnte der große Künstler ja ab, wie Computer, Fernseher und alles Technische!

Die erste positive Entwicklung dieses Tages war, dass er sich schon nach dem zweiten Klingeln meldete.

„Kannst du für ein paar Tage die Mädchen nehmen?“, fragte sie ohne Einleitung, ohne Begrüßung. „Es ist wichtig.“

Und er sagte zu. Anstandslos und ohne nach Janas Gründen zu fragen. Das war die zweite positive Entwicklung und sie grenzte fast an ein Wunder.

Die Erleichterung darüber konnte Jana nicht lange genießen. Die Gebärmutterkrämpfe setzten wieder ein. Sie waren so heftig, dass sie sich übergeben musste.

Als sie beim Zähneputzen in den Spiegel sah, fiel ihr wieder der Mann ein, den sie so gern vergessen hätte. Das dunkle Haar, der zuckende Leberfleck.

„Er hat doch nur bekommen, was er verdient hat", flüsterte sie dem Gesicht im Spiegel zu, das ungläubig zurückstarrte. Mit Schaum vor dem Mund.

Sie spuckte aus. „Bekommen, was er verdient hat", wiederholte sie laut. Triumphierend.

11
16. August

Das Café Götze befand sich mitten in der Bregenzer Fußgängerzone. Bukowski war schon eine halbe Stunde früher vor Ort und beobachtete das hellblaue Haus von der gegenüberliegenden Straßenseite aus. Ein Transparent mit Festspielwerbung war quer über die Kaiserstraße gespannt und flatterte leicht im Wind. Touristen flanierten vorbei und bildeten fotografierende Hindernisse, die von Einheimischen mit Aktentaschen oder Einkaufskörben ungeduldig umschifft wurden. Da es am Morgen geregnet hatte, glänzten die Stühle und Tischchen vor dem Café nass und waren verwaist.

Bukowski überquerte die Straße. Kaum hatte sie die Tür geöffnet und einen Fuß über die Schwelle gesetzt, drang feinster Schokoladeduft in ihre Nase und erinnerte sie daran, dass sie seit gestern Mittag nichts gegessen hatte.

Das Café war klein, die meisten Gäste über sechzig und vermutlich Touristen. Bukowski setzte sich an einen der wenigen freien Tische, bestellte einen doppelten Espresso und ein dunkelbraunes Gebilde, das wie eine einzelne Frauenbrust aussah, aber hochanständig nach einem Berg benannt war. Sie ließ sich die Pfänderspitze auf der Zunge zergehen und wartete.

Leute kamen, Leute gingen. Um zehn nach elf betrat ein athletischer junger Mann das Café. Er nahm die Sonnenbrille ab und scannte der Reihe nach die Gäste. Dann machte er kehrt, kam aber kurz darauf mit einem zweiten, sehr schlanken Mann im Schlepptau herein. Jo Fuchs, endlich. Bukowski erkannte die Gesichtszüge des Opernsängers von den Fotos auf seiner Facebook-Seite.

Sie winkte ihm.

Fuchs runzelte die Stirn, als hätte er jemand anders erwartet. Und genau so war es ja auch. Zögernd setzte er sich an ihren Tisch. „Wer sind Sie? Hat Jana Sie geschickt?“

Der Sonnenbebrillte zog sich in den hinteren Teil des Cafés zurück und behielt die Eingangstür im Auge.

„Sie haben einen Leibwächter engagiert. Fürchten Sie sich so, Herr Fuchs? Wovor? Hat es vielleicht mit dem Tod Ihrer ehemaligen Mitschüler zu tun?“

Fuchs erblasste. Seine Augen flackerten, er war drauf und dran, aufzuspringen und hinauszulaufen.

Da hielt Bukowski ihm ihren Ausweis unter die Nase.

Der Kehlkopf des Sängers rollte mehrmals auf und ab. Als er seine Fassung wiederfand, gab er zu, dass er Angst hatte. Große Angst sogar.

Die vollbusige Bedienung kam und behandelte ihn wie einen Stammgast. Die Kategorie Stammgast, für die ein Sonnenaufgang von einem Lächeln reserviert war. Fuchs bestellte einen Cappuccino und ein Stück Haustorte.

Jemand habe ihm Fotos von Lisa und Oliver in einem Briefumschlag geschickt, sagte er. Mit einem Kreuz und dem Todesdatum auf der Rückseite. Jemand, der die beiden auf dem Gewissen habe. Und er, Jo Fuchs, wisse, wer dieser Jemand sei.

„Und jetzt befürchten Sie, der Nächste zu sein, dem etwas zustößt?“

Er nickte. „Ich oder Jana.“

„Warum wenden Sie sich nicht an die Polizei?“

Fuchs winkte ab. „Die Polizei“, sagte er und verdrehte die Augen. Rieb über das Kinn mit dem Dreitagebart, der seinen fast zu glatten Gesichtszügen einen Hauch attraktiver Rauheit verlieh. Um die Lippen spielte ein zynisches Lächeln. Ein Frauenschwarm, keine Frage. Doch trotz der hohen Wangenknochen, trotz Kinngrübchen und langer dunkler Wimpern wurde Bukowski mit seinem Anblick nicht warm. Was an der Überheblichkeit liegen mochte, die aus jeder Pore seiner makellosen Haut drang.

Auf Bukowskis Nachfrage, was er gegen ihre Berufsgruppe vorzubringen habe, erklärte er, einer seiner Klassenkameraden sei Polizist geworden. Der dümmste von allen, der schon in der Volksschule Nachhilfe benötigt habe. Dumm wie Brot sei der gewesen, aber bei der Polizei habe er Karriere gemacht. „Außerdem würden Ihre Kollegen mich nicht ernst nehmen", sagte Fuchs. „Oder wollen Sie mir weismachen ich hätte Anspruch auf polizeilichen Schutz, auf eine unbewiesene Mordthese hin?"

Bukowski verkniff sich einen Kommentar.

Deshalb habe er die Initiative ergriffen und einen Bodyguard engagiert, einen Profi mit erstklassigen Referenzen, der ihn auf Schritt und Tritt begleite, sobald er das Hotelzimmer verlasse, sagte Fuchs und widmete sich seinem Tortenstück.

„Und wie lange wollen Sie das durchziehen?"

Er sah Bukowski an. Von dem, was da in seinem Blick lag und nicht in Worte zu fassen war, bekam sie eine Gänsehaut. „Ich habe auch einen Privatdetektiv angeheuert. Der wird das Schwein aufspüren."

„Und wenn Sie es gefunden haben, dieses ‚Schwein'? Engagieren Sie dann einen Killer, der es aus dem Verkehr zieht?"

„Sie haben eine blühende Fantasie für eine Kripobeamtin." Seine Mundwinkel zuckten spöttisch.

Bukowski musterte ihr Gegenüber und erkannte nicht nur die Angst, sondern auch die Mauer, die der Sänger um sich errichtet hatte. Sie beschloss, mit offenen Karten zu spielen. Mauern aus Verstocktheit konnten am ehesten zum Einsturz gebracht werden, wenn man den Verstockten verblüffte. Zum Beispiel durch Ehrlichkeit.

Sie erzählte also, dass die Polizei den Tod von Oliver Laaber als Unfall und den Tod der Familie Hirmer als erweiterten Suizid betrachte. Es gebe keine weiteren Ermittlungen. Sie selbst sei beurlaubt und untersuche die Sache in Eigenregie, ohne offizielle Befugnis.

„Wie sind Sie darauf gekommen, dass es Mord war?", fragte Fuchs. „Und dass die Fälle zusammenhängen?"

Bukowski lächelte vielsagend und verächtlich. Arroganz kann ich auch, Bürschchen, dachte sie. Dann packte sie die Kuchengabel und klopfte damit auf den Tisch. „Wen verdächtigen Sie?"

„Herbert Tobisch, unseren Mathe- und Physiklehrer in der Oberstufe. Lisa, Oliver, Jana und ich waren in derselben Klasse, müssen Sie wissen."

„Und beste Freunde, nicht wahr?"

Fuchs nickte. „Wir haben zusammengehalten wie Pech und Schwefel."

„Waren Sie und Ihre Freunde so grottenschlecht in Mathe und Physik, dass Ihr Lehrer nach all den Jahren noch das Bedürfnis verspürt, ein Exempel zu statuieren?"

„Nicht witzig", sagte Fuchs.

Bukowski zuckte mit den Schultern. „Dann erzählen Sie mir, was damals passiert ist."

„Sie haben recht." Fuchs sah sie an. „Damals *ist* etwas passiert." Er senkte den Blick und starrte in seine Kaffeetasse. Eine gefühlte Ewigkeit lang.

Bukowski bestellte noch einen Espresso und trank ihn in winzigen Schlucken, als hätte sie alle Zeit der Welt. Dabei beobachtete sie aus dem Augenwinkel, wie die Mauer des Jo Fuchs wackelte, wie sie durchsichtig wurde. Jetzt bloß nicht ungeduldig werden.

„Es gab einen ..." Er räusperte sich. „Einen Missbrauch."

„Was?" Bukowski hielt die Luft an.

„Der Tobisch hat eine Schülerin vergewaltigt." Fuchs stürzte den Cappuccino hinunter. Mit der Serviette tupfte er sich Milchschaum von der Oberlippe. „Oliver, Lisa, Jana und ich haben dafür gesorgt, dass er verurteilt wird. Er kam für acht Jahre hinter Gitter. Und jetzt, jetzt will er sich rächen."

Bukowski ließ die aufgestaute Luft durch die zusammengebissenen Zähne entweichen. „Das müssen Sie mir genauer erzählen", sagte sie.

Fuchs schüttelte den Kopf.

Enttäuscht musste sie feststellen, dass die Mauer wieder intakt war. Harter, undurchdringlicher Stein. Ein Bollwerk. „Fragen Sie Jana", sagte er nur und presste die Lippen zusammen.

Jana Pechtold also. Bei ihr laufen die Fäden zusammen, dachte Bukowski. Sie fragte sich, ob es sich bei der missbrauchten Schülerin um die Pechtold selbst handelte. Ob sie deshalb mit ihren zweiunddreißig Jahren schon so verhärmt wirkte?

Der Versuch, mehr aus Fuchs herauszukitzeln, erwies sich als aussichtslos. Bukowskis Finger trommelten auf der Tischplatte. Sie hätte wahnsinnig gern geraucht.

„Eines verstehe ich nicht." Sie winkte der Kellnerin, um zu zahlen. „Warum erst jetzt? Warum hat Tobisch sich nicht vor Jahren gerächt, gleich nach seiner Entlassung aus der Haft?"

„Was weiß ich?", sagte Fuchs. „Das müssen Sie ihn schon selbst fragen. Sobald mein Detektiv ihn gefunden hat."

„Gibt es schon Ergebnisse?"

„Immerhin hat er Herbert Tobisch gestern kurz gesehen, und zwar in Wien. Am Naschmarkt."

„Ist er denn gut, Ihr Privatdetektiv? Seriös? Oder bloß ein gescheiterter Bulle, wie so viele." Bukowski sagte es mit einem arroganten Näseln und lächelte dazu. „Sie wissen ja, wie es um die Intelligenz erfolgreicher Polizisten bestellt ist. Wie mag es dann wohl um die der gescheiterten stehen?"

Mit offenem Mund starrte Fuchs sie an.

Sie zahlte und wollte aufstehen, doch der Sänger legte seine Hand auf ihren Unterarm. Er verriet ihr den Namen des Privatdetektivs und dass Herbert Tobisch, ein gebürtiger Schwabe, seit seiner Entlassung aus dem Knast wieder in Deutschland wohne, in einem Vorort von Tübingen. „Werden Sie ihn finden?"

„Ich? Dumm wie Brot und noch dazu Frau?" Sie rollte mit den Augen.

„Aber nein, so war das nicht gemeint. Sie sind anders. Ganz anders als die Durchschnitts..."

„Verrenken Sie sich nicht, Herr Fuchs. Ich bin charmeresistent. Aber gut, ich werde Ihrem Detektiv auf den Zahn fühlen."

Zum Abschied lud er sie zur *Zauberflöte* ein, bei der er den Papageno gab. Die Oper auf der Seebühne sei nicht nur ein Ohrenschmaus, sondern auch absolut sehenswert, ein Spektakel der Extraklasse. „Auf meinen Namen sind immer einige Freikarten an der Kasse hinterlegt. Ich würde mich freuen, wenn Sie kommen."

„Vielleicht", sagte Bukowski. Bestimmt nicht, dachte sie. Oper war nicht ihr Ding, Mozart noch weniger und Jo Fuchs schon gar nicht. Im Gehen wandte sie sich ihm noch einmal zu. „Wie beschützt Ihr Bodyguard Sie eigentlich während Ihres Auftritts?“

Das Letzte, was sie vom Bariton sah, war sein erschrockener Blick. Keine Spur von Überheblichkeit mehr in den steingrauen Augen, sondern nackte Angst. Zu Recht. Nicht einmal eine Armee von Leibwächtern könnte verhindern, dass irgendein Verrückter ihn einfach von der Bühne schösse. Tief in seinem Innersten wusste Fuchs das natürlich.

Draußen vor der Tür steckte sie sich eine Zigarette an. Es hatte wieder zu regnen begonnen, und sie genoss die kühlen Tropfen auf ihren nackten Armen. Obwohl sie einen großen Schritt weitergekommen war, ärgerte es sie, dass sie die Mauer des Sängers nicht einreißen hatte können. Nur einen kurzen Blick über den Rand werfen.

Aber was habe ich gesehen?, fragte sie sich. Die Wahrheit? Oder nur eine Fassade, schnell hochgezogen und irreführend wie ein potemkinsches Dorf? Was hat es mit dieser Missbrauchsgeschichte auf sich, über die Fuchs nicht reden will? Gibt es den rachsüchtigen Lehrer wirklich, der nach so vielen Jahren eine Todesliste abarbeitet?

Obwohl sie glaubte, dass Fuchs seine Angst nicht gespielt hatte, wurde sie das Gefühl nicht los, belogen worden zu sein. Sie verstand selbst nicht, warum.

Vielleicht weil ihr Menschen, die die Nase so hoch trugen, generell suspekt waren?

Arroganter Idiot, dachte Bukowski. Und mit einem Kopfschütteln dachte sie, dass sie Vorurteile hatte und dass Vorurteile keine gute Voraussetzung für objektive Ermittlungsarbeit waren.

12
18. August

Schon wieder schlang Dr. Adelheid Zwerschina das Ende ihres dicken grauen Zopfes mehrfach um ihren Zeigefinger und drehte es zuerst in die eine, dann in die andere Richtung.

Bukowski fragte sich, was diese stereotype Geste wohl über die Psyche der Frau Doktor verraten mochte und überhörte deshalb die letzte Frage. „Wie bitte?" Sie wechselte ihre Sitzposition. Der gediegene Ledersessel war fast so bequem wie das rote Sofa, das sie der Psychiaterin angedichtet hatte. Als sie Kim belogen hatte.

„Ich habe gefragt, ob Sie wütend auf Ihren Mann sind."

Bukowski schaute die Zwerschina verwundert an. Wütend? Ja, das war sie oft. Meistens auf sich selbst. Oder auf das Schicksal. Aber auf Gregor?

„Erzählen Sie mir von ihm. Wie haben Sie ihn kennen gelernt?"

„Das ist lange her." Trotzdem erinnerte sie sich daran, als wäre es gestern gewesen. „Ich war vierundzwanzig und habe in der Verkehrsabteilung gearbeitet." Ihr Spitzname war „Storch", weil sie trotz ihrer flachen Schuhe alle männlichen Kollegen überragte. „Eines Tages im November haben wir einen Verkehrsunfall in der Brigittenau aufgenommen. Es hat geschüttet wie aus Eimern. Danach wollten mein Kollege und ich uns in einem Café in der Nähe aufwärmen. Meine Laune war miserabel. So miserabel, dass ich noch ein bisschen länger im Regen stehengeblieben bin, um einen Strafzettel auszustellen. Weil ein Auto vor dem Café nicht ganz vorschriftsmäßig geparkt hatte. Es stand mit einem Vorderrad auf dem Gehsteig. Der Besitzer kam angelaufen und wollte mich umstimmen. Ich weiß nicht mehr, was er gesagt hat. Aber er hat mir dabei in die Augen geschaut. Ein Blick zum Steineschmelzen." Bukowski bemerkte, dass sie lächelte. „Er hieß Gregor Bukowski, damals noch Student der Musikwissenschaft. Ich habe mich sofort verliebt. Einen Strafzettel hat er natürlich trotzdem bekommen." Sie klickte das Bild weg, das sich tief in ihr Gedächtnis eingebrannt hatte. „Ein halbes Jahr später bin ich in seine Studentenbude eingezogen. Vier Jahre später kam Samuel und wir haben geheiratet. Gregor hat seine Dissertation abgeschlossen und eine Assistentenstelle an der Uni bekommen. Wir haben einen Kredit aufgenommen und uns gemeinsam eine Wohnung gekauft. Wir mussten furchtbar sparen, aber es war trotzdem eine schöne Zeit."

„Die glücklichen mageren Jahre", sagte die Zwerschina und lächelte auch.

„Als Samuel zwei war, habe ich wieder zu arbeiten begonnen. Ich habe mir einen Herzenswunsch erfüllt und bin zur Kripo gewechselt. Gregor hat sich mit seiner Habilitationsschrift beschäftigt. Wir mussten nicht mehr ganz so viel sparen, dafür ist das Leben anstrengender geworden. Aber schön war es immer noch."

„Wann hat es sich verändert?"

„Schwer zu sagen. Vermutlich schleichend. Mein Beruf hat mich immer mehr gefordert. Gregor hat immer mehr gebüffelt, sich immer öfter in sein Studio zurückgezogen, immer weniger mit mir kommuniziert. Mir ist es immer schwerer gefallen, die Arbeit und das Kind unter einen Hut zu bringen. Ich hab's geschafft, sogar ganz gut geschafft. Aber abends war ich ausgelaugt. Dann hätte ich eine Schulter zum Anlehnen gebraucht. Ich war gereizt, wenn er wieder einmal keine Zeit für mich hatte. Und je gereizter ich wurde, umso mehr hat er sich zurückgezogen." Bukowski schluckte. „Ich habe sie dann woanders gefunden, die Schulter." Sie starrte auf eine helle runde Stelle im Parkettboden, die wie Nowaks Glatze glänzte. „Es ging nicht einmal drei Wochen. Eine kurze, heftige Affäre. Danach habe ich mich so geschämt, dass ich Gregor alles gebeichtet habe und mit Samuel vorübergehend zu einer Freundin gezogen bin."

„Wie hat Ihr Mann reagiert?"

„Er war natürlich wahnsinnig enttäuscht. Wir haben eine Auszeit vereinbart. Nach einem Jahr war Scheidung im Gespräch. Samuel hat die halbe Woche über bei Gregor gelebt, die halbe bei mir. Aber er hat furchtbar unter unserer Trennung gelitten. Seinetwegen haben wir die Scheidungspläne auf Eis gelegt und immer öfter über einen Neuanfang nachgedacht. Wir haben beschlossen, es noch einmal zu versuchen. Das war im Mai 2007. Ich habe begonnen, meine Sachen zu packen, im Juni wollte ich wieder zu Gregor ziehen."

„Aber dazu ist es nicht mehr gekommen", sagte die Zwerschina und Bukowski wusste nicht, ob es eine Feststellung oder eine Frage war.

„Nein. Weil am Abend des zwanzigsten, als ich Samuel von seinem Papa abholen wollte, die Feuerwehr da war. Die ganze Wohnung stand in Flammen." Bukowski presste ihre Hände auf die Armlehnen des Ledersessels, um das Zittern zu unterdrücken. „Es war ein besonders lauer Abend, die Fliederbüsche vor dem Wohnblock standen in voller Blüte." Ihr Blick wanderte zum Fenster, das keinen Ausblick auf Büsche bot. Man sah nur Asphalt, das Mäuerchen, das den Parkplatz umgab, drei Autos, darunter Bukowskis eigenes. „Gregor hat Samuel getötet. Er hat Benzin in der Wohnung verteilt und Feuer gelegt." Sie wunderte sich, wie schwer es ihr immer noch fiel, es auszusprechen. Nach all den Jahren. „Zumindest hoffe ich, dass er den Jungen vorher getötet hat. Es ließ sich nicht mehr feststellen, weil beide Körper bis zur Unkenntlichkeit verbrannt sind."

„Hat Ihr Mann seine Tat irgendwie angekündigt?"

„Nein."

„Ist bei ihm einmal eine psychische Erkrankung diagnostiziert worden? Eine Depression? Ein Burn-out? Eine bipolare Störung?"

„Nichts davon. Er war ein ernster, nachdenklicher Mensch. Aber von einer Depression habe ich nie etwas bemerkt. Und doch muss er ... Ich habe es einfach nicht erkannt."

„Mögen Sie Tee?" Die Psychiaterin verschwand im Hinterzimmer ihrer Ordination und kam nach einer Weile mit zwei Tassen Schwarztee und einer Zuckerdose wieder. „Man kann in die Psyche eines anderen Menschen nicht hineinschauen", sagte sie und ließ drei Stück Zucker in ihre Tasse gleiten. „Auch nicht, wenn man noch so vertraut mit diesem Menschen ist. Nicht einmal ein Psychiater kann das."

Bukowski nickte. Sie wusste das natürlich. Trotzdem kamen die Warum-Fragen immer wieder. Die Schuldgefühle.

„Sind Sie wütend auf Ihren Mann?", fragte die Zwerschina noch einmal und sprach gleich weiter. „Ich an Ihrer Stelle wäre wütend. Darauf, dass er es sich so leicht gemacht hat. Dass er – kaum gab es ein paar Probleme – einfach aufgegeben und sich davongestohlen hat. Und nicht einmal allein. Samuel hat er auch noch mitgenommen. Er hat zwei Leben zerstört, nein, zweieinhalb. Eigentlich müssen Sie platzen vor Zorn.“ Sie nippte an ihrer Tasse. „Ich habe einen Auftrag für Sie: Seien Sie wütend. Schreiben Sie alles auf, was Sie Ihrem Mann vorwerfen, und deponieren Sie den Brief auf seinem Grab. Brüllen Sie den Stuhl an, auf dem er immer saß, verbrennen Sie etwas, das ihm gehört hat.“ Mit dem Teelöffel wedelte sie durch die Luft, als dirigiere sie ein unsichtbares Orchester. „Wecken Sie Ihre Wut, Frau Bukowski, und dann lassen Sie sie heraus. Damit aus den zweieinhalb nicht drei zerstörte Leben werden.“

Während Bukowski ihren Tee kalt werden ließ und sich nach einem doppelten Espresso und einer Zigarette sehnte, sprach die Zwerschina in ein altmodisches Diktiergerät. Sie sprach von Hypervigilanz, erhöhter Reizbarkeit, Schlafstörungen, Konzentrationsschwächen und wiederkehrenden Albträumen der Patientin, also den typischen Symptomen für PTBS.

Interessant, dachte Bukowski. Viren, Geheimdienste und Syndrome aller Art klingen nur noch halb so schlimm, wenn man sie abkürzt.

„Hat man Ihnen nach Ihrem Zusammenbruch vor sieben Jahren keine Therapie verschrieben?“

„Doch, ich bin zu einem Therapeuten gegangen. Ein paar Wochen lang. Bis ich wieder arbeiten konnte.“

„Sie haben die Behandlung abgebrochen?“

„Na ja, es ging mir besser, ich habe wieder funktioniert.“

„Sie haben wieder funktioniert“, wiederholte die Zwerschina und lächelte wissend.

Bukowski versuchte, Spott in ihrer Antwort zu entdecken, aber wenn er vorhanden war, dann gut versteckt.

„Bis Sie vor Kurzem mit einer verbrannten Kinderleiche konfrontiert wurden."

„Der Junge war so alt wie Samuel damals. Er hieß Jonas Hirmer." Sie wusste nicht, warum es ihr wichtig war, seinen Namen zu nennen. Vielleicht, um aus einem gesichtslosen Opfer ein Individuum zu machen? Jonas Hirmer und Samuel Bukowski. Für immer ausgelöscht. Trotzdem einmalig und unvergesslich.

„Seither träumen Sie wieder regelmäßig und haben dieselben Symptome wie vor sieben Jahren, richtig?"

„Hm", sagte Bukowski und meinte Ja.

„Am Telefon haben Sie außerdem eine Art Hilflosigkeit erwähnt. Inwiefern fühlen Sie sich hilflos, Frau Bukowski?"

In vieler Hinsicht. Zum Beispiel ließ ihr Gedächtnis zu wünschen übrig. Beim Gespräch mit Oliver Laabers Eltern hatte sie zweimal dieselbe Frage gestellt. Erst als Herr Laaber sie verwundert darauf hinwies, war es ihr aufgefallen. Und gestern Nachmittag hatte sie Kim nach der Tageszeitung gefragt.

„Die hast du doch schon zum Frühstück gelesen", stellte Kim besorgt fest. Aber Bukowski hatte sich an keine einzige Zeile mehr erinnern können.

Weit schlimmer war, dass sie nicht mehr wusste, wem sie vertrauen sollte. Ihrer eigenen Einschätzung oder dem Urteil von Kim, Manni, Nowak und den burgenländischen Kollegen? Waren ihre Ermittlungen, die nebenbei bemerkt nicht vom Fleck kamen, sinnlos, weil es nichts zu ermitteln gab? Hatte sie sich nur einen „Fall" zusammenkonstruiert, um von ihren eigenen Problemen abzulenken?

Dr. Zwerschina wartete immer noch auf eine Antwort, während sie geduldig ihre Brille putzte.

„Ich fühle mich hilflos, weil ich mir nicht sicher bin, ob ich die Realität noch richtig einschätzen kann."

„Ah ja, das leidige Realitätsbewusstsein." Sie lächelte. „Das liegt ja bei vielen Menschen ein wenig im Argen." Sie hielt ihre Brille gegen das Licht, nickte und setzte sie wieder auf. „Ich nehme aber an, Sie sprechen von dem Fall, in dem Sie gerade ermitteln? Gegen den Willen Ihres Chefs, wie Sie mir erzählt haben?"

Bukowski nickte.

„Ich bin natürlich keine Kriminalistin und maße mir nicht an, Ihre Arbeit zu hinterfragen. Aber ich kann Ihr Krankheitsbild beurteilen. Demzufolge ist es sehr gut möglich, dass Sie in der Einschätzung eines Falles von erweitertem Suizid, der Sie an Ihren Verlust erinnert, nicht objektiv sein können."

Bukowski biss sich auf die Lippen. Ja, ja. Mit diesem Urteil hatte sie natürlich gerechnet. Trotzdem wollte sie es nicht hören.

„Passen Sie auf. Ich sage nicht, *dass* Sie sich täuschen. Nur, dass es so sein *könnte*. Verstehen Sie den Unterschied?" Und ohne eine Reaktion abzuwarten, fuhr die Psychiaterin fort: „Sie sollen Ihrer Theorie nicht abschwören, sondern sich lediglich bewusst machen, dass Sie sich möglicherweise selbst belügen."

„Und was bedeutet das für die Praxis? Soll ich meinen Mörder, den es vielleicht gar nicht gibt, weiter jagen? Oder aufhören und einen vielleicht doch existierenden Mörder laufen lassen?"

„Täusche ich mich oder hätten Sie auch gern eine Zigarette?", fragte die Zwerschina, zog ein Päckchen aus der Schreibtischschublade und hielt es Bukowski hin.

Sie rauchten schweigend.

„Tun Sie, was Sie nicht lassen können“, sagte die Zwerschina schließlich. „Mit der Zeit werden Sie die Notlügen Ihres Gehirns zum Schutz der Seele von selbst erkennen.“ Sie lächelte aufmunternd. „Sofern Sie die Therapie nicht wieder vorzeitig abbrechen.“

Bukowski verließ die Praxis mit einem Rezept für ein Antidepressivum, das auch den Schlaf fördern sollte, und mit einem weiteren Termin in einer Woche.

„Sind Sie wütend auf Ihren Mann?“, hatte die Psychiaterin zum dritten Mal gefragt, als sie sich von Bukowski verabschiedete.

„Ja“, hatte Bukowski gelogen. In Wahrheit fühlte sie nur eine unaussprechliche Traurigkeit. Und eine Art Phantomschmerz, wie Menschen nach einer Amputation.

Trotzdem nahm sie sich vor, den neuen Pillen – sie waren rosa – eine Chance zu geben und den Termin einzuhalten. Nicht zuletzt, weil sie dann Kim gegenüber keine roten Sofas mehr erfinden musste.

Wobei Kim im Augenblick ganz andere Sorgen hatte. Beim Gedanken daran musste Bukowski grinsen.

Sie hatte nicht schlecht gestaunt, als sie am Samstag Abend von ihrem Trip nach Bregenz zurückgekommen war und Nowaks auf Hochglanz polierte Royal Enfield in Kims Einfahrt entdeckt hatte. Er war also immer noch hier! Verbrachte schon die zweite Nacht in Kims winzigem Gästezimmer! Hatte Kim ihm die Mönchhofer Heurigenlokale gezeigt? Ihn vom Urbanikeller zur Rossschwemm, vom Schlossahaus zur Alten Kellertür geschleppt, und er war zu illuminiert gewesen, um nach Hause zu fahren? Oder war er geblieben, um ihr, Bukowski, doch noch die Leviten zu lesen?

In Alarmstimmung zog sie sich in ihr Zimmer zurück und wappnete sich gegen Vorwürfe und unangenehme Fragen aller Art. Am nächsten Morgen, als sie dem Kaffeeduft folgte und noch halbblind in die Küche tappte, um die Menschwerdung mittels dreifachem Espresso einzuleiten, traf sie auf Kim, die gerade einen Kuchen ins Rohr schob. Auf die Frage, was Nowak im Schilde führe, zogen rote Flecke in Kims Gesicht auf. Sie stotterte Unverständliches.

Plötzlich ging Bukowski ein Licht auf. „Sag, habt ihr etwa ...?"

Die roten Flecke verschmolzen zu einer homogenen Fläche. „Es tut mir so leid, Carla. Aber der Wein war schuld und der lauschige Abend und die Hormone und ..."

Bukowski grinste. „Und was um alles in der Welt tut dir daran leid?"

„Weil du ... ich meine, du und er, ihr seid doch früher ..." Die Tränen waren nicht mehr aufzuhalten. „Ich will dir ja nicht in die Quere kommen! Ausgerechnet meiner besten Freundin!"

Bukowski packte Kim an den Schultern, schüttelte sie sanft durch und erklärte ihr, dass ihre eigene Geschichte mit Nowak nichts anderes gewesen sei als eine Affäre – kurz, heftig und schon lang vorbei. Eine Affäre, die sie noch dazu zutiefst bereut habe, wie Kim sicher wisse. Sie schwor, dass Nowak sie als Mann keine Spur interessiere. Bloß als Chef. „Im Gegenteil. Ich bin froh, wenn er eine tolle Frau wie dich findet. Vielleicht wird er dann ausgeglichener? Umgänglicher?" Sie nahm ein Taschentuch und wischte Kims Tränen weg.

„Meinst du wirklich?"

„Ganz ehrlich. Ich freue mich für euch beide. Obwohl er dich natürlich nicht verdient!"

„Wer verdient wen nicht?“ Nowak betrat die Küche. Er zog eine Aftershave-Wolke hinter sich her, deren Penetranz Bukowski den Atem raubte. Bei ihrem Anblick errötete er, rang sich aber doch dazu durch, Kim zu küssen.

Bukowski atmete flacher und freute sich wie eine Schneekönigin. Besser hätte es gar nicht kommen können. Sie wusste: Ihre Ermittlungen würden kein Thema mehr sein. Einen Teil von Nowaks Vorbehalten hatte schon der gute Arpad Lakatos zerstreuen können. Weitere Anflüge von Zweifel würde seine offensichtliche Verliebtheit wegwischen. Und die Tatsache, dass Nowak wusste, dass Bukowski wusste, würde den Rest erledigen.

Und wirklich. Nach einem entspannten Frühstück fuhr er nach Wien zurück, ohne ein Wort über den ursprünglichen Grund seiner Reise zu verlieren. Auch Kim verhielt sich zuvorkommend zum Quadrat. Sie dachte nicht daran, Bukowskis Aktivitäten der vergangenen Tage zu hinterfragen oder ihr für den Sonntag Vorschriften zu machen. Natürlich nutzte Bukowski die Gunst der Stunde.

Als erstes kontaktierte sie Edgar Fally, den Wiener Privatdetektiv, den Jo Fuchs engagiert hatte. Obwohl der Vormittag weit fortgeschritten war, klang der Mann total verkatert. Er behauptete, Herbert Tobisch sei derzeit in Wien, er wohne in einer kleinen Pension und er, Fally, sei ihm auf den Fersen.

Bukowski glaubte ihm kein Wort. Sie begann, selbst zu recherchieren und stieß auf Tobischs Exfrau, Verena Gattringer, die mit einem sehr erfolgreichen Modedesigner verheiratet war und in München lebte. Sie hatte zwar keine Zeit für ein persönliches Gespräch, beantwortete Bukowskis Fragen aber per Mail.

Ihr geschiedener Mann sei nach seiner Entlassung aus dem Gefängnis wieder nach Tübingen gezogen, in sein Elternhaus. Er sei arbeitslos gewesen, habe von Sozialhilfe und der Rente seiner krebskranken Mutter gelebt, die er bis zu deren Tod gepflegt habe. Kurz darauf, im September des vorigen Jahres, sei er nach Frankreich gefahren, um dort ein paar Tage auszuspannen, einen Abschiedsbrief zu schreiben und sich umzubringen.

„Weil er alles verloren hat, was ihm einmal lieb und teuer gewesen ist", schrieb Verena Gattringer als Begründung. „Seine Selbstachtung, den Job, die Ehefrau, seine Freunde und die einzige Tochter, die es nicht ausgehalten hat, einen Verbrecher zum Vater zu haben, und sich das Leben nahm. Zuletzt mit seiner Mutter den einzigen Menschen, der immer zu ihm gehalten hat." Auf Bukowskis Frage, ob Herbert Tobisch Verwandte oder Lebenspartner hinterlassen hatte, antwortete Verena Gattringer: „Am Ende seines Lebens war er vollkommen allein auf der Welt."

Tatsächlich entdeckte Bukowski auf der Internetseite des Schwäbischen Tagblatt Tübingen Herbert Tobischs Todesanzeige. Der Privatdetektiv hatte also gelogen. Entweder war er unfähig oder ein Gauner, der versuchte, Jo Fuchs möglichst lange hinzuhalten und auszunehmen.

Die Konsequenzen dieser Information waren fatal für Bukowskis Fall. Mit Tobisch war der einzige Verdächtige gestorben, den sie vorzuweisen hatte. Die Rachemord-Theorie fiel in sich zusammen wie ein Kartenhaus und Bukowskis Gefühl, dass mit der ganzen Sache etwas nicht stimmte, bestätigte sich. Jo Fuchs hatte gelogen. Was blieb, war seine Angst. Einen Detektiv und einen Bodyguard engagierte man schließlich nicht aus Jux und Tollerei. Aber was steckte wirklich dahinter?

Den restlichen Sonntag verbrachte Bukowski damit, so viel wie möglich über den Sänger herauszufinden. Und – Facebook sei Dank – stieß sie auf eine ehemalige Studienkollegin und Loverin namens Zoe, die sich als auskunftsfreudig erwies. Zoe hatte ein paar Monate mit Fuchs zusammengelebt und schien ihn ausgesprochen gut zu kennen.

„Jo ist wahnsinnig begabt, er hat eine tolle Stimme, aber er weiß es auch. Setzt sich gern in Szene. Und er ist krankhaft ehrgeizig", vertraute sie Bukowski via Skype an. „Für seine Karriere würde er seine Großmutter verkaufen." Auf Bukowskis Nachfrage präzisierte sie: „Einmal hat er einem Studienkollegen, der in einer Hochschulaufführung den Don Giovanni singen sollte, heimlich Rizinusöl in den Kaffee getan. Der arme Kerl bekam Durchfall und Jo, der die Zweitbesetzung war, übernahm seine Rolle. Ich habe das damals nicht verstanden. Dass er das Risiko, erwischt zu werden und aus der Gesangsklasse zu fliegen, auf sich genommen hat, nur wegen einer blöden Hochschulaufführung! Aber für ihn hat es sich gelohnt. Er hat durch sein Einspringen die Anerkennung des Rektors erlangt und kurz darauf ein begehrtes Stipendium bekommen. Das war der Beginn seiner Karriere. Wo er heute steht, wissen Sie ja vermutlich. Er singt bereits regelmäßig an den wichtigsten europäischen Opernhäusern, nächstes Jahr debütiert er an der Met und bei den Salzburger Festspielen." Als Bukowski die junge Frau fragte, ob sie eine Erklärung für seinen übermäßigen Ehrgeiz hätte, lachte Zoe. „Sie kennen offensichtlich seine Eltern nicht, sonst würden Sie nicht fragen." Den Vater, einen Wiener Promi-Anwalt, beschrieb sie als Hyäne. Nach oben kriechen, nach unten treten, sei sein Prinzip und gleichzeitig sein Erfolgsgeheimnis. Der älteste Sohn – Jos großer Bruder Helfried – sei Papas Ebenbild. Er habe sub auspiciis praesidentis promoviert. „Jo stand Zeit seines Lebens in Helfrieds Schatten. Schon in der Schule kam er nicht annähernd an die Leistungen seines Bruders heran. Seine musikalischen Ambitionen haben die Eltern nie ernst genommen. Erst seit er sich zum Nachwuchsass gemausert hat, akzeptieren sie seinen Weg." Sie lachte. „Soviel ich weiß, brüsten sie sich inzwischen sogar mit ihrem Sohn, dem angehenden Opernstar."

Obwohl Zoes Auskünfte viel über Fuchs' Charakter aussagten, konnte Bukowski wenig damit anfangen. Ehrgeiz in solchen Dimensionen war vielleicht unsympathisch, aber nicht strafbar. Über die Missbrauchsgeschichte wusste Zoe leider nichts und auch sonst niemand, mit dem Bukowski über Jo Fuchs sprach. Es blieb das schale Gefühl, dass der Sänger sie auf eine Fährte gesetzt hatte, die keine war. War er selbst in den Tod seiner ehemaligen Schulkollegen involviert?

Zeitlich ginge sich das aus, errechnete Bukowski. Fuchs hatte an den Vorabenden jeweils eine Aufführung in Bregenz. Danach hätte er problemlos nach Wien beziehungsweise ins Burgenland fahren, am folgenden Morgen den Tod der Hirmers beziehungsweise den von Oliver Laaber herbeiführen und anschließend wieder nach Bregenz zurückkehren können. Aber was könnte sein Motiv sein? Und wovor hatte er dann solche Angst? Oder war das alles nur Show? Die Masche einer männlichen Diva, die sich in Szene setzen wollte, wie Zoe sich ausgedrückt hatte?

Was für eine verkorkste Geschichte, hatte Bukowski gedacht und sich vorgenommen, am Montag, gleich nach ihrem Termin bei Dr. Zwerschina, Jana Pechtold einen Besuch abzustatten. Vielleicht die allerletzte Chance, doch noch etwas Licht in die Sache zu bringen.

Nun saß sie in ihrem Auto, das immer noch auf dem Parkplatz der psychiatrischen Praxis stand, und zögerte. Die Worte, sie könnte in der Beurteilung des Falles nicht objektiv sein und sich verrannt haben, spukten in ihrem Kopf herum. Aber hatte die Zwerschina ihr Urteil nicht mit dem Zusatz „möglicherweise" relativiert?

„Tun Sie, was Sie nicht lassen können", imitierte Bukowski den singenden Tonfall der Psychiaterin, startete und fuhr los.

13

Jana Pechtold arbeitete im Garten. Sie zupfte Unkraut aus einem frisch angelegten Beet mit verschiedenen Kräutern.

„Wo sind denn Ihre netten Mädels?", fragte Bukowski.

Wie immer, wenn ihre Kinder erwähnt wurden, lächelte die Pechtold und sah für Sekundenbruchteile um zehn Jahre jünger aus. Als wäre sie selbst ein großes Kind. „Die sind bei ihrem Papa im Südburgenland. Er ist Bildhauer und lebt dort mit zwei anderen Künstlern in einem alten Bauernhaus."

„Klingt idyllisch."

Sie wiegte den Kopf. „Eher fad für Zehnjährige. Kein Computer, nicht einmal ein Fernseher und auch sonst wenig Luxus. Zum Glück hat mein Exmann viel Zeit und unternimmt alles Mögliche mit ihnen." Sie griff zur Gießkanne und bewässerte das Kräuterbeet. „So unbegabt er als Ehemann war, als Wochenendvater macht er seine Sache gut. Und die beiden lieben ihn, vor allem Sophie."

„Hut ab, dass Sie und Ihr Ex das so gut geregelt haben."

Die Pechtold zog sich die Gartenhandschuhe aus. „Sparen wir uns doch den Smalltalk", sagte sie. „Was wollen Sie wirklich?" Das Lächeln war Geschichte.

„Ich habe ein paar Fragen. Wenn Sie kooperieren, sind wir in einer Viertelstunde fertig."

Sie setzten sich auf die Terrasse, die aus einem wackligen Tisch, vier griechenlandblau gestrichenen Holzstühlen und zwei mageren Oleanderstauden bestand. Bukowski zündete sich eine Zigarette an, die Pechtold verschwand in der Küche. Das Handy nahm sie diesmal mit. Sie kam mit einem Krug Eistee und zwei Gläsern zurück.

„Ich war vorgestern in Bregenz und habe mit Jo Fuchs gesprochen“, sagte Bukowski.

Die Gläser klirrten bedrohlich.

„Er scheint große Angst zu haben. So große Angst, dass er sogar einen Bodyguard engagiert hat.“ Sie ließ die Worte einwirken. „Und er hat mir von früher erzählt. Von Ihrer gemeinsamen Schulzeit und dem Missbrauch.“

Die Pechtold stellte den Krug so abrupt ab, dass der Eistee überschwappte. Auf der bunten Plastiktischdecke bildete sich eine braune Lache.

„Was ist damals passiert?“

„Wozu fragen Sie mich, wenn Sie es schon von Jo wissen?“, schnappte sie. Sie schenkte ein und setzte sich.

„Weil mich Ihre Sicht der Dinge interessiert.“ Bukowski nahm einen Schluck, fand ihn zu süß, ließ sich aber nichts anmerken. „Worauf wollen Sie warten? Dass noch jemand stirbt?“ Sie stellte das Glas ab. „Und wer wird es sein? Jo Fuchs? Oder Sie zuerst?“

Jana Pechtold krümmte sich in ihrem Sessel, als hätte sie Bauchschmerzen.

„Was ist damals passiert?“, fragte Bukowski noch einmal.

Nach einer gefühlten Ewigkeit, in der die Pechtold auf ihrem Stuhl herumrutschte und mehrmals ihren Mund öffnete und wieder schloss, kam doch noch eine Antwort. „Was wollen Sie hören?“

„Warum versuchen Sie es nicht mit der Wahrheit?“

Die Pechtold nickte. Sie setzte sich kerzengerade hin und begann ihre Erzählung mit Alice Fuchs. Dreizehn sei Jos Schwester damals gewesen, ein niedliches Ding, zart, dünn und ein bisschen schüchtern, als sie auf der Sportwoche missbraucht worden sei. Von Herbert Tobisch. Danach habe Alice nichts mehr gegessen, sich eingeigelt, kaum gesprochen. Monate später sei sie nur noch Haut und Knochen gewesen. Diagnose: magersüchtig. Erst zu diesem Zeitpunkt habe Jo herausgefunden, was passiert sei. Aber weder seine Eltern noch Alice wollten etwas von einer Anzeige hören.

„Er war so wütend, als er es Oliver, Lisa und mir erzählt hat. Wütend, weil es Alice so schlecht ging, dass sie in eine Spezialklinik eingewiesen werden musste. Und noch wütender, weil der Tobisch, dieses perverse Schwein, damit durchkommen würde, vollkommen unbehelligt durchkommen. Und niemand würde ihn daran hindern, es wieder zu tun."

Bukowski zückte ihr Tablet und notierte Stichworte. „Wie haben Sie und Ihre Freunde darauf reagiert?"

„Wir waren alle aufgebracht. Haben auf Jo eingeredet wie auf ein krankes Pferd. Dass Alice den Lehrer anzeigen müsse, haben wir gesagt. Aber er meinte nur, seine Eltern wollten keinen Skandal. Und Alice sei zu schwach, sie stehe einen Prozess nicht durch. Vermutlich würde sie auf halbem Weg einen Rückzieher machen und dann wäre alles noch viel schlimmer." Jana Pechtold starrte auf den mageren Oleander, der genauso saftlos aussah wie sie selbst. „Lisa war besonders wütend. ‚Lass *uns* das übernehmen', hat sie gesagt. ‚*Wir* zeigen ihn an.' Aber Jo hat nur gemeint, ohne eine Aussage von Alice sei nichts zu machen. Da gebe es nichts anzuzeigen." Die Finger der Pechtold trommelten nervös auf die Tischplatte. „Das war mein Stichwort: ‚Dann müssen wir eben dafür *sorgen*, dass es etwas anzuzeigen gibt', habe ich gesagt." Sie schluckte. „Ich habe es aus dem Bauch heraus gesagt, ohne groß nachzudenken und mir die Konsequenzen auszumalen. Ich habe mit dem Widerspruch der anderen gerechnet, aber sie waren begeistert. Alle. Von dem Augenblick an haben wir einen Plan ausgetüftelt, wie wir den Tobisch hereinlegen können.“ Jetzt sah sie Bukowski an. „Und wir waren gut. Verdammt gut sogar.“

„Was war das für ein Plan?“, fragte Bukowski.

„Eigentlich ein ganz einfacher“, sagte die Pechtold. Sie drückte ihre Hände gegen den Bauch. Vielleicht hatte sie tatsächlich Schmerzen. „Ich war das Vergewaltigungsopfer. Der Tobisch der Täter. Oliver und Lisa waren die Zeugen.“

„Jo nicht?“

„Das wäre zu auffällig gewesen. Jeder wusste ja, dass wir ein Liebespaar waren. Jo hat die Fäden im Hintergrund gesponnen. Zum Beispiel ist er mitten in der Nacht nach Hadersdorf gefahren, zum Haus von Tobisch. Er ist über den Gartenzaun geklettert, hat die Mülltonne durchwühlt und mit einer Riesenportion Glück tatsächlich etwas Nützliches gefunden: ein gebrauchtes Kondom.“

„Von Herbert Tobisch?“

„Von wem sonst? Jo hat einen Slip von mir damit präpariert. Am Morgen vor dem großen Coup hat er mit mir geschlafen. Er war so brutal wie möglich, damit es nach Vergewaltigung aussah. Ich hatte Blutergüsse an Armen und Beinen, Verletzungen im Genitalbereich ...“

„Ich kann es mir vorstellen.“

„In der großen Pause habe ich den Tobisch ins Physikkabinett begleitet, um ihm beim Vorbereiten der Stunde zu helfen. Nach zehn Minuten bin ich schreiend hinausgelaufen. Oliver und Lisa haben am Gang gewartet und bezeugt, dass sie mich herausrennen sahen und im Kabinett den Tobisch erwischt haben. Mit heruntergelassener Hose."

Bukowski nickte anerkennend. „Gefinkelt."

„Vor Gericht hatte er keine Chance, obwohl er es bis zuletzt bestritten hat. Aber die Spermaspuren, meine Verletzungen und die Zeugenaussagen waren überzeugender als seine Theorie von der Intrige. Er hat acht Jahre Gefängnis bekommen."

Bukowski pfiff durch die Zähne. „Eine harte Strafe für eine Tat, die man nicht begangen hat."

„Aber das hat er doch! Er hat es getan!" Die Pechtold suchte Bukowskis Blick. „Er hat das Leben von Alice ruiniert. Wir wollten bloß, dass er nicht noch eins ruinieren kann."

„Schon klar. Lieber haben Sie den Spieß umgedreht", sagte Bukowski. „Was Ihnen übrigens gründlich gelungen ist."

„Wie bitte? Was wollen Sie damit sagen? Sind acht Jahre Haft etwa nicht angemessen für einen Kinderficker?"

„Doch, ja. Vielleicht. Aber bei der Haftstrafe ist es nicht geblieben. Tobisch hat seinen Job verloren und auch nach seiner Entlassung aus dem Gefängnis nie wieder einen gefunden, nicht einmal einen minderwertigen. Seine Freunde mieden ihn, seine Frau hat sich scheiden lassen und seine Tochter Selbstmord begangen. Wegen der Schande." Bukowski senkte die Stimme. „Ihre Form der Selbstjustiz hatte weitreichende Folgen."

Die Pechtold starrte Bukowski mit weit aufgerissenen Augen an. „Das ... das wusste ich nicht. Das mit seiner Tochter. Das tut mir leid." Sie hatte die Hände ineinander verschränkt und presste sie so fest zusammen, dass die Knöchel weiß hervortraten. „Aber das hat doch niemand von uns gewollt! Das können Sie doch nicht uns anlasten!"

Bukowski schwieg.

„Glauben Sie, dass es der Tobisch war? Dass er Lisa und Oliver ...? Aus Rache?"

Bevor sie zu einer Antwort ansetzen konnte, vibrierte das Handy in der Brusttasche ihres Poloshirts. Unbekannte Nummer.

„Bukowski", meldete sie sich.

„Ich habe wieder Post bekommen", sagte eine Stimme, die dünn und aschfahl klang. Jo Fuchs.

„Was für Post?"

Fuchs atmete, als wäre er gerannt. Bukowski stellte sich vor, dass er stark schwitzte, obwohl sie das natürlich nicht hören konnte. „Von ihm. Ein Briefumschlag."

„Was war drin?"

Er antwortete nicht. Da war nur ein seltsames Quietschen. Sie brauchte einige Augenblicke, um zu realisieren, dass ihr Gesprächspartner dabei war, die Fassung zu verlieren. Dass er sie schon verloren hatte.

„Beruhigen Sie sich, Herr Fuchs. Atmen Sie. Und dann sagen Sie mir, was in dem Umschlag war.

„Ein Foto." Jo Fuchs schluchzte. „Von mir. Auf der Rückseite ein Kreuz." Er heulte. „Der will mich umbringen. Der meint es ernst. Ich werde der Nächste sein. Vielleicht schon heute. Oder morgen."

„Waren Sie bei der Polizei?", fragte Bukowski.

Wieder das Wimmern.

„Herr Fuchs! Reißen Sie sich zusammen und antworten Sie!"

„Ja!", schrie er. „Aber die halten mich für hysterisch. Ein Sänger und seine Allüren! Nicht einmal meine

Agentin nimmt mich ernst." Er schnäuzte sich geräuschvoll. „Ich weiß nicht, was ich machen soll. Heute Abend ist Vorstellung. Was, wenn dieser Wahnsinnige mich einfach abknallt?"

„Warum sagen Sie nicht ab?"

„Da kennen Sie den Opernbetrieb aber schlecht! Und meine Agentin. Sie hat mich gewarnt. Ich soll es mir ja nicht einfallen lassen, jetzt, wo es so gut läuft. Bloß keine Schwäche zeigen, hat sie gesagt. In unserer Branche verbreitet sich so was wie ein Lauffeuer. Nein, ich *muss* auftreten, und dieses Schwein weiß das. Dieses Schwein wartet nur darauf. Ich bitte Sie, helfen Sie mir! Sagen Sie mir, was ich tun soll."

„Hören Sie mir gut zu, Herr Fuchs", sagte Bukowski. „Wenn jemand Sie unbedingt abknallen will, kann niemand Sie davor schützen. Und ich weiß ja nicht, wie viele Menschen es gibt, die Sie dermaßen hassen. Vielleicht der ein oder andere Kollege, dem Sie auf unlautere Art ein Engagement streitig gemacht haben?" Sie legte eine kleine Pause ein. „Eines kann ich Ihnen aber garantieren: Herbert Tobisch wird Sie nicht erschießen. Weder heute noch zu einem anderen Zeitpunkt. Er ist nämlich seit elf Monaten tot."

Jo Fuchs hatte es die Sprache verschlagen. Zwei, drei Sekunden lang lauschte sie seinem keuchenden Atem, dann beendete sie das Gespräch.

Jana Pechtold hing wie gebannt an ihren Lippen. „Stimmt das? Der Tobisch ist tot?"

„Selbstmord", sagte Bukowski.

„Aber wer hat dann ...?"

„Gute Frage. Haben Sie und Ihre Freunde vielleicht noch öfter das Schicksal in die Hand genommen und echte oder vermeintliche Bösewichte bestraft?"

Die Pechtold schüttelte den Kopf.

„Wissen Sie, was ich langsam glaube? Dass meine lieben Kollegen recht haben und Lisa Hirmer dem erweiterten Selbstmord ihres Gatten zum Opfer gefallen ist, während Oliver Laaber zufälligerweise wenige Tage später einen Unfall hatte. Und Jo Fuchs ist bloß hysterisch. Oder das Ganze ist eine Marketing-Masche von ihm."

„Und was ist mit den Fotos, die wir ...?"

„Aha? Sie also auch? Frau Pechtold?"

Sie antwortete nicht. Zusammengekniffene Lippen, verbissenes Schweigen.

Bukowski musste sich beherrschen, damit die Wut in ihr nicht überkochte. „Sie haben Angst, wie Fuchs. Und Sie lügen, was das Zeug hält. Oder Sie verschweigen das Wichtigste. Aber so kann ich Ihnen nicht helfen!"

Da die Pechtold nicht reagierte, stand Bukowski auf und ging. Nach zwei Schritten drehte sie sich noch einmal um und knallte eine Visitenkarte auf den Tisch. „Wenn Ihnen doch noch etwas einfällt, egal was, dann rufen Sie mich an", sagte sie und blickte tief in die blaugrauen Augen. „Haben Sie mich verstanden?"

Die Pechtold antwortete nicht und sie erwiderte Bukowskis Blick nicht. Sie starrte ins Leere.

14

Sie wusste nicht, was die Kripotante von ihr hören wollte. Sie verstand überhaupt nicht, was da ablief, warum es ablief, nur, dass es ohne ihr Zutun geschah und ohne dass sie es beeinflussen konnte. Aber war das nicht schon immer so gewesen? War sie nicht schon immer ohne ihr Zutun in Situationen hineingeschlittert?

Etwas braute sich zusammen. In ihrem Rücken. Ihre bisherige Taktik, den Kopf in den Sand zu stecken, funktionierte nicht mehr. Sie musste sich eine andere Strategie zurechtlegen. Vielleicht sollte sie mit Jo sprechen? Über damals. Was passiert war und warum danach alles den Bach hinuntergegangen war.

„Dann tu es!“, sagte die Stimme in ihrem Kopf, die sie nicht mochte, weil sie so herrisch klang wie die Stimme ihrer Mutter. „Ruf ihn an!“

„Aber nein“, sagte die andere Stimme, die sanfte, die sich wie Janas eigene anhörte. „Es bringt doch nichts, alles aufzuwühlen.“ Auch diese Stimme mochte sie nicht.

Sie beschloss, Jo anzurufen. Aber zuerst musste sie etwas trinken. Ihre Zunge klebte am Gaumen. Kopfschmerzen zogen auf, legten sich wie eiserne Klammern um ihre Nasenwurzel und die Schläfen. Sie leerte ihr Glas mit Eistee, goss sich noch einmal ein und schüttete auch ein zweites Glas in einem Zug hinunter.

Ein Fehler. Die Übelkeit überfiel sie ohne Vorwarnung. Ihr Magen krampfte. Sie schlug die Hand vor den Mund, schaffte es aber nicht bis ins Bad. Ein Schwall galliger Flüssigkeit brach aus ihr heraus und ergoss sich über den Terrassenboden.

Wie eklig. Sie wollte einen Eimer Wasser holen, aber ihr schwindelte und sie musste sich auf den

Boden setzen. Sie lehnte sich an die Hausmauer und schloss die Augen.

Noch ein Fehler. Schon fielen die Bilder über sie her. Das Kopfkino startete.

Szene eins: Das Kleeblatt im Dommayer. Ein ausladender Kristalllüster beleuchtet den runden Marmortisch, an dem sie meistens sitzen. Jo hebt die Champagnerflöte. Er hält eine kleine Rede auf die Freundschaft, auf Solidarität und Mut. Und dann bedankt er sich bei allen. Im Namen seiner Schwester, der es schon viel besser gehe. Die auf dem Weg der Genesung sei.

Lisa klatscht, Oliver lacht sein unwiderstehliches Lachen.

„Dem Schwein haben wir es gezeigt", sagt Lisa.

„Habt ihr gesehen, wie er geglotzt hat?", fragt Oliver. „Bei der Urteilsverkündung sind ihm fast die Augen aus dem Kopf gesprungen. Als ob er es nicht fassen könnte!"

„Und er hat es auch nicht fassen können. Dass wir das durchziehen. Dass wir ihn am Arsch haben", sagt Jo.

„Acht Jahre Knast", sagt Oliver. „Stellt euch vor, ganze acht Jahre!"

„Er hätte ja ein Geständnis ablegen können", sagt Jana. „Dann wäre das Urteil milder ausgefallen."

„Logisch. Aber lang ist es schon, oder nicht?"

„Klar, Olli, sehr lang. So what? Dem wird bestimmt nicht fad werden, im Kittchen. Gibt ja genug Matheaufgaben, die er lösen kann", sagt Lisa. Dann lachen sie alle zusammen.

Jana versuchte, die Augen zu öffnen und aus dem Dunkel des imaginären Kinosaals zu entfliehen, aber es gelang ihr nicht. Der Film lief weiter.

Szene zwei: Graue Stufen, ein grüner Handlauf – Jana in der U-Bahn-Station Braunschweiggasse. Wie sie treppab läuft, voll Schwung um die Kurve biegt und beinahe mit einer Entgegenkommenden zusammenstößt. Sie starrt in ein schmales Gesicht, das ihr bekannt vorkommt: Alice. Immer noch dünn wie ein Strich in der Landschaft, aber mit mehr Farbe im Gesicht und selbstbewusster als zuletzt.

Beide bleiben stehen. Begrüßen einander.

„Wie geht's dir?", fragt Jana.

„Ganz okay", sagt Alice.

„Bist du raus?"

„Nur für ein paar Tage. Familienfeier." Sie verdreht die Augen. „Bin aber jetzt schon froh, wenn ich wieder nach Prien fahren kann."

„Dann gefällt's dir dort?"

„Ist cool, ja. Niemand macht Stress, ich kann reiten und malen, so viel ich will, und keiner erwartet großartige Leistungen von mir. Außer dass ich esse und überlebe."

Sie tauschen noch einige Belanglosigkeiten aus, dann verabschiedet Alice sich. Sie dreht sich um und geht weiter treppauf.

„Übrigens ...", ruft Jana ihr nach. „Er sitzt jetzt."

Alice kommt zurück. „Wer?", fragt sie.

„Na, der Tobisch."

„Der Tobisch?" Sie guckt seltsam. Als müsste sie überlegen, wer der Tobisch ist. „Weshalb denn?"

„Kannst du dir das nicht denken?" Jana runzelt die Stirn. „Entschuldige, ich hätte nicht davon anfangen sollen. Es ist nur ... Ich dachte, du freust dich vielleicht."

Alice runzelt die Stirn. „Und wieso?"

„Wieso was?"

„Wieso soll ich mich freuen?“

„Wenn ...“, stottert Jana, „wenn du das nicht weißt, weiß ich’s auch nicht.“ Sie zuckt mit den Schultern und friert mitten im Schulterzucken ein. Das Bild wird unscharf. Filmriss.

Endlich gelang es Jana, die Augen zu öffnen. Langsam stand sie auf. Ihre Knie zitterten, aber das hatte nichts mit der Übelkeit von vorhin zu tun.

Sie dachte über Alice nach. Damals, als sie ihr in der U-Bahn-Station begegnet war, hatte sie geglaubt, Alice hätte die Sache mit dem Tobisch verdrängt. Und sie hatte sich darüber geärgert, dass sie so unsensibel gewesen war und die Kleine mit seinem Namen konfrontiert hatte. Vielleicht ist dieses Verdrängen Teil der Therapie, hatte Jana gedacht. Ein ärztlich angeleitetes Vergessen quasi.

Jetzt war sie sich nicht mehr sicher. Was, wenn alles ganz anders war und Alice nichts verdrängt hatte?

Der Gedanke schmeckte bitter und Jana wollte sich lieber nicht vorstellen, welche Konsequenzen er nach sich zog. Was das für sie, Jana, bedeuten würde, was für den Tobisch und für diese ganze vermaledeite Geschichte?

Sie musste mit Jo sprechen. Sie brauchte dringend ein paar Antworten.

„Was zögerst du dann?“, fragte die herrische Stimme in ihr. „Du Feigling! Jeder unangenehmen Situation gehst du aus dem Weg. Kein Wunder, dass du nichts auf die Reihe kriegst!“

Aber anstatt sie anzuspornen, löste die Stimme eine Trotzreaktion aus. Genau wie früher, wenn Mutter sie herumkommandiert hatte.

Jana rief nicht Jo an, sondern Paulina. „Wie geht es euch?“, fragte sie.

Die Prinzessin klang weinerlich. „Müssen wir noch lange hierbleiben? Es ist so furchtbar langweilig, Mama. Und es stinkt den ganzen Tag nach ...“

An dieser Stelle wurde sie unterbrochen. Sophie hatte ihr offensichtlich das Handy weggeschnappt. „Sie lügt, Mama. Es ist total cool hier. Wir waren sogar surfen. Und auf einem Flohmarkt. Und Paps hat für uns ein Baumhaus gebaut. Und der Einzige der stinkt, ist Tomlinson, weil er furzt wie ein Nilpferd.“

Typisch, dachte Jana. Sophie würde sich eher in den Hintern beißen, als zuzugeben, dass es bei Papa fad war. Oder dass es stank, weil in der Künstler-WG ständig jemand kiffte. Plötzlich ergriff sie eine unbändige Sehnsucht nach den Zwillingen. Sie konnte es nicht mehr erwarten, bis sie wieder zu Hause waren, samt furzendem Nilpferd.

„Selber Lügnerin!“, protestierte Paulina im Hintergrund. „Gib sofort mein Handy her, blöde Kuh!“

„Selber blöde Kuh!“

Geschrei und Kampfgeräusche waren zu hören, dann ein Scheppern und – Stille. Vermutlich war das Handy hinuntergefallen.

Jana relativierte ihre Sehnsuchtsgefühle. Nein, es war schon gut, dass sie die beiden noch drei Tage bei Martin parken konnte. In Anbetracht der momentanen Situation waren sie dort bestens aufgehoben.

Der letzte Gedanke verhedderte sich in ihrem Kopf. In Anbetracht welcher Situation? Wovor fürchtete sie sich eigentlich?

Der Tobisch war doch tot! Ein Kinderschänder, der von der Justiz hart und vom Leben noch härter bestraft worden war. Tragisch, zweifellos. Vor allem das mit seiner Tochter.

Oliver, Lisa und Lisas Familie waren auch tot. Noch tragischer. Aber wenn die Polizei davon überzeugt war, dass es sich dabei um einen Selbstmord und einen Unfall handelte, warum sollte sie, Jana, daran zweifeln?

Und Jo? Der steigerte sich bloß in was hinein. Vermutlich hatte er selbst die Fotos an Jana geschickt, schließlich hatte er sie auch mit Anrufen bombardiert.

„Nein, du redest nicht mit ihm", sagte die sanfte Stimme. „Den Gefallen tust du ihm nicht."

Wie auf ein Stichwort setzten die ekelhaften Bauchkrämpfe wieder ein. Seit mehr als zehn Tagen ließ ihre Monatsblutung nun schon auf sich warten.

Du musst die Gynäkologin anrufen und dich endlich untersuchen lassen, dachte sie. Und über diesem Gedanken – den sie übrigens auch nicht ausführte – musste sie Jo und all die Fragen, die sie ihm stellen hatte wollen, endgültig vergessen haben.

15

Wie sein Herz rast! Mit jeder Minute wächst die Angst. Wie ein Monument ragt sie in den Abendhimmel und überschattet sogar die drei Drachenhunde, die mit ihren Teufelshörnern und Scheinwerferaugen die Seebühne bewachen und bunte Nebelschwaden speien.

Wie er schwitzt! Unter seinem fröhlich-gelben Kostüm umhüllt ihn Angstschweiß wie eine zweite Haut, kalt und glitschig. Er starrt in Richtung Tribüne. Versucht, die Dunkelheit zu durchdringen. Zu erahnen, aus welcher Richtung Gefahr droht. Sinnlos!

Er singt, er weiß nicht, wie. Er weiß nicht einmal, was. Die Arie des Vogelfängers hat er verpatzt. Plötzlich war der Text – tausendmal auswendig aufgesagt, er kann ihn im Schlaf – einfach weg. Er musste improvisieren. Was dabei herauskam, war Kauderwelsch; sinnlose Silben einer nicht existierenden Sprache. Und das bei einer Arie, die vermutlich jeder Dritte im Publikum mitträllern kann.

Danach ist er über einen der aufblasbaren Grashalme gestolpert; beim Duett mit Pamina hat er falsch eingesetzt; und vorhin ist er in einen der Puppenspieler hineingekracht und hat dabei der Wiedehopf-Marionette ein Bein abgebrochen.

Jetzt hofft er nur noch, dass es bald vorbei ist.

Als Papagena aus dem Ei schlüpft, gelingt es ihm nicht, Entzücken oder gar Euphorie in seine Miene zu legen.

Liebes Weibchen, Herzenstäubchen.

Er starrt sie an, als wäre sie ein Gespenst. Ein Feind in gelben Kniestrümpfen und pinkfarbenen Schuhen.

Pa pa pa pa pa pa gena.

Er stolpert durch das Duett, in dem – ein Glück – das Stottern auskomponiert ist, er atmet an den falschen Stellen, bekommt kaum Luft. Viel zu spät bemerkt er, dass er dem Orchester davongeeilt ist.

Und dann, dann sieht er ihn. Einen Schemen, der plötzlich aus der homogenen Masse der Zuhörer aufragt. In den hinteren Rängen ist jemand aufgestanden. Eine verhuschte Stimme in seinem Kopf sagt, dass es bloß jemand mit einer schwachen Blase sein wird. Aber er hört sie nicht. Er hört nur das Brüllen seiner Angst: Es ist so weit, brüllt die Angst. Jetzt bist du dran. Gleich legt ER sein Gewehr an, zielt und …

Panik. Herzrasen. Er wirft sich zu Boden. Robbt hinter das zerbrochene Ei und geht in Deckung.

Papagena, die eigentlich Vanessa heißt, ist ratlos. Sie hört ebenfalls zu singen auf. Die Hörner gicksen, das Fagott grunzt, nur die Streicher spielen weiter, als wäre nichts gewesen.

„Spinnst du?“, zischt Vanessa. Wenn Blicke töten könnten!

Während er sich noch tiefer hinter die Eierschale duckt, hofft er, der Boden möge sich auftun und ihn verschlingen. Er möchte sterben und gleichzeitig erkennt er die Absurdität dieses Gedankens. Nur weil er sich so vor dem Sterben fürchtet, macht er sich hier zum Affen.

Beim Schlussapplaus wird er ausgebuht. Er kollabiert beinahe und muss von Sarastro und Monostatos gestützt werden.

Warum um alles in der Welt hat er nicht abgesagt? Warum hat er sich von seiner Agentin unter Druck setzen lassen?

In der Garderobe wartet sie schon auf ihn. Nancy Schmidt. Wie ein Geier hockt sie auf dem Schminktisch. Ein fetter Geier, der es nicht erwarten kann, auf sein wehrloses Opfer einzuhacken und ihm die Eingeweide herauszureißen. Er lässt ihre zynischen Kommentare, die zackigen Gesten auf sich niederprasseln, ignoriert ihre wutdurchsetzte Enttäuschung und sinkt in ihre Arme. Weint wie ein Baby und saugt die Geborgenheit auf, die ihr weicher Busen ausstrahlt.

Er weiß nicht, wie lange er so verharrt und sich von der sonst so spröden Frau über den Kopf streicheln lässt.

Langsam schrumpft das Angstmonstrum auf die Größe einer Pudeldame, die Nancy an die Leine nimmt. Dann führt seine Agentin ihn zu *Chen's Dining Bar* in die Seestraße, den Bodyguard hat sie mit einer einzigen herablassenden Geste weggeschickt.

Während Nancy bestellt, lässt er den Blick durchs Lokal schweifen. Hat ihn jemand erkannt? Zeigt jemand mit dem Finger auf ihn? Auf den schlechtesten Papageno aller Zeiten?

Doch alles, was er sieht, sind über dampfende Teller gebeugte Köpfe, in Gespräche vertiefte Gesichter, eine homogene Masse lachender, kauender, einander zuprostender Menschen. Niemand scheint ihn zu bemerken.

Am Nachbartisch sitzt ein Ehepaar, das in aufreizender Langsamkeit Sushi isst und sich im Übrigen anschweigt. Und einen Tisch weiter studiert eine ältere Dame mit kunstvoll onduliertem silbergrauen Haar und canyonartigen Falten die Speisekarte. Plötzlich hebt sie den Kopf. Ihre Blicke begegnen einander. Die Miene der Frau verwandelt sich in Sekundenbruchteilen von freundlich-gelangweilt in boshaft-herablassend. Spott und Häme liest er aus ihren Augen. Ihn fröstelt. Ihre zuckenden Lippen scheinen das Wort

„Versager“ zu formen. Erst als ein Kellner zu ihr eilt und die Bestellung aufnimmt, begreift Jo, dass sie gar nicht ihn gemeint hat.

Nancy vertilgt ihre Pekingente in affenartiger Geschwindigkeit und hält ihm ganz nebenbei eine Predigt, die sie mit ausladenden Gesten unterstreicht. Die Stäbchen legt sie dabei nicht ab, sondern zeichnet mitsamt dieser Handverlängerung und dem eingeklemmten Entenstück die Liste seiner Verfehlungen in die Luft. Zuerst zählt sie alle Unzulänglichkeiten der heutigen Aufführung auf: die falschen Einsätze, die unterirdische Intonation, das miese Timing, das grottenschlechte Spiel. Dann lässt Nancy sich über seine Mängel im Allgemeinen aus. Vor allem die Allüren kreidet sie ihm an, die sich schon herumsprechen und bei den diversen Veranstaltern gar nicht gut ankommen. Sie echauffiert sich, sie fuchtelt, sie wird laut.

„Wenn ein Star wie Placido Domingo in seiner Suite nicht nur täglich ein Glas Waldhonig, zwei rohe Eier und einen Strauß dunkelroter Rosen fordert, sondern auch noch vier verschiedene Sorten Mineralwasser und eine Flasche Dom Pérignon, so ist das in Ordnung“, sagt sie. „Bei einem jungen Sängerschnösel wie dir, der gerade mal eine Zehe auf das Sprungbrett zur internationalen Karriere gesetzt hat, wirkt es lächerlich.“ Sie nimmt einen Bissen, schmatzt und tupft sich mit der Serviette den Mund ab. „Und dann noch diese neueste Marotte mit dem Leibwächter. Wer soll das sein, der dir nach dem Leben trachtet? Dein ehemaliger Mathelehrer?“ Sie lacht rau auf, ein röchelndes Lachen, weil sie sich dabei verschluckt hat.

„Herbert Tobisch“, sagt er leise. „Mathe und Physik.“

„Aber der Typ ist tot", sagt Nancy. „Das weiß ich von dieser Polizistin, die mich heute Nachmittag angerufen hat. Eine gewisse Karin Pachulski."

„Carla Bukowski. Die hat doch gelogen, um mich zu beruhigen."

„Und wieso steht dann seine Todesanzeige online? Wenn du willst, kannst du eine digitale Gedenkkerze für deinen Lehrer anzünden!"

Er kann es nicht glauben. Wenn er nicht von Nancys Humorlosigkeit überzeugt wäre, würde er denken, sie macht einen Witz. Schweigend stochert er in seinem Reis. Ist es also doch wahr? Der Tobisch – tot? Und er hat sich fast bepinkelt vor Angst, für nichts und wieder nichts!

„Hallo!" Sie wedelt mit den Stäbchen und dem letzten Entenstück vor seinem Gesicht herum. „Ist das jetzt endlich durchgesickert? Du fürchtest dich vor einem Gespenst!"

„Aber irgendwer muss mir doch die Fotos geschickt haben!" Jemand, der ihn, Oliver und Lisa von früher kennt. Gut kennt. Hat womöglich Jana ihre Finger im Spiel? Aus Eifersucht? Dass sie die Trennung schwer verkraftet hat, weiß er natürlich. Aber nach so vielen Jahren?

Nancy schmatzt und lacht. „Daran wirst du dich gewöhnen müssen, mein Lieber. Du hast in den letzten drei Jahren unglaubliche Erfolge gefeiert. Du bist talentiert und ausgesprochen attraktiv. Da gibt es eben Fanpost, die manchmal auch pervers oder morbide ausfallen kann. Na und?"

„Hm", meint er und grübelt weiter.

„Vielleicht steckt ja ein eifersüchtiger Freund oder Ehemann dahinter? Von einem deiner aktuellen Betthäschen?" Nancy grinst ihn an, ein lüsternes Grinsen, das umso seltsamer wirkt, weil ein Reiskorn an ihrer Oberlippe klebt. „Oder eine abservierte Loverin? Eine erfolglose Studienkollegin?“

Er horcht auf. Muss plötzlich an Zoe denken. Die Einzige, der er an einem feucht-fröhlichen Abend von der Tobisch-Sache erzählt hat. Nein, das ist absurd. Zoe mag ihm zwar seine Erfolge neiden, aber sie würde nicht einmal einer Fliege ein Härchen krümmen. „Wenn ich mir alles nur einbilde – wer hat dann meine beiden Freunde auf dem Gewissen?“

„Einmal Selbstmord, einmal Unfall, sagt die Polizei. Tragisch, klar. Aber reiner Zufall, dass es so knapp hintereinander passiert ist.“

„Solche Zufälle gibt's doch nur in schlechten Krimis.“

Nancy schüttelt lachend den Kopf. „Werde erwachsen, Kleiner. Im Leben gibt es noch ganz andere Sachen, das kannst du mir glauben!“

„Vielleicht hast du recht“, sagt er. Wahrscheinlich hat sie recht, schon weil sie immer recht hat. Und er muss sich eingestehen, dass er keinen Bodyguard braucht, sondern eine Therapie. „Aber jetzt ist so oder so alles zu spät.“ Er schluckt. „Ich hab's vergeigt.“

„Was soll das heißen?“

„Nach der heutigen Katastrophe kann ich mir die Kugel geben.“

„Red keinen Unsinn!“ Nancy schreit fast. Das schweigsame Ehepaar am Nachbartisch sieht sich erschrocken um und zwei Tische weiter wirft die ondulierte Silbergraue einen eisigen Blick herüber. Diesmal ist kein Kellner in der Nähe, dem er gegolten haben könnte.

„Nimm dich gefälligst nicht so wichtig! Heute warst du schlecht, nein, du warst beschissen. Aber glaub mir, die Welt dreht sich weiter. Morgen ist ein neuer Tag. Und morgen wirst du brillant sein“, sagt Nancy etwas leiser. „Zumindest rate ich dir das, wenn du weiter mit mir zusammenarbeiten willst.“ Es folgen anspornende Worte, die aus dem Handbuch *Wie motiviere ich meine Mitarbeiter* stammen könnten. Eine Auflistung all dessen, worin er in der Vergangenheit geglänzt hat, die Sternstunden seiner Karriere.

Es tut gut, sich Honig ums verbrannte Maul schmieren zu lassen. Während er den süßen Seim in die Wunden sickern lässt, bezahlt Nancy und drängt zum Aufbruch. Zum Abschied umarmt sie ihn noch einmal. Noch nie hat er die stahlharte Frau so weich erlebt. Er bemerkt, dass seine Angst weiter geschrumpft ist. Von der Pudeldame zur Erbse, die er in die Hosentasche stecken kann.

Im Hotel angekommen, geht er nicht gleich auf sein Zimmer. Zuerst setzt er sich an die Bar und bestellt eine Flasche Camus XO Borderies. Mit jedem Schluck kommt ihm die Panik der vergangenen Stunden lächerlicher vor. Der Cognac wärmt ihn von innen. Er löst die erbsengroße Angst vollständig auf und nährt die von Nancy gesäte Hoffnung. Wie eine Meditation empfindet er sein Trinken. Ein Fallenlassen und Kraftschöpfen. Irgendwann bemerkt er den missbilligenden Blick des Barkeepers, der wohl gern nach Hause gegangen wäre. Aber der Gast geht vor in einem Vierstern-Superior-Betrieb. Schon um den Angestellten zu ärgern, bleibt er sitzen, und weil er das Recht dazu hat. Im Kopf plant er den morgigen Tag. Er wird zuerst eine Stunde schwimmen und sich massieren lassen. Dann wird er ausgiebig frühstücken und sowohl seinem Bodyguard kündigen als auch dem Scharlatan von Privatdetektiv, der ihn bloß an der Nase herumgeführt hat. Er wird seine Partie durchgehen, ein leichtes Mittagessen zu sich nehmen und mindestens zwei Stunden schlafen. Nachmittags wird er sich gründlich einsingen. Und abends wird er brillieren, wie Nancy sagen würde. Er wird singen wie ein junger Gott und seinen Kollegen die Show stehlen.

Er lächelt bei dem Gedanken. Sieht, dass der Barkeeper den Kopf auf den Tresen gelegt hat und eingenickt ist. Zwar kennen junge Götter kein Mitgefühl, aber er macht eine Ausnahme. Weckt den übermüdeten Burschen, bittet ihn, den Cognac auf die Zimmerrechnung zu schreiben, und macht sich auf den Weg. Er torkelt ein wenig, aber er ist entspannt und ertappt sich sogar beim Pfeifen. Wie es sich für einen Papageno geziemt.

Bevor er sich ins Bett fallen lässt, duscht er ausgiebig. Spült den Angstschweiß der verflossenen Stunden ab, genießt den prickelnden Strahl, den Schaum, den Duft nach Orangenminze – wie neu fühlt er sich danach. In ein Badetuch gewickelt putzt er sich die Zähne, betrachtet währenddessen sein Spiegelbild. Betrachtet es mit Wohlgefallen.

Etwas Unbestimmtes lässt ihn innehalten und den Blick auf den Hintergrund fokussieren. Ihm ist, als habe sich etwas bewegt. Als habe sich aus dem Umriss des begehbaren Schranks ein Schatten geschält.

Du bist ja besoffen, denkt er. Kannst den Kopf nicht stillhalten. Was soll sich denn im Dunkel des Schlafzimmers bewegen?

Er blinzelt. Sieht noch einmal ganz genau hin. Aber er hat sich nicht getäuscht. Da *ist* ein Schatten. Er kriecht heran, wird größer, verfestigt sich zu einer menschlichen Gestalt.

Die Zahnbürste fällt klappernd ins Waschbecken.

Er wirbelt herum. Schwindel befällt ihn und zwingt ihn, sich am Waschbeckenrand abzustützen. Während er die Gestalt anstarrt, explodiert die mühsam geschrumpfte, in Cognac aufgelöste Angst. Er will schreien, aber alles, was aus seinem Mund kommt, ist weißer Zahnpastaschaum.

Die Gestalt – eine ältere Dame mit kunstvoll onduliertem silbergrauen Haar und canyonartigen Falten – tritt ins Licht des Badezimmers.

„Guten Abend, Jodokus“, sagt sie und ihre Stimme klingt, als hätte eine Feile ein rostiges Dornröschen aus seinem tausendjährigen Schlaf wachgeküsst.

16
19. August

„Gib dir einen Ruck und ruf ihn an!"

„Nein!" Kim wandte ihr rot geflecktes Gesicht ab. „Fällt mir gar nicht ein. Soll er doch zur Hölle fahren!" Das Wasser stand ihr bis zu den Lidrändern.

„Du hast ja recht", beschwichtigte Bukowski.

„Und ob ich recht habe!"

„Du hättest recht, meine ich. Unter anderen Vorzeichen. Bei einem anderen Mann. Aber ..."

„Er hat seine Chance gehabt!"

„... du kennst ihn eben nicht. Deshalb lass dir sagen, dass er Frauen gegenüber schüchtern und unsicher ist. Auch wenn es nach außen hin nicht so aussieht."

„Ha!" Kim lachte auf. „Der und schüchtern! Der hat mich ganz einfach vergessen. Ich war gut für eine Nacht und aus."

„Waren es nicht zwei Nächte?", fragte Bukowski und hätte sich im selben Moment ohrfeigen können. Wie unsensibel sie war! Als Freundin eine Null. Zum Glück hatte Kim den Einwand gar nicht mitbekommen.

„Garantiert hat er drei andere an jedem Finger. Was braucht er da so ein naives Landei wie mich? Eine übergewichtige Schabracke mit einem Eso-Fimmel und dem IQ einer Flasche Aura-Soma Pink Pomander!" Beim Wort Pomander schwappte eine Träne über den Lidrand und zog eine feuchte Spur über die Wange. Und dann gab es kein Halten mehr. Kim heulte so erbärmlich, dass Bukowski nicht wusste, was sie tun sollte. Ungeschickt nahm sie die Freundin in die Arme und streichelte über ihre Locken.

„Ja, wein dich ruhig aus. Aber bevor du dein schönes Haus überflutest, solltest du es vielleicht wieder lassen. Und dann hörst du mir zu, okay?“

Während Kim eine ganze Packung Taschentücher verschnäuzte, erklärte Bukowski ihr, wie Nowak tickte. Dass er ein einsamer Wolf sei. Von wegen drei Frauen an jedem Finger! Er ließ zwar gern den Macho heraushängen, wenn er es mit unerfahrenen Jungpolizistinnen zu tun hatte. Aber hinter der rauen Schale steckte ein sensitiver Kern. „In anderen Worten, der wird nicht nur den Biomüll rausbringen, wenn es mit euch längerfristig klappt, sondern auch mal staubsaugen. Womöglich sogar Fenster putzen“, sagte Bukowski.

Kim schluchzte. Aber es klang schon etwas heller.

„Und ich bin mir sicher, er legt dir nicht nur sein Herz, sondern auch seine Aura zu Füßen. Wahrscheinlich würde er dir zuliebe sogar einen Kurs in schamanischer Ausbildung oder ein Channeling-Seminar belegen. Obwohl er an sich keinen Hang zur Esoterik hat, soviel ich weiß.“

„Das sagst du nur, um mich zu trösten“, protestierte Kim.

„Unsinn! Ich hab doch gesehen, wie er dich angeschaut hat. Wetten, dass er in diesem Augenblick in seinem Büro auf und ab tigert und verzweifelt auf deinen Anruf wartet?“

„Und warum meldet er sich dann nicht einfach selbst?“

„Weil das alles andere als einfach ist, meine Liebe“, sagte Bukowski. „Er könnte ja abgewiesen werden. Und für ein gestandenes Mannsbild, das wie ein alternder Rockstar daherkommt und von Berufs wegen immer den Harten mimt, wäre so eine Zurückweisung furchtbar schmerzhaft. Du weißt ja, wie wehleidig Männer sind. Alternde Rockstars ganz besonders."

Kim sagte nichts. Sie schluchzte aber auch nicht mehr.

„Jetzt ruf ihn schon an! Eine Frau wie du, die ihr Leben in jeder Hinsicht selbst in die Hand nimmt, wird doch nicht plötzlich auf Dornröschen machen und warten, bis sie wachgeküsst wird, oder?"

„Meinst du?"

Bukowski seufzte, zapfte einen doppelten Espresso für Kim und einen für sich. Dann ließ sie ihre Freundin mit dem Handy allein und setzte sich unter die Pergola.

Es ging ihr erstaunlich gut. Die rosaroten Pillen der Zwerschina hatten ihr zu einem siebenstündigen Schlaf verholfen, traumlos noch dazu, zumindest hatte sie sich nach dem Aufwachen an keinen Traum erinnern können. Sie fühlte sich zwar etwas dumpf im Schädel, hatte aber keine Kopfschmerzen und schlecht war ihr auch nicht. Nach ein paar Schlucken Kaffee und einer Zigarette funktionierten die grauen Zellen eins a.

Heute war der Tag der Wahrheit. Sie hatte sich fest vorgenommen, ehrlich zu sein. Ihre Seele hatte einen schweren Knacks erlitten. Es war Zeit, sich das einzugestehen und den Fall, der keiner war, ad acta zu legen. Über eine Woche lang hatte sie ins Leere ermittelt. Nichts deutete auf ein Verbrechen hin. Zwei Verkehrsopfer hatten einander früher gekannt – und wenn schon! Es gab wirklich eklatantere Zufälle im Leben. Und hysterische Opernstars waren vermutlich zahlreich wie Flöhe im Fell eines Straßenköters.

Sicher, es fiel ihr verdammt schwer. Aber nach der zweiten Zigarette war sie so weit.

Als sie sich die dritte Zigarette genehmigte, setzte Kim sich zu ihr. Angesichts ihres strahlenden Lächelns erübrigte sich die Frage, wie das Telefonat verlaufen war.

„Ich bin so froh, dass du da bist", sagte Kim und drückte einen Kuss auf Bukowskis Wange. „Das war wirklich eine großartige Idee von dir."

„Dich zu ermutigen, dass du die Initiative ergreifst?"

„Das auch. Aber vor allem der gemeinsame Schamanenkurs. Stell dir vor, er hat zugesagt! Im Oktober geht es los."

Autsch, dachte Bukowski. Hoffentlich findet Nowak nie heraus, dass ich ihm das eingebrockt habe.

„Er kommt übrigens am Samstag, obwohl sie gerade furchtbar viel Arbeit haben. Und er kann es kaum erwarten, hat er gesagt."

„Das ist ja wunderbar! Ich freue mich für dich!" Sie hielt einen winzigen Augenblick inne, um sich zu fragen, ob sie es ernst meinte. Oder war da womöglich Neid im Spiel? Nein, stellte sie erleichtert fest. Kein Neid. Echte, ehrliche Freude. Und alles andere wäre auch undenkbar gewesen!

Sie tranken mehr Kaffee und Bukowski verriet alles, was sie über Nowaks kulinarische Vorlieben, seine kleinen Eigenheiten und seinen Musikgeschmack wusste.

Wie ein Schwamm sog Kim die Informationen auf. Dann wurde sie plötzlich ernst: „Übrigens, Carla, ich muss dir was sagen."

„Ich dir auch", sagte Bukowski und grinste. „Du zuerst!"

„Ich habe gestern frische Handtücher in dein Badezimmer gelegt, während du bei Dr. Zwerschina warst. Und da habe ich deine Notizen gesehen." Kim senkte den Blick. „Nur ganz zufällig, ehrlich."

„Kein Problem. Meine Schuld, wenn ich alles herumliegen lasse."

„Und da habe ich ein bisschen hineingelesen – ich wollte wirklich nicht spionieren, Carla, das musst du mir glauben, aber die Neugier ist ein Luder, und ich konnte nicht …"

„Schon gut, meine Liebe. Ich bin dir nicht böse. Was du gelesen hast, muss dich übrigens nicht beunruhigen. Ich wollte dir nämlich sagen, dass ich aufhöre. Die Zwerschina hat mir die Augen geöffnet. Es gibt keinen Fall, das sehe ich jetzt endlich ein."

„Was?" Kims dunkle Brauen bildeten einen horizontalen Balken, der bedrohlich aussah. „Bist du verrückt? Jetzt, wo du schon so weit bist, willst du alles hinschmeißen?"

Bukowski schnappte nach Luft. Ihr fehlten die Worte. Alles hatte sie erwartet. Erleichterung. Freude. Eine Umarmung. Aber Vorwürfe? Hatte Kim ihren Espresso mit Rum versetzt? Oder lag es nur am Aufruhr der Hormone?

„Die beiden Opfer waren doch gute Freunde, oder nicht?"

„Zufall. Meine Kollegen sind überzeugt davon, und inzwischen bin ich es auch." Wollte Kim sie womöglich auf die Probe stellen? Hatte Nowak ihr nicht nur seine Liebe gestanden, sondern sie als Spionin engagiert?

„Und der Sänger, der sich bedroht fühlt und trotzdem lügt, dieser Jo, der war auch ein Freund. Genau wie diese Jana Dingsda, die sich ebenfalls vor etwas fürchtet und außerdem etwas verschweigt." Kim wirbelte den Kaffeelöffel in der Luft herum und verscheuchte eine Fliege. „Und vor Jahren haben alle vier etwas ausgeheckt. Sie haben sich gegen einen ihrer

Lehrer verschworen und ihm einen Missbrauch angehängt. Haben ihn nicht nur für lange Zeit ins Gefängnis gebracht, sondern damit sein ganzes Leben zerstört. Also Carla, das kann doch alles kein Zufall mehr sein!“ Sie klopfte mit dem Löffel auf den Tisch. Dreimal.

Nein, dachte Bukowski. Das ist keine Falle. Es ist ihr Ernst. Sie schämte sich, ihre beste Freundin niederer Interessen verdächtigt zu haben. „Du hast es prima zusammengefasst. Nur deine Schlussfolgerung ist falsch. Du denkst, dass der Lehrer – Herbert Tobisch – Oliver und Lisa aus Rache ermordet hat.“

„Genau“, sagte Kim. „Und als nächstes sind Jo und Jana dran. Was gibt es an dieser Schlussfolgerung auszusetzen?“

„Erstens hapert es mit dem Motiv. Tobisch wurde zwar für etwas verurteilt, was er nicht getan hat. Er soll aber tatsächlich eine Minderjährige missbraucht haben. Somit hätte er die Strafe verdient. Dass seine Tochter sich umgebracht hat, ist tragisch, aber man kann es wohl kaum dem Kleeblatt anlasten.“

„Vielleicht sieht der Lehrer das anders? Sowohl was seine als auch was die Schuld seiner Schüler betrifft?“

„Wäre möglich“, musste Bukowski einräumen.

„Und dein zweiter Einwand?“

„Zweitens der Zeitpunkt. Warum sollte er sich erst nach fünfzehn Jahren rächen? Warum nicht gleich nach seiner Entlassung aus dem Gefängnis?“

„Das ist doch sonnenklar, meine Liebe.“ Kim grinste siegessicher. „Irgendwo hast du notiert, dass er seine Mutter gepflegt hat.“

Bukowski nickte. „Sie hatte Krebs.“

„Gestern ist mir eine Klangschalenmassage ausgefallen. Da habe ich ein bisschen gegoogelt.“ Kim errötete wie eine Zehnjährige, die beim Plündern von Mamas Schminksachen ertappt wurde. „Helene Tobisch, geborene Schäufele, ist im Juni vorigen Jahres gestorben. Die einzige Person, die noch zu ihrem Sohn gehalten hat. Ich könnte mir vorstellen, dass er erst nach ihrem Tod begonnen hat, seinen Rachefeldzug zu planen, weil er sie nicht hineinziehen wollte. Sie sollte in Frieden sterben und nichts von den hässlichen Morden mitbekommen. Na, was sagst du jetzt?"

„Guter Gedankengang", lobte Bukowski. „So könnte es sein. Wenn es da nicht noch einen dritten Haken gäbe."

Kim hob die Brauen. „Hat er etwa ein Alibi?"

Bukowski nickte. „Das beste, das du dir vorstellen kannst: Er ist tot. Hat sich umgebracht. Im September vorigen Jahres."

Als Kim vor Enttäuschung mit dem Kaffeelöffel so hart gegen ihre Tasse schlug, dass sie zersprang, wusste Bukowski endgültig: Sie hatte eine Mitstreiterin gefunden. Leider zu spät. Denn einen Fall gab es ja nun nicht mehr. Sie half Kim, die Scherben aufzulesen, und tätschelte zum Trost ihre Hand.

Aber Kim war nicht nach Trost zumute. Sie verschwand im Haus, um die Scherben zu entsorgen. Nach einer halben Stunde kam sie mit einem Notizheft, einer orientalisch verzierten Blechdose und einem breiten Grinsen zurück. „Also gut", sagte sie. „Der Lehrer war's nicht. Aber vielleicht hat einer seiner Angehörigen das Rächen übernommen? Jemand, der ihn geliebt hat und über seinen Selbstmord erschüttert war?"

„Außer seiner Exfrau, die übrigens glücklich verheiratet und beruflich erfolgreich ist, hat Herbert Tobisch keine Angehörigen."

„Bist du sicher?“ Was aus Kims Augen blitzte, war pure Abenteuerlust. Sie schlug ihr Heft auf. „Und was ist mit seinem Bruder?“

„Er hat keinen ...“

„Darf ich vorstellen? Dr. Hannes Schäufele vormals Tobisch.“ Kim hielt Bukowski das Heft unter die Nase und zeigte stolz auf den Namenseintrag samt Adresse. „Hat nach Herberts Verurteilung im Juli 1999 seinen Namen geändert.“

Es dauerte ein, zwei Sekunden, bis die Botschaft in Bukowskis Hirn einsickerte. Dann sprang sie so abrupt vom Gartensessel auf, dass er nach hinten kippte. Sie starrte Kim an. „Mensch, das gibt's ja nicht“, murmelte sie. „Woher hast du diese Information?“

„Ein Anruf im Standesamt Tübingen gerade eben. Ein gewisser Torschdn Eberle war dran. Ausgesprochen hilfsbereit, der Knabe.“ Kim klimperte ein paarmal mit ihren Wimpern.

„Aber das ist doch vollkommen illegal! Um Auskünfte muss man schriftlich ansuchen, und Voraussetzung ist der Nachweis eines berechtigten Interesses.“

„Das gilt vielleicht für Hinz und Kunz. Nicht für mich, die todkranke Cousine aus Amerika. Gehirntumor, inoperabel. I am extra angereist, zu sehen meine einzige German Verwandte eine letzte Mal.“ Kim hatte den letzten Satz ausgesprochen, als hätte sie Kaugummi im Mund.

Bukowski nickte anerkennend. „Er hat also tatsächlich einen Bruder“, murmelte sie. „Dann hat Verena Gattringer gelogen!“ Natürlich fragte sie sich, warum. Aber in erster Linie fragte sie sich, warum sie, eine erfahrene Kriminalistin, die Auskünfte der Gattringer nicht überprüft hatte. Ein kapitaler Fehler! War ihr geistiger Zustand schon so desolat, dass sie sich von ihrer kriminalistisch unbeleckten Freundin zeigen lassen musste, wie Ermitteln ging?

„Sehr seltsam, dass die Ex gelogen hat. Damit macht sie sich natürlich auch suspekt." Kim klatschte in die Hände. „Wir haben also einen Fall und zwei Verdächtige – oder willst du das immer noch bestreiten?"

Wie in Trance schüttelte Bukowski den Kopf. Mechanisch griff sie zu ihrer Zigarettenpackung.

Doch Kim war schneller. „Darf ich?", fragte sie, klopfte eine Zigarette aus der Packung und brach sie in zwei Teile. Sorgfältig schälte sie das Papier ab. Unter Bukowskis weit aufgerissenen Augen öffnete sie die geheimnisvolle Blechdose und entnahm ihr eine Pappschachtel mit Zigarettenpapier. Sie legte zwei Blättchen vor sich auf den Tisch und krümelte je die Hälfte des Tabaks darauf.

„Du rauchst?", stieß Bukowski hervor. Sie hatte das Gefühl, vor einem Abgrund zu stehen.

„Aber nein." Kim fischte ein Plastiksäckchen aus der Dose, entnahm ihm ein Büschel trockenen Krauts und verteilte es über dem Tabak. Erstaunlich geschickt drehte sie das Zigarettenpapier zu einer Tüte und steckte sie sich zwischen die Lippen.

„Du kiffst?" Der Abgrund war tiefer als gedacht.

„Nur ein bisschen Gras. Zur Feier des Tages." Als wäre es das Normalste auf der Welt, rollte Kim die zweite Tüte und schob sie zu Bukowski hinüber. „Übrigens biologisch-dynamischer Eigenbau. Du wirst sehen, das tut gut."

„Du überraschst mich immer wieder", sagte Bukowski.

„Man gönnt sich ja sonst nichts!"

Sie rauchten schweigend. Der süßliche Qualm hielt die Mücken ab und ließ Bukowskis Grinsen breiter werden, obwohl ihre Lippen völlig entspannt blieben. Es war ja auch ein inneres Grinsen. Danach schien sie zu schweben. Die Gelenke, die Muskeln, ihr ganzer Körper fühlte sich weich und wattig an. Aber ihre Gedanken waren glasklar und der Kopf voll Tatendrang. Sie ging nicht, sie flog in die Ferienwohnung, holte ihr Tablet und den ganzen Wust an vollgekritzeltem Notizpapier. Während sie das Material in der Pergola ausbreitete, krempelte Kim die Ärmel hoch.

„Lass uns loslegen!"

„Und was sagen wir ihm?"

„Wem?"

„Na, deinem Hanno. Meinem Chef."

Kim fixierte einen unbekannten Punkt in der Ferne. „Nichts", sagte sie entschlossen. „Keinen Ton." Streng schüttelte sie den Kopf. „Er ist noch nicht so weit." Dann schenkte sie dem unbekannten Punkt in der Ferne ein Lächeln. „Aber gib mir das kommende Wochenende und ich klopfe ihn weich."

Bukowski hätte nicht sagen können, ob es am Marihuana oder an Kims Silberblick lag, dass ihre Fantasie mit ihr durchging. Jedenfalls sah sie Nowak vor sich, wie er jammernd über Kims Schenkeln lag, während Kim seinen nackten, pavianroten Po mit einem Schnitzelklopfer bearbeitete.

Mit großen Schritten verließ er den Besprechungsraum.

Obwohl es über Nacht endlich abgekühlt hatte, schwitzte er wie verrückt. Er zückte sein Taschentuch und tupfte sich die Stirn ab. Schüttelte den Kopf über sich selbst. Während Hinnerk über den Stand der Dinge im Fall des vermissten Jugendlichen berichtet hatte, hatte er eine Erektion bekommen. Quasi aus heiterem Himmel, wie ein notgeiler Teenager. Und weil er seit ihrem Anruf an nichts anderes denken konnte. Ständig sah er sie vor sich, ihre üppigen Locken, die barocken Rundungen, die vollen Lippen. Erst nach minutenlangem Starren auf die Fotos der toten Frau Svoboda mit den bläulichen Leichenflecken war es ihm gelungen, Kims Bild aus seinem Kopf zu verbannen. Zumindest vorübergehend. Hinnerks Ausführungen hatte er verpasst und Mühe gehabt, sich wenigstens auf den Svoboda-Fall zu konzentrieren.

Er betrat das Herrenklo und schaute in den Spiegel. Sein ganzer Kopf leuchtete rot wie ein Pavianhintern und das Dauergrinsen, das er im Gesicht trug wie ein Vorübergehend-außer-Betrieb-Schild, vermittelte den Eindruck akuter Geistesschwäche.

„Reiß dich zusammen", zischte er dem Idioten im Spiegel zu.

Was mussten seine Leute von ihm denken! Vor allem Mali, die Neue. Inspektorin Amalie Franz, die heute ihren zweiten Arbeitstag in seiner Abteilung ableistete, und dementsprechend motiviert und dienstbeflissen war.

Er knöpfte seine Jeans auf, um sich zu erleichtern, als Gruber zwei hereinkam. Der junge Kollege von der Sitte wählte ausgerechnet das Urinal neben seinem und pullerte unbekümmert drauflos. Eine gefühlte Ewigkeit. Nowak stand da wie bestellt und nicht abgeholt. Er hasste es, wenn ihm jemand dabei zusah. Sein Körper reagierte prompt mit akuter Pinkelhemmung.

„Na, Hanno, alles leiwand beim Leib und Leben?", fragte Gruber zwei. Zum Glück war er fertig, trat zum Waschbecken und drehte den Wasserhahn auf.

Das erfreuliche Geräusch löste die Sperre. „Jahaa", sagte Nowak. Wie herrlich, wenn der Druck nachließ. „Und selber?"

„Passt schon. Gibt immer mehr Laufhäuser und immer mehr Registrierte, seit dem neuen Prostitutionsgesetz. Easy für uns. Viel besser zu händeln, alles.“

Was du nicht sagst, dachte Nowak. Seit der Straßenstrich in ganz Wien auf zwei Standorte beschränkt worden war, hatte sich rein gar nichts verbessert. Die Szene hatte sich höchstens verlagert. Und es gab noch mehr junge Osteuropäerinnen, die unter einem Vorwand hergelockt, zur Prostitution gezwungen und wie Sklavinnen gehalten wurden. Nur gut, dass es nicht seine Baustelle war.

Wieder im Büro schlug er den mit „Svoboda“ beschrifteten Aktenordner auf, der leider noch vollkommen leer war. Jetzt war es also doch Mord! Und sie hatten fast eine Woche vertrödelt, weil die Leiche der alten Frau in der Kühlkammer darauf gewartet hatte, endlich obduziert zu werden. Das Institut für Gerichtliche Medizin befand sich seit Jahren in der Krise. Veraltete Räumlichkeiten, zu wenig Personal, keine Möglichkeit zur fachärztlichen Ausbildung. Eine Schande, wenn man an die über zweihundertjährige Geschichte des Instituts dachte. Jedenfalls hatte Gerichtsmedizinerin Dr. Hilde Bartenstein erst gestern feststellen können, dass Anna Svoboda nicht friedlich entschlafen war. Sie war erwürgt worden. Die Zweifel des Hausarztes an einem natürlichen Tod der alten Frau waren also berechtigt gewesen.

„Und warum hat er bloß gezweifelt und den Mord nicht sofort erkannt?“, hatte Nowak die Bartenstein gefragt.

„Weil das fast nicht zu erkennen war“, sagte sie. „Der Täter hat ein weiches Strangwerkzeug benutzt, also ein Seidentuch oder einen Wollschal. Deshalb fehlt die Drosselmarke, die sonst als bräunliche Hautvertrocknung horizontal um den Hals verläuft. Außerdem muss er das Tuch oder den Schal so schnell und fest zugezogen haben, dass der Blutstrom in den Halsschlagadern sofort unterbrochen wurde. Daher sind die Stauungszeichen im Kopf- und Halsbereich nur gering ausgeprägt. So gering, dass sie zwar der dienstältesten Gerichtsmedizinerin auffallen, aber nicht einem unerfahrenen praktischen Arzt." Beim Lächeln zeigte die Bartenstein eine Zahnlücke, die ihr den Spitznamen „Wüde Hüde" eingetragen hatte, obwohl sie mit geschlossenem Mund den Prototyp der feinen älteren Dame verkörperte. „Reines Glück, dass mein junger Kollege bei *Todesart* nicht einfach das Kästchen *natürlich* angekreuzt hat. Bei einer Sechsundachtzigjährigen hätte wohl niemand nachgefragt." Die Bartenstein zog eine Haarnadel aus ihrem silberweißen Dutt und befestigte sie an einer anderen Stelle.

Dr. Leschniak, der der Obduktion mit zusammengekniffenen Nasenflügeln beigewohnt hatte, erteilte den Auftrag, zu ermitteln. „Fassen Sie die bösen Buben, Nowak!", war eine von Leschniaks Lieblingsfloskeln, wobei er „fassen" wie immer mit doppelt scharfem S aussprach. Nowak hatte nichts erwidert, nur geschluckt und einen neuen Mordfall an der Backe gehabt.

Er klappte den leeren Aktenordner zu und stellte sich vor die ausrangierte Schultafel, die er vor zwei Jahren auf dem Flohmarkt ergattert hatte. Für die ihn die ganze Abteilung belächelte. Aber er liebte das altmodische Stück nur umso mehr. Das leise Quietschen der Kreide, das den meisten Menschen Gänsehaut bescherte, hatte ihn schon mehr als einmal inspiriert. Er schrieb den Namen A. Svoboda in die Mitte der Tafel. Davon ausgehend zeichnete er einen Pfeil nach rechts und beschriftete ihn mit „Warum?".

Darunter listete er die Begriffe „Geldgier“, „Rache“, „Hass“, „spontan“ und „geplant“ auf. Weitere Motive würden ihm vielleicht später einfallen. Einen zweiten Pfeil zeichnete er horizontal nach links und ergänzte das Wort „Wer?“.

Darunter schrieb er „Enkelinnen“, „übrige Verwandte“, „Nachbarn“, „Pflegerinnen“, „Neffen-Trick-Bande“, „Außenstehende“.

Seiner Erfahrung nach wurden die meisten Morde von Verwandten begangen. Vielleicht war die alte Frau ihren Angehörigen zur Last gefallen, vielleicht hatten sie die Geduld verloren, auf ihr Erbteil zu warten? Natürlich kamen auch Nachbarn in Frage, die Kenntnis über etwaige Ersparnisse der Svoboda hatten. Oder die Pflegerinnen, zwei Slowakinnen, die einander abwechselten. Eine von ihnen hatte Nowak kennengelernt, eine tüchtige, sympathische Person. Er wünschte sich nicht, dass sie etwas mit dem Mord zu tun hatte.

Da seit Monaten eine betrügerische Bande ihr Unwesen trieb, die sich auf Senioren spezialisiert hatte, musste er auch diese Möglichkeit im Auge behalten. Deren Masche ging so: Ein Bandenmitglied rief einen alten Menschen an, gab sich als Neffe aus und versuchte, dem Opfer Geld abzuluchsen. Quasi leihweise. Zu einem Mord oder anderen Gewalttaten war es dabei allerdings noch nie gekommen, nur zu großem finanziellen Schaden. Bis jetzt.

Blieb noch der Punkt „Außenstehende“. Natürlich konnte der Täter ein x-beliebiger Krimineller sein, der in keinerlei Beziehung zur Svoboda stand. Dem sie nur dummerweise die Tür geöffnet hatte.

Die Crux war das Motiv. War es ein Raubmord gewesen? Sowohl die beiden Enkelinnen der alten Frau als auch die Pflegerin, die sie tot aufgefunden hatte, behaupteten, sie wüssten nicht, ob etwas in der Wohnung fehle. Ob die Svoboda ihr Geld einzig und allein auf der Bank gehortet oder ob sie auch größere Summen zu Hause aufbewahrt hatte.

Wenn es kein Raubmord war, geht es um das Erbe oder um Rache. Und dann sind ohnehin die Verwandten die Hauptverdächtigen, dachte Nowak. Er versuchte, sich die Enkelin vorzustellen, der er bei der ersten Besichtigung des Schauplatzes begegnet war. Üppige Locken, barocke Rundungen, volle Lippen. „Verdammtes Wirtshaus!" Kim hatte sich wieder einmal in seinen Kopf geschlichen.

Er legte die Kreide weg und klatschte sich mit beiden Handflächen ins Gesicht. Schluss jetzt! Er benahm sich wie ein Teenager, der zum ersten Mal verliebt war. Vielleicht bin ich ja auch zum ersten Mal verliebt, dachte er. Bis über beide Ohren verliebt. Er war zwar zweimal verheiratet und ebenso oft geschieden, aber das Gefühl, die richtige Frau getroffen zu haben, hatte er erst seit dem letzten Wochenende. Dabei war es das Letzte, was er erwartet hatte.

Anfangs war da nur ihr Charme gewesen. Ihre erotische Ausstrahlung. Und natürlich der Wein und die Heurigenidylle. Eine Affäre, hatte er zuerst gedacht. Eine willkommene Abwechslung zu seinen gelegentlichen Bordellbesuchen, die er eher aus pragmatischen Gründen unternahm, nicht so sehr aus Lust. Und weil er nach seiner zweiten Scheidung beschlossen hatte, nie wieder eine Beziehung einzugehen. Kriminalpolizei und Beziehung, das geht einfach nicht zusammen, hatte er gedacht. Und schon nach der ersten Nacht mit Kim gehofft, dass er sich irrte.

Als er am Sonntag aus dem Burgenland nach Hause gekommen war, war ihm zum ersten Mal seine Einsamkeit auf den Kopf gefallen. Wie ein Wolf lief er in seiner seelenlosen Junggesellenwohnung auf und ab und wartete auf ihren Anruf. In der Nacht träumte er von ihr. Der Montag zog sich wie Kaugummi. Er dachte alle drei Minuten an Kim und alle sieben Minuten an Sex, wofür er sich schämte. Und anschließend ärgerte er sich darüber, dass er sich geschämt hatte. Am Abend packte ihn die Verzweiflung. Sie ruft nicht an, dachte er. Klar, was soll so eine Wahnsinnsfrau auch mit einem ungehobelten, glatzköpfigen Krimineser anfangen?

Wie in Kindertagen versuchte er es mit einem Handel. Wenn Kim doch noch anruft, schenke ich ihr sieben dunkelrote Rosen und spende fünfzig Euro an das Flüchtlingsprojekt von Ute Bock, versprach er dem Wesen da oben, an das er glaubte, von dem er aber keine Vorstellung hatte. Gott? Re? Kali? Oder bloß eine Art sich selbst spinnendes Schicksalsgespinst, das durch Opfergaben beeinflusst werden konnte? Jedenfalls erweiterte er sein Angebot stündlich.

Und dann endlich die Erlösung. Heute um Punkt acht Uhr einunddreißig. Beim Stand von neunundvierzig Rosen, dreihundertfünfzig Euro und einem Schamanenkurs. Dafür durfte er Kim schon am kommenden Samstag wiedersehen. In den Armen halten. Mit ihr das Bett zum Beben bringen.

Ich denke schon wieder an Sex, dachte er. Schluss jetzt!

Noch einmal klatschte er sich beide Handflächen ins Gesicht und vollführte eine gedankliche Kehrtwendung zum Fall Svoboda.

Als erstes musste er herausfinden, wie es um die Vermögensverhältnisse der alten Frau stand und wer sie beerbte. Darum wollte er sich kümmern. Hinnerk war mit dem vermissten Teenager beschäftigt, der hoffentlich bald von selbst auftauchen würde. Oskar Travnitschek, der kleine Dicke im Team, befragte die Nachbarn, ob sie in der Mordnacht etwas gesehen oder gehört hatten. Er hatte Mali mitgenommen, für die es die erste Befragung ihres Lebens war. Und Manni stellte eine Liste mit allen nahen und entfernten Verwandten der Frau Svoboda zusammen.

Vielleicht hat er schon welche ausfindig gemacht, dachte Nowak. Dann kann ich die ersten Kandidaten in mein Büro bestellen. Er ging nach nebenan, klopfte zweimal scharf an Mannis Bürotür und trat ein.

Manni, der gebannt auf seinen Computerbildschirm gestarrt hatte, zuckte zusammen und verwandelte sich bei Nowaks Anblick in eine Tomate. Eine Tomate mit Pickeln.

Mit zwei schnellen Schritten stand Nowak hinter ihm. Er hatte damit gerechnet, Manni beim Solitaire-Spielen zu erwischen. Schlimmstenfalls beim Porno-Schauen. Aber was er da auf dem Bildschirm entdeckte, ließ sein Herz einen Schlag aussetzen. Es ließ ihn nach Luft schnappen.

„Was in drei Teufels Namen machst du im EKIS?", donnerte er. „Hinter meinem Rücken?"

Das Elektronische Kriminalpolizeiliche Informationssystem war ein brisantes Thema für die gesamte Exekutive. Zum ersten Mal hatte es durch die „Spitzelaffäre", in die etliche FPÖ-Funktionäre verwickelt waren, für negative Schlagzeilen gesorgt. Jahre später waren zwei Beamte des Bundeskriminalamts aufgeflogen, die im Fall von Rakhat Aliyev EKIS-Daten an den kasachischen Geheimdienst weitergegeben hatten. Seither hatte man die Kontrollen verschärft, um Missbrauch zu verhindern.

In Ermangelung seiner Lesebrille kniff Nowak die Augen zusammen. „Strafregister?“, las er. „Herbert Tobisch?“ Er packte Manni an der Schulter und schüttelte ihn. „Du sollst doch bloß eine Liste der Verwandten aufstellen und ihre Adressen ausfindig machen, hab ich gesagt. Nicht gleich im EKIS das Strafregister abfragen. Ist dieser Tobisch ein Neffe von der Svoboda? Dann ruf ihn an und bestelle ihn in mein Büro.“

„Der ... äh ... nein. Das ... äh ...“

„Wer um alles in der Welt ist das?“

„W...weiß ich nicht“, stotterte Manni. „Jemand hat mich um einen Gefallen gebeten. Ein Freund. Ich soll nur ein paar harmlose Informationen ...“

„Bist du vollkommen wahnsinnig?!“ Noch nie in seiner gesamten Karriere hatte Nowak so gebrüllt. „Wenn das aufkommt, sind wir alle dran!“ Es schmerzte in der Kehle, wirkte aber befreiend. „Wer ist dieser Freund?“

Manni war käseweiß geworden. Sogar seine Pickel wirkten blass. Nervös fuhr er sich durchs Haar. „Das kann ich dir nicht sagen, Hanno. Auch nicht, wenn du mich rauswirfst.“

Nowaks Blick schweifte von Mannis Schreibtisch hinüber zum baugleichen Gegenstück, hinter dem sonst Gruppeninspektorin Carla Bukowski saß und das jetzt verwaist war.

Plötzlich wusste er es. „Du tust es für sie. Stimmt's?“ Er sah in Mannis wasserblaue Augen. „Für Bukowski. Stimmt's? Stimmt's?“ Er drosch seine Faust auf die Resopalplatte. „Sie ermittelt wieder. Stimmt's?“

Manni presste seine Lippen zusammen. Sein gesenkter Blick war Antwort genug.

Verdammte Hurerei! Carla war also nicht zur Vernunft gekommen, wie Nowak nach seinem Besuch in Mönchhof gehofft hatte. Ach was, er hatte gar nichts gehofft, er war durch sein eigenes Gefühlstohuwabohu zu sehr abgelenkt gewesen, um sich intensiver mit ihr zu beschäftigen. Was für ein Fehler!

Er fasste Mannis Hemdkragen und zog daran. „Pass auf, mein Lieber“, flüsterte er. „Wenn du sie noch einmal bei ihren hirnverbrannten Ermittlungen unterstützt, dann werde ich um deine Versetzung ansuchen. Und um ihre auch!“ Abrupt ließ er los.

Mannis Kehlkopf hüpfte wild auf und ab.

„Und in einer Viertelstunde habe ich die Liste mit den Verwandten der Svoboda auf meinem Schreibtisch. Samt Adressen und Telefonnummern. Kapiert?“

Revierinspektor Manfred Pribil öffnete den Mund und schloss ihn wieder, stumm wie ein Fisch. Aber Nowak wusste auch so, dass Manni ihn verstanden hatte.

17

Wind war aufgekommen, ein Gewitter hatte sich angekündigt und sie waren mit ihren Tablets, Smartphones und mehreren Kilogramm Papier ins Wohnzimmer übersiedelt.

Kim hatte den Wohnzimmertisch zur Seite geschoben und ein ganzes Paket weißer DIN-A4-Blätter so aneinandergeklebt, dass sich eine riesige weiße Fläche ergab, auf der sie das Unfallgeschehen auf der Wiener Höhenstraße und das vor Donnerskirchen aufzeichneten.

„Unser Täter will also …", sagte Bukowski.

„Unser Täter oder unsere Täterin, da sollten wir genau sein", unterbrach Kim.

„Das wird so kompliziert. Wie wär's mit VS – für verbrecherisches Subjekt?"

Kim reckte den Daumen nach oben.

„Also unser VS will aus Rache töten. Und es will die Morde als Unfälle tarnen. Es beobachtet die Opfer wochenlang. Es sucht eine günstige Stelle aus, die die Opfer täglich passieren, und bringt sie dazu, das Steuer zu verreißen. Aber wie?", fragte Bukowski. „Wie würdest du das machen?"

„Ich würde Reißnägel ausstreuen. Oder eine Ölspur legen. Das Auto kommt ins Schleudern und …"

„Dann hätten die Kollegen etwas gefunden. Reißnägel in den Reifen des Unfallwagens oder Ölrückstände auf der Fahrbahn. Aber da war nichts."

„Man könnte ein Tier über die Straße scheuchen. Eine Katze zum Beispiel."

Bukowski schüttelte den Kopf. „Viel zu unberechenbar. Außerdem gibt es bei Unfällen mit Tieren eigentlich immer Bremsspuren."

„Bremse kaputt?“, fragte Kim hoffnungsvoll.

„Negativ. An keinem der beiden Fahrzeugen gab es technische Gebrechen.“

„Dann müssen wir davon ausgehen, dass die Opfer nicht bremsen konnten, weil sie, weil sie …“ Kim spielte gedankenverloren mit Bukowskis Feuerzeug. Klick, Flamme. Klick, Flamme. „Ich habe keine Ahnung, Carla. Ich weiß es wirklich nicht.“

„Mach das nochmal.“

„Was?“ Kim klickte. Die Flamme züngelte. „Das?“

„Licht!“, rief Bukowski und patschte sich gegen die Stirn. „Sie konnten nicht bremsen, weil sie geblendet wurden.“ Plötzlich war sie sich sicher, auf der richtigen Spur zu sein. „Wenn du von einer Sekunde auf die andere absolut blind bist, reagiert dein Körper vermutlich mit einem Schock. Antrainierte Verhaltensweisen wie Ruhighalten des Steuers und Bremsen werden dann nicht abgerufen.“

„Klingt einleuchtend. Aber wie blendet man jemanden?“, fragte Kim. „Mit einer Glasscherbe, auf die in einem bestimmten Winkel die Sonne fällt?“

Bukowski lachte. „Da gibt es effektivere Möglichkeiten. Zum Beispiel sehr starke Scheinwerfer, wie man sie in der Bühnentechnik verwendet. Oder ein Stroboskop. Von so einer Lichtblitz-Kanone soll der Chauffeur von Lady Di in diesem Pariser Tunnel geblendet worden sein, behaupten die Verschwörungstheoretiker. Vom MI6.“

Kim nahm einen verschrumpelten Apfel aus der Obstschüssel. „Und du glaubst, dass der MI6 damit zu tun hat?“

Bukowski verdrehte die Augen. Dann fiel ihr Blick auf Kims Apfel. Er hatte fast so viele Runzeln wie das Gesicht von Trude Naglreiter. Die greise Donnerskirchnerin hatte von einem giftgrünen Lichtstrahl gesprochen, vom hellsten Lichtstrahl, den sie je gesehen hatte. „Jetzt weiß ich's!", rief Bukowski aufgeregt. „Ein Laserpointer! Das VS hat einen Laserpointer verwendet!"

„Die Dinger, mit denen gelangweilte Teenies manchmal Piloten blenden?", fragte Kim.

„Genau die. Bis jetzt gingen die meisten Unfälle glimpflich aus, weil die Attacken spielerisch erfolgten", ergänzte Bukowski. „Aus Blödelei. Nicht mit der Absicht, jemanden ernsthaft zu gefährden."

„Lass uns überlegen, wie es gelaufen sein könnte." Kim schnappte sich die grüne Wachskreide und zeichnete ein Kreuz an die jeweilige Stelle, von der der Lichtstrahl gekommen sein musste.

„Ein Wagen, auf der gegenüberliegenden Straßenseite geparkt", fabulierte Bukowski. „In der Wiener Höhenstraße befindet sich dort eine Ausweiche, vor Donnerskirchen gibt es eine Nebenfahrbahn. Das VS zielt auf das entgegenkommende Fahrzeug. Der geblendete Fahrer verreißt das Steuer und kracht ungebremst ins nächste Hindernis. Außer Frau Naglreiter gibt es keine Zeugen, weil es sehr früh am Morgen passiert ist."

„Bravo!" Kim applaudierte. „Nur eins verstehe ich nicht."

Sie wischte sich eine Locke aus dem Gesicht. „Wie konnte das VS sicher sein, dass seine Opfer sterben würden?"

Bukowski seufzte. Ein guter Einwand. Schade, dass Kim nicht bei der Kripo war, sie hätten ein unschlagbares Team abgegeben. „Überhaupt nicht. Die Wahrscheinlichkeit, dass es zu einem Unfall kommt, ist groß. Aber der Rest hängt vom Zufall ab und von der Geschwindigkeit und Reaktion der Fahrer. Von ihrer Robustheit ..."

„Oder ihrem Schutzengel", ergänzte Kim. „Die Opfer hätten also mit leichten oder schweren Verletzungen davonkommen können?"

„Richtig. Dieses Risiko ist das VS eingegangen. Umgekehrt ist es ja auch das Risiko eingegangen, fallweise mehr Schaden anzurichten als geplant", ergänzte Bukowski. „Dass die ganze Familie Hirmer im Auto sitzen würde, weil die Kinder zum Zahnarzt mussten, wusste es zum Beispiel nicht. Es hat nur mit Lisa Hirmer gerechnet."

„Trotzdem. Ich versteh's nicht", sagte Kim. „Wenn man sich rächen will, wählt man doch eine Methode, die sicher zum Tod führt. Erschießen zum Beispiel."

„Außer man will die Verantwortung für die Schuld abschieben. Wäre das Schicksal, Gott oder welche Macht auch immer gnädig gewesen, hätten Oliver Laaber, Lisa Hirmer und ihre Familie überleben können. Es ist also die Schuld dieser Macht, dass bisher fünf Menschen gestorben sind."

„Du meinst, das VS wäscht sich rein?"

„Vielleicht. Oder es war ihm nicht so wichtig, dass sie sterben, weil die Opfer selbst nicht so wichtig waren. Oliver und Lisa waren ja nur die Zeugen des Prozesses. Jana dagegen die Klägerin und Jo der Rädelsführer."

Sie beschlossen, die bisherigen Verdächtigen genauer unter die Lupe zu nehmen. Zuerst konzentrierten sie sich auf Herbert Tobischs Bruder, Dr. Hannes Schäufele.

Als Belohnung dafür, dass sie die Existenz des Bruders entdeckt hatte, durfte Kim mit seiner Frau telefonieren. Sie stellte ihr Handy auf „freisprechen", damit Bukowski mithören konnte. Es gelang ihr erstaunlich gut, die anfangs zugeknöpfte Frau Schäufele aus der Reserve zu locken.

Bukowski notierte sich Stichworte.

Hannes, der um zwei Jahre Ältere, und Herbert standen einander sehr nahe, bis zu dem Tag, an dem die Missbrauchsgeschichte aufkam. Hannes war so entsetzt über die Tat seines Bruders und so maßlos enttäuscht, dass er Herbert ganz einfach aus seinem Leben strich. Von heute auf morgen. Keine Besuche, keine Briefe, kein Kontakt. Sogar eine Namensänderung beantragte er, aus Scham und aus Furcht vor Repressalien. Immerhin war der Prozess durch die Medien gegangen. Die gutgehende Arztpraxis in Freiburg, die Hannes erst wenige Jahre zuvor übernommen hatte, verkaufte er und bewarb sich bei „Ärzte ohne Grenzen". Seine Frau brauchte lange, um sich mit dem neuen Namen und der Tatsache anzufreunden, dass ihr Mann monatelang unterwegs sein und sich großen Gefahren aussetzen würde.

„Irgendwann gab ich es auf, dagegenzuargumentieren", sagte Frau Schäufele. „Ich habe eingesehen, dass er das braucht. Als müsste er mit seinem sozialen Engagement die Verfehlungen seines Bruders kompensieren."

„Frag sie, wo er jetzt ist", zischte Bukowski.

„Wo hält Ihr Mann sich derzeit auf?"

„Seit zwei Jahren arbeitet er in Burkina Faso, in einem provisorischen Lager für malische Flüchtlinge."

Kim zog einen Flunsch. „Dann ist er momentan auch in Afrika?"

„Momentan nicht, nein." Frau Schäufele druckste herum. Erst auf eindringliche Nachfrage stellte sich heraus, dass Hannes bereits seit vier Wochen Urlaub hatte.

„Seit vier Wochen also", wiederholte Kim und warf Bukowski einen vielsagenden Blick zu.

Bukowskis Daumen schnellte hoch. Vier Wochen waren ausreichend, um die Opfer auszuspionieren, die Laserpointer-Attacken zu planen und durchzuführen. Hannes Schäufele kam als Täter in Frage. „Ich will mit ihm reden", zischte sie.

„Frau Schäufele, wir ermitteln gerade in einer Mordserie", sagte Kim.

Bukowski zeigte ihr einen Vogel.

„Und im Zusammenhang mit unseren Ermittlungen müsste meine Kollegin dringend mit Ihrem Mann sprechen. Wann ist das möglich?"

Wieder dauerte es, bis Frau Schäufele damit herausrückte, dass es derzeit überhaupt nicht möglich sei. Leider. Weil ihr Mann unterwegs sei. Eine Radrundfahrt durch Deutschland. Das Handy habe er nicht mitgenommen, wegen der Selbstverwirklichung. Etwa einmal die Woche melde er sich von einem Münzfernsprecher, sofern er einen finde. „Derzeit ist er vermutlich irgendwo in Mecklenburg", sagte seine Frau. Sie versprach, ihm bei seinem nächsten Anruf Bukowskis Handynummer zukommen zu lassen.

Die Enttäuschung stand Kim ins Gesicht geschrieben. „Schade. Den müssen wir wohl abhaken."

„Immer langsam mit den jungen Pferden. Glaubst du das etwa?"

„Du nicht?"

Sie wäre wohl doch keine so gute Polizistin, dachte Bukowski und grinste. Viel zu gutgläubig. „Das ist doch ein Freibrief. Der kann überall sein. Zum Beispiel in Eisenstadt. Oder in Bregenz."

„Dann verdächtigen wir ihn nach wie vor?"

„Tun wir."

„Obwohl er seinen Bruder nie besucht hat? Wieso sollte er ihn eigentlich rächen wollen?"

„Vielleicht konnte Herbert Tobisch vor seinem Selbstmord glaubhaft versichern, dass er unschuldig war? Und Hannes hat seine eigene Härte bereut, hat sich geschämt, dass er nicht zu seinem Bruder gehalten hat? Und quasi als Wiedergutmachung ..."

„... spielt er jetzt den Rächer", sagte Kim.

„Leider können wir ihn nicht zur Fahndung ausschreiben. Nur hoffen, dass er bald anruft. Und bis dahin knöpfen wir uns Verena Gattringer vor", sagte Bukowski.

Zur Einstimmung erzählte sie Kim alles, was sie bisher über Herbert Tobischs Exfrau wusste. Viel war es nicht.

Verena war in zweiter Ehe mit Sepp Gattringer, dem Gründer des Modelabels GingerTart, verheiratet. GingerTart stand für Entwürfe, die auch in großen Größen kleidsam aussahen, für hochwertige Ausarbeitung und für Naturmaterialien wie biologisch angebaute Baumwolle. Außerdem setzten die Gattringers darauf, alles in Deutschland zu fertigen, und garantierten damit faire Löhne und den Verzicht auf Kinderarbeit. Natürlich hatte das seinen Preis. Aber die Zielgruppe – zahlungskräftige Städterinnen im zweiten Lebensabschnitt – war begeistert. In den letzten zehn Jahren hatten Verena und Sepp Gattringer nicht nur finanzielle Erfolge eingefahren, sondern auch Preise gewonnen. Dementsprechend ausgelastet waren die beiden, speziell Verena, die oft in den europäischen Modemetropolen unterwegs war.

„Rufst du sie an?", fragte Kim.

Bukowski sah sich ausführlich auf der GingerTart-Homepage um. Sie wollte unbedingt persönlich mit Verena sprechen. „Ich fahre hin", sagte sie.

Natürlich wollte Kim mitkommen. Bukowski musste ihr klarmachen, dass es der Professionalität einer

Befragung abträglich war, wenn eine Kriminalpolizistin mit ihrer Freundin antanzte. Mit ihrer Freundin, zu deren neuesten Passionen – neben Channeling und Aura-Soma-Behandlung – das Ermitteln gehörte.

Kim schmollte.

Bukowski brach fast das Herz. „Vielleicht magst du inzwischen die Adresse von Jo Fuchs' Schwester Alice herausfinden?", fragte sie versöhnlich. „Das wäre mir eine große Hilfe!"

Dann setzte sie sich in ihren Wagen, wählte aus ihrer CD-Sammlung die *Sonatas and Interludes* für präpariertes Klavier von John Cage aus, um ihren Geist von überflüssigem Ballast zu befreien und für die bevorstehende Befragung zu öffnen, und fuhr los.

Sepp und Verena Gattringer wohnten in einer schicken Jugendstilvilla in Bogenhausen, die von einem verwilderten Garten umwuchert wurde. Bukowski bewunderte das blauviolette Meer von Rittersporne und Fingerhüten, den verkrüppelten Nussbaum und die Ecke mit den meterhohen Brennnesseln. Sie klingelte.

Verena Gattringer war eine üppige Schönheit, die Bukowski auf Anfang sechzig schätzte. Ein schlichtes Leinenkleid brachte die barocken Formen seiner Trägerin perfekt zur Geltung, das zündholzkurze weißblonde Haar unterstrich die markanten Gesichtszüge. Die Brauen der Gattringer wölbten sich hoch, bis sie zwei perfekte Bögen bildeten. „Wer sind Sie?"

„Carla Bukowski vom Wiener Landeskriminalamt. Ich habe Ihnen vor einigen Tagen gemailt, Frau Gattringer. Heute muss ich Sie allerdings um ein persönliches Gespräch bitten."

Eine senkrechte Stirnfalte störte die Symmetrie der Brauenbögen. „Das ist leider unmöglich. Ich muss zum Flughafen. Die Fashion Week in London. Warum haben Sie nicht vorher angerufen und einen Termin vereinbart?“

„Weil ich in Ihrem GingerBlog gelesen habe, dass Sie morgen eine neue Filiale in München eröffnen. Höchstpersönlich. Und findet die Londoner Fashion Week nicht erst im September statt?“ Bukowski lächelte milde. „Die Polizei kommt immer ungelegen, ich weiß. Aber Mordermittlungen dulden keinen Aufschub. Ich verspreche, ich mache es so kurz wie möglich.“

Verena Gattringer wusste, dass sie verloren hatte. Von einer Sekunde auf die andere schaltete sie von schroff auf freundlich um, vermutlich wollte sie das Beste aus der Situation machen. Sie bat Bukowski ins Wohnzimmer, einen hohen, hellen Raum mit einem violetten Ledersofa. Mit ihren ausnehmend wachen Augen verfolgte sie jede von Bukowskis Gesten.

„Herbert Tobisch?“

„... war die große Liebe meines Lebens“, sagte die Gattringer. „Ich war siebzehn und Schülerin der Modeschule Hetzendorf, als ich ihn auf einer Party kennengelernt habe. Er hat damals noch studiert. Ein Schwabe, der sich unter lauter Wienern irgendwie verloren vorkam. Drei Jahre später waren wir verheiratet. Ich habe zwar meine Ausbildung zur Textildesignerin abgeschlossen, konnte das aber nie beruflich nutzen. Plötzlich war nur noch Herbert wichtig. Mögen Sie Eiskaffee?“

Bukowski nickte. Jede Form von Koffein war ihr recht, wenn sie schon auf Nikotin verzichten musste.

Verena Gattringer verschwand in der Küche und kam nach kurzer Zeit mit zwei Glaskelchen zurück. Vanilleeiskugeln schwammen in schwarzem Kaffee, ein Tupfer Schlagsahne krönte die Komposition.

Sie habe ihren studierenden Mann finanziell unterstützt, indem sie als Kellnerin jobbte, erzählte die Gattringer weiter. Kurz nachdem er eine feste Anstellung als Mathematik- und Physiklehrer im Ludwig-Wittgenstein-Gymnasium erhalten habe, sei sie schwanger geworden.

Bukowski lächelte, aber die Gattringer erwiderte das Lächeln nicht.

„Ich hatte eine Fehlgeburt", sagte sie. „Und zwei Jahre später noch eine. Haben Sie Kinder?"

Bukowski grunzte etwas Unverständliches und rührte in ihrem Eiskaffee.

„Dann können Sie sich vielleicht vorstellen, wie überglücklich Herbert und ich waren, als ich ein gesundes Mädchen zur Welt brachte. Nina. Es war der 18. August 1986. Ein Glückstag. Der erste einer langen Serie von Glückstagen."

Bukowski ließ ihren Blick zum offenen Kamin schweifen, auf dessen Sims einige Fotos in altmodischen Silberrahmen herumstanden. Sie stand auf und holte eins der Bilder an den Tisch. Ein kleines Mädchen im Badeanzug lachte in die Kamera. Ihre beiden Zöpfe hingen wie Rattenschwänze nach unten, tropfnass. Die Kleine saß lächelnd auf einer Wasserrutsche und konnte es offensichtlich nicht erwarten, sich in die Fluten zu stürzen.

„Ist sie das?", fragte Bukowski.

Die Gattringer nahm das Bild an sich und strich mit ihrem Zeigefinger am Rahmen entlang. „Eine meiner Lieblingsaufnahmen." Sie schaffte es, emotionslos über Ninas Selbstmord zu sprechen. Vielleicht nicht emotionslos, aber sehr beherrscht, so kam es Bukowski vor. Beneidenswert beherrscht. Da zitterte und zuckte nichts, der Blick blieb weich und die

Stimme fest, als Verena Gattringer berichtete, dass Nina sich kurz vor ihrem vierzehnten Geburtstag vor die S-Bahn geworfen habe. Weil sie ihren Vater vermisste, weil sie nicht verstehen konnte, warum er so etwas Schreckliches getan hatte. Und weil sie das Getuschel und die Ablehnung ihrer Mitschüler nicht mehr aushielt. Dabei waren sie nach der Scheidung in die Brigittenau übersiedelt und Nina hatte die Schule gewechselt. Aber das Gerede übersiedelte mit.

„Ich hätte ganz aus Wien wegziehen müssen", sagte die Gattringer. „Ich hätte hellhöriger sein müssen. Ich hätte ... Aber ich war so mit meinem eigenen Kummer beschäftigt und mit dem Alltag. Ich musste wieder als Kellnerin arbeiten. Wenn ich nach Hause gekommen bin, war ich müde. Und Nina hat mir nichts von ihren Problemen erzählt, weil sie mich schonen wollte."

Noch jemand, der mit Selbstvorwürfen und Schuldgefühlen zu kämpfen hat, dachte Bukowski. Aber inzwischen schien die Gattringer ihren Frieden gefunden zu haben. Es gab also Hoffnung.

„Wie hat Ihr Exmann Ninas Tod aufgenommen?"

„Am Tag ihrer Beerdigung hat er Freigang bekommen. Er ist aber nicht erschienen. Ich weiß noch, wie wütend ich darüber war. Trotz meiner unendlichen Trauer und Verzweiflung war die Wut auf ihn, der an allem schuld war, stärker. Und ich konnte sie ihm nicht einmal an den Kopf schleudern, weil er nicht aufkreuzte." Verena Gattringer seufzte. „Erst viel später habe ich erfahren, dass er auf dem Weg zum Friedhof zusammengebrochen ist und auf die Krankenstation gebracht werden musste."

„Hatten Sie nach dem Tod Ihrer Tochter Kontakt zu ihm? Während seiner Haft? Oder nach seiner Entlassung", fragte Bukowski.

„Nein. Kommt Ihnen das gefühllos vor?“ Die Gattringer hielt ihren Löffel in die Luft, als wollte sie dem Vanilleeis beim Schmelzen zusehen. „Es *ist* gefühllos“, antwortete sie sich selbst. „Heute kann ich es auch nicht mehr nachvollziehen. Aber damals musste ich ...“

„Einen Schlussstrich ziehen?“

Sie nickte. „Ich habe Herbert wirklich geliebt“, erklärte sie. „Natürlich gab es Höhen und Tiefen, wie in jeder Ehe. Aber insgesamt war alles gut – dachte ich. Und dann wie aus heiterem Himmel diese ekligen Anschuldigungen: Vergewaltigung einer Schülerin im Physikkabinett der Schule, am helllichten Tag. Einer sechzehnjährigen Schülerin! Das war heftig. Und das Schlimmste war seine Verstocktheit. Er wollte es nicht zugeben. Dabei sprach alles gegen ihn.“ Es zuckte um ihre Mundwinkel. „Ich habe ihm nicht geglaubt“, murmelte sie. „Obwohl ich vorher nie einen Grund gehabt habe, an ihm zu zweifeln, habe ich der Geschichte geglaubt, die sein Sperma erzählt hat. Sein Sperma auf Johanna Winters zerrissenem Slip.“ Zorn funkelte in ihren Augen auf, als sie die Maske der Beherrschung für Augenblicke fallen ließ.

„Verständlich“, sagte Bukowski und legte eine Pause ein, in der sie das Bücherregal betrachtete. *Schuld und Sühne*, *Sturmhöhe*, *Hamlet*, *Der Graf von Monte Christo*. Interessant, dachte sie. Geht es nicht in all diesen Büchern um Rache? „Und wie denken Sie heute darüber?“

„Heute?“ Verena Gattringers dunkle Augen schienen eine Nuance heller zu werden, als sie Bukowski anstarrte. „Heute weiß ich, dass er unschuldig war. Das Opfer einer gemeinen Intrige. Und ich würde viel dafür geben, wenn ich meinen Vertrauensbruch wiedergutmachen könnte.“

„Darf ich fragen, was Ihren Sinneswandel bewirkt hat?“

„Herberts Abschiedsbrief.“

Bukowski bat darum, ihn lesen zu dürfen, und Verena Gattringer gab ihr den handgeschriebenen Brief, in dem Tobisch in schön geschwungenen Buchstaben seine Unschuld beteuerte. Er sprach von einem Komplott von Jodokus Fuchs, Johanna Winter, Lisa Silberstein und Oliver Laaber. Als Grund gab er an, dass Jodokus Fuchs bei ihm zwei Fünfen bekommen und das Semester nicht positiv beenden sollte.

„Hat er das nicht schon vor fünfzehn Jahren erzählt?“, fragte Bukowski.

„Damals erschien es mir lächerlich, dass Sechzehnjährige so etwas planen und durchziehen sollten. Außerdem waren Johanna Winter, Oliver Laaber und Lisa Silberstein Vorzugsschüler und von Fuchs' Beteiligung war nichts bekannt.“

„Und diesem Brief glauben Sie?“

„Gegenfrage“, konterte die Gattringer. „Warum sollte ein Mensch, der beschlossen hat, seinem Leben ein Ende zu setzen, lügen?“

Bukowski nickte. „Können Sie sich vorstellen, dass ein wahrer Kern hinter der Intrige der Jugendlichen steckt? Dass Ihr Mann zwar nicht Johanna Winter, aber eine andere Schülerin missbraucht haben könnte, wofür das Kleeblatt ihn strafen wollte?“

„Wie bitte? Wer sollte das denn sein? Und warum sollte diese Schülerin ihn dann nicht selbst angeklagt haben?“, fragte die Gattringer. „Nein, ich bin überzeugt, dass in Herberts letztem Brief die Wahrheit steht. Leider kommt meine Überzeugung zu spät.“

„Hegen Sie Rachegefühle gegenüber Jo Fuchs und seinen Freunden?“

Die Gattringer atmete hörbar ein und aus. „Ich will ganz ehrlich sein: Wenn mir zu Ohren käme, dass diese infamen Intriganten tot wären, dann würde ich einen Freudentanz aufführen. Vor Ihren Augen, Frau Bukowski." Als Bukowski vielsagend schwieg, fragte die Gattringer nach: „Sind sie etwa tot? Sind Sie deshalb hergekommen?"

„Der Fuchs und die Winter nicht. *Noch* nicht. Aber Oliver Laaber und Lisa Silberstein können Sie abhaken. Sind die beiden schon ein kleines Tänzchen wert?"

Verena Gattringers Mund stand offen, einige Sekundenbruchteile lang, dann hatte sie ihre Gesichtsmuskeln wieder unter Kontrolle. „Dann wollen Sie sicher wissen, ob ich ..."

„O ja, das möchte ich wirklich gern wissen. Wo waren Sie am Montag, den vierten August, zwischen halb acht und acht Uhr morgens? Und wo am Freitag, den achten August, zwischen fünf und halb sechs Uhr in der Früh?"

Die Gattringer lachte. Ein kehliges Lachen, das aus den tiefsten Tiefen ihres Bauches zu kommen schien und das Bukowski in einem anderen Zusammenhang äußerst sympathisch gefunden hätte. „Ich war die ganze Woche in Mailand. Habe dort zwei Modeschauen besucht und versucht, Donatella Versace einen ihrer genialen jungen Modedesigner abzuwerben." Sie zuckte mit den Schultern. „Leider vergeblich."

„Kann das jemand bezeugen?"

„Donatella natürlich. Sofern Sie eine Dienstreise nach Mailand beantragen wollen. Eine sehenswerte Stadt, Frau Bukowski." Weil das für Bukowski nicht in Frage kam, bestellte die Gattringer ihre persönliche Assistentin her. Conny, eine blasse, junge Frau mit straff nach hinten gekämmten Haaren, trug eine übergroße Sonnenbrille, die sie auch in der Wohnung nicht abnahm und die Bukowski an Puck, die Stubenfliege erinnerte. Conny alias Puck bestätigte, dass sie für ihre Chefin sowohl einen Flug nach Mailand als auch ein Hotelzimmer für die Zeit vom dritten bis zehnten August gebucht habe. Dabei rückte sie ständig an ihrer Brille. „Brauchen Sie die Buchungsbestätigungen?“

Bukowski verneinte und Conny, die es eilig hatte, verabschiedete sich.

„Warum hat Ihr Mann Ihnen vor seinem Tod geschrieben? Obwohl Sie in all den Jahren nicht an ihn geglaubt haben?“, fragte Bukowski, als sie wieder unter sich waren.

„Weil er mir verziehen hat?“

„Vielleicht.“ Lächelnd wechselte sie das Thema. „Und warum haben Sie mich letzte Woche belogen, Frau Gattringer?“

„Belogen?“ Die Gattringer runzelte die Stirn. „Inwiefern?“

„Auf meine Frage, ob Ihr Exmann Angehörige hinterlassen hat, haben Sie behauptet, es gebe niemanden.“

„Das ist keine Lüge. Nach dem Tod seiner Mutter hatte Herbert wirklich niemanden mehr.“

„Und was ist mit seinem Bruder? Hannes?“

Verena Gattringer kniff die Augen zusammen. Ihr Gesicht versteinerte. „Herbert hatte keinen Bruder mehr“, fauchte sie. „Hannes hat sich von ihm losgesagt. Er hat sogar den Mädchennamen seiner Mutter angenommen, weil – so hat er sich damals ausgedrückt – Herbert den Namen Tobisch in den Schmutz gezogen habe.“ Nach einigen Augenblicken wurden die Gesichtszüge wieder weich. „Es war schon schlimm für Herbert, dass ich ihm nicht glauben konnte. Die

Scheidung kostete ihn viel Kraft. Weit schlimmer war, dass Hannes sich von ihm abgewandt hatte. Die Bindung der beiden war sehr eng, müssen Sie wissen. Sie waren Brüder und sowas wie beste Freunde zugleich. Als Herbert verurteilt wurde, hat Hannes ihn fallen lassen wie eine heiße Kartoffel. Er hat nie wieder ein Wort mit ihm gesprochen."

„Auch nicht beim Begräbnis der Mutter?"

„Soviel ich weiß, war Hannes damals beruflich in Afrika."

„Und Sie? Standen Sie mit Hannes in Kontakt? Oder mit seiner Frau?"

„Die beiden wollten keinen Kontakt. Ich habe sie seit dem Tag der Urteilsverkündung nicht mehr gesehen."

„Halten Sie es für möglich, dass Herbert auch seinem Bruder einen Abschiedsbrief geschrieben hat?"

„Ja, das hätte zu ihm gepasst. Dass er vor seinem Abtreten noch mit allen Frieden schließen wollte. Bei Hannes hat er aber garantiert auf Granit gebissen."

„Wie kommen Sie darauf?"

„Menschenkenntnis?", meinte die Gattringer lakonisch.

Bukowski bedankte sich und trat die Heimfahrt an.

Nicht lange, nachdem sie München hinter sich gelassen hatte, rief Kim an.

„Wie ist es gelaufen?"

„Schlechte Nachrichten. Die Gute hat ein Alibi."

Kims Enttäuschung entlud sich in einem deftigen Fluch, der unmöglich aus demselben Mund stammen konnte, der regelmäßig mit Engeln sprach. „Ich habe auch eine schlechte Nachricht", sagte sie mit Grabesstimme.

„Was ist passiert? Konntest du die Kontaktdaten von Jos Schwester nicht eruieren?"

„Das war ein Kinderspiel! Alice heißt immer noch Fuchs, sie lebt in Graz und ist eine erfolgreiche Programmiererin. Reitet gern. Zwei Pferde hat sie auch, zwei hübsche Haflingerstuten. Ich habe sie via Facebook kontaktiert."

„Prima! Und die Telefonnummer?"

„Ich dachte mir, ich rufe sie gleich an und bitte sie, nach Wien zu kommen. Dann hättest du sie auf der Rückfahrt treffen können. Damit wir keine Zeit verlieren. Aber Alice ist heute Morgen nach Bregenz gefahren."

„Sie wird sich die Zauberflöte anhören. Mit ihrem Papageno-Bruder."

„Wohl kaum, Carla. Sitzt du gut?"

Etwas Eisiges lief über Bukowskis Rücken.

„Jo Fuchs hat versucht, sich umzubringen. Er liegt auf der Intensivstation. Alice ist bei ihm."

„Nein! Ein Selbstmordversuch? Bist du sicher?"

„Anscheinend gibt es einen Abschiedsbrief."

Bukowski ließ sich die Adresse des Krankenhauses durchgeben. Sie dankte Kim und warf das Handy in die Ablage zurück.

In ihr Navi tippte sie ein: neues Ziel – Landeskrankenhaus Bregenz, Carl-Pedenz-Straße 2.

Nach Auskunft der Stationsschwester bestand keine Lebensgefahr. Fuchs hatte viel Blut verloren, aber er würde wieder gesund werden. Seine Karriere war allerdings definitiv zu Ende. Denn bevor er versucht hatte, sich die Pulsadern aufzuschlitzen, hatte er seine Zunge verstümmelt. Noch befand er sich in künstlichem Tiefschlaf und Bukowski hatte keinen Zutritt, da nur nahe Angehörige in die Intensivstation durften. Immerhin konnte sie mit der Agentin des Sängers sprechen und etwas später auch mit seiner Schwester.

Nancy Schmidt glich mit ihrer leicht gekrümmten Nase und den nach vorn gezogenen Schultern einem gut genährten Marabu. Sie gebärdete sich wie eine Frau, die es gewohnt war, Befehle zu erteilen, und der jetzt ein unsichtbarer Feind das Ruder aus der Hand genommen hatte. Keine Sekunde konnte sie stillsitzen. Mit weit ausholenden Gesten zeichnete sie zackige Linien in die Luft, unfertige Figuren, die dort hilflos verkümmerten.

Bukowski überredete sie, mit ihr ins Freie zu gehen und sich ins Gras zu setzen. Das Wetter war warm, aber nicht heiß, der Himmel bedeckt, und immer wieder wehten Wellen würziger Düfte vom Kräutergarten herüber. Thymian und Maggikraut.

Nancy Schmidt riss ein Salbeiblatt ab und zerbröselte es gedankenlos zwischen ihren Fingern. „Dass ich mich so getäuscht habe“, sagte sie immer wieder. „Das werde ich mir nie verzeihen. Dass ich die Situation so falsch eingeschätzt habe!“ Sie sprang auf, kümmerte sich nicht um den Grasfleck, der sich auf ihrem cremefarbenen Rock abzeichnete, und begann, Bukowski in immer kleineren Kreisen zu umrunden. Dabei erzählte sie vom gestrigen Abend, der verpatzten Aufführung und wie geknickt Jo gewesen war. Dass er auch wirklich allen Grund gehabt hatte, geknickt zu sein.

„Zwei, drei derart miserable Auftritte und ein Künstler kann einpacken“, sagte sie. „Der Markt verzeiht das nicht. Die Konkurrenz ist hart und sie schläft nicht. Immer mehr Talente aus Osteuropa, aus Asien stehen in den Startlöchern.“ Jo habe das natürlich gewusst und sei deshalb sehr besorgt gewesen.

Aber sie sagte auch, sie habe ihm ins Gewissen geredet. Habe ihm die Angst – diese vollkommen irrationale Angst vor einem mysteriösen Verfolger, der ihn ermorden wolle – genommen und ihn motiviert, bei der nächsten Aufführung alles zu geben. Ein einmaliger Ausrutscher sei noch lange nicht das Aus. Das sei nichts, was durch Engagement, Professionalität, Talent und Charme nicht wieder ins Reine gebracht werden könne. Und Jo habe ja gewusst, dass das Publikum ihn liebte, dass es ihm nur zu gern verziehen hätte.

„Als wir gestern Abend auseinandergegangen sind, war ich mir eigentlich sicher, dass die Krise überstanden ist." Die Schmidt rang ihre Hände. „Dass ich mich so getäuscht habe!" Ihr ratloser Blick ging ins Leere. „Dabei ist meine Menschenkenntnis sonst tadellos."

„Können Sie sich vorstellen, dass jemand in sein Hotelzimmer eingedrungen ist und ..."

„Jetzt fangen Sie nicht auch noch damit an! Diese blöde Paranoia ist doch schuld an dem ganzen Unglück!" Sie holte ihr Handy aus der Umhängetasche. „Schauen Sie." Mit dem Zeigefinger wischte sie mehrmals über ihr iPhone und zeigte Bukowski ein Foto von einem handbeschriebenen Briefbogen. „Sein Abschiedsbrief."

Hotelpapier, schwarzer Kugelschreiber, zittrige Buchstaben. Bukowski entzifferte die Unterschrift des Sängers. „Das Original?"

„Haben Ihre Kollegen von der Kripo Bregenz. Mit denen werden Sie sich ja absprechen?"

„Selbstverständlich. Aber ich wäre Ihnen trotzdem dankbar, wenn Sie mir Ihre Fotos zukommen ließen", sagte Bukowski. Den Vorarlberger Kollegen wollte sie lieber nicht ins Handwerk pfuschen.

Im Unterschied zu Fuchs' Agentin konnte sich seine Schwester gut vorstellen, dass Jo gezwungen worden war, den Brief zu schreiben, und man ihn anschließend massakriert hatte. Nicht, dass sie einen speziellen Verdacht gehegt hätte, aber der Gedanke, ihr Bruder könnte sich selbst so zugerichtet haben, wollte einfach nicht in ihren Kopf.

Mit Mühe war es Bukowski gelungen, Alice, die ihren Bruder nicht allein lassen wollte, in die krankenhausinterne Cafeteria zu locken. Erst als der zuständige Arzt versichert hatte, dass Jos Zustand sich stündlich bessere, war sie mitgegangen.

Bukowski, die den ganzen Tag noch nichts gegessen hatte, verschlang ein Schinken-Käse-Sandwich und tippte zwischendurch wie wild auf ihr Tablet ein. „Gibt es jemanden, der Ihren Bruder hasst?"

Alice zuckte mit den Schultern. In ihren auffallend großen, auffallend dunklen Rehaugen war neben ehrlicher Besorgnis auch vollkommene Ahnungslosigkeit zu lesen. Sie rührte minutenlang in ihrem Kaffee, obwohl sie weder Zucker noch Milch hinzugefügt hatte. „Jo ist ziemlich gut darin, sich Feinde zu machen", sagte sie schließlich.

„An wen denken Sie speziell?"

„Zum Beispiel an seine Verflossenen. Jo hat seine Frauen immer nach ganz bestimmten Kriterien ausgesucht. Solche, die ihm gut gefielen. Und solche, die wichtig für seine Karriere waren. Und wenn sie ihm dann nicht mehr gefielen oder nicht mehr wichtig waren, hat er sie ruckzuck abserviert. Wissen Sie, er war so ..."

„Berechnend?", fragte Bukowski.

„Ehrgeizig", sagte Alice. „So abartig ehrgeizig wie alle in meiner Familie." Sie nahm einen Schluck Kaffee. „Alle außer mir", fügte sie leiser hinzu.

Sie erzählte von ihrem Vater und seinen überzogenen Erwartungen. Vom ältesten Bruder Helfried, der diese Erwartungen übererfüllt und damit die Latte für die Geschwister unerreichbar hoch gelegt hatte.

„Jo hat immer versucht, an Helfried heranzukommen. Und es ist ihm nie gelungen." Während Helfried Klassenbester war und auch noch mit Auszeichnung promoviert hatte, war Jo bloß ein mittelmäßiger Schüler gewesen. „Wie oft hat unsere Mutter versucht, seine Schulnoten mit Bittgängen positiv zu beeinflussen. Weil eine Drei oder Vier natürlich nicht gut genug war für einen Fuchs", sagte Alice und lachte. Fröhlich klang es aber nicht. „Eine Eins oder Zwei musste es sein. Mutter ist auch vor Bestechung nicht zurückgeschreckt. ‚Kleine Geschenke erhalten die Freundschaft', hat sie immer gesagt. Vater durfte das natürlich nicht wissen. Und auch bei den Lehrpersonen ist es nicht immer gut angekommen."

„Und Sie? Wie sind Sie mit dieser Erwartungshaltung zurechtgekommen?"

„Gar nicht", sagte Alice und das Lächeln auf ihren Lippen starb. „Auch ich war jahrelang Klassenbeste. Und natürlich die Beste im Ballett, beim Eislaufen und im Klavierunterricht. Bis es mir zu viel wurde und ich aufgehört habe, zu essen."

„Sie waren magersüchtig?"

„Mit dreizehn hat es angefangen. Ein Dreivierteljahr später bin ich zusammengebrochen und wäre fast gestorben. Meine Eltern haben mich in eine teure Privatklinik gesteckt. Zwei Jahre lang haben mir die Psychologen dort beigebracht, dass ich etwas wert bin. Auch wenn ich gar keine Leistung erbringe. Ich habe gelernt, mich zu lieben. Na ja, vielleicht nicht gerade zu lieben", relativierte Alice. „Aber zu akzeptieren. Das war ein großer Schritt."

„Heißt das, Sie sind geheilt?"

Alice wiegte den Kopf. „Sie müssen sich das wie bei einem Alkoholiker vorstellen. Rückfälle sind immer möglich. Man muss sein Leben lang dagegen ankämpfen."

Bukowski musterte die junge Frau verstohlen. Sie hatte eine normale Figur, war weniger mager als Bukowski selbst.

„Ich habe noch manchmal Anfälle von Bulimie. Aber es geht mir recht gut", sagte Alice, als hätte sie Bukowskis Gedanken gelesen. Sie erzählte von ihrer Arbeit als Programmiererin, die ihr Spaß machte, und von ihrem Freund. „Bisher bin ich davon ausgegangen, dass ich beziehungsunfähig bin, wie meine Brüder." Sie lächelte. „Aber mit Simon könnte es klappen."

Zuletzt fragte Bukowski nach Tobisch.

„Mein Physiklehrer", erinnerte Alice sich. „Ich mochte ihn eigentlich ganz gern. Jo hatte ihn in Physik und Mathe, und er hat ihn gehasst. Weil der Tobisch ihn ungerecht behandelt haben soll. Und dann war da diese Sache mit Jos Freundin."

„Was wissen Sie darüber?"

„Nicht viel, ich war doch damals schon in der Klinik, habe es erst später erfahren. Dass Tobisch Jana missbraucht haben soll und dafür verurteilt wurde. Übrigens ein Glück für Jo, der wäre sonst durchgesaust. Als Ersatz für den Tobisch bekam er dann den Lenz in Mathe und die Meise in Physik, beide gutmütig zum Quadrat, und hat die Versetzung in die Maturaklasse mit viel Augenzudrücken geschafft." Alice trank ihren Kaffee aus. „Jana muss wohl einen ziemlichen Knacks davongetragen haben. Zumindest hat Jo behauptet, dass sie sich nach der Missbrauchsgeschichte total verändert habe. Sie haben sich bald darauf getrennt."

„Und was war mit Ihnen? Hat Herbert Tobisch Sie auch missbraucht?"

„Mich?" Die Rehaugen quollen fast aus ihren Höhlen. „Um Himmels willen! Wie kommen Sie denn darauf?"

Bukowski hatte genug gehört. Sie wünschte Alice alles Gute und bat sie um eine Nachricht, sofern es irgendetwas Neues in Bezug auf Jos Zustand gab.

Es war halb drei Uhr nachts, als sie in Mönchhof ankam. Die Strapazen dieses Tages, die vielen Kilometer, die aufreibenden Gespräche saßen ihr in den Knochen. Sie war kurz davor, ins Bett zu fallen, als sie neue Nachrichten auf ihrem Smartphone entdeckte.

Die erste Nachricht stammte von einer gewissen Conny Wimmer, die um einen dringenden Rückruf bat und deren Namen Bukowski nicht gleich einordnen konnte. Trotz der unpassenden Stunde wollte sie nicht bis zum Morgen warten. Als die verschlafene Stimme der Conny Wimmer sich meldete, sah Bukowski plötzlich Puck vor sich. Die Stubenfliege mit den überdimensionalen Sonnengläsern. Und sie traute ihren Ohren nicht, als Puck alias Conny das Alibi ihrer Chefin Verena Gattringer stotternd widerrief.

„Verstehe ich Sie richtig? Frau Gattringer war *nicht* in Mailand? Sind Sie sicher?"

„Natürlich bin ich sicher."

„Und warum haben Sie für sie gelogen?"

„Wir haben da ein Abkommen, das … Na ja, es ist ziemlich lukrativ für mich."

„Aha?"

„Ein Teil meiner Arbeit für Verena besteht darin, dass ich einige ihrer Geschäftsreisen übernehme. Sie kann sich währenddessen mit ihrem Lover in Wien treffen, ohne dass ihr Mann etwas ahnt. Anfang August haben wir es auch so gemacht."

„Sie behaupten also, Frau Gattringer war zu der Zeit in Wien?"

„Aber ja. Ich habe das Ticket und das Hotel für sie gebucht und bin an ihrer Stelle nach Mailand geflogen."

„Hochinteressant", sagte Bukowski.

„Jetzt wissen Sie das." Conny heulte fast. „Aber bitte verraten Sie Verena nicht, dass Sie es von mir haben." Sie flehte und bettelte. Sie würde den Job verlieren, den sie so liebte, nicht nur, weil er einträglich war.

„Machen Sie sich keine Sorgen."

„Eigentlich wollte ich dichthalten. Verena ist eine gute Chefin. Aber es geht ja um Mord, nicht wahr? Da ist eine Falschaussage doch bestimmt strafbar?"

„Sie haben alles richtig gemacht, Conny. Ihre Chefin wird nichts erfahren, das verspreche ich Ihnen."

Den Job würde Conny trotzdem verlieren, wenn die Gattringer tatsächlich hinter den Morden steckte. Und das wurde immer wahrscheinlicher. Die Zeit und die Möglichkeit hatte sie, ein Motiv erst recht. Durch die Intrige des Jo Fuchs hatte sie ihren Mann – ihren vollkommen unschuldigen Mann – und ihr einziges Kind verloren. Herberts Abschiedsbrief hatte ihr die Augen geöffnet. Zwar waren viele Jahre vergangen, aber Rache verpuffte nicht, sie wurde höchstens bitterer.

„Conny, sagen Sie mir eines. Wo war Verena gestern, nein vorgestern Abend?“

„Tut mir leid, das weiß ich nicht. Eine Geschäftsreise war nicht geplant. Was sie privat gemacht hat ... keine Ahnung.“

Gut möglich, dass sie nach Bregenz gefahren ist, dachte Bukowski. Sie bat Conny, sich unbedingt zu melden, wenn ihre Chefin das nächste Mal nach Wien fliegen wollte. Dann war höchstwahrscheinlich Jana Pechtold an der Reihe. Und das musste Bukowski unbedingt verhindern, wenn sie schon bei Jo Fuchs versagt hatte.

Die zweite Nachricht stammte von Nancy Schmidt. Wie versprochen hatte die Agentin die Fotos von Jos Abschiedsbrief geschickt. Bukowski setzte sich zum Schreibtisch und vertiefte sich in die krakeligen Buchstaben.

Als Grund für seinen Freitod führte Fuchs sein Versagen bei der Zauberflötenaufführung des vergangenen Abends an. Nach diesem Fiasko könne er seine Karriere nicht weiterführen. Nicht weil passiert sei, was passiert sei. Sondern weil es jederzeit wieder passieren könne. Weil es garantiert wieder passieren werde, da sich sein Lampenfieber mit jedem Auftritt verschlimmere. „Meine Nerven spielen nicht mehr mit. Schweißausbrüche, Herzrasen. Panikattacken. Ich bekomme das nicht in den Griff, wie man gestern hören und sehen konnte.“

Bukowski hatte Mühe, die Augen offen zu halten. Irgendwann fielen sie einfach zu und ihr Kopf sank auf die Tischplatte.

Ihr letzter Gedanke, bevor der Schlaf sie für zweieinhalb Stunden in seine Fänge bekam, galt Jo Fuchs. Jo Fuchs, dessen Zunge nur noch ein blutiger Klumpen war; dessen aufgeschlitzte Pulsadern – halbherzig aufgeschlitzt, wie der Notarzt sich ausgedrückt hatte, also mehr Hilfeschrei als ernstzunehmender Selbstmordversuch – unter dicken Verbänden verborgen waren; der inzwischen auf die allgemeine Krankenstation verlegt worden war und – vollgepumpt mit Schmerzmitteln – ebenfalls schlief.

Aber davon konnte Bukowski natürlich nichts wissen.

18
21. August

Sie saß auf dem winzigen Balkon der Ferienwohnung, klammerte sich an die erste Morgenzigarette und wusste noch nicht genau, wo links und rechts war, als der Anruf kam. Unterdrückte Nummer. Es war beinahe unanständig früh. Sie versuchte den zementartigen Schlaf wegzublinzeln, den die rosa Pillen ihr beschert hatten.

„Ja?"

„Guten Morgen, Dr. Schäufele hier. Spreche ich mit Carla Bukowski?"

Was für eine unangenehm wache Stimme, dachte sie, sagte: „Ja", und wartete darauf, dass die grauen Zellen ihren Dienst aufnahmen. Wer in drei Teufels Namen war Dr. Schäufele?

„Meine Frau hat mich gedrängt, Sie anzurufen. Stimmt es, dass Sie von der österreichischen Kripo sind? Und dass es um meinen Bruder geht?"

Endlich ging ihr ein Licht auf. „Ja", sagte sie und sehnte sich nach einem dreifachen Espresso. „Ich hätte da einige Fragen." In Ermangelung von Koffein kniff sie sich in die Wade. Der Schmerz jagte ein wenig Adrenalin durch ihre Blutbahnen. „Wie war Ihr Verhältnis zu Ihrem Bruder?"

„Wieso wollen Sie das wissen? Er ist seit einem Jahr tot!"

„Die Fragen stelle ich", fauchte sie. Das Adrenalin wirkte schon.

Hannes Schäufele, geborener Tobisch, bestätigte in wenigen Sätzen, was Bukowski schon von Verena Gattringer erfahren hatte: die innige Beziehung der Brüder vor der Missbrauchsgeschichte, den totalen

Bruch danach. Seine maßlose Enttäuschung, die Namensänderung als Zeichen der Abgrenzung. Keinerlei Kontakt mehr, keine Briefe, keine Besuche.

„Hat Ihr Bruder Ihnen vor seinem Selbstmord geschrieben?", fragte Bukowski.

„Woher wissen Sie das?" Zum unangenehm wachen gesellte sich ein pikierter Tonfall. Nein, Hannes Schäufele klang alarmiert.

„Einen Abschiedsbrief, in dem er seine Unschuld beteuert?"

„Warum fragen Sie, wenn Sie den Brief kennen?" Schäufele schnaubte. „Er hat behauptet, dass alles nur eine Intrige seiner Schüler gewesen sei", sagte er. „Lächerlich! Dass Herbert es nie zugeben wollte, hat mich fast noch mehr gestört als die Tat selbst. Dabei gab es keinerlei Zweifel, bei der Fülle an Indizien. Vielleicht hätte ich ihm verzeihen können, wenn er wenigstens am Ende seines Lebens den Mumm gehabt hätte, dazu zu stehen."

„Der Gedanke, seine Erklärung könnte der Wahrheit entsprechen, ist Ihnen nicht gekommen? Weil ein Mensch angesichts des eigenen Todes keinen Grund mehr hat, eine Fassade aufrechtzuerhalten?"

„Nein!", sagte er viel zu schnell. „Die Wahrheit im Angesicht des Todes – das ist doch bloß ein Klischee!"

Bukowski war noch immer nicht ganz wach, aber wach genug, um die Anspannung in Schäufeles Stimme wahrzunehmen.

„War das alles?"

„Noch eine Frage", sagte Bukowski. „Wo waren Sie am vierten August zwischen halb acht und acht Uhr morgens, am achten August zwischen fünf und halb sechs Uhr früh und in der Nacht vom 18. auf den 19. August?"

„Woher soll ich das wissen? Ich bin seit vier Wochen mit Zelt und Fahrrad in ganz Deutschland unterwegs. Ich radle von Campingplatz zu Campingplatz, und wenn es mir wo besonders gut gefällt, bleibe ich ein paar Tage. Zurzeit bin ich im Jerichower Land."

„Kann das jemand bezeugen?"

„Das waren jetzt aber zwei Fragen." Hannes Schäufele räusperte sich. Dann brüllte er: „Frau Wulkesch? Annegret! Kommst du mal?"

Besagte Annegret Wulkesch – der Stimme nach schätzte Bukowski sie auf siebzig Jahre und hundertzwanzig Kilo – erklärte in einem schwer verständlichen Dialekt, den Bukowski für Sächsisch hielt, dass Hannes sich auf dem Campingplatz Niegripper See befinde, einem der schönsten Plätze der Welt, wenn nicht dem allerschönsten, wo sie seit drei Jahren das Faktotum sei, um sich die Rente aufzubessern. Der Hannes sei gestern Abend mit dem Rad angekommen und habe es gerade noch geschafft, sein Zelt aufzubauen, bevor es zu regnen begonnen habe. Jetzt regne es noch immer, aber der Hannes kenne kein Pardon, der sei ein ganz Abgebrühter, denn der wolle trotzdem weiterradeln. Obwohl es auf ihrem Campingplatz so schön sei.

Bukowski bedankte sich und beendete das Gespräch. Sie war jetzt vollkommen wach, wollte sich aber nur ungern eingestehen, dass sie Hannes Schäufele von der Liste der Verdächtigen streichen musste.

Kim saß schon beim Frühstück. Sie hatte wieder einmal Brot gebacken. Es duftete nach Heimeligkeit, als sie den Laib anschnitt, eine große Scheibe absäbelte und Bukowski zuschob. „Wie geht's dir heute, Carla?"

„Viel besser. Ich habe geschlafen wie ein Murmeltier."

„Dann sind die Pillen, die die Zwerschina dir verschrieben hat, okay?“

„Und ob.“ Wenn man nicht vergaß, sie einzunehmen.

Als Bukowski in der Nacht auf Mittwoch nach ihrer Tour de Force von Mönchhof nach München, von München nach Bregenz und wieder zurück ins Burgenland über Jo Fuchs' Abschiedsbrief eingeschlafen war, hatte sie natürlich nicht an die Tabletten gedacht. Prompt hatte sie wieder geträumt und war wie üblich von ihrem eigenen Schrei aufgewacht. Mit rasendem Herzen und schweißgebadet. Natürlich hatte sie danach nicht mehr einschlafen können und sich den ganzen Tag über mies gefühlt. Die Hitze, die ihr sonst nichts ausmachte, hatte ihrem angeschlagenen Kreislauf den Rest gegeben. Vielleicht war auch ein Übermaß an Nikotin und Koffein schuld, mit dem sie sich aufzuputschen versuchte – erfolglos. Gegen Mittag musste sie sich eingestehen, dass ihre beiden Lebenselixiere nichts ausrichten konnten; dass sie sich hinlegen musste, weil ihr Puls flatterte und die Knie nachgaben. So kaputt war sie, dass sie in Sachen Recherche nichts auf die Reihe bekam. Sie schaffte es weder, mit den Eltern von Jo Fuchs zu sprechen, noch mit Verena Gattringers Mann Sepp. Nicht einmal mit Jana Pechtold, dabei wusste die Pechtold noch gar nichts von den neuesten Entwicklungen.

Kim hatte den ganzen Tag mit Argusaugen über Bukowski gewacht, hatte sie mit Baldriantee und Hühnersuppe versorgt und Ruhe verordnet. Und im Nachhinein musste Bukowski zugeben, dass die Pause dringend nötig gewesen war.

Während sie Butter auf ihr Brot strich, erzählte sie vom Anruf des Tobisch-Bruders.

Kims Hand mit dem Löffel voll Honig fror auf halbem Weg zur Scheibe Brot ein, der Honig tropfte auf die Zeitung, mitten ins Gesicht des burgenländischen Landeshauptmanns.

„Ich habe zwar das Gefühl, dass er mich über den Abschiedsbrief belogen hat, aber ich fürchte, als Verdächtigen müssen wir ihn streichen", sagte Bukowski.

„Immer langsam mit den jungen Pferden", konterte Kim. „Glaubst du das etwa?"

Bukowski hob die Brauen. Ihre Worte. „Eine gewisse Annegret Wulkesch vom Campingplatz Niegripper See hat es bestätigt. Ihr Sächsisch klang überzeugend." Trotzdem. Kim hatte natürlich recht. Sachverhalte zu überprüfen war eine der ersten Lektionen in der Ausbildung zur Kriminalbeamtin.

Also zückte Bukowski ihr Handy und rief die Homepage des Campingplatzes auf. Sie wählte die angegebene Nummer.

„Campingplatz am Niegripper See, Willi Lotze", dröhnte es an ihr Ohr. Ein satter Bass mit einem Hauch Gereiztheit im Abgang.

Bukowski stellte sich vor und fragte nach Frau Wulkesch.

„Wer soll das sein?"

„Annegret Wulkesch, das Faktotum des Campingplatzes."

„Da haben Sie sich wohl verwählt."

„Sind Sie sicher?"

„Na hören Sie mal! Als Pächter werde ich wohl meine Angestellten kennen! Sind drei Stück, der Frank, der Joschi und der Kevin. Annegret Wulkesch? Nie gehört!"

„Aha", sagte Bukowski und warf Kim einen aufmunternden Blick zu. „Vielen Dank, Herr Lotze. Sie sind uns eine große Hilfe bei unseren Ermittlungen. Darf ich Sie um einen Gefallen bitten?“

„Wenn’s nichts kostet?“ Die Stimme wurde weicher. Die Gereiztheit wich einem Tonfall, der gut zu einem gönnerhaften Schulterklopfen gepasst hätte. „Schießen Sie los, Frau Kommissarin. Man ist ja ein anständiger Bürger und unterstützt die Bullerei.“

Bukowski erkundigte sich nach Hannes Schäufele.

Es dauerte keine zwei Minuten, bis Willi Lotze ihr bestätigen konnte, dass Hannes und Marie Schäufele zwei Wochen auf seinem Campingplatz verbracht hatten. Im Sommer 2010, kurz nachdem Lotze den Platz übernommen und mit der Digitalisierung der Kundendatei begonnen hatte.

„Der Schäufele kannte den Campingplatz von einem früheren Urlaub. Er hat mich verarscht“, fasste Bukowski das Resultat des Gesprächs zusammen.

„Das heißt, er ist jetzt noch verdächtiger als zuvor“, sagte Kim. „Unser Hauptverdächtiger. Wenn er unschuldig wäre, hätte er ja nicht lügen müssen, oder?“

Da es keine Möglichkeit gab, Schäufeles wahren Aufenthaltsort herauszufinden, beschlossen sie, noch einmal seine Ehefrau zu kontaktieren.

„Die weiß was“, behauptete Kim. „Deshalb hat sie so herumgedruckst.“

Aber Marie Schäufele war nicht zu erreichen.

Bukowski wollte ihr Butterbrot verspeisen und danach überlegen, wie sie weiter vorgehen sollte. Bevor sie abbeißen konnte, begann ihr Handy auf der Tischplatte zu tanzen. Wieder eine unterdrückte Rufnummer.

„Hallo?“

„Sie fliegt nach Wien, morgen Vormittag“, sagte eine nervöse Stimme, die das Bild einer Comic-Stubenfliege heraufbeschwor. Einer Comic-Stubenfliege mit Sonnenbrille und einem hörbar schlechten Gewissen.

Bukowski legte das Butterbrot weg. „Morgen schon? Sind Sie sicher, Conny?“

„Ich habe einen Flug für Verena gebucht und ein Zimmer im Hotel Le Méridien, am Opernring. Offiziell fliegt sie nach Paris.“

„Danke, Sie sind ein Schatz!“

Bukowski tauschte einen vielsagenden Blick mit Kim. „Morgen wird es ernst. Ich muss die Pechtold warnen.“

„Gute Idee.“ Kim schnappte sich Bukowskis Handy. „Aber nicht mit leerem Magen.“

Bukowski verdrehte die Augen, aß ihr Butterbrot und trank einen zweiten Espresso. Auch eine Zigarette gönnte sie sich.

Danach informierte sie Jana Pechtold über das Schicksal ihres einstigen Schulkollegen und Lovers. Über die verstümmelte Zunge, die aufgeschlitzten Pulsadern, den Brief. „Es sieht zwar aus wie ein Selbstmordversuch, aber langsam wird das unglaubhaft, nicht wahr?“

Die Pechtold antwortete nicht, Bukowski hörte sie nur atmen. Sie legte ihr nahe, niemanden ins Haus zu lassen. „Sie sollten nicht allein zu Hause bleiben. Laden Sie sich jemanden ein. Bekannte, Freunde. Oder versuchen Sie, für ein paar Tage woanders unterzukommen. Aber geben Sie mir Bescheid, wo Sie sind, und seien Sie immer erreichbar.“

Wieder nur die Atemgeräusche.

„Ich habe übrigens mit Alice Fuchs gesprochen“, sagte Bukowski in beiläufigem Tonfall. „Sie ist nie missbraucht worden. Was sagen Sie dazu?“

Kein Mucks kam von der Pechtold. Sogar das Atmen hatte aufgehört.

„Sie haben mich belogen, wie Jo. Aber Sie sehen ja, was es ihm gebracht hat. Was ist damals wirklich passiert? Haben Sie einen Unschuldigen ins Gefängnis gebracht? Um zu verhindern, dass Jo die Klasse wiederholen muss?“

Nur ein kalter Hauch schien aus dem Lautsprecher von Bukowskis Mobiltelefon zu wehen. Kurz bevor sie sich fragte, ob ihre Gesprächspartnerin weggegangen oder verstorben war, klickte es. Jana Pechtold hatte das Gespräch beendet.

Sie fühlte nichts. In ihrem Hirn herrschte Leere und von den Zehenspitzen aufwärts breitete sich Taubheit auf ihren ganzen Körper aus. Sie hatte das Gefühl, bei lebendigem Leib zu verholzen. Sie war auf dem Weg, sich in ein Möbelstück zu verwandeln; mit dem Bürostuhl, auf dem sie saß, zu verwachsen.

Ihr Oberkörper sackte nach vorn. Sie schlug mit der Stirn auf die Tischplatte. Spürte keinen Schmerz. Dachte: Jo. Nur diesen einen Namen, immer wieder. Bis ein seltsames Geräusch sie zusammenfahren ließ. Jemand schluchzte, und der Jemand war sie selbst.

Verdammt, sie hätte ihn anrufen sollen! Aber sie hatte sich davor gedrückt. Wieder einmal war sie nicht über ihren Schatten gesprungen. Jetzt war es zu spät. Sie würde ihn nicht mehr zur Rede stellen können, nie mehr, weil er nicht mehr sprechen konnte.

Sie hörte die Stimme der Kriminalbeamtin, wie sie „die Zunge abgeschnitten“ gesagt hatte. Sie stellte sich den Schmerz vor, den das bedeutete, das Blut. So viel Blut!

Die Angst war eine Faust aus Stahl, die ihr Herz zusammenpresste. Die zweite stählerne Faust kam aus dem Hinterhalt, schnellte vor und landete in ihrem Bauch.

Jana sprang auf, hielt die Hand vor den Mund und stürzte ins Bad. Diesmal schaffte sie es, den Klodeckel zu heben und die Galle in die Toilette zu spucken.

Danach überfielen sie die Bilder. Filmsequenzen, die sie schon vergessen geglaubt hatte, spulten sich ab:

Jo und Jana, wie sie im Grünen spazieren, eng umschlungen. Jo, lachend. Jo mit einem Messer ein Herz in die Rinde einer Linde ritzend. Einer Linde irgendwo im Wald, auf dem Weg zum Lainzer Tiergarten, im klischeebehafteten Monat Mai. Ein Herz, die Jahreszahl 1998 und die Buchstaben JJ, in einer einzigen Verschlingung, ohne mit dem Messer abzusetzen.

Schnitt.

Jo und Jana, wie sie sich lieben, im Auto von Jos großem Bruder. Es ist Janas erstes Mal. Unbequem und wenig lustvoll, aber umso bedeutungsschwerer. JJ, Jo und Jana, du und ich, für immer und ewig.

Schnitt.

März 1999. Ein Treffen des Kleeblatts im Dommayer. Der ernste, der traurige, der verzweifelte Jo. Wie er von Alice erzählt. Dass es ihr schlecht geht. Dass sie magersüchtig ist, in eine Spezialklinik muss. Dass der Tobisch daran schuld ist, weil er sie in der Sportwoche vergewaltigt hat. Und dass er unbehelligt davonkommen wird, weil Alice zu labil ist, um ihn anzuzeigen. Er wird davonkommen und kann es jederzeit wieder tun.

Wie sie alle dagegen aufbegehren. Weil das nicht sein darf, weil man etwas unternehmen muss gegen dieses Schwein. Lisa regt sich am meisten auf, aber es ist Jana, die sich bereit erklärt, die Rolle der Anklägerin zu übernehmen. Aus Solidarität zu Jo. Weil ihr Gerechtigkeitssinn es verlangt. Und aus Liebe. Vor allem anderen natürlich aus Liebe.

Jana riss die Augen auf. „Warum hast du das getan?“, schrie sie und die Badezimmerfliesen warfen ihr Geschrei zurück, verzerrten es und schenkten ihm einen metallischen Nachhall.

„Warum hast du mich belogen?“

Sie schrie. Sie drosch auf die Fliesen ein, mit ihren gefühllosen, verholzten Fäusten, bis der Schmerz ihnen Leben einhauchte. Sie packte alles, was herumlag – ein Deo, einen Tiegel mit Feuchtigkeitscreme, einen Parfumflakon, den Zahnputzbecher –, und schleuderte es gegen den Spiegel. Es war der Flakon, der ihn zerbrach.

Irgendwann war das Toben vorüber. Angst und Wut fielen in sich zusammen, Jana sackte vornüber und blieb auf dem Fliesenboden liegen. Später wusste sie nicht, ob sie das Bewusstsein verloren hatte oder vor Erschöpfung eingeschlafen war.

Als sie sich aufrappelte, hatte sie die Beherrschung wiedergefunden. Sie rief sich das Wesentliche ins Bewusstsein und dachte nach: Sie war in Gefahr. Jemand, der Herbert Tobisch geliebt haben musste, wollte Rache. Jemand, der Oliver, Lisa, Lisas Familie und Jos Zunge auf dem Gewissen hatte. Die nächste auf der Liste war sie selbst.

Halb drei am Nachmittag zeigte ein Blick auf die Uhr. Um halb sieben würde Martin die Kinder zurückbringen, wie sie es vereinbart hatten. Sie musste sofort handeln.

Sie fand ihr Handy auf dem Fußboden im Arbeitszimmer. Zum Glück funktionierte es einwandfrei. Sie wählte die Festnetznummer der Künstler-WG. Niemand hob ab, aber das war nichts Neues. Sie sprach auf den Anrufbeantworter. Bat Martin, noch zwei Tage länger auf die Kinder aufzupassen. Es sei ihr etwas dazwischengekommen. Es sei wahnsinnig wichtig. „Bitte“, sagte sie. „Behalte sie da und bring sie am Samstag direkt nach Drosendorf, zum Zirkusworkshop.“ Sie versicherte noch einmal, dass es wirklich wichtig war und dass sie sich revanchieren würde. Bat ihn zur Bestätigung um einen Rückruf und beendete das Gespräch.

Dann atmete sie erleichtert durch.

Was, wenn er den Anrufbeantworter nicht mehr abhört, bevor er losfährt?, fragte sie sich. Und beschloss, es zur Sicherheit auch bei ihren Töchtern zu versuchen.

Zuerst bei Paulina. Es tutete fünfmal, dann kam die Mailbox. Jana bat Paulina, nicht böse zu sein, aber es sei notwendig, dass sie noch zweimal beim Papa schliefen. Dass der Papa sie übermorgen direkt zum Feriencamp bringen würde. Dass es ihr furchtbar leidtäte, aber es sei nun einmal nicht zu ändern. Weil es wichtig sei. „Voll wichtig“, sagte sie in Paulinas Ausdrucksweise.

Dann dieselbe Prozedur bei Sophie. Bei ihr sprang sofort die Mailbox an. Jana leierte noch einmal ihren Spruch herunter, nur das „voll wichtig“ ließ sie weg.

Paulina wird bestimmt enttäuscht sein, aber Sophie wird sich über mehr Zeit mit Papa freuen. Wenn Sophie wählen könnte, würde sie wohl bei Martin leben wollen, dachte Jana und seufzte.

Nach den Anrufen ging es ihr besser. Wer auch immer ihr an den Kragen wollte, konnte jetzt kommen. Sie würde ihn empfangen und nicht wehrlos sein. Sie durchsuchte ihren Wanderrucksack nach dem Taschenmesser. Kein gewöhnliches Taschenmesser, sondern ein Multitool aus Flugzeugstahl, mit Flaschenöffner, Dosenöffner, Schraubendreher, Kreuzschlitzschraubendreher, Drahtschneider, Eisenfeile,

Zange und sogar mit einer kleinen Säge. Und einer zehn Zentimeter langen, spitz zulaufenden Klinge, die man auf Knopfdruck herausspringen lassen konnte.

Sie probierte es einige Male aus und verstaute die Waffe in ihrer Hosentasche. Dann setzte sie sich in den Gartenstuhl und wartete. Drei Uhr, vier, halb fünf. Fünf.

Immer wieder ließ sie ihre Blicke zum Gartenzaun schweifen, schaute, wie spät es war, und kontrollierte den Sitz des Taschenmessers.

Sechs Uhr.

Halb sieben.

Zehn nach halb sieben.

Sie atmete auf. Martin hatte ihre Nachricht also gehört, sonst hätte er die Mädchen schon zurückgebracht. So unverlässlich er sonst war, in allem, was seine Töchter betraf, war er die Pünktlichkeit in Person, das musste man ihm lassen. Trotzdem hätte er zurückrufen können, der Idiot.

Zwanzig vor sieben.

Um zehn vor sieben wäre sie fast eingeschlafen.

Um fünf vor sieben sah sie eine Bewegung auf der Straße. Eine weibliche Silhouette trat aus dem Schatten der Hecke.

Jana hielt die Luft an. Mit schweißnassen Händen tastete sie nach dem Messer. Zog es aus ihrer Hosentasche und umklammerte es so fest, dass ihre Knöchel weiß hervortraten.

Die Frau öffnete das Gartentor. Mit einem sanften Quietschen schwang es auf, wie in Zeitlupe betrat die Fremde die Einfahrt. Wie in Zeitlupe näherte sie sich. Die Mörderin?

Jana wollte aufstehen, aber die Knie verweigerten den Dienst. Ihr Herz raste.

Die Frau lächelte. Sie trug ein rotes Sommerkleid mit schwarzen Tupfen.

„Lili!“, schrie Jana. Es klang wie ein Lallen, weil ihr Mund so trocken war, dass die Zunge am Gaumen festklebte.

„Was ist denn mit dir los?“, fragte Lili und blickte sie besorgt an. „Du bist ja kreidebleich. Und wo sind deine Mädels?“

Jana ließ das Messer blitzschnell in der Hosentasche verschwinden und fiel ihrer Freundin um den Hals. „Die bleiben noch ein bisschen länger bei Martin“, sagte sie. Die Erleichterung prickelte in ihren Blutgefäßen wie Kohlensäurebläschen.

„Auch prima. Dann haben wir den Abend für uns!“ Lili grinste. „Was hältst du von einem kleinen Ausflug nach Mattersburg? Ich war schon ewig nicht mehr im Kino!“

„Tolle Idee!“, sagte Jana. Seit es in Eisenstadt kein Kino mehr gab, waren Vergnügungen dieser Art rar geworden. Und bei Lilis Anblick war ihr auf einmal unbändig nach Lachen zumute. Nach einem süffigen Veltliner. Und nach einem hirnlosen Hollywood-Blockbuster, der sich ebenso leicht konsumieren ließ.

Sie zog sich um. Tauschte Jeans gegen Minirock. Das Multifunktionstool stopfte sie in die Tasche ihres Leinenblazers. Im Bad staunte sie über die Scherben, die ihr Tobsuchtsanfall hinterlassen hatte. Um die würde sie sich morgen kümmern. Da sich die Sprünge wie ein Spinnennetz über den Spiegel zogen, verzichtete sie auf Lippenstift und setzte sich ungeschminkt zu Lili in den Wagen.

19

„Du willst das im Alleingang machen?“ Das Entsetzen zeichnete rote Flecke auf Kims Wangen. „Diese Frau ist womöglich eine mehrfache Mörderin!“

„Vorerst ist sie nur eine Verdächtige.“ Dass Bukowski sich fast sicher war, die Gattringer sei die Täterin, verschwieg sie lieber. „Und ich mache ja nichts, ich beschatte sie nur.“ Ihr Plan war simpel. Sie würde am frühen Morgen nach Schwechat fahren, würde die Ankunft Verena Gattringers beobachten und ihr auf Schritt und Tritt folgen. Traf sich die Gute mit jemandem oder operierte sie allein? Fuhr sie zuerst ins Hotel, um ihren nächsten Coup vorzubereiten? Oder schritt sie sofort zur Tat?

„Und wenn sie dich in einen Hinterhalt lockt?“

„Na hör mal! Ich bin doch keine Anfängerin!“ Bukowski wollte das Thema wechseln, aber Kim hatte es noch lange nicht abgehakt.

„Also gut, spielen wir das Ganze durch. Du lauerst der Gattringer beim Flughafen auf und folgst ihr. Was machst du, wenn sie den ganzen Tag im Hotel verbringt und inzwischen dieser Schäuble nach Eisenstadt fährt ...“

„Schäufele.“

„... und wenn also dieser Schäufele die Petzold ...“ Kim zog ihre Handkante quer über den Kehlkopf.

„Die Pechtold.“ Bukowski seufzte. Der Einwand war natürlich berechtigt. Man musste auch in Erwägung ziehen, dass die Gattringer und der Schäufele womöglich zusammenarbeiteten. Aber sie hatte schon vorausgeplant. „Da kommst du ins Spiel, meine Liebe. Ich bitte dich, morgen nach Eisenstadt zu fahren und unauffällig das Haus von Jana Pechtold zu beobachten, während ich die Gattringer observiere. Sobald Hannes Schäufele auftaucht, rufst du mich an und alarmierst die Eisenstädter Kollegen. Traust du dir das zu?"

Kim war Feuer und Flamme. Selbstverständlich traue sie sich das zu, wie könne Carla daran zweifeln?

„Wunderbar. Dann machen wir es so."

„Trotzdem", sagte Kim. Ihre gerunzelte Stirn bewies, dass sie immer noch nicht zufrieden war. „Irgendwie traue ich dieser Gattringer nicht über den Weg. Hast du deine Dienstwaffe dabei?"

„Wie stellst du dir das vor? Glaubst du, Kriminalbeamte nehmen ihre Pistolen mit in den Urlaub?"

„Richtig, du bist ja im Urlaub. Ist mir noch gar nicht aufgefallen", ätzte Kim. „Wie auch immer. Du brauchst eine Knarre, zur Sicherheit."

Bukowski lachte. „Wie sich das aus deinem Mund anhört: eine Knarre!" Sie schüttelte den Kopf. „Jedenfalls kannst du dir das abschminken. An meine Glock komme ich nicht heran."

„Wer redet denn von deiner Glock?", fragte Kim, ohne mit der Wimper zu zucken. „Dann nimmst du eben meine Walther!"

Bukowski schnappte nach Luft. Sie musste sich verhört haben. Ihre Freundin, die sonst mit Begriffen wie „Channeling" und „Pomander" jonglierte, wusste, dass es Pistolen namens Walther gab? Und – stärker noch – sie besaß sogar eine?

„Jetzt schau mich nicht so an! Ja, ich habe eine Schusswaffe. Und ob du's glaubst oder nicht, ich kann nichts dafür." Sie erzählte, dass sie die Pistole in einem alten Küchenschrank gefunden hatte, als sie in das Haus in Mönchhof eingezogen war. Gut eingewickelt in eine Stoffwindel lag sie in einer Schublade, die klemmte.

„Eine Pistole? Im Haus, das du von deiner Großtante, der Hebamme, geerbt hast?“

„Ja und?“

Bukowski kratzte sich hinterm Ohr. „Hast du denn eine Waffenbesitzkarte dafür?“

„Wozu? Ich kann ja gar nicht schießen!“

Sie verdrehte die Augen. Kims Naivität war oft erfrischend, manchmal schmerzte sie.

Die „Knarre“ der Hebamme war eine ziemlich eingerostete Walther P38, wie sie die deutsche Wehrmacht verwendet hatte. Bukowski reinigte das gute Stück gründlich und wollte lieber nicht wissen, welche Geschichte es zu erzählen gehabt hätte.

Sie wartete, bis Kim sich in die Küche zurückzog, dann setzte sie einen Probeschuss ab. Sie feuerte auf den alten Birnbaum im hinteren Teil des Gartens, dessen Stamm ohnehin schon von Narben übersät war. Ein Loch mehr würde gar nicht auffallen. Natürlich rechnete sie mit Rückstoß, sie war ja nicht von gestern. Auf eine Kraft, die sie von den Füßen fegte, war sie aber nicht vorbereitet. Ächzend erhob sie sich, rieb sich den Hintern und begutachtete das Ergebnis ihrer Übung. Ups. Sie hatte den Baumstamm nicht einmal gestreift, dafür war das Vogelhaus daneben Schrott. Hoffentlich hing Kim nicht zu sehr daran. Jedenfalls wusste Bukowski nun, dass ihr die Pistole nichts nützte, sie würde sich durch einen Schuss höchstens selbst außer Gefecht setzen. Immerhin. Es war eine Waffe, sie sah gefährlich aus, und vielleicht konnte sie Verena Gattringer damit in Schach halten, wenn es erforderlich sein sollte. Sie verstaute die Walther im Handschuhfach.

„Was war das vorhin für ein Knall?“ In einer verlockenden Wolke aus gebratenem Speck und Zwiebeln kam Kim in den Garten.

Bukowski beichtete. Das war ein Heulen und Zähneknirschen! Das Vogelhaus hatte Kims Sohn Mark als Zehnjähriger gebastelt. Bukowski entschuldigte sich. Sie bekam trotzdem eine große Portion Pfifferlinggulasch mit Serviettenknödeln, aber das schlechte Gewissen sorgte für einen bitteren Beigeschmack.

Zum Glück war Kim nicht nachtragend. „Wie geht es eigentlich diesem Jo?“, fragte sie nach dem Abendessen.

„Vermutlich besser. Habe jedenfalls nichts mehr gehört.“

„Bekommt er Polizeischutz?“

„Nein. Die Vorarlberger Kollegen gehen ja davon aus, dass es ein Suizidversuch war.“

„Aber was ist, wenn der Täter ...“

„... oder die Täterin“, ergänzte Bukowski.

„... wenn unser verbrecherisches Subjekt nochmals zuschlägt, weil es beim ersten Versuch gepfuscht hat?“

„Hat es gepfuscht?“ Bukowski nahm einen Zahnstocher und pulte Petersilienreste aus den Zahnzwischenräumen. „Ich glaube nicht. Bisher waren alle Anschläge generalstabsmäßig durchgeplant. Allerdings gab es auch Platz für das Schicksal. Oder die Vorsehung. Oliver Laaber und Lisa Hirmer samt Familie hätten mit Glück überleben können. Vielleicht ist das diesmal auch nicht anders?“

„Du meinst, es ist diesem Schäufele oder der Gattringer egal, ob der Opernsänger überlebt?“

Bukowski betrachtete versonnen den Zahnstocher. Dann brach sie ihn in der Mitte durch. „Ich könnte mir sogar denken, dass Jo Fuchs’ Pulsadern absichtlich nur geritzt wurden, damit das Zimmermädchen ihn rechtzeitig finden konnte.“

„Versteh ich nicht. Er war doch der Rädelsführer. Müsste er da nicht härter bestraft werden?“

„Genau. Und was gibt es Schlimmeres für einen überambitionierten Sänger, als mit einer verstümmelten Zunge weiterleben zu müssen? Nie wieder singen zu können und zusehen zu müssen, wie andere Karriere machen? Die ehemaligen Konkurrenten? Denen man schon eine Nasenlänge voraus war?“

Kim starrte in ihr Weinglas. „Klingt gruselig“, sagte sie.

„Ist es auch. Wäre Fuchs tot, wäre er nur einmal gestorben. So stirbt er mehrmals täglich. Immer, wenn ihm der Verlust der Stimme und das Ende der Karriere schmerzhaft bewusst wird.“

Kim leerte ihr Glas auf einen Zug. „Dann möchte ich lieber nicht wissen, was Jana Petzold bevorsteht.“

„Jana Pechtold“, sagte Bukowski und bekam bei dem Gedanken eine Gänsehaut. „Wir können jedenfalls davon ausgehen, dass es nichts Gutes ist.“

„Kommst du noch mit rein?“, fragte Sophie.

„Lieber nicht. Eure Mutter wäre nicht begeistert, das weißt du doch. Und eine Verspätung von einer Dreiviertelstunde wird's auch nicht besser machen.“

„Zweiundfünfzig Minuten!“, rief Paulina in vorwurfsvollem Ton dazwischen. Sie hüpfte aus dem Auto, nein, sie wurde von Tomlinson regelrecht hinausgeschleift. Der Hund hasste Autofahren. Immer wurde ihm schlecht, und diesmal hatte er sogar gekotzt. Auch ein Grund, warum sie länger gebraucht hatten.

„Du kannst doch nichts für den Stau!“, sagte Sophie.

„Bin ich nicht der, der an allem schuld ist?“ Ihr Vater zwinkerte. „Diesmal stimmt es sogar. Wenn wir eine Viertelstunde früher weggefahren wären, hätten wir Oberpullendorf passiert, bevor der Laster seine Ladung verloren hat und die Straße gesperrt werden musste."

„Dann also nicht." Sophie stülpte die Lippe vor. Beleidigte Leberwurst nannte Paps es, wenn sie ihn so ansah. Manchmal führten beleidigte Leberwürste zum Erfolg, heute nicht.

„Ciao, meine Mädels!" Er deutete einen gehauchten Kuss an, das übliche Abschiedsritual.

Paulina winkte und ließ Tomlinson in den Garten.

Sophie kletterte aus dem Wagen. Natürlich hatte Paps recht. Sie wusste längst, dass ihre Versuche, ihn wieder mit Mama zu verkuppeln, aussichtlos waren. Zu viel Geschirr war zerschlagen worden, wie ihre Mutter sich ausdrückte. Trotzdem konnte Sophie nicht anders, sie musste es immer wieder probieren. „Tschüss", murmelte sie.

„Und habt viel Spaß bei eurem Zirkus-Workshop!"

Sophie zog ihr Köfferchen hinter sich her und folgte ihrer Schwester. Tomlinson umrundete kläffend den verwaisten Hasenstall. Seine Freude, wieder zu Hause zu sein, war gigantisch. Gleich würde Mama herauskommen, Tomlinson schimpfen, Paulina herumwirbeln und küssen. Dann würde sie sich ein verkniffenes Lächeln abringen und auch sie, Sophie, umarmen. Natürlich nicht mit derselben Inbrunst. Aber das war ja nichts Neues und es war Sophie egal. Sie konnte die Schmuserei ohnehin nicht leiden.

Doch sie täuschte sich. Mama kam nicht heraus. Auch nicht nach mehrmaligem Läuten. Die Haustür war versperrt, die Terrassentür ebenso. Mama war ausgeflogen. Seltsam.

„Hat sie vergessen, dass Paps uns heute zurückbringt?"

„Das würde sie nie, nie, nie vergessen!“, schrie Paulina. Und das stimmte ausnahmsweise. Es passte nicht zu ihrer übervorsichtigen, übergenauen Mutter.

„Die ist bestimmt bei Lili und hat über Lilis Gequatsche die Zeit vergessen“, sagte Sophie. Aber sie täuschte sich schon wieder. Denn auch bei Lili war niemand zu Hause.

„Ruf sie an“, sagte Sophie zu ihrer Schwester. Der Akku ihres Handys war schon seit gestern leer, weil sie vergessen hatte, das Ladegerät in ihren Koffer zu packen.

Paulina wurde blass. Sie schlug die Hand vor den Mund. Erst nach langem Hin und Her gab sie zu, dass Mama am Nachmittag auf ihre Mobilbox gesprochen hatte.

„Was wollte sie? Sag schon!“

„Sie wollte, dass wir noch zweimal bei Paps übernachten und dass er uns am Samstag direkt zum Zirkuscamp bringt.“

„Und warum hat sie das nicht mit ihm abgesprochen?“

„Wie denn, wenn er kein Handy hat? Und dass der Anrufbeantworter kaputt ist, kann Mama schließlich nicht riechen.“ Paulinas Stimme wurde immer dünner. Eine Quietschentenstimme.

„Und wieso hast du nichts gesagt, du verdammte Kröte?“

„Selber Kröte! Ich will da nicht mehr übernachten. Da ist es stinkfad! Ich will nach Hause. Nur weil du dich mit Paps so toll verstehst ...“

„Super, Miss Oberschlau! Das hast du wirklich großartig hingekriegt!“ Sophie packte Paulina am Arm und schüttelte sie. „Wo sollen wir jetzt schlafen? Vielleicht im Hasenstall? Und zum Frühstück gibt’s Salat mit Nacktschnecken?“

„Lass mich los, du blödes Kamel! Mama kommt schon wieder. Bestimmt ist sie mit Lili bloß Pizza essen gegangen." Sie riss sich los und kratzte Sophie dabei über den Handrücken.

„Au!" Es blutete. Das konnte Sophie sich natürlich nicht gefallen lassen. Sie riss ihrer Schwester ein Büschel Haare aus. Paulina heulte auf und begann, wütend auf Sophie einzuboxen.

Sie waren so in ihren Streit vertieft, dass sie die Frau erst bemerkten, als sie unmittelbar vor ihnen stand.

„Na, na, meine Damen! Ihr wollt euch doch nicht etwa umbringen? Was wird eure Mutter dazu sagen?" Die Stimme der Frau klang nach Reibeisen. Als müsste sprechen wehtun.

„Die ist ja eben nicht da!", schluchzte Paulina. „Deshalb streiten wir ja." Sophie stieg ihr auf die Zehen. Schließlich ging das diese Fremde einen stinkigen Pups an.

„Was du nicht sagst!" Ein Lächeln lief über das Gesicht der Frau und ihre vielen Falten änderten die Richtung.

Wie bei einer Ziehharmonika, dachte Sophie und war auf der Hut.

„Wissen Sie vielleicht, wo sie ist?", fragte Paulina.

Dieses dumme Kalb! Musste sie sich immer gleich anbiedern? Sophie wollte ihr einen Tritt verpassen, aber ihr Fuß stieß ins Leere.

„Natürlich, meine Kleine. Sie hat mich ja extra hergeschickt. Ich soll euch abholen."

Paulina jubelte. „Siehst du!", sagte sie und zeigte Sophie eine lange Nase. Sie nahm Tomlinson an die Leine und stürmte zum Gartentor. Ein großes, dunkles Auto stand davor.

„Steig schon mal ein, der Wagen ist offen", rief die Frau ihr hinterher.

„Wir fahren nicht mit Fremden", sagte Sophie.

„Ich bin aber eine gute Freundin von deiner Mutti."

„Das kann ja jeder sagen. Paulina, bleib da!"

Aber Paulina, dieser Dickschädel, dieses Blödschaf, war tatsächlich schon eingestiegen und Tomlinson saß auf dem Rücksitz und schaute unglücklich aus dem Fenster, enttäuscht, dass ihm heute gleich zwei Autofahrten zugemutet wurden.

„Na komm, Mädchen. Du willst doch deine Schwester nicht im Stich lassen, oder?" Die Frau zog den Autoschlüssel aus ihrer Handtasche, hielt ihn in Richtung des Wagens und drückte auf einen Knopf. Es klickte, die Blinker leuchteten dreimal auf.

„Paulina!", schrie Sophie jetzt. „Komm da raus!"

„Zu spät, kleine Lady." Die Frau grinste und packte Sophie an den Armen. Sophie trat ihr gegen das Schienbein. Aber die Frau war unglaublich stark. Sosehr Sophie auch strampelte, sie wurde hochgehoben, zum Auto geschleppt und in den Kofferraum verfrachtet.

Die Dunkelheit war allumfassend. Es war eng und heiß und sie bekam kaum Luft. Sie lag auf einer Decke, die muffig roch, hörte gedämpft die Schreie ihrer Schwester, die offensichtlich versuchte, die Autotür einzutreten, und das hysterische Kläffen von Tomlinson.

Plötzlich ein dumpfer Schlag. Was war das? Tomlinson winselte auf, dann kehrte Stille ein. Stille, die in Sophies Kopf dröhnte wie ein ganzes Trommelorchester. Irgendetwas schnürte ihr die Brust zusammen. Warum gab Paulina keinen Laut mehr von sich? War sie tot? War Tomlinson tot? Eine abartige Angst überfiel Sophie. So groß war die Angst, dass ihr Magen sich verkrampfte. Sie würgte. Keuchte. Schluckte die Galle hinunter und konnte mit Müh und Not verhindern, dass sie sich in ihr stickiges Gefängnis übergab.

Als der Wagen langsam anfuhr, kauerte sie sich zusammen wie ein Embryo.

Etwas Schlimmes passiert gerade. Und es ist erst der Anfang von etwas noch Schlimmerem, dachte sie, bevor sie das Bewusstsein verlor.

Als Jana aus Lilis Wagen stieg, schwankte sie und musste sich an der Autotür festhalten. Sie hatte drei Gläser Prosecco getrunken. Eines mit Lili zusammen, ein zweites, weil das erste so gut geschmeckt hatte, und ein drittes an Lilis Stelle, weil Lili noch fahren musste und auf Mineralwasser umgestiegen war. Der Film war nur mäßig amüsant gewesen, eine typische Hollywoodkomödie, ziemlich platt. Trotzdem hatte sie den Ausflug genossen wie schon lange nichts mehr. Sie warf Lili eine Kusshand zu, bedankte sich und wankte nach Hause.

Zu ihrer Verwunderung stand die Gartentür offen, obwohl sie sie ganz bestimmt geschlossen hatte. In der Einfahrt bemerkte sie einen Schatten. Der Schatten bewegte sich. Sie erschrak. Schlagartig fiel ihr alles wieder ein, was sie mühsam verdrängt und mit Alkohol weggeschwemmt hatte: der Anruf der Kripotante; die Warnung, niemanden ins Haus zu lassen. Nicht allein zu bleiben, sondern Freunde einzuladen. Am liebsten hätte sie Lili zurückgerufen. Aber Lili hatte den Wagen schon in ihre Garage gefahren, das Tor schloss sich gerade. Sie würde Jana nicht hören.

Da fiel Jana das Messer ein, das Klappmesser in ihrer Jackentasche. Sie holte es hervor. Während sie sich wie in Zeitlupe auf den Schatten zubewegte, ließ sie die Klinge herausspringen.

Ein Winseln drang an ihr Ohr. Der Schatten, der für einen Menschen viel zu klein war, hatte es ausgestoßen.

„Tomlinson!"

Sein Schwanz wedelte wie verrückt, aber er konnte nicht aufstehen. Als sie seine rechte Vorderpfote berührte, jaulte er auf.

„Du bist ja verletzt!"

Jana schloss die Haustür auf. Sie hob den Hund hoch und trug ihn ins Haus. Legte ihn in sein Körbchen und gab ihm frisches Wasser. Tomlinson soff die ganze Schüssel leer, er musste vollkommen dehydriert gewesen sein. „Haben sie dir denn nichts zu trinken gegeben?"

Erst jetzt fiel der Groschen. Wenn der Hund hier war, mussten es auch Paulina und Sophie sein. Die Angst kam züngelnd angeschlichen. Sie kroch in Janas Ohren, in denen es rauschte, kroch durch ihre Blutgefäße bis in die hintersten Winkel ihres Körpers.

Von einer Sekunde auf die andere wurde Jana nüchtern. Sie stürzte hinaus, lief in der Dunkelheit durch den Garten und rief nach ihnen. „Sophie! Paulina!"

Niemand antwortete. Niemand war da. Sie stolperte über einen Erdhaufen, vermutlich einen frischen Maulwurfshügel. Humpelte ins Haus zurück.

Mit zitternden Fingern fischte sie nach ihrem Handy. Sie rief den Namen ihres Exmanns auf, ließ das Handy zweimal fallen, bevor es ihr gelang, anzurufen.

Martin hob nicht ab. Wieder einmal nicht! Entweder er schlief oder er war bekifft oder ausgegangen oder ...

Oh Gott. Konnte ihm etwas zugestoßen sein? Ein Unfall? Ihm und den Mädchen?

Sie versuchte es mehrmals, aber Martins Festnetztelefon läutete ins Leere und die Handys der Kinder waren offensichtlich abgeschaltet. Sie hinterließ drei Nachrichten. Raufte sich die Haare. Wählte die Nummer der Polizei. Fragte, ob es zwischen Güssing und Eisenstadt einen Unfall gegeben hatte.

Es hatte. In der Nähe von Oberpullendorf war ein LKW von der Fahrbahn abgekommen und umgekippt, hatte dabei einen Teil seiner Ladung verloren. Die Straße war zwei Stunden gesperrt gewesen, der Verkehr musste umgeleitet werden. Verletzte hatte es nicht gegeben. Der Polizist, ein ausgesprochen freundlicher Zeitgenosse, erkundigte sich, ob sie jemanden vermisse.

Sie wollte „Meine Kinder!" herausschreien, konnte sich im letzten Moment beherrschen. Sie wusste nicht warum, hatte aber das Gefühl, dass sie es für sich behalten musste. „Nein, nein", stammelte sie. „Alles bloß ein Missverständnis."

Warum sie auf die Idee kam, hinauszugehen und im Briefkasten nachzusehen, hätte sie später nicht mehr sagen können. Jedenfalls wunderte sie sich nicht darüber, einen zusammengefalteten Zettel zu finden.

Wenn du Paulina und Sophie lebend wiedersehen willst, musst du dich an meine Regeln halten. Regel eins: Keine Polizei, sonst werde ich beide töten.

Regel zwei: Bleib zu Hause, sprich mit niemandem und warte auf meinen Anruf, sonst: siehe Regel eins.

Als sie die Unterschrift las, entglitt ihr das Blatt Papier und segelte zu Boden. Sie bückte sich danach, schaffte es aber nicht, den Zettel aufzuheben. Eine seltsame Starre hatte sie befallen. Als wäre sie zu einem Klumpen Eis gefroren, während die Bedeutung der Buchstaben in ihr Hirn gesickert war.

Zusammengekrümmt hockte sie da. Die Minuten vergingen. Zeit, die ihre Bedeutung verloren hatte, weil alles seine Bedeutung verloren hatte.

Sie weinte nicht, sie schrie nicht, sie übergab sich nicht, ihre Gefühle hatten sich versteift wie ihre Muskulatur. Jana Pechtold war tot, und sie würde erst wieder ins Reich der Lebenden zurückkehren, wenn sie Paulina und Sophie in ihre Arme schließen konnte.

Irgendwann gelang es ihr, aufzustehen. Jeder Muskel ihres Körpers schmerzte, aber sie begrüßte den Schmerz. Er half ihr, sich zu spüren. Zumindest so sehr zu spüren, dass sie funktionierte.

Zuerst kümmerte sie sich um Tomlinson.

Er winselte leise, als sie ihn streichelte. Vermutlich stand er unter Schock. Sie füllte seine Schüssel mit frischem Wasser, von dem er noch einmal die Hälfte trank, dann war sein Durst gestillt. Vorsichtig untersuchte sie seine Pfote. Gebrochen war nichts. Aber über den Ballen zog sich ein Schnitt, der blutete. Jetzt entdeckte sie auch getrocknetes Blut in seinem Fell. Sie holte den Erste-Hilfe-Koffer und säuberte die Wunde vorsichtig. Dabei erzählte sie Tomlinson leise von Paulina, seinem Frauchen. Dass sie bestimmt gerade an ihn denke, wo auch immer sie sei. Dass alles gut werde. Paulina und Sophie würden bald wieder hier sein. Beide. Sie würden ihn gesund pflegen, streicheln und das Haus mit ihrem Lachen füllen.

Tomlinson lag ruhig da und ließ sich alles gefallen, auch, dass Jana Desinfektionsflüssigkeit auf die

Wunde träufelte, sie fest verband und einen alten Socken darüberzog. Ab und zu zuckte er mit den Ohren, als verstünde er.

Sie lobte ihn. Sie belohnte ihn mit seinen Lieblingskeksen, die er mit einem Schwanzwedeln begrüßte, aber nicht fraß.

Sie setzte sich neben Tomlinsons Korb, eine Hand auf seiner Kruppe, in der anderen das Handy. Zuerst wehrte sie sich gegen das Einschlafen, um ja nichts zu verpassen. Obwohl die Müdigkeit ihr in die Knochen fuhr und zu Beinkrämpfen führte. Irgendwann zog sie den Kürzeren.

Beim ersten Klingeln schreckte sie hoch und brauchte nur Sekundenbruchteile, um sich zu orientieren. Unbekannte Nummer.

„Ja?", rief sie atemlos und in dem einen Wort steckte ihre ganze Hoffnung, ihr Leben, ihre Zukunft. Alles.

Die Stimme, die ihr antwortete, klang, als würde sie aus einem Kehlkopf herausbröckeln. „Hast du den Brief bekommen?"

„Ja", sagte Jana. Ja, sie habe alles verstanden und ja, sie werde sich an die Anweisungen halten. Die Regeln befolgen.

Sie flehte um ein Lebenszeichen. Bekam es. Wäre am liebsten in den Lautsprecher ihres Handys gekrochen, als sie Paulina schluchzen hörte. Und als Sophie erstaunlich beherrscht sagte: „Mama? Holst du uns hier raus?", Jana aber hinter dem Vorhang der Beherrschung die Angst hervorblitzen hörte.

„Ich tue alles, was Sie verlangen", sagte sie. „Alles!"

Die Anweisungen waren einfach und entsprachen der Botschaft auf dem Zettel. Zu Hause bleiben, niemanden kontaktieren, schon gar nicht die Polizei, auf den nächsten Anruf warten.

Die Stille nach dem Gespräch dröhnte in ihren Ohren. Nur Tomlinsons regelmäßiges Atmen war zu hören, das Hämmern ihres eigenen Herzens und ein leises Weinen von sehr weit weg. War das sie selbst?

Der Morgen graute und ließ sein blassgelbes Licht durch die Gardinen im Arbeitszimmer scheinen.

20
22. August

Durch das gekippte Fenster hört er die ersten Vögel singen. Ganz nah – eine Amsel. Sie singt nicht, sie brüllt. Als wolle sie ihre potente Lunge, die geschmeidigen Stimmbänder, den prächtigen Kehlkopf, die unversehrte Zunge präsentieren. Haben Vögel überhaupt Stimmbänder? Er weiß es nicht. Es ist ihm auch egal. Er weiß nur, dass dieser Vogel ihm gerade vorführt, wie es ist, wenn man singen kann.

Die Schmerzen treiben Schweißtropfen auf seine Stirn. Sie werden minütlich heftiger und haben den Rhythmus seines Herzschlags angenommen. Aber er wird nicht läuten und sich etwas geben lassen, sondern die Zähne zusammenbeißen.

Er tastet nach dem Smartphone auf seinem Nachttisch. Sieben Minuten nach fünf. Wenn er etwas unternehmen will, muss er es jetzt tun. Um halb sechs beginnt das Gewusel, dann ist es zu spät.

Mühsam richtet er sich auf. Lässt seine Beine über den Bettrand hängen. Der erste Versuch aufzustehen scheitert. Seine Knie knicken ein. Er muss sich am Bettgestell festhalten. Er wartet ein, zwei Minuten, bis der Kreislauf stabiler ist. Währenddessen denkt er an Herbert Tobisch, den Mann, dessen Leben er zerstört hat. Fühlt er sich schuldig?

Er weiß es nicht. Er hat das alles nicht gewollt. Er wollte doch nur durchkommen. Verhindern, dass sein Vater ihm zur Strafe fürs Sitzenbleiben den Gesangsunterricht verbietet. Ein Leben ohne Singen hat er sich schon damals nicht vorstellen können. Die zerstörerische Kettenreaktion, die er durch seine Intrige in Gang gesetzt hat, hat er weder beabsichtigt, noch konnte er sie voraussehen. Wie denn, mit seinen siebzehn Jahren?

Wie naiv er war! Wie dumm! Dumm und egoistisch. Aber sein Plan war effektiv. Er hat sie alle an der Nase herumgeführt! Seine Freunde Lisa und Oliver. Und Jana, vor allem Jana. Um Jana tut es ihm besonders leid.

Er muss sie warnen. Wieder greift er nach seinem Smartphone. Schreibt. Zögert, bevor er auf „senden" geht. Liest den Text noch einmal durch. Löscht ihn und legt das Handy weg. Lächerlich. Es ist doch längst zu spät! Zu spät für Reue, Wiedergutmachungen, Warnungen, zweite Versuche. Der Zug ist abgefahren.

Nur für eines ist es noch nicht zu spät.

Zweiter Versuch, aufzustehen. Es klappt. Er schafft die drei Schritte bis zu dem Tisch in der Mitte des Zimmers. Dort legt er eine Pause ein. Sein Bettnachbar schnarcht selig und bekäme es wahrscheinlich nicht einmal mit, wenn er ihn samt Bett aus dem Zimmer schieben würde.

Er sammelt seine ganze Kraft und geht bis zur Tür. Hält sich einen Augenblick an ihr fest, öffnet sie dann leise und steht auf dem Gang. Blickt sich um.

Alles ruhig. Niemand zu sehen. Es sind nur drei Meter bis zum Lift. Eine Herausforderung, die er bravourös bewältigt.

Der Lift kommt, er steigt ein und fährt ins oberste Stockwerk.

Wieder hat er Glück. Auch hier breitet sich ein menschenleerer Korridor vor ihm aus. Zwei zerwühlte Betten stehen nebeneinander, als wären sie in ein frühmorgendliches Gespräch vertieft. Eine Leuchtstoffröhre flackert nervös. Unheimlich. Die Szenerie wäre eines Psychothrillers würdig, denkt er, und dass er Psychothriller nie mochte. Er tappt den Gang entlang bis zum nächsten Zimmer. Öffnet sachte die Tür und schlüpft hinein.

Im ersten Bett schläft eine junge Frau mit einem überdimensionalen Gipsbein. Sie atmet tief und gleichmäßig. Im zweiten liegt eine ältere Dame, deren halber Kopf kahl rasiert und verpflastert ist. Ihr Schnarchen klingt wie ein leises Sägen, unregelmäßig, als würde die Säge alle paar Sekunden an einem Hindernis hängenbleiben.

Er durchquert das Zimmer. Obwohl er kein Geräusch verursacht, wacht die Säge auf.

„Guten Morgen, Sebastian", sagt sie und die beiden S von Sebastian klingen verwaschen. Kein Wunder, ihre Prothese schwimmt in einem Wasserglas, das auf dem Beistelltisch steht. Dort liegt auch die Brille. Vermutlich verwechselt sie ihn deshalb mit einem Pfleger. „Heut' sind S' aber früh dran mit Blutdruckmessen."

Er nickt ihr zu und lächelt. Inzwischen hat er den Tisch in der Zimmermitte erreicht und muss sich dringend setzen, weil ihm schwindlig ist. Er atmet durch, einmal, zweimal, dreimal. Dann stemmt er sich hoch und schleppt sich zum Fenster.

„Sebastian?" Zweifel liegt in der Stimme der Alten. Und ein Hauch Angst. Und plötzlich schreit sie. Schreit wie am Spieß. Schreit, wie er es einer verletzten alten Frau nie zugetraut hätte.

Er beeilt sich. Reißt das Fenster auf. Schiebt einen Sessel hin. Jetzt kommt das Schwierigste. Er ignoriert den Schwindel, klettert auf den Stuhl und vom Stuhl aufs Fensterbrett.

Die Alte schreit immer noch. Inzwischen ist auch die junge Frau erwacht. Die Patientenklingeln werden gedrückt, er sieht es nicht, kann aber das Summen hören.

Er richtet sich auf, hält sich am Fensterrahmen fest.

Spürt den frischen Wind auf der Haut, der ihn zu locken scheint. Sieht unter sich die Betontreppe, die zum Eingang des Krankenhauses führt. Es ist nicht besonders hoch, aber hoch genug.

Er wartet noch einen Sekundenbruchteil, immerhin ist das sein letzter Auftritt. Das Lampenfieber, das ihm nie besondere Schwierigkeiten gemacht hat, obwohl das Gegenteil in seinem Abschiedsbrief steht, schlägt zu.

Er zittert. Jetzt, denkt er. Jetzt oder nie.

Die Tür wird geöffnet, er hört das Quietschen von Gummisohlen und aufgeregte Stimmen. Da macht er einen Schritt hinaus in die kühle Morgenluft.

Der Schrei der alten Frau, so schrill, dass er eines Koloratursoprans würdig gewesen wäre, begleitet ihn. Aus dem Augenwinkel sieht er den Schatten eines Vogels seitlich wegfliegen, eine Amsel vielleicht, vielleicht der inbrünstige Sänger von vorhin.

Das Erstaunliche: Es dauert länger, als er gedacht hat. So lang, dass noch Zeit bleibt, Todesangst zu empfinden. Ein Cocktail aus Herzrasen, wellenförmiger Hitze und Ohrensausen.

Dann der Aufprall.

21

Bukowski trat das Gaspedal durch. Sie holte alles aus ihrer Toyota-Mühle heraus, aber der Abstand zum Mercedes vor ihr wurde immer größer. Auf der A3 verlor sie ihn schließlich ganz aus den Augen. Sakradi!

Bisher war die Observierung wie am Schnürchen gelaufen. Die Maschine aus München mit Verena Gattringer an Bord war pünktlich angekommen, die Gattringer hatte sich zur Autovermietung Sixt begeben. Kurz darauf stieg sie in eine schicke schwarze Mercedes -Limousine und machte sich nicht auf den Weg in ihr Hotel, um einzuchecken. Nein, sie fuhr auf die A2 und beim Knoten Guntramsdorf schließlich auf die A3 auf.

Sie verliert keine Zeit, sie fährt schnurstracks nach Eisenstadt, dachte Bukowski und folgte ihr. Kurz nach Ebreichsdorf war der Verkehr dichter geworden, die Gattringer schneller und Bukowski hatte das Nachsehen gehabt.

Verdammter Mist! Sie schaltete die Klimaanlage aus. Vielleicht konnte sie dadurch ein paar zusätzliche PS aus ihrer Kiste holen. Und vielleicht half Musik. Sie wählte blind eine CD aus und schob sie in den Schlitz. Zuckte zusammen, als sie bemerkte, dass sie ausgerechnet das *De Profundis* von Arvo Pärt erwischt hatte. Den Bußpsalm, ein Totengebet, nein, ein Gebet ohne Hoffnung.

„De profundis clamavi ad te, Domine“, sang der Männerchor und Bukowski musste plötzlich an das Taubenpaar denken, das unter Kims Dach nistete. Immer, wenn sie die rosa Pillen der Zwerschina schluckte, blieb der Albtraum aus und sie erwachte nicht durch ihren eigenen Schrei, sondern durch das

Gurren der Tauben, die den anbrechenden Tag mit ihrem eintönigen Gesang begrüßten. So auch heute. Aber an diesem Morgen war etwas anders gewesen. Erst nach längerem Lauschen hatte Bukowski erkannt, dass nur eine Taube gurrte. Es gab keinen Dialog wie sonst. Und der Vogel legte längere Pausen zwischen den einzelnen Strophen ein, als warte er verzweifelt auf eine Antwort. Als sie nach dem Frühstück zu ihrem Wagen gegangen war, hatte sie den Grund entdeckt: eine tote Taube, auf dem Gehsteig vor Kims Haus, am Rücken liegend, mit zusammengekrümmten Zehen. Und über Bukowskis Kopf hatte es gegurrt, monoton und trostlos, mit Pausen, die ihren Sinn verloren hatten.

Sie schaltete den CD-Player aus, um nicht in düsteren Gedanken zu versinken und beschloss, zu Plan B überzugehen: Wenn sie die Gattringer verloren hatte, würde sie direkt zu Jana Pechtold fahren. Fünfzehn Kilometer vor dem Knoten Eisenstadt versuchte sie, die Pechtold zu erreichen. Aber es klingelte ins Leere. Die Gute ging nicht dran, obwohl Bukowski ihr beim letzten Telefonat eingeschärft hatte, immer erreichbar zu sein.

Sie rief Kim an.

„Assistentin Newrkla auf Beobachtungsposten", sagte Kim zackig. „Melde gehorsamst: keine Feindbewegung bisher. Alles im grünen Bereich, Frau Gruppeninspektorin!"

Wenigstens eine, die gute Laune hat, dachte Bukowski. „Hast du die Pechtold schon gesehen?"

„Sie hat kurz einen Fuß vor die Tür gesetzt, als der Hund Pipi musste. Der arme Kerl ist verletzt. Seine Pfote steckt in einem Socken und er durfte nur mit Leine raus."

„Gut so. Ich habe ihr ja extra eingeschärft, dass sie im Haus bleiben soll. Hab mir schon Sorgen gemacht, weil sie meine Anrufe ignoriert.“

„Sie mag dich wohl nicht besonders.“

„Schon möglich“, knurrte Bukowski. „Passt du bitte auf, dass sie dich nicht bemerkt?“

„Hältst du mich für bescheuert? Logisch passe ich auf. Ich stehe vor dem Nachbargrundstück mit Blick auf den Garten der Pechtold und ihre Eingangstür.“

Sie schärfte Kim ein, auf keinen Fall einzugreifen, wenn etwas passieren sollte. „Wenn wer kommt, wählst du die 112. Und sobald die Kollegen antanzen, fährst du nach Hause. Verstanden?“ Dass die Gattringer sie abgeschüttelt hatte, als wäre sie eine Anfängerin, erwähnte sie nicht. „Vielleicht kreuze ich bald bei dir auf, dann kannst du früher heimfahren. Wenn nicht, melde ich mich stündlich“, sagte sie und beendete das Gespräch.

Fünf Kilometer vor dem Knoten Eisenstadt bemerkte sie, dass ihre Finger zitterten. Vermutlich die Aufregung. Sie steckte sich eine Zigarette an, überholte einen LKW und zwei weitere Fahrzeuge. Plötzlich war ihr, als hätte sie etwas Wichtiges übersehen. Sie blinkte und reihte sich in die rechte Spur ein. Als sie die schwarze Mercedes-Limousine im Rückspiegel entdeckte, hätte sie jubeln mögen!

Bukowski verringerte das Tempo, ließ die Gattringer und einen weißen Kia passieren und hängte sich an den Kia.

Noch anderthalb Kilometer bis zum Knoten Eisenstadt.

Noch fünfhundert, noch dreihundert Meter.

Aber die Gattringer blinkte nicht, sie nahm nicht die Ausfahrt, sondern blieb auf der Autobahn. Verdammt, wo wollte sie hin?

Mit wachsender Verwunderung folgte Bukowski dem schwarzen Mercedes. Sie folgte ihm über die Staatsgrenze hinaus, hinein nach Ungarn, vorbei an unzähligen Reklametafeln für Zahnkliniken und Dentallabors, bis ins Herz von Sopron.

Sophie erwachte von einem Hämmern, das sie geträumt haben musste, denn als sie sich aufsetzte, war es still. Nur Paulinas regelmäßige Atemzüge waren zu hören, ein hauchfeines Pfeifen beim Einatmen und ein Zischeln, wenn sie die Luft durch die Zähne presste. Ganz vertraut. Die Dunkelheit konnte Sophie sich allerdings nicht erklären. Es herrschte stockfinstere, pechrabenschwarze Nacht. Dabei brannte im Zimmer der Zwillinge immer ein Nachtlicht, egal, ob sie zu Hause in Eisenstadt oder bei Paps in Güssing übernachteten. Jetzt fiel ihr auch der fremde Geruch auf, ein Geruch nach Moder und feuchter Erde, nach schimmligem Holz und ... nach Pipi.

Wo bin ich?, fragte sie sich und setzte sich auf.

Mit dem Schwindel setzte der Kopfschmerz ein und zugleich die Erinnerung.

Ihr fiel alles wieder ein: Mamas Abwesenheit, der Streit mit Paulina, die fremde Frau, die Fahrt im Kofferraum, der abgestandene Geruch, die Übelkeit und die Angst. Irgendwann hatte Sophie das Bewusstsein verloren. Als sie erwacht war, hatte sie auf einer fremden Matratze gelegen, in einem fremden Raum, neben der schluchzenden Paulina. Es war kühl und ziemlich dunkel in dem Raum gewesen, obwohl eine Glühbirne brannte, die wie eine verschrumpelte Frucht von der Decke hing. Der Boden war aus Stein und das große Gewölbe, das den Raum überspannte, ebenso. Fenster gab es keine, nur winzige viereckige Öffnungen, durch die kaum Licht hereinschien. Sophie begriff, dass es sich um einen alten Weinkeller handeln musste und dass die Öffnungen Luftschächte waren. In den Ecken hingen staubbedeckte Spinnweben. Möbel fehlten. Am Boden lagen zwei stockfleckige Matratzen mit je einem Kissen und einer dünnen Decke. In einer Ecke stand ein Eimer aus Blech.

Als erstes war Sophie aufgesprungen, zur eisenbeschlagenen Tür gerannt und hatte wie wild an der Klinke gerüttelt. Versperrt.

Sie waren gefangen.

Begriffe wie „Entführung“, „verschleppt“ und „Tod einer Geisel“ schossen ihr durch den Kopf. Sie erinnerte sich an den Film über einen deutschen Bankierssohn, dessen Name ihr nicht mehr einfiel. Sein Entführer war gefasst worden, hatte aber nicht einmal unter Folter das Versteck des Jungen preisgegeben, weil er den Jungen längst ermordet hatte.

Ihr Herz begann zu rasen, als sie sich vorstellte, dass Paulina und sie hier nicht lebend herauskommen würden. Wenn schon Bankierssöhne starben, dann erst recht die Kinder von armen Schluckern. Weder Paps noch Mama hatten Geld. Schon gar nicht solche Fantasiesummen, um die es in Entführungen immer ging. Das Wort „Lösegeldforderung“ verselbständigte sich. Es wurde im Kellerraum hin- und hergeworfen, prallte von den Steinwänden ab und rauschte in Sophies Ohren, obwohl sie es nur gedacht hatte.

Danach war die Wut in ihr hochgekocht. Eine ungeheure Wut auf Mama, die nichts gebacken kriegte; nicht einmal zu Hause sein konnte sie, wenn man es von ihr erwartete. Wut auf Paulina, die so blöd war, in fremde Autos zu steigen. Wut auf Tomlinson, der für gar nichts zu gebrauchen war; und jetzt? Jetzt war er wahrscheinlich tot! Sogar auf Paps war sie wütend, der nun wirklich nichts falsch gemacht hatte, und ein bisschen auch auf sich selbst. Aber die größte Wut richtete sich gegen das Schwein, das ihnen das angetan hatte. Von dem Sophie nicht einmal sagen konnte, ob es eine Frau oder ein Mann war, seit es die Perücke abgenommen hatte. Darunter waren kurze weiße Haarstoppeln zum Vorschein gekommen, die zu einem Mann oder einer Frau gepasst hätten. Und Frauenkleider konnte sowieso jeder anziehen. Die Stimme war tief, was für einen Mann sprach, obwohl natürlich auch Frauen tiefe Stimmen haben konnten. Aber der Busen war doppelt so groß wie der von Mama. Also doch eine Frau? Oder war er so unecht wie das Haar?

Eigentlich ist es vollkommen egal, dachte Sophie und blieb bei der Bezeichnung „Schwein“. Ein Schwein konnte schlau und gemein sein, und das Wort stand für männliche und weibliche Schweine gleichermaßen. Dieses Schwein war jedenfalls äußerst gefährlich, weil Sophie es nicht durchschauen konnte. Sie wusste nicht, was es wollte, und das machte ihr am meisten Angst. Als es gestern Abend endlich den Raum betreten und ein Tablett mit zwei Käsebroten und zwei Schalen Kakao mitgebracht hatte, hatte es so getan, als sei es die nette Tante vom Mars. Es streichelte die schluchzende Paulina, putzte ihr wie einem Kleinkind die Nase, was Paulina tatsächlich zu beruhigen schien. Von Sophie hielt es sich zum Glück fern.

„Was machen Sie mit uns?“, fragte sie und starrte das Schwein so böse an, bis sie davon Kopfschmerzen bekam.

„Keine Angst, mein Fräulein. Ich werde euch kein Härchen krümmen.“

„Kann es sein, dass Sie uns verwechselt haben?“

„Ihr seid wirklich schwer auseinanderzuhalten. Aber ich schätze, du bist Sophie. Sophie heißt nämlich Weisheit auf Griechisch und du stellst ziemlich kluge Fragen.“

„Das meine ich nicht. Ich meine, ob Sie uns mit anderen Kindern verwechselt haben. Mit Millionärstöchtern oder so.“

Das Schwein lachte. Es zeigte dabei seine Zähne, die gelblich verfärbt waren. Leute mit gelben Zähnen bekommen Krebs, behauptete Jasmin, und Jasmins Papa war immerhin Zahnarzt, der musste es wissen.

„Wir haben nämlich nichts“, sagte Sophie. „Unsere Eltern können kein Lösegeld ...“

„Mach dir nicht so viele Sorgen, Kleine. Wer sagt denn, dass es mir um Geld geht?“

„Nicht?“, fragte Sophie und spürte, wie ihr die Angst den Hals zuschnürte. „Dann bringen Sie uns auf jeden Fall um?“ Sie hoffte von ganzem Herzen, dass Jasmin recht hatte und das Schwein an einer besonders bösartigen Form von Krebs litt. Vielleicht würde es innerhalb der nächsten Stunden sterben?

Wieder das Lachen. Es klang künstlich. „Wie kommst du denn darauf?“

„Das kennt man doch aus dem Fernsehen. Entweder die Entführer wollen Geld oder es geht um Rache und sie ...“

Das Schwein warf ihr einen mitleidigen Blick zu. „Euch wird nichts passieren.“

„Sie lügen!“, sagte Sophie. „Und Ihre Zähne sind schon ganz gelb. Haben Sie keine Zahnbürste?“ Nein, dachte Sophie, das Schwein soll keinen Krebs haben. Wenn es stirbt, finden sie uns nie und dann verdursten wir.

„Manche Menschen haben eben gelblichere Zähne als andere“, sagte das Schwein mit einem gekränkten Unterton. „So wie manche eine dunkle Haut oder rote Haare haben. Aber du hast recht, ich habe gelogen.“ Es leckte sich die Lippen. „Euer Überleben wird von eurer Mutter abhängen. Wenn sie euch liebt und vernünftig ist, habt ihr gute Chancen.“ Mit diesen Worten ging das Schwein. Was es von Mama wollte, sagte es nicht.

Paulina zitterte vor Angst. „Glaubst du, er bringt uns um?“

„Er? Ist das Schwein nicht eine Frau?“

„Mama sagt, die Männer sind immer die Schweine.“

Sophie schüttelte den Kopf über Paulinas Logik. Sie nahm sie in die Arme. Sie war zwar immer noch sauer, aber jetzt ging es um etwas weit Wichtigeres. Sie mussten zusammenhalten. Vielleicht gab es eine Möglichkeit, wegzulaufen. „Nein, ich glaube nicht, dass das Schwein uns umbringt. Was hätte es denn davon? Bloß Scherereien.“

„Aber wenn Mama ...“

„Mama wird uns hier rausholen. Ist doch klar!“

Paulina warf ihr einen seltsamen Blick zu. „Und warum behauptest du dann immer, dass sie dich nicht mag?“

„Ich habe nur behauptet, dass sie dich lieber mag. Aber ich bin mir trotzdem sicher, dass sie uns beide rettet. Hundertprozentig.“

Paulina schwieg lange. „Und wenn sie es nicht kann?“

„Was meinst du?“, fragte Sophie, obwohl sie genau wusste, was ihre Schwester damit sagen wollte.

„Was das Schwein von ihr will. Wenn sie es nicht schafft?“

„Sie wird es schaffen“, sagte Sophie mit fester Stimme. Dabei war sie alles andere als überzeugt.

Doch Paulina ließ sich beruhigen. Sie aß sogar ihr Brot auf, während Sophie keinen Bissen hinunterbrachte. Den Kakao tranken sie beide. Sophie hatte sich noch über den bitteren Nachgeschmack gewundert. Danach waren sie schnell eingeschlafen, jede auf ihrer Matratze.

Und jetzt, nachdem sie aufgewacht war, fiel Sophie auf, dass ein Schlafmittel im Kakao gewesen sein musste. Deshalb hatte sie wie ein Stein gepennt. Und deshalb schmerzte jetzt ihr Kopf. Sie nahm sich vor, nichts mehr anzurühren, was das Schwein ihnen vorsetzen würde.

Bei dem Gedanken an Kakao, begann die Blase zu drücken. Sophie musste ganz dringend. Sie starrte in die Dunkelheit, versuchte, sich den Raum und seine Ausmaße ins Gedächtnis zu rufen. Wo war der Lichtschalter? Hatte es überhaupt einen gegeben? Als das Schwein am Abend gegangen war, war die Glühbirne erloschen, vermutlich befand sich der Schalter draußen. Aber an die Position des Blecheimers erinnerte sie sich ungefähr. Sie stand auf, tastete sich an ihrer und Paulinas Matratze entlang und streckte immer wieder den rechten Fuß vor. Ließ ihn wie einen Fühler Halbkreis für Halbkreis den Boden absuchen, bis sie die Wand erreichte. Dann wandte sie sich nach links, Schritt für Schritt. Ein Scheppern zeigte ihr, dass sie ihr Ziel erreicht hatte. Sie zog ihre Hose und den Slip hinunter und hockte sich über den Eimer. Abgestandener Pipigeruch drang in ihre Nase. Sie versuchte, an etwas Köstliches zu denken, um keine Übelkeit aufkommen zu lassen. An die Marzipantorte, die Mama zu ihrem zehnten Geburtstag gebacken hatte. Nicht beim

Lidl gekauft, sondern selbst gebacken, mit zehn Kerzen darauf und dem Schriftzug „Sophie“, der ein bisschen verrutscht war. Paulina hatte eine Schokotorte bekommen, weil sie Marzipan nicht mochte. Während Sophie im Schoko- und Marzipanduft schwelgte, pullerte sie los. Es klang, als hagle es auf ein Autodach, und es war megapeinlich. Fast so peinlich wie in der dritten Klasse, als sie vor allen Mitschülern die Bundeshymne vorsingen hatte müssen. Sie war irrtümlich in eine falsche Tonart geraten und das Lachen der anderen hatte genauso blechern geklungen wie ihre Pinkelei jetzt.

Danach war ihr nach Weinen zumute, aber sie schluckte die Tränen hinunter. Stattdessen tastete sie die ganze Wand ab, bis sie einen Lüftungsschacht erreichte. Sie musste sich auf die Zehenspitzen stellen und die Arme nach oben strecken, um hinzukommen. Mit viel Fantasie konnte man den Umriss der Öffnung als helleren Schemen erahnen. An einer Stelle war der Putz bröckelig. Es gelang ihr, mit den Fingernägeln einige Stückchen herauszukratzen. Von diesem Erfolg beflügelt, arbeitete sie wie wild daran, den Spalt zu erweitern. Vielleicht konnte sie so viel Mörtel herauskratzen, dass sich ein Stein lockerte? Und vielleicht war die Öffnung dann groß genug, um hinauszuklettern? Versuchen musste sie es. Aber die Steine saßen viel zu fest. Werkzeug hatte sie keines. In kürzester Zeit brachen ihre Fingernägel und sie schürfte sich die Fingerkuppen auf. Es blutete, es tat weh, und sie erreichte nichts. Außerdem fiel ihr plötzlich auf, dass ihre Zähne klapperten. Sie fror.

Enttäuscht tappte sie zu Paulinas Matratze hinüber und schlüpfte zu ihr unter die Decke.

Paulina jammerte im Schlaf. Sie drehte sich auf die Seite, ohne aufzuwachen, und legte ihren Arm um Sophie.

Sophie strich ganz leicht über Paulinas Stirn. „Es wird alles gut“, flüsterte sie. Und weil sich die Lüge so wunderbar anhörte, wiederholte sie sie noch einmal. Vielleicht konnte sie damit ihr eigenes zweifelndes Herz überlisten, das wie ein gefangener Vogel in ihrem Brustkorb flatterte.

Die Gattringer stellte den Mietwagen in einem Parkhaus ab und schlenderte den Várkerület entlang. Sie betrat einige Geschäfte, ohne etwas zu kaufen, gönnte sich Cappuccino und Kirschkuchen auf der Terrasse eines kleinen Cafés und schrieb etwas in ein ledergebundenes Buch. Sie blieb eine Dreiviertelstunde, dann ging es in derselben Tonart weiter: Sightseeing, Bummeln. Am späteren Nachmittag erklomm sie – neben einem Häuflein anderer Touristen – den Feuerturm. Danach blieb sie verschwunden, und Bukowski glaubte schon, sie verloren zu haben. Schließlich entdeckte sie, dass es im Turm ein Café gab. Dort saß die Gattringer und nippte an einem grasgrünen Drink.

Bukowski setzte sich an ein Tischchen dahinter und bestellte Espresso. Sie vergewisserte sich, dass bei Kim alles in Ordnung war. Kein Hannes Schäufele in Sicht und auch sonst niemand, der der Pechtold an den Kragen wollte. Eigentlich erfreulich, aber Kims gute Laune war wie weggeblasen.

„Langweilst du dich?“, fragte Bukowski.

„Klar. Deshalb habe ich ein bisschen herumtelefoniert. Ich habe nochmals die Frau von Hannes Schäuble angerufen.“

„Schäufele. Ja und?“ Bukowski schwante nichts Gutes.

„Auf den Kopf hab ich ihr zugesagt, dass sie gelogen hat.“

„Jetzt erzähl schon. Hat sie?“

„Worauf du einen lassen kannst. Sie hat heulend zugegeben, dass ihr Mann nicht mit dem Rad unterwegs ist. Keine Deutschland-Rundfahrt, sondern ein Selbstverwirklichungstrip der anderen Art: Schäufele hat seine Frau verlassen. Für immer. Er wohnt jetzt in Berlin bei einer Annegret Wultsch."

„Ah, du meinst Annegret Wulkesch. Und warum hat Frau Schäufele das nicht gleich gesagt?"

„Weil Annegret vor Kurzem noch Gerhard hieß. Und weil Marie Schäufele den Gedanken nicht aushält, dass ihr Mann jetzt mit einem Transsexuellen zusammen ist. Sie empfindet das Verlassenwerden nach so vielen gemeinsamen Jahren an sich schon als demütigend. Die Tatsache, dass ihre Konkurrentin ein Mann ist – oder besser gesagt ein ehemaliger Mann –, hat ihr offenbar den Rest gegeben."

„Aha", sagte Bukowski.

„Deshalb hat Frau Schäufele von ihrem Mann gefordert, allen Freunden und Bekannten die Radrundfahrt-Version zu erzählen. Zumindest so lange, bis sie die Trennung halbwegs verdaut hat."

„Das müssen wir natürlich überprüfen."

„Schon passiert. Sie hat mir die Handynummer dieser Annegret verraten. Die Gute klingt wie ein pensioniertes Nilpferd, ist aber sonst ganz Ordnung. Leider schwört sie, Hannes Schäufele sei in der fraglichen Zeit ständig in Berlin gewesen. Und das können auch Annegrets Söhne bezeugen."

Bukowski stöhnte. Ein Verdächtiger weniger. Sie bat Kim, trotzdem auf ihrem Posten zu bleiben, und beendete das Gespräch. Der Verdacht gegen die Gattringer verschärfte sich mehr und mehr, obwohl sie vollkommen friedlich an ihrem Drink nippte, als könnte sie kein Wässerchen trüben.

Bukowski wurde immer nervöser, weil sich nichts tat. Da entdeckte sie einen Mann, der auf die Gattringer zusteuerte. Er war schmal, blass, wie ein Beamter gekleidet und trug einen Gitarrenkoffer. Ein als Versicherungsvertreter getarnter Auftragsmörder? Wohl kaum.

Aber wie ein Liebhaber sah das Milchgesicht mit dem akkuraten Seitenscheitel auch nicht aus, obwohl die beiden sich mit einem innigen Kuss begrüßten. Bukowski fotografierte das Paar und verstaute ihr Handy wieder in der Brusttasche ihres Poloshirts. Sie bemerkte, dass nicht nur ihre Finger zitterten, auch das rechte Augenlid begann heftig zu zucken. Nikotinmangel? Oder Indiz für die unangenehme Tatsache, dass sie sich auf dem Holzweg befand?

Als die Gattringer in Richtung Toilette verschwand, folgte sie ihr und stellte sich vor die Toilettentür. Womit sie nicht rechnete: dass die Tür nach kürzester Zeit und mit solchem Schwung wieder aufgerissen wurde, dass sie gegen Bukowskis Hüfte knallte. Normalerweise hätte Bukowski den Schlag weggesteckt, ohne mit der Wimper zu zucken. Wenn nicht ihre Kreislaufprobleme gewesen wären. Sie taumelte, ihr rechtes Knie knickte ein, sie fiel vornüber. Vor Schmerz schossen Tränen in ihre Augen, als sie mit dem anderen Knie auf den Boden knallte.

Die Gattringer erschrak. Sie entschuldigte sich. Half Bukowski, aufzustehen. Als sie sie erkannte, war sie überrascht. „Sie?“, sagte sie, als handle es sich um einen aberwitzigen Zufall, dass sie einander ausgerechnet in Sopron über den Weg liefen. Erst als Bukowski ihr Lächeln nicht erwiderte, runzelte sie die Stirn. „Spionieren Sie mir etwa nach?“

„Sie haben mich belogen“, sagte Bukowski. „Sie waren Anfang August gar nicht in Paris.“

Die Gattringer schlug die Augen nieder. Zerknirscht gab sie zu, zu einer Notlüge gegriffen zu haben. Aber aus einem guten Grund.

Sie kehrten ins Lokal zurück. Verena Gattringer stellte das Milchgesicht als ihren Liebhaber vor: Mike Pichler, Jazzgitarrist aus Wien. Auch er verheiratet, Vater zweier Kinder und bestimmt fünfzehn Jahre jünger als Verena.

Bukowski staunte. Kein Beamter, sondern ausgerechnet ein Jazzmusiker, das hätte sie nicht erwartet. Aber die Zeiten änderten sich, und die Periode der kiffenden, coolen, langhaarigen Jazzer war wohl endgültig vorbei.

Die Gattringer erklärte, sie sei lediglich nach Sopron gefahren, um Mike spielen zu hören. Er trete am Abend mit zwei Bandkollegen auf, hier im Museum Café. Danach habe sie geplant, mit ihm nach Wien zurückzufahren, eine Nacht voller Leidenschaft im Hotel Le Méridien zu verbringen und am nächsten Morgen wieder zurückzufliegen.

„Und warum die Lügen?"

Sie erzählte von ihrem Mann. Im Unterschied zu Herbert Tobisch sei Sepp zwar nie ihre große Liebe gewesen. Aber mit der Zeit seien sie zusammengewachsen. Inzwischen liebe sie ihn auch, auf ihre Art. Weil er ein herzensguter Mensch sei. Zärtlich, feinfühlig, großzügig, galant. Klug und kunstbegeistert. Sie wolle ihn auf keinen Fall verletzen, denn das habe er nicht verdient.

„Warum betrügen Sie ihn dann?", fragte Bukowski und ließ die Gattringer nicht aus den Augen.

Die hielt ihrem Blick stand. „Das tue ich nicht." Sie erzählte, ihr Mann habe vor einigen Jahren – sie seien erst wenige Monate verheiratet gewesen – einen schweren Fahrradunfall gehabt. „Seither ist er impotent.“ Sie ließ das Wort wirken, während sie die letzten Tropfen ihres grünen Getränks schlürfte. „Weil ich eine Frau in den besten Jahren bin und meine Bedürfnisse habe, hat er selbst vorgeschlagen, dass ich mir einen Liebhaber zulege. Er hat mich nur gebeten, diskret zu sein. Damit die Leute nicht reden. Und vermutlich, weil er nicht ständig an das Malheur erinnert werden will.“

„Sie tarnen Ihre Ausflüge nach Wien als Geschäftsreisen, um ihn nicht mit seinem kleinen Manko zu konfrontieren?“

„Sie haben es erfasst.“

Bukowski nickte. Sie glaubte, zu verstehen. „Sehr rücksichtsvoll. Aber in Bezug auf Mordermittlungen verliert jede Lüge ihren Charme. Ich muss Sie nochmals fragen, wo Sie Anfang August waren und was Sie gemacht haben.“

Verena Gattringer sagte, sie sei in Wien gewesen, zusammen mit Mike. Sie hätten das Hotelzimmer kaum verlassen, seien nur einmal nach Baden gefahren. Mike bestätigte ihre Aussage und auch das Personal des Méridien würde sie selbstverständlich bestätigen können.

Bukowskis Lid zuckte. Sie wand sich. Aber so sehr es auch schmerzte, sie musste einsehen, dass sie sich geirrt hatte. Sowas von geirrt!

Die Gattringer musterte sie aufmerksam. „Kann es sein, dass Sie jetzt enttäuscht sind?“

„Aber nein“, log Bukowski. „Ich bin erleichtert, dass Sie aus dem Kreis der potentiellen Täter ausscheiden.“ Sakradi. Wenn es nur einen Kreis gäbe!

Sie zahlte und verabschiedete sich. Bevor sie ging, fiel ihr etwas ein. Vermutlich war es die Verzweiflung über das Fehlen jeglicher Verdächtiger, die ihr den Gedanken eingab. „Eine allerletzte Frage hätte ich noch, dann lasse ich Sie in Frieden."

Die Gattringer nickte gnädig.

„Wie hat Ihr Exmann sich eigentlich umgebracht?"

„Er ist ins Wasser gegangen. In Mimizan Plage, an der französischen Atlantikküste, wo er den letzten Urlaub seines Lebens verbracht hat."

Die Wendung „ins Wasser gegangen" schlug eine Alarmglocke in Bukowskis Kopf an. Ihr Lid zuckte im Sekundentakt und sie musste schlucken, um den galligen Geschmack loszuwerden, der immer mit bösen Ahnungen verbunden war. „Wer hat seine Leiche identifiziert?"

„Welche Leiche? Es gab keine! Die Strömung und der ablandige Wind müssen ihn aufs offene Meer hinausgetragen haben. Alles, was man gefunden hat, waren seine Kleider und Schuhe am Strand. Und einen Zettel in der Frühstückspension, in der er gewohnt hat. Er hat sich bei der Vermieterin für die Unannehmlichkeiten entschuldigt, die sein Suizid verursacht, und die abgezählte Miete in einem Kuvert beigelegt."

„Aber ..." Bukowski war sprachlos. „Ich dachte, Sie haben ihn beerdigt?"

„Einen leeren Sarg, ja. Die Zeremonie war mir wichtig. Es war mir wichtig, Herberts Namen in den Grabstein ritzen zu lassen, unter den Namen seiner Mutter. Damit es einen Platz gibt, wo man um ihn trauern kann. Wobei das vermutlich niemand in Anspruch nehmen wird, außer mir." Die Gattringer suchte Bukowskis Blick. „Und damit ich endlich anfangen kann, sein, mein und Ninas Schicksal aufzuarbeiten. Das habe ich bisher nicht geschafft. Verstehen Sie?"

Bukowski verstand. Und wie sie verstand!

Während der Rückfahrt dachte sie an Herbert Tobisch. Ein Mann um die sechzig, müde und gebrochen, der nichts mehr fürchten musste, weil er schon alles verloren hatte. Wie würde so ein müder, gebrochener Mann wohl vorgehen, wenn er Rache nehmen wollte? Wie würde er sich die nötige Zeit verschaffen, um seine Taten zu planen? Und den nötigen Freiraum, um nicht ins Visier der Ermittlungen zu geraten, falls es überhaupt Ermittlungen geben würde?

Er täuscht seinen Tod vor, dachte Bukowski. Niemand rechnet mit ihm. Er kann in aller Seelenruhe zuschlagen.

Plötzlich hatte sie es furchtbar eilig, nach Eisenstadt zu kommen. Sie musste Kim anrufen. Sie warnen.

Aber die Brusttasche, aus der sie ihr Handy ziehen wollte, war leer. Teufel! Sie war sich hundertprozentig sicher, dass sie es wie immer dort verstaut hatte.

Der Zusammenstoß mit Verena Gattringer auf der Damentoilette fiel ihr ein. Sie war gestürzt. Dabei musste ihr das Handy aus der Tasche gerutscht sein. Mist! Ihr Lid zuckte, die Finger zitterten und eine eisige Angst kroch über ihren Rücken. Hoffentlich war es nicht zu spät!

Sie drückte das Gaspedal durch. Erreichte Eisenstadt in Rekordzeit. Als sie in den Buchgrabenweg einbog, fiel ihr als erstes auf, dass Kims pinkfarbener Ford Ka nirgends zu sehen war.

Verdammt nochmal, wo war Kim? Hatte sie sich aus Enttäuschung über Schäufeles Alibi und aus Langeweile einfach vom Acker gemacht?

Bukowski stellte den Wagen ab und betrat den Garten der Pechtold mit klopfendem Herzen. Hinter dem Haus bellte der Hund.

Je näher sie der Haustür kam, umso düsterer wurden ihre Ahnungen. Dass sie ständig das Bild der toten Taube vor sich sah, machte die Sache auch nicht besser.

Vom dauernden Umrunden des Küchentisches war ihr schwindlig. Als auch noch Tomlinson von hinten zwischen ihre Beine lief, wäre sie beinahe gestolpert.

„Was willst du?"

Tomlinson winselte. Vermutlich wollte er hinaus. Für einen Hund war es nicht zu begreifen, warum er bei schönstem Sommerwetter im Haus bleiben musste. Die verletzte rechte Pfote schonte er zwar noch immer. Aber der Schnitt hatte sich als harmloser herausgestellt, als Jana gestern befürchtet hatte. Jetzt bewegte er seinen Schwanz wie einen Propeller und bellte sie auffordernd an.

„Tut mir leid. Ich kann dich nicht rauslassen. Heute nicht."

Der Hund winselte und sauste zur Haustür.

Jana folgte ihm. „Musst du schon wieder?"

Er bewegte sich in engen Kreisen, als wollte er seinen eigenen Schwanz fangen, und krümmte dabei die Wirbelsäule. Ein typisches Zeichen dafür, dass ein Häufchen unterwegs war.

Rasch öffnete sie die Tür. Tomlinson pfitschte ins Freie, bevor sie ihn anleinen konnte, und verrichtete sein Geschäft im Zucchinibeet. „Brav. Und danach kommst du wieder herein, hörst du?"

Aber er dachte nicht daran, sich wieder einsperren zu lassen. Bellend rannte er durch den Garten und vergaß sogar, zu humpeln. Was auch immer er gestern Schlimmes erlebt haben mochte, er hatte es offensichtlich vergessen, jagte fröhlich einem Zitronenfalter hinterher und bohrte seine Nase in einen frischen

Maulwurfshügel. Dann versuchte er, den Maulwurf auszugraben, bis der Socken fortflog und der weiße Verband an seiner Pfote braun war.

Verärgert schloss Jana die Haustür. Sollte sie hinausgehen und ihn einfangen? Doch sie hatte versprochen, im Haus zu bleiben. Vielleicht wurde sie beobachtet? Andererseits lenkte Tomlinsons Kläffen womöglich die Aufmerksamkeit von Nachbarn oder Passanten auf sich.

Sie beschloss, ihn noch einmal zu rufen. Mit Schwung riss sie die Tür auf, lief drei Schritte in den Garten und brüllte so laut „Tomlinson!", dass eine Schar Spatzen erschrocken aus dem Holunder aufflog.

„Folgt er nicht?" Die rostige Stimme kam aus dem Hinterhalt.

Jana fuhr herum. Sie starrte in ein bleiches Gesicht und in Augen, deren Farbe sie nicht benennen hätte können. Graugrün vielleicht. Carla Bukowski blies sich eine Haarsträhne aus dem Gesicht und nickte ihr zu.

Jana hätte sich ohrfeigen können. Warum war sie hinausgerannt, ohne sich vorher zu vergewissern, ob die Luft rein war? „Was wollen Sie?", schnappte sie und wich vor der Kripotante zurück, bis sie die Haustür erreichte.

„Ein paar Fragen, nur ganz kurz. Wollen Sie mich nicht hereinbitten?"

„Keine Zeit!" Sie wollte der unliebsamen Besucherin die Tür vor der Nase zuschlagen. Aber die hatte schon den Fuß über die Schwelle gesetzt. „Lassen Sie das! Das dürfen Sie nicht! Oder haben Sie einen Durchsuchungsbefehl?"

„Wer sagt, dass ich was durchsuchen will?" Carla Bukowski drängte ins Haus. „Ich will Sie nur warnen. In Ihrem eigenen Interesse."

Jana konnte ihr nichts entgegensetzen. Hilflos stand sie im Flur, rang die Hände und überlegte, wie sie die unverschämte Person wieder loswerden könnte. Die betrat das Wohnzimmer, als wäre es das Selbstverständlichste auf der Welt, und setzte sich. „Zu einem Kaffee würde ich nicht nein sagen."

Zähneknirschend verschwand Jana in die Küche, schraubte ihre italienische Espressokanne zusammen und stellte sie auf die Herdplatte. Dabei fluchte sie leise. Hoffentlich ruft er jetzt nicht an, dachte sie. Hoffentlich nicht jetzt. Vor kurzer Zeit hatte sie sich genau das Gegenteil gewünscht. Aber jetzt musste sie unbedingt zuerst diese Bukowski loswerden.

Als die Kanne zu fauchen begann, zog sie sie von der Platte weg. Kaffee lief über und sie verbrannte sich. Verflixt!

Beim Servieren konnte sie das Zittern nicht unterdrücken. Die Tassen klirrten gegeneinander und verrieten, wie nervös sie war.

„Danke." Die Kripotante nahm einen Schluck von dem kochend heißen Espresso und zuckte zusammen, als hätte sie sich verbrannt. Geschieht dir recht, dachte Jana.

„Wo sind denn Ihre Mädels heute?"

„Noch immer bei Ihrem Vater!", sprudelte sie viel zu schnell hervor.

„Gut so. Ich habe leider unangenehme Neuigkeiten für Sie, Frau Pechtold." Bukowski erzählte, dass Herbert Tobisch nicht bewiesenermaßen tot war, sondern nur vermisst. „Es besteht die Möglichkeit, dass er noch lebt und den Suizid nur vorgetäuscht hat. Sie sind in großer Gefahr!"

Jana spielte die Überraschte. Aber wie spielte sie schlecht! Sie musste sich zusammennehmen, dass sie nicht vor Verzweiflung in Tränen ausbrach. Am liebsten hätte sie aufgegeben. Wäre in die Arme dieser hageren Frau gesunken, und hätte alles gesagt. Wenn sie nur etwas mehr Vertrauen zu ihr gehabt hätte. Sie war so müde. Es erschien ihr so verlockend, sich einfach fallen zu lassen.

Das änderte sich schlagartig, als Bukowski sagte, dass sie ihr Handy verloren habe. „Leihen Sie mir Ihres? Dann kann ich meine burgenländischen Kollegen informieren und zwei Polizisten zu Ihrem Schutz anfordern."

Janas Angst explodierte. Nein. Bloß keine Polizei. *Er* würde es garantiert mitkriegen. Und dann würde er Paulina und Sophie töten. Sie fasste sich an den Hals. Was mache ich jetzt nur? Was soll ich tun?, fragte sie sich.

In diesem Moment kam der Anruf. Sie entschuldigte sich, sprang auf und stürmte hinaus, ins Arbeitszimmer. Ihre Hände schwitzten so, dass sie das Handy fast nicht festhalten konnte. „Ja?"

„Es ist soweit", sagte er und nannte ihr eine Adresse. Dort solle sie so schnell wie möglich hinkommen, natürlich allein.

Zur Sicherheit kritzelte sie die Adresse auf ihren Notizblock, obwohl sich Ort, Straße und Hausnummer augenblicklich und vermutlich für den Rest ihres Lebens in ihr Gehirn einbrannten. Sie riss das Blatt ab und steckte es ein.

„Ich komme, so schnell ich kann", sagte sie, aber er hatte das Gespräch schon beendet.

Jetzt musste sie diese Bukowski erst recht davon abhalten, Verstärkung zu organisieren. Aber wie?

In der Diele fiel ihr Blick zuerst auf den Schirmständer, der zwei Kinderschirme aus Plastik enthielt und einen alten Knirps. Dann wanderte er hinauf zur Hutablage, auf der es keinen einzigen Hut gab. Dafür lag dort seit fast zwei Jahren der Bumerang der Zwillinge, ein Geschenk ihres Vaters. Angeblich ein Mitbringsel aus Australien, das aus einer Wurzel der Schwarzholzakazie gemacht und mit typischen Ornamenten der Aborigines bemalt war. Natürlich wusste Jana, dass Martin niemals in Australien gewesen war. Dass der Bumerang in Wahrheit aus Buchenholz bestand und Martins Freund Bruno, der kreative Drechsler, ihn angefertigt hatte.

Sie schnappte sich das gute Stück. Hart und schwer lag es in ihrer Hand und brachte sie auf eine Idee.

Mit einem Lächeln kehrte sie ins Wohnzimmer zurück. Und seltsam. Mitten in der größten Anspannung, als sie auf die Kripotante zuging, fiel ihr ein Gedicht ein, an das sie seit ihrer Schulzeit nicht mehr gedacht hatte. War es nicht von Ringelnatz?

22

„Du kümmerst dich um den Großneffen der Svoboda, Manni. Diesen Walter."

„Aber der ist doch erst siebzehn. Und sein Vater ist Stadtrat für Kultur."

„Ja und?" Nowak verdrehte die Augen. „Meinst du, Politikersöhnchen haben von Geburt an weiße Westen?"

Manni zuckte mit den Schultern. Überzeugt wirkte er nicht, aber natürlich widersetzte er sich nicht. Seit Nowak ihn wegen der versuchten EKIS-Abfrage zusammengestaucht hatte, war Revierinspektor Manfred Pribil die Fügsamkeit in Person. Er würde seine Aufgabe so sorgfältig wie möglich erledigen, davon war Nowak überzeugt. „Dann zu dir, Hinnerk. Wie sieht es mit deinem Vermissten aus? Ich hätte große Lust, dich einstweilen von dem Fall abzuziehen, wenn du wieder nichts Neues hast." Schon seit geraumer Zeit hegte Nowak den Verdacht, dass Hinnerk sich in dem stagnierenden Fall häuslich eingerichtet hatte und nichts tat, außer Löcher in die Büroluft zu starren. Was Inspektor Hinnerk Knorr hervorragend konnte.

„Wenn das so einfach wäre, Hanno! Dieser Karl Wedl ist spurlos verschwunden. Die Mutter kann sich nicht erklären, wo er sich aufhalten könnte, sein Chef, der Elektro-Rossmann, kann es sich nicht erklären, und seine Freunde wissen auch nichts oder zumindest sagen sie nichts."

„Wie heißt sein Chef?", fragte Mali.

„Rossmann. Josef, glaub ich. Betrieb für Elektro-Installationen. Der Wedl hat dort eine Lehre gemacht. War anscheinend nicht ungeschickt und recht beliebt bei den Kunden."

„Rossmann? Aber das ist doch …“ Mali schaute aufgeregt in die Runde und begann zu stottern.

Nowak musste sich ein Lachen verkneifen, weil sie immer noch rot wurde, wenn sie vor versammelter Mannschaft das Wort ergriff. Aber in ihrer ersten Woche waren alle nervös. Jedenfalls bemühte sie sich mehr als zehn Hinnerks zusammen. Er lächelte ihr aufmunternd zu. „Das ist … was?“

„Na die Firma, die bei der alten Frau Svoboda kürzlich die Sprechanlage installiert hat, die heißt doch auch …“

„Elektro-Rossmann“, flüsterte Nowak, wie vom Donner gerührt.

„Scheiße“, murmelte Hinnerk und ließ seine Faust auf die Tischplatte niedersausen.

Manni applaudierte.

„Soll ich überprüfen, ob das derselbe ist?“, fragte Hinnerk kleinlaut.

„Das kann Mali machen.“ Bravo, Mädchen, dachte Nowak. Hast ein ausgezeichnetes Gedächtnis und einen Sinn für Zusammenhänge. Aus dir wird einmal eine hervorragende Kriminalistin. Er klopfte ihr anerkennend auf die Schulter. „Finde heraus, wen der Rossmann zur Svoboda geschickt hat. Ob der Karl Wedl selbst dabei war oder ein Freund von ihm. Du kannst gleich damit anfangen, wir sind hier eh fertig.“

Mali freute sich sichtlich, dass ihr ganz allein eine so verantwortungsvolle Aufgabe übertragen wurde. Hochmotiviert zog sie ab. Kaum hatte sich die Tür hinter ihr geschlossen, begann Hinnerk eine bekannte Melodie zu pfeifen. *Gemma Tauberln vergiftn in' Park* von Georg Kreisler. Das hatte ja kommen müssen. Weil sich in dem Lied die Mali aufs Zyankali reimte.

Es genügte ein scharfer Blick von Nowak, um Hinnerks Gepfeife abzuwürgen. „Gerade du solltest dich mit Spott zurückhalten. Du hast auf allen Ebenen versagt. Ihr alle, meine Herren. Da muss eine kommen, die noch grün hinter den Ohren ist, damit hier endlich mal was weitergeht! Was treibt ihr eigentlich den lieben langen Tag? Wacht auf!"

Betretene Stille kehrte ein, die Blicke waren gesenkt. Hinnerk murmelte etwas wie „Anfängerglück".

Nowak trug ihm auf, das ganze bisherige Leben des Karl Wedl zu sezieren. „Wie war er in der Schule? Welche Hobbys hat er? Ist er in einem Verein? Was für Stammlokale besucht er? Freunde? Freundinnen? Liebschaften? Alles kann wichtig sein." Das würde ihn eine Weile beschäftigen und ihm hoffentlich eine Lehre sein.

Sichtlich geknickt zischte Hinnerk ab, kam aber nach wenigen Augenblicken wieder zurück und hielt Nowak zwei DIN-A4-Blätter unter die Nase. „Ist gerade reingekommen. Der Abschlussbericht von der Bartenstein."

Nowak setzte sich die Lesebrille auf und überflog die Schlussfolgerungen der Gerichtsmedizinerin. „Soweit nichts Neues", murmelte er. „Dass die Svoboda mit einem weichen Strangwerkzeug erwürgt wurde, wussten wir schon." Er las weiter und erstarrte. „Was?" Las die betreffenden Zeilen noch einmal, aber da stand es schwarz auf weiß, Irrtum ausgeschlossen. „Das gibt's ja nicht!"

„Was ist?", fragte Manni.

„Die Svoboda hat vor ihrem Tod noch Sex gehabt."

„Was? Aber die war doch steinalt", sagte Hinnerk.

„Sechsundachtzig. Und gehbehindert", sagte Manni.

Nowak schluckte. „Laut Laborbericht gab es Spermaspuren an ihrem Nachthemd."

„Was für ein Schwein macht sowas?“, fragte Hinnerk.

„Es war doch eine Vergewaltigung oder könnte sie freiwillig ...“ Mannis ganzes Gesicht wurde so rot wie seine Pickel.

„Lässt sich leider nicht mehr feststellen“, sagte Nowak. Natürlich eine Vergewaltigung, dachte er. Nur einen winzigen Augenblick lang fragte er sich, ob er sich aus Neid nichts anderes vorstellen konnte? Gönnte er einer sechsundachtzigjährigen Rollstuhlfahrerin kein befriedigendes Sexualleben? Dann schob er den Gedanken weg.

„Jedenfalls gut für uns“, sagte Nowak. „Hinnerk, geh zur Mutter unseres vermissten Karl Wedl und bitte sie um eine Haarbürste ihres Sohnes.“ Wäre doch ein großartiger Wochenausklang, wenn die DNA des Burschen mit den Spermaspuren übereinstimmen würde. Dann müssen wir ihn nur noch finden und zu einem Geständnis bewegen, dachte er zufrieden und verließ den Besprechungsraum.

Auf dem Weg zu seinem Büro, begann das Handy in seiner Brusttasche zu vibrieren. Er las den Namen auf dem Display und sein Herz schaltete vor Freude in einen höheren Gang. Gleich darauf begann er, aus Sorge zu schwitzen. Sie würde doch nicht die morgige Verabredung absagen?

„Was gibt's, Honeybunny?“

Kim räusperte sich. „Ja, also ähm ...“ Sie musste sich erkältet haben. Ihre von Natur aus tiefe, kehlige Stimme war in den Keller gerutscht. „Herr Major?“

Verdammtes Wirtshaus, das war nicht Kim. „Wer sind Sie? Was machen Sie mit dem Handy meiner ...“

„Inspektor Arpad Lakatos, Polizeiinspektion Eisenstadt, Neusiedlerstraße.“

„Um Gottes willen, ist etwas passiert? Ein Unfall? Ist Frau Newrkla verletzt?"

„Machen Sie sich keine Sorgen, Herr Major, Frau Newrkla geht es bestens. Na ja, bestens ist vielleicht übertrieben. Genau genommen ist sie ein bisschen derangiert. Hat sich ein bisschen aufgeregt, ein bisschen das Büro der Abteilung Eigentumsdelikte verwüstet, weil die Kollegen ihr den zweiten Anruf nicht erlauben wollten. Obwohl der natürlich das gute Recht eines jeden Festgenommenen ist. Da werden die Kollegen wohl noch einiges zu hören kriegen. Zum Glück konnte ich vermitteln ..."

„Was ist passiert?", brüllte Nowak lauter als beabsichtigt. „Das erzählt sie Ihnen am besten selbst", sagte Lakatos in beneidenswerter Seelenruhe.

Kims Stimme klang, als wäre sie um ihr Leben gerannt. Sie erzählte, dass sie von einer Polizeistreife aufgegriffen worden sei. Dass man sie für ein Mitglied einer berüchtigten Einbrecherbande halte, die seit einigen Wochen ihr Unwesen in Eisenstadt treibe. Dabei habe sie nur ganz harmlos eine Villa beobachtet und ein paar Fotos gemacht.

„Du hast was?"

„Das Haus von Jana Pechtold observiert, wie Carla es mir aufgetragen hat. Offensichtlich hat mich eine Nachbarin angezeigt und dann haben mich diese Grobiane verhaftet, in den Streifenwagen bugsiert und in ihr scheußliches Büro gesperrt. Einer hat meinen Bruno beschlagnahmt, und das Handy haben sie mir auch weggenommen."

„Wer ist Bruno?"

„Mein Auto natürlich! Keine Ahnung, wo sie ihn hingebracht haben. Ich durfte nur ein einziges Mal telefonieren und Carla ging nicht dran. Dich durfte ich nicht mehr anrufen, da bin ich ausgerastet. Hab ein paar Sachen an die Wand geworfen. Zum Glück gibt es den reizenden Arpad. Der hat mir geholfen."

So, so. Der fesche Arpad Lakatos hatte seinen Charme spielen lassen.

„Aber ich kann Carla nicht erreichen, obwohl wir stündlich Kontakt halten wollten. Jetzt mache ich mir große Sorgen um sie. Und dieses Pack nimmt mich nicht ernst! Die halten das für eine Ausrede!"

Carla also. Wieder einmal hatte Gruppeninspektorin Bukowski ihre verdammten Finger im Spiel. Nowak krallte seine Finger um das Mobiltelefon, als wollte er es erwürgen.

„Dieser Tiroler Dickschädel ermittelt noch immer und du lässt dich da hineinziehen?" Er nahm sich kein Blatt vor den Mund. Führte Kim vor Augen, wie krank Carla sei, und dass es keinen Fall gebe. Das sei nur Hirnwichserei! Die einzige Gefahr, in der Carla sich befinde, gehe von ihr selbst aus. Das müsse eine so bodenständige, lebenskluge, wunderbar warmherzige Frau wie sie, Kim, doch um Himmels willen erkennen.

Er gab den Worten Zeit, ihre Wirkung zu entfalten, und zweifelte keine Sekunde daran, dass Kim ihren Fehler einsehen würde, dass sie klein beigeben und ihn bitten würde, ihr aus der Bredouille herauszuhelfen. Was er natürlich liebend gern getan hätte.

Aber so konnte man sich täuschen. Die bodenständige, lebenskluge, wunderbar warmherzige Frau verwandelte sich in kochende Lava und eruptierte. Sie machte ihm klar, dass es genau zwei Möglichkeiten gab. Entweder er würde ihr jetzt zuhören, ihrem Hausverstand vertrauen und Carla zu Hilfe kommen. Oder es habe sich ausgehoneybunnyt. Und weil es ihm die Sprache verschlagen hatte, sprudelte sie im

Schnellverfahren hervor, was Carla alles herausgefunden hatte: die durch einen Laserpointer ausgelösten Unfälle der einstigen Schulfreunde; das Attentat auf den Sänger Jo Fuchs, ebenfalls ein ehemaliger Freund; die Vorgeschichte mit dem erfundenen Missbrauch; das verpatzte Leben des unschuldig verurteilten Lehrers; sein Abschiedsbrief, der bei einem seiner Angehörigen Rachegefühle geweckt hatte; bei seinem Bruder oder seiner Exfrau; oder bei beiden zusammen.

„Ich tippe auf die Exfrau, weil der Bruder ein Alibi hat“, sagte Kim zum Abschluss. „Und ich fürchte, Carla ist in ihrer Gewalt. Hilfst du ihr jetzt oder muss ich zuerst einen schriftlichen Antrag stellen, damit einer von euch endlich sein Gehirn einschaltet und den Arsch aus dem Bürosessel hievt?“

Nowak schluckte, während die Vorwürfe in seinem Kopf nachhallten. Er riss den obersten Hemdknopf auf, weil er das Gefühl hatte, keine Luft zu bekommen. Sollte an Kims Ausführungen wirklich etwas dran sein? Er knirschte mit den Zähnen. Zugeben, dass er sich geirrt hatte, gehörte nicht zu seinen Stärken. Und klein beigeben, wenn er nicht einmal von seinem Irrtum überzeugt war, erst recht nicht. Aber er begriff natürlich, dass er aus beziehungstaktischen Gründen keine andere Wahl hatte.

„Bin schon unterwegs“, sagte er und nahm sich vor, diesmal hart durchzugreifen. Wenn Carla nicht hören wollte, musste sie eben fühlen. Eine angedrohte Dispensierung würde sie bestimmt zur Vernunft bringen. Und Kim würde sich schon beruhigen, wenn er ihr tief in die Augen blickte und sie in die Arme nahm.

Zuversichtlich schmiss er sich in die Lederkluft, schwang seinen Hintern auf sein Royal Enfield-Schätzchen und tuckerte Richtung Eisenstadt. Nach dreißig Kilometern steuerte er eine Raststation an. Er tankte, kaufte sich zwei Schokoriegel und aß sie auf. Als er weiterfahren wollte, gab der Motor plötzlich nur noch ein metallisches Klappern von sich und starb ab. Die Maschine ließ sich nicht wieder in Gang setzen. Weder ein stummes Stoßgebet Nowaks änderte etwas daran, noch ein rumpelstilzchenartiger Wut-Tanz um das Motorrad.

„Kruzitürkn!", brüllte er.

Das Doppelkinn der wasserstoffblonden Lenkerin, die an der Tanksäule daneben gerade ihren BMW aufgetankt hatte, geriet vor Entrüstung ins Wabbeln. Ihre vorgewölbten Froschaugen erinnerten ihn an einen bereits verblichenen Fernsehkommissar. Harry, wir brauchen den Wagen, dachte er. Im selben Moment hatte er eine rettende Idee.

Bukowski hatte den Kaffee – vielleicht den stärksten ihres Lebens – in drei großen Schlucken hinuntergestürzt, obwohl er viel zu heiß war und schauderhaft schmeckte. Sie hatte sich Zunge und Gaumen verbrannt und begann heftig zu schwitzen. Auf der Stirn, zwischen den Brüsten und im Nacken bildete sich ein Film aus Schweiß. Sogar auf ihrem Handrücken sonderten die Poren feine Schweißperlen ab. Einen Augenblick lang fragte sie sich, ob die Pechtold, die aus dem Zimmer gestürzt war, um zu telefonieren, etwas in ihren Kaffee gemischt hatte. Aber ihr war weder schlecht noch schwindlig, nur ihr Herz war losgaloppiert und hatte die Körpertemperatur hinaufgetrieben, als wollte es ihr einen Vorgeschmack auf Klimakteriumsbeschwerden zukommen lassen.

Im Kopf fühlte Bukowski sich hellwach, fast ein bisschen überdreht, gleichzeitig schien ihr Körper schlappzumachen. Wenn sie den heutigen Tag überstanden haben würde, musste sie sich endlich richtig ausschlafen, wenn nötig mit der doppelten Dosis der rosa Pillen.

Der Gedanke an Schlaf ließ ihre Müdigkeit erst recht mit Macht hervorbrechen. Sie war so erschöpft, dass sie die Zuckerdose auf dem Wohnzimmertisch plötzlich doppelt sah.

Beunruhigt drehte sie den Kopf. Auch der Schrank wurde von einem zweiten Schrank überlagert. Die rechte Schrankwand wölbte sich nach innen, als sei sie konkav. Bukowski schloss die Augen. Öffnete sie wieder. Jetzt sah alles wieder normal aus und Jana Pechtold kam zurück. Sie lächelte seltsam verzerrt.

Bukowski lächelte zurück. Sie freute sich, dass sie nur eine Jana Pechtold sah. Und plötzlich musste sie wieder an die tote Taube denken. Die Erinnerung war so intensiv, dass sie sogar das monotone Gurren des verwitweten Taubenpartners zu hören glaubte. Die Pechtold bewegte die Lippen, als gurre sie. Nein, sie murmelte etwas. Ein Gedicht? Aber bevor Bukowski die Worte verstehen konnte, bewegte sich der Arm, den die Pechtold bisher auf dem Rücken versteckt hatte, rasend schnell auf ihre Schläfe zu.

Etwas Hartes traf Bukowskis Kopf. Schmerz gleißte auf, er flimmerte kurz vor ihren Augen, bevor gnädigerweise der Vorhang fiel.

23

Obwohl sie Jois von einem Heurigenbesuch kannte und die Kellergasse auf Anhieb fand, konnte sie kein Haus mit der Nummer 55a entdecken. Wegen der brütenden Nachmittagshitze waren alle Fenster und Türen geschlossen, die Rollläden heruntergelassen und die Gassen menschenleer. Nur ein alter Mann mit Hut war unterwegs. Er hatte eine kindskopfgroße Wassermelone gekauft und transportierte sie im Korb seines Rollators nach Hause. Anscheinend war er schwerhörig. Jana musste aussteigen und ihm die Frage ins Gesicht schreien.

Der Alte deutete hinter sich. Sagte, sie habe wohl übersehen, dass sich die Kellergasse teile. Hinter dem grünen Traktor vom Bogovich hätte sie rechts abbiegen müssen. Dort verlaufe der schmälere Ast der Gasse. Die Nummer 55a sei das letzte Anwesen auf der linken Seite.

Jana bedankte sich und stieg wieder in den Wagen.

„Was wollen S' denn da?", rief er zum Autofenster hinein. „Das ist ja dem Linauer Gustl sein Weingut, aber der Gustl hat schon vor zwei Jahren den Löffel ..., gell? Und die Linauerischen Buben, die wollen alles verscherbeln. Aber den Preis, den kann ja keiner ..., gell?" Er rieb Daumen und Zeigefinger aneinander. „Jetzt steht's leer und verlottert. Oder wollen Sie vielleicht ...?"

Jana hatte nicht zugehört. Sie wendete und fuhr los, sah den gestikulierenden Alten im Rückspiegel rasch kleiner werden.

Ihr Herz schlug schnell, trotzdem fühlte sie keine Angst, als sie sich dem aufgelassenen Weingut näherte, nicht einmal Aufregung. Es war, als befände sie sich außerhalb ihres Körpers, eine unbeteiligte Beobachterin, die einen Auftrag ausführte.

Das Anwesen bestand aus einem typischen Streckhof, dessen Verwahrlosung an vielen Details deutlich wurde. Am desolaten Dach und den zerbrochenen Fensterscheiben zum Beispiel, am vergilbten Weiß und dem bröckelnden Putz. Rechts vom Wohnhaus war ein alter Weinkeller in den Hang eingelassen, links davon befand sich ein hölzernes Tor. Es hing schief in den Angeln und stand so weit offen, dass Jana leicht hineinfahren konnte. Sie stellte ihren Hyundai neben einer dunklen Limousine mit einem Wiener Kennzeichen ab, einem Mietwagen, wie aus der Buchstabenkombination MW ersichtlich war.

Kaum war sie ausgestiegen, schien *er* vor ihr aus dem Boden zu wachsen, obwohl sie sicher war, Sekunden zuvor niemand in der Einfahrt gesehen zu haben. Er ging gebückt und seltsam steif, als hätte er Probleme mit den Bandscheiben. Trotz der Hitze trug er ein Baumwollhemd und darüber einen blauen Overall. Falten hatten sich wie Gebirgsbäche in die graue Gesichtslandschaft eingegraben. Sie und der schneeweiße Bürstenhaarschnitt ließen Herbert Tobisch weit älter aussehen als Anfang sechzig. Beinahe greisenhaft.

Einen Moment lang dachte Jana, dass sie sich einfach auf ihn stürzen könnte; ihn niederringen; ihn mit seinem eigenen Gürtel fesseln, wie sie es heute schon einmal gemacht hatte; die Kinder befreien und nach Hause fahren.

Bis ihr Blick auf die Waffe in seiner Rechten fiel. Im selben Moment hob er sie und zielte auf ihre Brust.

Sie versteifte sich, als er sie mit seiner freien Hand abtastete. Vor lauter Angst um die Zwillinge hatte sie nicht einmal daran gedacht, ihr Multifunktionstool einzustecken. Jetzt war sie froh darüber. Nur das Handy und den Schlüsselbund nahm er ihr weg und verstaute beides in einer Tasche seines Overalls. Mit einer knappen Bewegung des Pistolenlaufs scheuchte er sie hinters Haus, zum Tor einer Lagerhalle. Er öffnete die Tür und stieß Jana hinein.

Im kühlweißen Licht der Leuchtstoffröhren eröffnete sich der Raum vor ihr wie eine Bühne. Bis auf das Gerümpel im Eingangsbereich war er fast leer und wirkte dadurch riesig. Etwa in der Mitte der Halle standen fünf übermannshohe Edelstahlbehälter, wie man sie zur Lagerung von Wein verwendete. Den Bottichen gegenüber befanden sich ein Tisch, zwei Stühle und ein braunes Cordsofa, das schon bessere Tage erlebt hatte. Aber auf dem Sofa saßen ihre Schätze und lebten. Als Jana in ihre Gesichter sah, hatte sie das Gefühl, aufzuwachen. Bisher hatte sie sich in einer Art Trance befunden, einem emotionslosen Zustand, in dem sie wie eine Maschine funktionierte. Jetzt drängten die Gefühle mit Macht zurück. Mit einem Aufschrei stürmte sie an Tobisch vorbei, auf das Sofa zu.

„Mama!" Paulina sprang auf und wollte ihr entgegenlaufen. Aber Sophie blieb sitzen. Und weil die Füße der beiden aneinandergefesselt waren, kippte Paulina nach vorn und fiel auf den Betonboden.

Jana war schon über ihr. Sie half ihr, aufzustehen, küsste das aufgeschürfte Knie, küsste die Tränen von ihren Wangen. „Paulina, mein Schätzchen, wie geht's dir? Ist alles in Ordnung? Seid ihr okay? Hat er euch wehgetan?"

Ohne Paulinas Hand loszulassen, wandte sie sich Sophie zu, die immer noch kerzengerade und wie festgeklebt auf dem Sofa saß. Jana legte ihren freien

Arm um sie, küsste sie aufs Haar und für Augenblicke hatte sie das Gefühl, Sophie erwidere ihre Liebkosung. Dann schlich sich wieder die übliche Distanz in Form von Kühle ein und Jana wich einen Schritt zurück.

„Stimmt es, was er uns erzählt hat?", fragte Sophie. Ihre Augen waren groß und klar wie Glasmurmeln und im Inneren flackerte der Vorwurf als helle Flamme.

„Was?", würgte Jana hervor. Natürlich wusste sie auf Anhieb, was Sophie meinte. „Nein, es stimmt nicht. Es war alles ganz anders."

Herbert Tobisch beobachtete die Szene mit schief gelegtem Kopf. „Ach so? Anders?" Er fuchtelte mit der Pistole vor Janas Gesicht herum. „Dann hast du also keinen Meineid geschworen, Johanna? Hast mich nicht eines Verbrechens bezichtigt, das ich nie begangen habe? Vermutlich habe ich die acht Jahre Knast nur geträumt!"

„Jo hat mich belogen. Er hat uns alle belogen", sagte Jana zu Sophie, obwohl sie Tobisch meinte. „Oliver, Lisa und ich hätten nie mitgemacht, wenn wir gewusst hätten, dass es nur um seine Versetzung geht. Um zwei Noten!" Sie drehte den Kopf, suchte Tobischs Blick. Das Weiße in seinen Augen war blutunterlaufen, die braune Iris schmutzig, zerfurcht, irgendwie mitleiderregend. Aber die Pupillen glichen schwarzen Löchern, bodenlosen Abgründen, die Jana ins Verderben ziehen wollten. Rasch wandte sie den Blick wieder ab. „Aber er hat uns eingeredet ..."

„Willst du behaupten, du kannst nichts dafür?" Tobischs Stimme zitterte. Vor Wut? Vor Verachtung? „Wie praktisch, wenn man jemandem die Schuld geben kann, der nicht mehr lebt!"

Jana schlang die Arme um ihren Körper. „Jo ist ... tot? Haben Sie ihn ..."

„Ich habe nur seine Karriere beendet. Schien mir die größtmögliche Strafe. Gesprungen ist er selbst. Er war schon immer ein Feigling."

Sie hatte das Gefühl, auseinanderzufallen. Sie hätte so gern alles erzählt. Von Alice und der Magersucht. Von Jos Lüge, die er so perfekt eingefädelt hatte. Von ihrem Bewusstsein, dass sie etwas Verbotenes taten, etwas Verbotenes, das trotzdem richtig war. Gerecht. Aber an den harten Linien von Tobischs Lippen erkannte sie, dass er ihr nicht glauben würde. Dass es zu spät war für Erklärungen.

„Antworte! Willst du mir allen Ernstes sagen, dass du nichts dafür kannst?"

„Nein ... ich ... Ich bin schuldig", murmelte sie. „Schuldig", sagte sie lauter. „Und ich würde alles tun, wenn ich es rückgängig machen könnte." Aus dem Augenwinkel sah sie das Entsetzen in den Gesichtern der Zwillinge. Die Furcht. „Machen Sie mit mir, was Sie wollen. Aber lassen Sie die Mädchen frei. Die beiden haben nichts getan. Sie sind unschuldige Kinder, die ..."

Tobisch rammte den Lauf der Pistole gegen Janas Brustbein. „Unschuldige Kinder, was?" Er versetzte ihr einen Stoß, der sie mehrere Schritte zurücktaumeln ließ. „So unschuldig wie meine Nina? Soll ich dir erzählen, wie das mit meiner Nina war?" Er wartete ihre Antwort nicht ab. „Sie hat es nicht mehr ausgehalten. Die Scheidung, die Tatsache, dass ihr Vater angeblich ein Perverser war, das Mobbing durch die Mitschüler, den Verlust der Freunde." Er ging vor dem Sofa auf und ab, in kurzen, abgehackten Schritten. „Mein Verbrechen war wie ein Rucksack randvoll mit Schuld, den sie ständig mit sich herumgeschleppt hat. Bis er ihr zu schwer geworden ist. Trotz Umzug, trotz Schulwechsel konnte sie ihn nicht ablegen. Immer war die Schuld schon da, wo sie auch hingegangen ist. Sie klebte an Nina wie ein schlechter Geruch. Ein Geruch, der nie mehr abgeht, dem mit keiner Seife der Welt beizukommen ist." Sein Adamsapfel rollte auf und ab. „Sie hat sich vor die S-Bahn geworfen, im zweiten Bezirk, zwischen den Stationen Praterstern und Traisengasse. Vor einen Zug, der nach Gänserndorf fuhr. Der Lokführer hat noch gesehen, wie sie den Kopf auf die Schienen gelegt hat. Er hat sofort gebremst."

Die Abgründe hinter den Pupillenlöchern schienen tiefer zu werden.

„Es war ein heißer Sommertag, der Himmel blau, wolkenlos. Wie heute. Ninas Kopf wurde abgetrennt und weggeschleudert. So weit weggeschleudert, dass die Polizei ihn suchen musste. Aber sie fanden ihn nicht." Tobischs Stimme wurde immer leiser, wurde zu einem Flüstern. „Sie konnten ihn nicht finden. Was sie gefunden haben, war nur ein blutiger Ball mit einer zermatschten Stelle, dort, wo das Gesicht sein hätte sollen."

Jana wollte Paulina trösten, die heftig schluchzte, aber Tobisch schubste sie weg. Er drückte sie auf einen der Stühle und fesselte ihre Arme mit Kabelbindern an die Lehnen.

Dann wandte er sich Sophie zu und zückte ein Messer. Jana schrie auf, aber er durchtrennte nur Sophies Fesseln. Sophie wehrte sich nicht. Sie weinte nicht, sondern warf Jana einen langen Blick zu. Jana erschrak. Es war nicht der Blick einer Zehnjährigen, sondern der einer alten Frau.

Tobisch zerrte Sophie zu den Edelstahlbehältern. Die Weinlagertanks waren über zwei Meter hoch, ihre marmorierte Oberfläche wies Gebrauchsspuren auf.

Vermutlich stammten sie noch aus den Beständen des ehemaligen Weinguts. In Bodennähe besaß jeder Behälter eine ovale Öffnung, durch die ein schlanker Erwachsener den Tank zu Reinigungszwecken betreten konnte. Jana erinnerte sich, dass diese Öffnung „Mannloch“ hieß, so hatte es ihr einmal ein Winzer erklärt. Die Deckel der Mannlöcher standen offen.

Mit vorgehaltener Waffe befahl Tobisch Sophie, in den vordersten Bottich zu klettern. Er schloss den Deckel, verriegelte ihn und drehte die Schraube fest. Jana ballte ihre Hände zu Fäusten. Sophie war in einem ausrangierten Weintank, eingesperrt wie ein Tier. Den donnernden Geräuschen zufolge trat sie mit den Füßen gegen die Wände ihres Gefängnisses.

Als Tobisch die weinende Paulina in den Behälter daneben sperrte, zerrte Jana wie wild an ihren Fesseln. Natürlich erreichte sie nichts. Nur, dass die Kabelbinder in ihre Handgelenke schnitten und sie sich die Haut blutig schabte.

Mit wenigen Worten erklärte Tobisch ihr, wie er sich ihre Strafe vorstellte: Er werde beide Tanks mit Wasser füllen. Die Mädchen, die – soviel er wisse – gute Schwimmerinnen seien, würden so lange am Leben bleiben, bis die Tanks voll seien. Es daure ziemlich genau fünfunddreißig Minuten, bis das Wasser den oberen Rand der Tanks erreiche, er habe es mehrfach gestoppt. Die Kinder hätten dann noch wenige Minuten, bis sie ertrinken würden. Sie, Jana, müsse auf ihrem Stuhl sitzenbleiben und könne nichts dagegen tun.

Jana schrie. Sie heulte. Sie flehte. „Nein! Bitte! Nicht die Mädchen! Nehmen Sie mich! Foltern Sie mich, ertränken Sie mich! Machen Sie, was Sie wollen. Aber lassen Sie die Kinder gehen!“ Verzweifelt versuchte sie, durch den Tränenvorhang den Ausdruck seiner Augen zu erkennen.

Er legte die Pistole auf den Tisch. „Hör schon auf zu heulen“, sagte er, zog ein Taschentuch aus einer seiner Taschen und wischte ihr übers Gesicht. „Also gut, Johanna. Ich bin ja kein Unmensch.“

Ihr Herz stolperte. Die Hoffnung war ein schnell sprießendes Unkraut. Paulina, Sophie. Er hat Mitleid, dachte sie. Er wird ihnen nichts tun, dachte sie und das Unkraut reichte bis an ihre Brust, doch er sprach bereits weiter.

Weil er kein Unmensch sei, werde er bloß eine ihrer Töchter töten. Das Leben eines Kindes für das Leben seiner Nina, das sei mehr als großzügig und es sei auch gerecht.

Janas Herz hatte ausgesetzt. Sie vergaß zu atmen. Sie hing an Tobischs Lippen. Sah ihre Bewegung wie in Zeitlupe, sah ihn das Ungeheuerliche aussprechen, das Unvorstellbare. Hörte es. Verstand es nicht.

„Was?“, fragte sie. „Was haben Sie gesagt?“

„Ich sagte, eine darf leben. Und dass es mir egal ist, welche. Dass es deine Entscheidung ist, Johanna. Du bestimmst, ob du Sophie oder Paulina herausholen willst, Paulina oder Sophie.“ Er verzog seine Lippen. War das ein Lächeln?

„Nein“, flüsterte sie. „Nein!“, schrie sie. „Warum? Warum die Kinder?“

„Das Ausmaß der Strafe hängt mit der Größe der Schuld zusammen, das ist dir doch klar?“ Er war jetzt ganz der Lehrer von damals. Zeigefinger, dozierender Tonfall. „Ich habe immer gewusst, dass Lisa und Oliver bloß Mitläufer waren. Strafe musste natürlich trotzdem sein. Sie haben mit ihrem Leben bezahlt, weil sie Pech hatten. Hätten sie Glück gehabt, wären sie mit Verletzungen davongekommen. Vielleicht sogar mit dem Schrecken.“ Er schmatzte leise. „Das mit Lisas Mann und ihren Kindern tut mir leid. Da ist es mir gegangen wie den Amerikanern in Vietnam. Die wollten auch bloß den Wald entlauben und nicht, dass Hunderttausende vietnamesischer Kinder als Spätfolge von Agent Orange missgebildet zur Welt kommen. Collateral damage haben sie es genannt, und das trifft auch auf die Hirmers zu.“

Jana suchte Bedauern oder irgendeine andere menschliche Regung in seinen Augen, aber da war nichts. Nur die verzogenen Lippen. Ein Lächeln, das im Lauf der Jahre kaputt gegangen war.

„Für Jodokus und dich musste ich mir härtere Strafen ausdenken. Ihr wart die Köpfe des Ganzen. Keine glückliche Fügung sollte euch zu Hilfe kommen. Jodokus sollte für den Rest seines Lebens den Verlust seiner Sangeskraft bedauern müssen. Das vorzeitige Ende der Karriere war die größtmögliche Strafe für ihn. Leider hat der Feigling schon nach wenigen Tagen gekniffen.“ Tobisch lachte grimmig auf. „Deshalb habe ich mir für dich etwas Besseres ausgedacht. Du wirst mit der Schuld weiterleben müssen, dass du – du ganz allein – eine deiner Töchter in den Tod geschickt haben wirst. Und du wirst nicht kneifen können, weil du für das andere Kind da sein musst.“

Erst jetzt begriff Jana, dass er es ernst meinte. Obwohl sie an ihren Stuhl gefesselt war, hatte sie das Gefühl, zu fallen. Sie öffnete den Mund zu einem Schrei, der im Ansatz krepierte. Nur ein ersticktes Keuchen kam aus ihrer Kehle.

Ihr Geist hätte sich gern verabschiedet, in eine Ohnmacht, in den Wahnsinn, den Tod, aber ihr Körper funktionierte weiterhin. Er schwitzte, er fror, er schmerzte. Sein Antrieb war ins Stolpern geraten, aber im Übrigen ratterten die Rädchen der Maschinerie gnadenlos.

Und dann drehte Herbert Tobisch den Wasserhahn auf, und die Stoppuhr, die er vor Jana auf den Tisch legte, begann zu ticken.

Als Bukowski aufwachte, lag sie am Boden, und der Schmerz hinter ihren Schläfen pochte dumpf und regelmäßig. Ihr war kalt. Sie brauchte einige Augenblicke, um sich zu orientieren. Das grün-grau-gelb gestreifte Webstück unter ihr war ein Teppich. Vermutlich war er nach einer schwedischen Insel benannt, jedenfalls klebten Hundehaare daran. Er gehörte also ins Wohnzimmer von Jana Pechtold, dieser Irren, die sie niedergeschlagen hatte. Warum?

Bukowski wusste es nicht. Wie lange sie bewusstlos gewesen war, wusste sie auch nicht. Augenblicke? Minuten? Eine halbe Stunde?

Im Garten bellte der Hund, dessen Name ihr nicht einfiel. Sonst war es still. Von der Pechtold nichts zu sehen. Irgendetwas stimmt nicht mit der, dachte Bukowski. Sie hatte so verkrampft gewirkt, so innerlich erstarrt und gleichzeitig hypernervös. Als wäre sie auf Nadeln gesessen und hätte auf etwas gewartet. Auf ein Ereignis, das durch Bukowskis Ankunft torpediert worden war.

Der Schmerz unter der rechten Schläfe schwoll an. Sie wollte hinfassen, konnte aber die Arme nicht bewegen.

Zum Teufel, sie war gefesselt. Ihre Hände waren mit einer Art Riemen auf dem Rücken zusammengebunden und an einem Bein des Wohnzimmertischs fixiert.

Als sie sich aufsetzte, schwindelte ihr und vor ihren geschlossenen Augen blitzte es. Aber nach ein, zwei Minuten, in denen sie sich nur aufs Atmen konzentrierte, stabilisierte sich ihr Kreislauf. Sie rutschte unter den Tisch, soweit es die Fesselung zuließ, und nahm eine hockende Position ein. Dann versuchte sie, sich hochzudrücken und den massiven Tisch mit ihrem Rücken anzuheben. Einen Sekundenbruchteil war alles in der Schwebe, der Tisch war zu schwer, er drohte in seine Ausgangslage zurückzufallen. Da dachte sie an Jana Pechtold, diese zierliche, nervöse junge Frau, die Bukowski, eine gestandene Gruppeninspektorin des Landeskriminalamts, mir nichts, dir nichts überwältigt und in diese erniedrigende Lage gebracht hatte. Der Zorn über die Erniedrigung wurde übermächtig und Bukowski schaffte es, den Tisch einen halben Zentimeter weiter nach oben zu hieven. Das genügte. Er geriet aus dem Gleichgewicht und kippte nach hinten. Dabei wurden Bukowskis Arme nach oben gerissen, es schmerzte, aber sie schaffte es, die gefesselten Hände über das Tischbein auszufädeln. Nun musste sie nur noch den Riemen lösen, der so fest einschnitt, dass ihre Finger bereits taub wurden. Erfreulicherweise ließ er sich dehnen. Sie drehte ihre Handgelenke hin und her, drückte, spannte und zog, bis sie die Rechte aus der Schlinge ziehen konnte.

Mit einem Triumphschrei streifte sie die Fessel – einen Gürtel aus Kunststoff – ab, reckte sich, streckte sich und rieb ihre Finger, bis sie kribbelten.

Ihr nächster Gedanke galt Kims Walther. Sie tastete den Hosenbund ab und stellte erleichtert fest, dass die Waffe noch da war. Nur die Pechtold selbst glänzte durch Abwesenheit.

Was hat sie vor?, fragte Bukowski sich. Wo ist sie hin?

In der Garage gähnte Leere, wo zuvor der blaue Hyundai geparkt hatte. Jana Pechtold war also ausgeflogen und es gab keinen Hinweis auf ihren Verbleib. Oder doch?

Bukowski ignorierte die pochende Schläfe, die nässende Wunde darüber und den Kopfschmerz, sie versuchte sich zu erinnern. Die Pechtold hatte einen Anruf bekommen und war mit verbissenem Gesichtsausdruck aus dem Wohnzimmer gelaufen. Wohin? Nicht in die Küche, nicht ins Bad und auch nicht ins Kinderzimmer. Nein, ins Arbeitszimmer, da war Bukowski sicher. Der Raum war tipptopp aufgeräumt, nur ein einsamer Kugelschreiber lag am Boden, als hätte ihn jemand so unachtsam auf den Schreibtisch gelegt, dass er wieder hinuntergerollt war. Jemand, der es eilig hatte. Jemand, der den Stift dazu benutzt hatte, etwas auf dem Notizblock zu notieren.

Der Block lag neben dem zugeklappten Notebook. Bukowski begutachtete ihn. Um sicherzugehen, nahm sie einen Bleistift aus der Ablage und schraffierte das oberste Blatt. Sie tat es aus Mangel an besseren Ideen, nicht, weil sie sich etwas davon erwartete. Umso mehr staunte sie, als tatsächlich eine Schrift zum Vorschein kam: *Jois, Kellergasse 55a.*

Vor Aufregung begann ihr rechtes Lid zu zucken. Alles in ihr schrie, dass sie dort hinfahren müsse. Sofort. Dort würde sie Jana Pechtold finden. Und Herbert Tobisch. Und ...

Plötzlich ging ihr ein Licht auf. Sie japste nach Luft.

Die Zwillinge! Deshalb war die Pechtold so nervös gewesen. Herbert Tobisch hatte ihre Kinder entführt und ihr befohlen, sich nicht an die Polizei zu wenden.

Es galt, keine Zeit zu verlieren. Bukowski rannte zum Nachbarhaus, läutete Sturm und zückte ihren Dienstausweis.

Eine junge Frau um die dreißig öffnete. „Ah, Sie kommen sicher wegen meiner Anzeige!“

Bukowski erfuhr, dass die Frau, eine gewisse Liliane Huber, Kims Observierungseinsatz fehlinterpretiert hatte. Wenigstens wusste sie jetzt, dass Kim in Sicherheit war. In der größtmöglichen Sicherheit sozusagen. In wenigen Sätzen erklärte sie, warum sie hier war. Jana Pechtold – Entführung – Gefahr im Verzug – Handy verloren.

„Bitte leihen Sie mir Ihres“, sagte Bukowski. Liliane Huber wurde zwar käsebleich vor Schreck, war aber zum Glück von rascher Auffassungsgabe. Sie händigte Bukowski ihr Smartphone aus, ohne mit der Wimper zu zucken.

„Janas Exmann. Haben Sie seine Nummer?“

„Der Martin, ja, ist eingespeichert. Für alle Fälle. Wenn einmal was mit den Mädels ...“ Sie schlug die Hand vor den Mund.

„Kümmern Sie sich um den Hund!“, rief Bukowski über die Schulter, lief zu ihrem Wagen und fuhr los. Ihre Finger zitterten, aber es gelang ihr, auf dem Handy der Frau Huber Martin Pechtolds Nummer aufzurufen, während sie mit überhöhter Geschwindigkeit auf die Bundesstraße auffuhr. Nach mehrmaligem Klingeln meldete sich ein gewisser Hansi Djuric, ein Mitbewohner von Martin. Bukowski fiel ein, dass es sich um eine Künstler-WG handelte. Der Martin sei nicht da, sagte Djuric, er komme erst am Abend wieder.

Bukowski fragte nach Paulina und Sophie.

Die Mädels? Aber die habe der Martin doch schon gestern Abend bei der Mutter abgeliefert. Da sei er immer sehr akkurat, weil seine Ex sonst einen Mordsaufstand mache. Mit der sei nicht gut Kirschen essen, wenn es um die Kinder gehe. Sonst vermutlich auch nicht, sagte Djuric und lachte.

Also doch, dachte Bukowski. Die Entführungstheorie erhärtete sich.

Sie trat das Gaspedal durch und wählte die 112. Sie nannte Namen und Dienstgrad und forderte Verstärkung an. „Alle verfügbaren Einheiten nach Jois, in die Kellergasse 55a. Und das EKO Cobra werden wir auch brauchen, Kollege. Es handelt sich um einen mehrfachen Mörder. Er ist bewaffnet, gefährlich und hat zwei Kinder und ihre Mutter in seiner Gewalt."

Verdammt! Bukowski legte eine Vollbremsung hin. Der weiße Opel vor ihr mit Hamburger Kennzeichen hatte ohne Vorwarnung angehalten. Erst im Nachhinein setzte er den Blinker, um rechts abzubiegen.

Bukowski drückte ihre Handfläche auf die Hupe und ließ sie dort, bis der lahme Hanseate den Hintern seiner Familienkutsche endlich aus der Bahn geschafft hatte. Dann gab sie Gas.

Das Wasser kam. Es kam von oben, mit hohem Druck. Es kam mit einem Prasseln, das von den Metallwänden hin und her geworfen wurde und nach Weltuntergang klang.

Sophie wich dem Strahl aus und holte Luft, als wäre es das letzte Mal. Als stünde sie schon kurz vor dem Ertrinken.

Sie hatte vorhin alles gehört. Und ihr war klar, was das bedeutete. Der Schweinemann hatte ihr Todesurteil ausgesprochen. Sie würde ertrinken und das war in ihrer Vorstellung kein angenehmer Tod. Warum konnte er sie nicht wenigstens erschießen, wenn sie schon sterben musste? Das ginge schnell und wäre relativ schmerzlos. Warum flößte er ihr nicht eine Überdosis Schlaftabletten ein? Im Kakao?

Sie horchte in sich hinein. Seltsamerweise war ihr nicht nach weinen zumute. Vielleicht, weil sie schon nachts ausgiebig Tränen vergossen hatte, im Dunkeln, als Paulina geschlafen hatte. So viele Tränen, dass nicht mehr viele übrig waren. Vielleicht auch, weil sie schon die ganze Zeit mit dem Schlimmsten gerechnet hatte.

Allerdings hatte sie damit gerechnet, dass sie beide sterben mussten. Zusammen. Sie hatten kurz hintereinander das Licht der Welt erblickt und es wäre nur gerecht gewesen, wenn sie auch kurz hintereinander ...

Nein. Sie wollte diesen bösen kleinen Gedanken nicht zu Ende denken. Er war aus Neid entstanden, und Neid war eine verachtenswerte Eigenschaft. Sie wollte nicht neidisch sein. Lieber wollte sie sich darüber freuen, dass wenigstens Paulina überleben durfte. Bestimmt würde sie Blumen an Sophies Grab bringen und mit Tomlinson und Mama jeden Tag zum Friedhof spazieren. Und irgendwann, in zehn, fünfzehn Jahren, würde sie ihren Kindern von der so tragisch verstorbenen Zwillingsschwester erzählen, von Sophie, die gern Tante geworden wäre und es leider nicht erleben durfte.

Mist verdammter, jetzt heulte sie doch! Als wäre es hier nicht nass genug. Das Wasser reichte ihr schon bis zu den Knien. Leider war es lauwarm, sonst wäre sie vielleicht erfroren, bevor sie ertrinken konnte.

Dass Mama sich für Paulina entscheiden würde, war vollkommen klar. Schon immer hatte sie Paulina bevorzugt. Ihr rosa Prinzesschen mit den unschuldigen Rehleinaugen. Ihr verhätscheltes Schätzchen, das so sensibel war. Viel öfter krank, viel öfter verängstigt oder verweint als die robuste Sophie. Es war verdammt beschissen ungerecht, aber irgendwie auch logisch. Und nein, sie war Paulina nicht böse. Die konnte ja nichts dafür, dass sie gutgläubig, naiv und dadurch eben so liebenswert war. Dass sie Mama voll Inbrunst um den Hals fiel und gern mit ihr kuschelte, während sie, Sophie, einen Stock im Arsch hatte, wie der fiese Kevin aus der 1 c einmal gesagt hatte. Paulina *war* so, sie spielte es nicht. Sie ging auf Fremde zu, mochte jeden, der freundlich zu ihr war, und jeder mochte sie. Verständlich, dass Mama sie auswählen würde, nicht die schwierige Miss Neunmalklug, die alles hinterfragte. Vermutlich hätte nicht einmal Sophie selbst sich für Sophie entschieden!

Nein, sie konnte auch ihrer Mutter nicht böse sein. Böse war sie nur auf den Schweinemann. Seit er nicht mehr in einem geblümten Sommerkleid steckte, seine grobporige Haut nicht unter einer Schminkeschicht verbarg und keinen falschen Busen umgeschnallt hatte, wusste sie, dass das Schwein ein Mann war, obwohl das natürlich keine Rolle spielte. Was zählte, war nur die Tatsache, dass dieser Mann eine Bestie war. Vielleicht war er sogar verrückt. Er redete zwar vernünftig, aber Sophie wusste, dass man nicht jedem Menschen seine Verrücktheit ansah oder sie zwischen seinen Worten heraushören konnte.

Natürlich fand sie es schlimm, was er erzählt hatte, als er Paulina und sie vom Weinkeller in die Lagerhalle gebracht hatte. Dass Mama sein Leben zerstört haben sollte. Sie fand es sogar sehr schlimm und konnte es sich gar nicht richtig vorstellen. Aber auch wenn es der Wahrheit entsprach – was hatten Paulina und sie damit zu tun? Mit einem Unrecht, das lange vor ihrer

Geburt geschehen war? Nichts! Der Schweinemann hatte kein Recht, seine Wut an ihnen auszulassen.

Nicht einmal an Mama darf er sie auslassen, dachte Sophie. Schließlich sind wir nicht in Amerika oder China oder in einem dieser anderen Entwicklungsländer, die es noch immer nicht geschafft haben, die Todesstrafe abzuschaffen.

Die Gedanken drehten sich in ihrem Kopf, immer schneller, immer wilder, sie sprangen hin und her und Sophie ärgerte sich darüber. Sie war drauf und dran, zu sterben, sie würde die nächste Stunde nicht überleben, und womit beschäftigte sich ihr Gehirn? Mit Schrott. Müsste man kurz vor dem Tod nicht etwas Bedeutendes denken? Sich in Ruhe vom Leben verabschieden? Vielleicht ein Gebet sprechen?

Nein, kein Gebet. Seit Pater Benno, der neue Religionslehrer, gesagt hatte, dass Gott allmächtig sei, dass er sich aber trotzdem nicht in das Geschehen auf der Erde einmische, mochte Sophie Gott und Pater Benno nicht mehr.

„Obwohl er nur mit dem Finger schnippen müsste, um Tausende Menschen vor einem Erdbeben, einer Flut, einer Hungerkatastrophe, einem Krieg zu bewahren?", hatte sie gefragt. „Obwohl ihm das ganz leichtfallen würde, macht er es nicht? Macht es nicht, sondern schaut bloß zu?"

„Genau", sagte der Pater. „Weil er uns, seinen Geschöpfen, die freie Entscheidung überlässt."

„Und die afrikanischen Babys, die im Mutterleib mit Aids infiziert werden, weil ihre Mütter beim Sex keine Kondome verwenden, damit sie mehr Geld von ihren Freiern bekommen?", hatte Sophie zurückgefragt. „Welche Entscheidungsmöglichkeiten haben die?"

Pater Benno hatte nicht geantwortet. Er war beim Wort „Sex“ zusammengezuckt, als sei es unanständig, dabei war es doch in einer ganz ernsthaften Reportage über Burundi vorgekommen.

Also kein Gebet, entschied Sophie. Das Wasser reichte ihr jetzt bis zur Hüfte und in ihrem Hals bildete sich ein Klumpen. Sie war allein in einem nassen, nach Wein stinkenden, dunklen Gefängnis. Mutterseelenallein. Mama würde sie nicht retten, aber das durfte Sophie ihr nicht übelnehmen, schließlich war Mama schon vom Alltag überfordert. Von allmächtig keine Spur. Gott dagegen, Gott nahm sie es übel. Sie stellte ihn sich als alten Mann vor, der im gerippten Unterhemd vor seinem Fernseher saß und sich die großen und kleinen Schandtaten anschaute, die auf der Erde passierten, mit einer Bierflasche in der einen, einer Packung Chips in der anderen Hand. Ungerührt. Vielleicht belustigte es ihn sogar, wenn seine Geschöpfe sich gegenseitig die Schädel einschlugen? Vielleicht lachte er darüber, wie man über einen hoffnungslos schlechten Kandidaten bei einer Castingshow lacht?

Als das Wasser ihre Brust erreichte, fühlte Sophie, dass der Klumpen im Hals größer wurde und der Zorn zurückkam. Der Zorn über die Ungerechtigkeit der Welt. Sie boxte gegen die Wand des Metallbehälters, bis ihre Fäuste schmerzten und Tränen in ihre Augen traten.

Als das Wasser ihr Kinn erreichte, begann sie aus einem Reflex heraus Schwimmbewegungen zu machen. Der Lebenswille in ihr übernahm das Ruder und sie schwamm, obwohl sie wusste, dass es sinnlos war. Und mit dem Schwimmen verging der Zorn. Nur der Klumpen im Hals blieb übrig – ein Klumpen aus Todesangst.

Sophie hätte schreien mögen, brüllen, nach ihrer Mama rufen, sie betteln: „Nimm mich! Wähle mich aus, nicht Paulina! Hol mich hier raus und ich tue alles, was du willst!" Aber sie konnte den Mund nicht öffnen, weil sie sonst Wasser geschluckt hätte. Nur ein Wimmern kam aus ihren zusammengepressten Lippen, und sie hasste dieses Wimmern und die Angst und dass sie Paulina den Tod wünschen musste, um selbst eine Chance zu haben.

Janas Augen wanderten zur Stoppuhr, deren Zeiger unerbittlich vorrückten. Jedes Ticken klang wie eine Detonation. Schon achtundzwanzig Minuten vergangen. Noch sieben übrig. Sie stellte sich vor, wie ihre Kinder mit den Armen ruderten, wie sie Wasser traten, Wasser schluckten. Ihre Angst stellte sie sich vor, Todesangst, sie war von einem fahlen Grün, war längst auf Jana übergesprungen und ließ ihr Herz pumpen, bis es fast zersprang.

Sie schwitzte. Von oben bis unten war sie nass, als wäre auch sie in einen Wasserbehälter geworfen worden. Nur ihr Mund drohte, auszutrocknen.

Sie musste eine Entscheidung treffen, sonst würden beide Mädchen sterben.

Paulina oder Sophie? Sophie oder Paulina?

Paulina.

Nein, Sophie.

Sophie.

Oder doch Paulina?

Sie musste einen Namen nennen, eine Tochter aus dem Wasser befreien.

Und die andere? Zum Ertrinken verurteilen?

Er zwingt mich, dachte sie. Er ist schuld. Dass die andere stirbt, ist allein seine Schuld.

Paulina, dachte sie. Paulina war hilfloser, ängstlicher, liebesbedürftiger, verspielter, anschmiegsamer.

Oder Sophie? Sie war willensstärker, erwachsener, kritischer. Immer fühlte sie sich benachteiligt. Immer warf sie Jana vor, Paulina lieber zu mögen.

Und hat sie vielleicht nicht recht? Stimmt es etwa nicht? Bin ich nicht tatsächlich eine ungerechte Mutter? Ja, ich bin parteiisch, dachte sie. Und ich kann es nicht einmal besonders gut verstecken.

Sophie. Sie würde Sophie auswählen. Zum Ausgleich. Als Wiedergutmachung.

Und Paulina? Konnte sie die arme, ängstliche, hilflose Paulina einfach aufgeben?

„Nein!“, schrie sie. „Nein, ich kann das nicht! Nein!“

Herbert Tobischs Gesicht war eine Maske aus Gips. „Entscheide dich, sonst sterben beide“, sagte er. Sein Herz – wenn er eines hatte musste – aus Stein sein.

„Ich spiele dieses Scheißspiel nicht mehr mit! Erschieß mich! Aber dreh das Wasser ab. Dreh es ab!“ Mit zu Krallen gekrümmten Fingern wollte Jana sich auf ihn stürzen. Sie vergaß dabei, dass sie gefesselt war. Ihr Stuhl kippte auf Tobisch zu.

Er packte sie grob an den Schultern. Brachte den Stuhl in seine Ausgangslage zurück und verpasste ihr eine Ohrfeige. „Du hältst dich an die Regeln. Wenn nicht, werden beide sterben. Zwing mich nicht dazu!“

Die Uhr tickte. Ihr Sekundenzeiger raste voran, je länger Jana ihn anstarrte, umso schneller bewegte er sich.

Nur noch vier Minuten. Bald waren die Behälter voll, das Wasser überall. Wasser und Panik und Ersticken und Tod.

Sie musste einen Namen nennen.

Paulina oder Sophie?

Sophie oder Paulina?

Sie krallte ihre Finger in die Armlehnen des Stuhls.

Tu was. Entscheide. Mach!

Paulina.

Sophie.

Nein, Paulina, Paulina.

Beide!

Falsche Wahl. Beide heißt Tod, Tod für alle.

Zwei Minuten. Ihr Blick flackerte zwischen der Uhr und den Edelstahlbehältern hin und her. Sie wimmerte. Sie schloss die Augen. In ihrem Kopf sah sie die Köpfe ihrer Kinder untertauchen, beide gleichzeitig, wie in einer morbiden Aufführung von Synchronschwimmerinnen.

„Entscheide dich!", brüllte Tobisch. „Die Fässer sind voll!"

Und dann brach es aus ihr heraus wie der Todesschrei eines wilden Tiers. „Sophie!" schrie sie. „Gib mir Sophie!"

Aus dem Augenwinkel sah sie das Lächeln in Tobischs Gesicht, sah eine Klinge blitzen. Mit zwei schnellen Schnitten durchtrennte er die Kabelbinder, steckte das Messer weg und nahm wieder die Pistole an sich.

„Beeil dich", herrschte er Jana an, zog sie vom Stuhl hoch und schubste sie zum vordersten Behälter. „Schraube lösen. Deckel drehen. Nicht so lasch, fester!"

Jana spürte ihre Hände kaum, die Plastikfesseln hatten die Blutzufuhr unterbunden. Sie zerrte am Deckel des Mannlochs. Nichts passierte. Warum passierte nichts? Der Deckel ließ sich nicht abnehmen.

„Nach innen treten, los! Mit ganzer Kraft!"

Sie hob das rechte Bein. Trat zu. Es zischte. Wasser schoss heraus, ein nicht versiegen wollender Schwall

Wasser. Und dann, nach endlosen Minuten sah sie Sophie, prustend, hustend. Aber sie lebte. Gott sei Dank, sie lebte. Jana bekam einen Arm zu fassen und zog daran. Sie war dabei, Sophie aus der Öffnung zu zerren, als sie bemerkte, dass Tobisch nicht mehr hinter ihr stand.

Sie drehte den Kopf. Sah ihn sich auf den Eingang der Halle zubewegen und mit der Pistole fuchteln. Entdeckte eine bekannte Gestalt: die Kripotante. Carla Bukowski.

Sie schrie etwas. Dann fiel ein Schuss. Aber darum konnte Jana sich nicht kümmern.

Jetzt oder nie. Sie ließ Sophies Arm los und stürzte zum zweiten Behälter. Löste die Schraube. Drehte den Deckel. Trat zu, als trete sie den Schädel ihres Peinigers ein.

Wasser schwappte. Noch mehr Wasser. Und dann – nach Augenblicken? Minuten? gefühlten Stunden? – sah sie Paulinas Fuß. Ihren verdrehten Körper. Den Kopf.

„Paulina“, flüsterte Jana.

Aber ihr Schätzchen bewegte sich nicht. Sie hustete nicht und spuckte kein Wasser, weil kein Leben mehr in ihr war. Panisch vor Angst zog Jana den kalten Körper aus dem Tank. Es dauerte viel zu lang. Endlich schaffte sie es. Sie legte Paulina auf den Boden, überstreckte ihren Kopf. Mit übereinandergelegten Händen drückte sie auf Paulinas Brust. Zuerst vorsichtig, dann immer kräftiger. Dabei zählte sie. Sie zählte und drückte, mit der Absicht, nicht aufzuhören, bis Paulina die Augen aufschlug. Bis sie Wasser spuckte und zu atmen begann. Oder bis sie, Jana, tot über ihr zusammenbrechen würde.

Bukowski erblickte die Lagerhalle und wusste sofort, dass sie da drin waren. Sie pirschte zum Tor, zückte

Kims Walther und presste ihr Ohr an die Holzlamellen. Es war vollkommen still und sie befürchtete schon, zu spät gekommen zu sein. Dann hörte sie eine raue Männerstimme, die Worte verstand sie nicht. Kurz darauf schrie Jana Pechtold „Sophie!“, und noch einmal „Sophie!“

Das Drama spitzte sich zu. Bukowski konnte nicht auf die Verstärkung warten. Der Eingang, ein Holzflügeltor mit einem Metallrahmen, war unversperrt. Vorsichtig drückte sie die Klinke hinunter und öffnete die Tür nur so weit, dass sie durchschlüpfen konnte.

Das Licht in der Halle war dämmrig, ihre Augen mussten sich erst daran gewöhnen. Im Eingangsbereich stand Gerümpel herum – ein schrottreifer Rasenmäher, drei alte Weinfässer aus Holz, die zu einer Pyramide aufgetürmt waren, weiter vorn eine Palette mit leeren Flaschen. So schnell wie möglich suchte sie hinter den Weinfässern Deckung. Dann lugte sie am Rand des oberen Fasses vorbei und versuchte, sich einen Überblick zu verschaffen.

Als erstes fiel ihr Blick auf die riesigen Behälter aus Edelstahl. Vor dem vordersten kniete Jana Pechtold und wühlte in seinem Inneren herum. Wasser strömte heraus und bildete auf dem unebenen Hallenboden Pfützen. Hinter der Pechtold stand Herbert Tobisch. Bukowski erkannte seine Gesichtszüge von Fotos, erschrak aber darüber, wie alt er aussah. Und noch mehr über die Pistole, die er auf den Rücken der Pechtold gerichtet hatte.

Verflucht, dachte sie. Wenn es auf eine Schießerei hinauslief, hatte sie mit Kims Kriegsrelikt keine Chance. Wo blieben nur die Kollegen? Sie spitzte ihre Ohren, hoffte auf Rotorengeräusche des Cobra-Helikopters. Umsonst. Es half nichts, sie musste näher ran.

Während die Pechtold offensichtlich versuchte, ein Kind aus dem Behälter zu ziehen, verließ Bukowski die Deckung und huschte ein paar Meter weiter, um sich hinter die Paletten mit den Flaschen zu kauern.

Da drehte Tobisch den Kopf und sah sie.

Er zögerte nur einen Augenblick, dann kam er auf sie zu.

„Stehenbleiben! Werfen Sie die Waffe weg!", schrie Bukowski, doch Tobisch reagierte nicht.

Wie es ihr in der Polizeischule eingetrichtert worden war, gab sie zuerst einen Warnschuss in die Luft ab. Und es passierte, was passieren musste: Obwohl sie sich mit dem Rücken an der Mauer abstützte, wurde sie zur Seite geschleudert. Die Walther fiel ihr aus der Hand, sie selbst stieß mit dem Kopf gegen eine der Paletten. Dummerweise erwischte es genau die Stelle, auf die vorhin der Bumerang der Pechtold gekracht war. Die Wunde platzte wieder auf, ein scharfer Schmerz durchzuckte Bukowskis Schläfe und vor ihren Augen flimmerten farbige Punkte. Bis es ihr gelang, die Punkte wegzublinzeln, war Herbert Tobisch schon viel zu nah.

Warum schießt er nicht?, fragte sie sich. Ein besseres Ziel konnte sie nicht bieten. Aber anstatt einfach abzudrücken, bückte er sich nach ihrer Walther. Im letzten Augenblick streckte Bukowski ihr Bein durch und versetzte ihr einen Tritt, der sie außer Reichweite schlittern ließ.

Jetzt war Tobisch über ihr und hielt ihr die Mündung seiner Pistole vors Gesicht.

Blitzartig schnellte ihr Arm nach oben, während sie die Augen schloss.

Der Schuss krachte, gleichzeitig wurde die Waffe nach oben weggeschleudert. Gasgeruch breitete sich aus, aber die Ladung hatte ihr Ziel verfehlt. Von ihrem Erfolg angestachelt, rappelte Bukowski sich hoch und verpasste Tobisch einen Tritt. Doch er drehte die Hüfte und ihr Fuß kickte ins Leere.

Im nächsten Augenblick entdeckte sie das Messer in seiner Hand. Die Klinge war nur kurz, aber sie zielte auf ihren Bauch. Sie hatte keine Zeit mehr, seinen Arm wegzuschlagen, konnte nur ihren Unterarm zwischen Bauch und Klinge bringen. Die Messerspitze bohrte sich in die Armmuskeln und wurde gleich wieder herausgezogen.

Der brennende Schmerz brachte Bukowski dazu, alle Reserven zu mobilisieren. Reserven, die sie gar nicht hatte.

Verdammt, er ist bloß ein alter Mann, dachte sie. Ein kraftloser Greis, blind vor Hass. Reiß dich gefälligst zusammen!

Sie trat gegen sein Knie. Aber wieder war der Greis schneller als erwartet und wich aus. Und wieder stach er zu.

Diesmal konnte sie ihren Oberkörper rechtzeitig zurückbiegen. Mit der Handkante schlug sie auf seinen Messerarm, als wollte sie ihn entzweihacken.

Er schrie auf und ließ das Messer fallen. Scheppernd fiel es zu Boden.

Ihre Freude darüber war verfrüht, denn Tobisch trat ihr die Beine weg. Noch während sie zu Boden ging, warf er sich auf sie und hockte sich auf ihren Brustkorb. Sie boxte ihn in die Seite, in den Magen. Unbeeindruckt legte er seine Hände um ihren Hals und drückte zu. Sie wehrte sich verbissen, aber ihre Kräfte erlahmten rasch.

Die Luft wurde knapp.

Sie riss die Augen auf.

Sah sein Gesicht verschwimmen, die Falten, die Tränensäcke, die knollige Nase, den Leberfleck über dem rechten Jochbein; sah plötzlich die tote Taube vor sich, ihr hellgraues Federkleid, den dunklen Halbmond im Nacken, die verkrümmten Zehen; hörte das monotone Gru-gru des verwitweten Taubenvogels; dachte: nichts. Und war drauf und dran, ins Nirwana hinüberzugleiten.

Als Sophie mit dem Kopf gegen die obere Begrenzung des Bottichs gedrückt wurde und das Wasser plötzlich überall war, in ihren Augen, ihren Ohren, ihrem Mund, hörte sie ihren Namen. Wie durch eine dicke Daunendecke, aber deutlich. Mama hat mich gerufen, dachte sie, und dachte, dass es vermutlich Einbildung war, vielleicht schon der beginnende Todeskampf.

Sie schloss die Augen und horchte nach innen, auf ihren Herzschlag, der sich über das Rauschen des Wassers erhob wie ein Metronom. Ein Metronom, das jemand viel zu schnell eingestellt hatte.

Sie wusste, sie würde bald Luft holen müssen, Luft, die es nicht gab, und würde vor Verzweiflung Wasser in ihre Lungen saugen. Und dann wird es wehtun und du wirst sterben, aber es wird bald vorbei sein, dachte sie.

Da bemerkte sie, dass sich etwas verändert hatte. Sie wurde nach unten gesaugt und hörte nicht auf, mit den Armen und Beinen zu rudern. Plötzlich war wieder Platz über ihrem Kopf, sie konnte den Kopf über den Wasserspiegel heben und Luft holen. Es machte nichts, dass sie dabei auch Wasser schluckte, nur ganz wenig, und dass sie husten musste. Der Wasserspiegel sank immer schneller. Bald spürte sie den Boden des Behälters unter ihren Füßen und eine Hand, die nach ihr tastete. Mama. Sie hörte Mamas Stimme. Mamas

Hand zerrte an ihrem Arm, sie wollte sie aus dem Loch ziehen. Es gelang ihr nicht und es tat weh, aber auch das machte nichts. Und plötzlich war die Hand weg, die Stimme verstummt, Mama gegangen.

Sie hat *mich* gewählt, dachte Sophie. Mich, nicht Paulina. Sie konnte es nicht glauben. Musste sich kneifen, um sicher zu sein, dass sie nicht träumte oder tot war. Sie brauchte zwei, drei Minuten, um zu sich zu kommen, den letzten Wassertropfen auszuhusten, wieder normal zu atmen und sich aus der Pfütze, die im Behälter verblieben war, zu erheben.

Sie lebte. Sie war tropfnass und fror, aber sie lebte und konnte eigenständig aus dem Loch kriechen. Als sie wieder den Betonboden der Halle unter ihren Füßen hatte, sah sie sich um.

Mama war damit beschäftigt, Paulina aus dem zweiten Bottich zu zerren. Sie legte den kleinen Körper auf den Boden, bearbeitete Paulinas Brust und zählte laut. Wiederbelebung nannte man das. Paulina ist tot, dachte Sophie. Meinetwegen ist sie tot. Weil ich es ihr gewünscht habe. Weil ich so egoistisch war und Mama angefleht habe, *mich* leben zu lassen. Und weil Gott immer wegschaut.

Ihre Zähne klapperten. Sie wollte heulen. Aber es waren keine Tränen da, nur Zorn. Ein wahnsinniger Zorn auf Gott und auf den Schweinemann, der ihnen das angetan hatte.

Sie sah ihn auf einer großen, dünnen Frau knien und die Frau erwürgen. Sie hatte rotblonde Haare und Sophie hatte sie schon einmal gesehen. War es nicht die Frau von der Kripo? Bestimmt wollte sie helfen, und jetzt wurde sie selbst getötet. Und wenn er mit ihr fertig ist, dann wird er uns alle umbringen, dachte Sophie. Aber das durfte sie nicht zulassen.

Wenige Meter vor sich sah sie etwas Glänzendes auf dem nassen Boden liegen. Eine Pistole. Sie war schwarz mit einem braunen Griff und sah gefährlich aus.

Sophie watete durch die Wasserpfützen und hob die Pistole auf. Schwer und kalt lag sie in ihrer Hand.

In der dritten Klasse hatten sie einmal Besuch von einem Polizisten bekommen. Er hatte ihnen seine Handschellen vorgeführt und jeder, der wollte, durfte seine Mütze aufsetzen. Dann hatte er über die Aufgaben der Polizei gesprochen und ihnen seine Pistole gezeigt. „Meine Dienstwaffe", hatte er sie genannt. Sie sah ein bisschen anders aus als diese hier, aber Sophie erinnerte sich, dass er gesagt hatte, man müsse die Waffe mit beiden Händen halten, zielen und abdrücken.

Es war ganz still. Nur Mamas Zählen war zu hören, das Flackern einer Leuchtstoffröhre und Sophies eigenes Zähneklappern. Mit der Pistole in der Hand ging Sophie auf die Bestie zu, die ihr den Rücken zudrehte. Sie streckte beide Arme vor und zielte auf den Kopf des Schweinemanns.

Sie zitterte, weil ihr so kalt war, und sie musste ihre ganze Kraft zusammennehmen und mit beiden Zeigefingern den Abzug drücken.

Der Knall war ohrenbetäubend.

Sophie wurde weggeschleudert. Zusammen mit der Pistole, die sie nicht losließ, um deren Griff sie ihre Finger gekrampft hatte, als hinge ihr Leben davon ab, flog sie rückwärts durch die Luft und krachte in den Tisch. Ihr Kopf schlug gegen die Tischkante, aber es tat gar nicht weh. Vielleicht, weil da plötzlich ein Berg dunkelvioletter, kuscheliger Watte war, in den Sophie eintauchte. Erst, als die Watte sie ganz umhüllte, lösten sich ihre Finger von der Waffe, die neben ihr in eine Pfütze fiel.

Das Nirwana lockte mit samtener Schwärze und erfreulicher Schwerelosigkeit. Bukowski war drauf und dran, sich fallen zu lassen. Wenn nur das Taubengurren nicht gewesen wäre! Es wurde immer lauter und fordernder. Das war kein Gurren, sondern eine Sirene.

Der Mangel an Sauerstoff im Gehirn bewirkte eine eigentümliche Hellsicht. Die Kollegen, dachte Bukowski. Es gelang ihr, die Finger ihrer Rechten zu strecken und sie wie einen Speer in die Grube unter dem Kehlkopf des Albs zu rammen, der auf ihrer Brust hockte und ihr die Luftzufuhr abschnitt.

Er keuchte und lockerte seinen Griff.

Einen Sekundenbruchteil später krachte ein Schuss.

Der Alb schrie auf. Er wurde von Bukowski heruntergeschleudert.

Die Sirenen kamen näher, sie klangen schon so nah, als führen die Retter direkt durchs Bukowskis Hirn.

Herbert Tobisch sprang auf. Er presste eine Hand auf seine blutende Schulter und rannte erstaunlich schnell zum anderen Ende der Halle. Auch Bukowski rappelte sich hoch. Sie entdeckte eine schmale Tür, die ihr bisher nicht aufgefallen war. Eine Art Hinterausgang, durch den Tobisch soeben entschwand.

Ihm nach, dachte sie. Aber nach drei Schritten wurde ihr schwindlig. Der Tisch, das Sofa, die Stahlfässer, die Wasserlachen am Boden, in denen sich das kalte Neonlicht spiegelte, die Menschen, die wie tot herumlagen, alles drehte sich. Sie wusste nicht mehr, wo oben, wo unten war. Wie eine Betrunkene torkelte sie noch ein, zwei Schritte weiter, dann ging sie mit dem Gesicht voraus zu Boden.

Es knackte, als ihr Nasenbein brach.

Bevor der Schmerz die Großhirnrinde erreichte, wurde Bukowski von der samtenen Schwärze eingeholt.

Und endlich doch noch die ersehnte Schwerelosigkeit!

24
23. August

Ihre Fußsohlen brennen. Sie schwitzt. Sie versucht, in den stechenden Schmerz hineinzuatmen, der ihr wie ein Messer zwischen die Rippen gefahren ist, weil sie schon viel zu lange viel zu schnell rennt. Bukowski ist am Ende, sie kann nicht mehr, aber in ihrem Nacken sitzt die Angst, eine bucklige Alte, die mit ihren fetten Schenkeln Bukowskis Hüfte umklammert und die Fingernägel wie Widerhaken in ihre Schultern bohrt. Die Schenkel der Alten sind stärker als Schmerz und Erschöpfung zusammen, sie treiben Bukowski an, holen die letzten Reserven aus ihr heraus.

Noch fünfzig Meter bis zur Klippe, die wie die Nase eines versteinerten Monstrums in den Nachthimmel ragt. Vor dem Schatten des verkrüppelten Baumes hebt sich Samuels schemenhafte Gestalt ab.

Weiß wie frisch gefallener Schnee schimmert sein Gesicht, als er sich zu ihr umdreht. Seine von Panik bewohnten Augen sind auf Bukowski gerichtet, nein, sie starren durch Bukowski hindurch, starren auf einen Punkt hinter ihr. Jetzt hebt er den Arm, streckt ihn in Richtung dieses Punktes, in dem sich seine Angst manifestiert hat. Die Angst, der er Einhalt gebieten will.

Im Laufen dreht Bukowski den Kopf, um zu erkennen, wovor Samuel sich fürchtet. Aber da ist nichts. Keine Menschenseele, kein Tier, nur der steinige Pfad, der sich in Serpentinen abwärts windet und vom nebelverhangenen Wald geschluckt wird. Ein Schatten schält sich aus dem Nebelwald, etwas Dunkles. Mehr Huschen als umrissene Gestalt. Vage und undefinierbar. Doch noch ehe sie sich fragen kann, womit sie es zu tun hat, ist der Schatten weg.

Zwanzig Meter – Bukowski rennt, so schnell sie kann, zehn Meter – sie rennt noch schneller, fünf Meter – sie zwingt sich zu einem Sprint.

Nur anderthalb Meter – eine Kinderbettlänge – trennen sie von Samuel, als er mit einem einzigen Schritt hinaustritt und im Nichts verschwindet, während Bukowskis Finger vorschnellen, zupacken und sich um dünne Luft schließen.

Als sie von ihrem eigenen Schrei erwachte, war es, als zöge jemand mit einem Ruck die Dunkelheit weg. Sie riss die Augen auf und tauchte ein in blendendes Weiß. Weiß war der Verband an ihrem linken Arm, weiß das Bett, in dem sie lag, weiß die Wände ringsum, auch der Kittel der jungen Frau, die sich über sie beugte, und erst recht die Zähne, die sie beim Lächeln präsentierte.

„Haben Sie schlimm geträumt?", fragte die Weiße. Sie hieß Dr. Gülya Gökhan, hatte eine Stimme wie ein weichgespülter Wollpullover und sagte, dass Bukowski zwölf Stunden geschlafen habe, dass heute Samstag sei und sie sich in Eisenstadt befinde, im Krankenhaus der Barmherzigen Brüder. Ihre Verletzungen seien halb so schlimm. Aber kreislaufmäßig sehe es nicht gerade rosig aus und wegen der Gehirnerschütterung sei es ohnehin klüger, erst am Montag nach Hause zu gehen. „Haben Sie Schmerzen?"

Bukowski wusste es nicht. Ihr Schmerzempfinden schlief noch. Gruppeninspektorin Carla Bukowski, dachte sie und war froh, dass wenigstens das klappte. Vielleicht würde ihr auch noch das Geburtsdatum einfallen, später, nach dem Kaffee, sofern es in diesem Etablissement etwas gab, das diesen Namen verdiente.

Um sich zu vergewissern, dass noch alles an der richtigen Stelle saß, tastete sie ihren Kopf ab. Über die Nase spannte sich ein Verband.

„Die wird schöner, als sie vorher war“, sagte Dr. Gökhan. „Wir haben noch gestern Abend die verschobenen Knochenbruchstücke reponiert. Das haben Sie gar nicht mitbekommen, was?“

Bukowski erinnerte sich vage an ein Knirschen, das in das samtene Schwarz gesickert war, in dem sie sich häuslich eingerichtet hatte. Sie dachte, dass sie keine schönere, sondern am liebsten ihre alte Nase wiederhaben wollte, vor allem die Delle, in die sie so gern die Kuppe ihres Zeigefingers legte, weil es ihr beim Denken half.

Sie tastete weiter, über die Unterlippe. Die war erstaunlich dick und von einem Fremdkörper durchzogen, der sich wie eine Angelschnur anfühlte.

„Die mussten wir mit vier Stichen nähen. Trinken Sie in nächster Zeit nur mit Strohhalm und lachen Sie nicht, dann wird es vermutlich ohne Narbe abgehen.“

Kein Problem, wenn sich die Anlässe zur Heiterkeit so rar machen wie in den letzten Wochen, dachte Bukowski.

„Der obere Schneidezahn, den Sie sich bei Ihrem Sturz ausgeschlagen haben, konnte übrigens reimplantiert werden. Da hatten Sie echt Glück.“

Mensch, Bukowski, dachte Bukowski, was bist du aber auch für ein Glückspilz! Vielleicht solltest du Lotto spielen?

„Sein abgeschlagener Nachbarzahn muss leider so bleiben, wie er ist. Aber so schlimm sieht es gar nicht aus, finde ich“, sagte Dr. Gökhan und präsentierte wieder zwei Reihen perfektes, symmetrisches Weiß. „Das verleiht Ihnen einen Hauch Extra-Charme.“

Sakradi. Bukowski sah ihren Bürokollegen Manni vor sich und stellte sich vor, wie er „meine schöne Jadis" sagen und dabei krampfhaft versuchen würde, nicht auf ihre Vorderzähne zu starren. Fast hätte sie gelacht!

Stattdessen tastete sie über die Stirn und die Schläfen.

„Ah, Sie haben Kopfschmerzen", sagte Dr. Gökhan. „Hab ich es mir doch gedacht! Kein Problem, da kann ich Ihnen helfen." Sie wühlte in der Tasche ihres Kittels und zückte eine Spritze.

Bukowski versuchte, zu protestieren, aber ihr Kehlkopf produzierte nur unverständliche Krächzgeräusche, vermutlich eine Nachwirkung des Würgeversuchs durch Herbert Tobisch. Die Ärztin mit dem perlweißen Lächeln hatte schon die Decke und das Nachthemd zurückgeschlagen und versenkte die Nadel in Bukowskis Oberschenkel.

Einen Wimpernschlag später wurde Bukowski von den geschmeidigen Armen einer Riesenkrake umschlungen und in die Bodenlosigkeit einer Höhle hinabgezogen. Sie wuchs an einem Korallenriff fest und wiegte ihre fleischigen Tentakel in der Meeresströmung. Bunte Fische spielten zwischen ihren vielfingrigen Auswüchsen Verstecken. Sie hätte es noch lange ausgehalten, wenn sich nicht plötzlich eine rosafarbene Duftwolke auf sie herabgesenkt hätte. Es roch so penetrant, dass Bukowski niesen musste, aus der Meereshöhle katapultiert wurde und ...

„Gesundheit!"

Sie erblickte einen überdimensionalen Blumenstrauß. Pastellfarbene Freesien, die – olfaktorisch gesprochen Biggi Weber ausgestochen hätten, die Putzfrau des LKA Wien-West, wenn sie sich nach der Arbeit großzügig mit 4711 übergoss, ohne vorher zu duschen.

Hinter dem Gebüsch kam das gerötete Gesicht Nowaks zum Vorschein und hinter Nowak der Lockenkopf von Kim. Kim strahlte von einem Ohr bis zum anderen, aber in ihren Augen entdeckte Bukowski ein schlecht verborgenes Entsetzen, das sie auf ihr eigenes Aussehen schließen ließ. Ein Blick in den Spiegel war gar nicht mehr nötig.

Die beiden bildeten nur die Vorhut. Auf Kims Zeichen stürmten die Burgenländer Polizistenkollegen das Zimmer, allen voran Arpad Lakatos. Stürmen war in Anbetracht der Schneckenhaftigkeit seiner Bewegungen natürlich pure Ironie. Noch im Über-die-Schwelle-Schreiten wurde er von Josef Ackerls chronischem Leberkäsegeruch überholt. Der mischte sich mit dem Freesienparfum und Bukowski musste ein paar Mal schlucken, um die aufkeimende Übelkeit zurückzudrängen.

Eine Fragenlawine zu ihrem Befinden rollte auf sie zu.

„Habt ihr ihn erwischt?“, fragte sie zurück.

„Negativ“, sagte Nowak. Bukowskis Chef erzählte, er sei nur eine halbe Minute nach den Polizeistreifen aus Neusiedl und Parndorf vor Ort gewesen, weil Kim ihn vorab alarmiert und er nach einer Motorradpanne kurzerhand das Fahrzeug einer deutschen Urlauberin beschlagnahmt habe. „Zu diesem Zeitpunkt war Herbert Tobisch leider schon über alle Berge.“

„Ihr habt ihn entkommen lassen, obwohl er angeschossen war?“

„Tja“, sagte Ackerl. „Nicht einmal das EKO Cobra hat was ausrichten können.“ Empört schnäuzte er sich in sein leberkäseimprägniertes Taschentuch. „Eine Hundestaffel, wenn wir gehabt hätten, dann wär’s anders ausgegangen!“ Leider seien sie zu spät auf die Idee gekommen, Polizeihund Arco von der Kaiserkrone anzufordern. So konnte nur nachträglich festgestellt werden, dass Tobisch sich durch eine Reihe von Nachbarsgärten geschlagen hatte. In der Hasengasse klaute er den alten Volvo einer Rentnerin, die gerade ihren Einkaufskorb ins Haus trug und den Zündschlüssel steckengelassen hatte.

„Den Volvo hat er nach wenigen Kilometern auf einem Supermarktparkplatz abgestellt“, fuhr Nowak fort. „Wie er seine Flucht fortgesetzt hat, wissen wir noch nicht. Vielleicht hatte er einen Komplizen oder er hat vorab ein Fluchtfahrzeug bereitgestellt.“

„Jedenfalls fehlt jede Spur und die Fahndung läuft“, sagte Arpad.

„Den kriegen wir, den Tobisch“, sagte Kim und reckte den Daumen hoch.

Bukowski überlegte, was das „wir“ bedeuten mochte. War es bloß als Solidaritätsbekundung gedacht oder arbeitete sie jetzt auch für die Kripo, womöglich als Medium oder Höhere-Geistwesen-Dolmetscherin? Du hast eine Gehirnerschütterung und stehst unter Drogen, dachte Bukowski, nur so sind derartige Gedanken erklärbar.

„Noch ist es ja nicht sicher, dass es sich beim Täter um Herbert Tobisch handelt“, meinte Nowak. „Auch wenn wir davon ausgehen. Aber wir werden bald Gewissheit haben, denn dank deines Schusses hat er ziemlich viel DNA in Form von Blut hinterlassen und das Labor ...“

„Dank meines ... was?“, fragte Bukowski.

„Deines Schusses. Du musst ihm seine Pistole abgenommen haben, dieses Museumsstück von einer Walther. Und dann hast du ihm eine Kugel verpasst.“

„Aber das ist doch die Pistole von ...“ Bukowski verschluckte den Rest des Satzes, als sie Kims erschrockenen Blick auffing. Natürlich. Manchmal musste die Wahrheit ein bisschen zurechtgebogen werden. In Anbetracht seiner sonstigen Verbrechen würde der unberechtigte Besitz einer Faustfeuerwaffe Tobisch nicht schaden und Kim blieben unangenehme Fragen erspart. Und war es nicht auch egal, wer wirklich geschossen hatte? Vermutlich Jana Pechtold, die Kinder kamen ja wohl kaum in Frage.

„Wem gehört eigentlich die Gaspistole, die wir im Wasser gefunden haben?", fragte Nowak.

„Die hat Kim mir geliehen, damit ich zumindest gefährlich wirke, wenn ich schon keine Dienstwaffe habe", sagte Bukowski und versuchte, ihrer Freundin unauffällig zuzuzwinkern. „Aber jetzt erzählt mir bitte das Wichtigste: Wie geht's den Mädchen?"

„Erstaunlich gut", sagte Kim. „Sophie hat eine Gehirnerschütterung. Sie kann sich nur noch an das viele Wasser erinnern und dass sie aus dem Fass gekrochen ist. Was danach passiert ist, weiß sie nicht mehr."

„Wir haben sie übrigens bewusstlos neben der Walther gefunden", sagte Nowak. „Vermutlich wollte das Kind fliehen, Tobisch hat es niedergeschlagen. Dann hast du auf ihn geschossen, der Rückstoß hat dich weggeschleudert. Der getroffene Tobisch hat die Polizeisirene gehört und ist geflüchtet. War es so?"

„Keine Ahnung", log Bukowski. „Ich habe auch eine Gehirnerschütterung." Wie praktisch, dachte sie. „Aber deine Theorie klingt plausibel." Sie riskierte ein Lächeln, das sie auf halbem Weg abbrach, weil es schmerzte. „Und was ist mit Paulina? Ist sie ..."

„Ihre Mutter hat sie reanimieren können", sagte Arpad. „Drei gebrochene Rippen hat die Kleine, aber ..."

„Was sind schon drei gebrochene Rippen, wenn man dafür dem Tod von der Schaufel springt, was?", fragte Ackerl. „Natürlich sind die Kinder traumatisiert."

„Sie sind übrigens auch hier im Krankenhaus. Zur Beobachtung. Und sie werden psychologisch betreut", sagte Arpad. „Von einer gewissen Dr. Zwerschina, die eine Kapazität sein soll."

Bukowski nickte. Mit Unbehagen dachte sie daran, dass ihr in dieser Hinsicht auch noch einiges bevorstand.

„Wer wird sich eigentlich um die beiden kümmern, wenn sie wieder nach Hause dürfen?", fragte Kim.

„Der Vater", sagte Arpad. „Ein ganz interessanter Bildhauer übrigens. Ist gestern mitten in der Nacht aus Güssing angereist."

„Warum der Vater?", fragte Bukowski. „Was ist denn mit Jana Pechtold?"

„Angeblich spricht sie kein Wort. Die Zwerschina meint, dass die Behandlung eines so schweren Traumas wohl längere Zeit in Anspruch nehmen werde."

„Ist ja auch kein Wunder", meinte Ackerl. „Die Kinder haben uns erzählt, was dieser Teufel sich da ausgedacht hat. Ihre Mutter musste ..." Er tupfte sich mit dem Taschentuch den Schweiß von der Stirn und rang nach Worten. „Unvorstellbar."

Arpad erzählte von den wassergefüllten Edelstahltanks und dem Todesurteil, das die Pechtold fällen musste und das gleichzeitig ihre Strafe sein sollte.

Bukowski schluckte. Sie dachte an Samuel. Bisher hatte sie geglaubt, dass es nichts Schlimmeres geben konnte, als ein Kind durch den erweiterten Suizid des Ehemannes zu verlieren. Jetzt wusste sie, wie sehr sie sich geirrt hatte.

Als ihr die Besucher zu viel wurden, schloss sie einfach die Augen und nach und nach verschwanden sie. Nur Nowak und Kim waren nicht so einfach loszuwerden. Kim erzählte von ihrem missglückten Observierungsversuch. Wie sie festgenommen wurde, weil sie angeblich für eine Einbrecherbande spioniert haben sollte; wie ihr die Beamten ein Telefonat unterschlugen und wie sie deshalb einen mittleren Tobsuchtsanfall bekommen und Teile des Büros verwüstet hatte.

„Komm, ihr fallen schon die Augen zu“, sagte Nowak. „Lass uns gehen.“

„Du wolltest Carla auch noch was sagen“, beharrte Kim.

Nowak druckste herum. Er räusperte sich. Dann nuschelte er etwas von einer Entschuldigung.

„Lauter“, sagte Kim.

„Es tut mir leid, dass ich dir nicht geglaubt habe, Carla. Obwohl die Tatsache, dass die vermeintlichen Unfallopfer Schulkollegen waren, schon sehr für ein Verbrechen sprach.“

Bukowski schwieg. Sie lag wie ein Käfer auf dem Rücken, hielt die Augen geschlossen und lächelte nach innen.

„Ich weiß auch nicht, woran es lag“, fuhr Nowak fort. „Vielleicht an dem erweiterten Suizid in Ottakring, der mir an die Nieren gegangen ist? Oder an dem Mordfall Svoboda? Oder daran, dass ich mir Sorgen um dich gemacht habe? Dein Ausraster mit dem Dienstwagen war ja nicht gerade eine Kleinigkeit.“

„Darum geht es jetzt aber nicht“, sagte Kim.

„Nein, tut es nicht.“ Er räusperte sich. „Was ich sagen will, ist: Danke, Carla. Du hast den Kindern und der Mutter das Leben gerettet. Du hast bewiesen, was in dir steckt. Und die Kollegen lassen ausrichten: Sie vermissen dich. Letzte Nacht gab es eine

Messerstecherei im Zuhältermilieu. Und den Mord und die Vergewaltigung der alten Frau Svoboda müssen wir auch noch zum Abschluss bringen. Obwohl es nur noch eine Formalität ist. Eine der Enkelinnen hat ihren Liebhaber, einen blutjungen Elektriker, zum Mord angestiftet. Weil die alte Frau ihr zur Last gefallen ist. Um seine Auftraggeberin zu demütigen, hat das perverse Schwein die alte Dame noch vergewaltigt, bevor er sie mit ihrem eigenen Schal erwürgt hat." Nowak schnaubte. „Stell dir vor, den wichtigsten Hinweis hat uns die Neue geliefert, die erst ein paar Tage im Dienst ist. Mali heißt sie. Du wirst sie mögen. Aber ich schweife ab, entschuldige Carla." Er senkte die Stimme. „Dabei wollte ich nur sagen, dass wir uns alle sehr freuen, wenn du bald wieder den Dienst antrittst."

„Was? Den Dienst soll sie antreten? In ihrem Zustand? Ja, bist du völlig verrückt?", fauchte Kim.

„Ich meine nur … Wenn sie ihren Resturlaub nicht …"

„Welchen Resturlaub? Sie hat doch noch gar keinen Urlaub gehabt!"

Bukowski musste sich zusammenreißen, um weder zu blinzeln noch zu grinsen. Sie war auf einmal schrecklich müde, ließ sich in das Hörspiel, das ihr geboten wurde, hineinfallen und dämmerte langsam und zufrieden in den Schlaf.

„Tut's noch weh?", fragte Sophie. Dieselben Tabletten, die Paulina gegen das Stechen in ihrer Brust bekommen hatte, waren auch ihr verabreicht worden. Die Kopfschmerzen waren seither verblasst, und Sophie hatte das Gefühl, ihr ganzer Körper sei in Watte gepackt und der Film, in dem sie sich befand, werde langsamer abgespult als üblich.

Paulina antwortete nicht. Seit dem Morgen war sie bedrückt, und das lag nicht an den gebrochenen Rippen. Nicht einmal der Besuch bei Mama hatte sie aufmuntern können. Sie war ihr nicht um den Hals gefallen wie sonst, sondern hatte sie nur ziemlich hölzern begrüßt.

Mama, die aufrecht im Bett gesessen war und einen unbekannten Punkt an der Wand fixiert hatte, waren Tränen über die Wangen gelaufen. Sie hatte nichts gesagt, nur die ganze Zeit stumm geweint. Und beide, die hölzerne Paulina und die stumme Mama, boten einen Anblick, der schwer zu ertragen war.

„Mama wird schon wieder“, sagte Sophie. „Die braucht nur Zeit.“

Paulina stand auf und ging zum Fenster. Sie zog den Vorhang weg und schaute hinaus. „Sie hat dich ausgewählt“, flüsterte sie, als würde sie es nur dem Himmel anvertrauen. Oder dem einzigen Wölkchen, das sich in das unverschämte Blau verirrt hatte. „Sie mag dich lieber.“

„Falsch“, sagte Sophie. Obwohl sie diesen Gedanken selbst schon gedacht hatte. Immer wieder hatte sie ihn gedacht, die ganze letzte Nacht und den halben Tag hindurch. Seit ihre Mutter ihren Namen gerufen, nein, gebrüllt hatte. Mama hat mich ausgewählt, hatte sie gedacht. Mich, nicht Paulina. Ununterbrochen musste sie daran denken, und sie hasste sich dafür. Weil der Gedanke kindisch war und die Freude darüber gemein. „Ganz falsch. Mama hat sich für uns beide entschieden. Niemals würde sie eine von uns im Stich lassen.“

Paulina schwieg. Sie starrte weiter auf das Wölkchen, das unter ihrem Blick zu schrumpfen schien. Bestimmt kam es sich verloren vor.

„Niemals, hörst du? Ist dir das nicht klar? Wir sind schließlich beide aus derselben Eizelle entstanden. Wir sind eins!“

„Blödsinn! Sie hat dich herausgeholt und ich wäre fast gestorben. Eigentlich“, sinnierte Paulina, „war ich schon tot.“

Sophie zwickte ihre Schwester in den Arm.

„Au!“

„Siehst du? Du lebst. Mama hat dich zurückgeholt.“

„Das war bloß Glück. Genauso gut hätte es zu spät sein können.“

„Klar, wir hatten alle Glück. Genauso gut hätte das Schwein uns alle erschießen können. Aber denk doch einmal nach! Es war die einzige Chance, die Mama hatte. Sie konnte uns nicht gleichzeitig rausholen, also hat sie es nacheinander gemacht. Die schlechtere Schwimmerin und Taucherin zuerst. Oder willst du bestreiten, dass du viel länger die Luft anhalten kannst als ich?“ Sophie wusste nicht, ob das der Wahrheit entsprach. Ob Mama wirklich so gedacht hatte. Ob es überhaupt eine Wahrheit gab, oder vielleicht mehrere. Es war eine mögliche Erklärung und sie hörte sich gut an. Ihre Schwester würde sie früher oder später glauben, sie würde sich daran festhalten. Und das war wichtig.

Nicht, weil Paulina ihr leidtat. Oder weil Sophie plötzlich die Gute im ewigen Schwesternkrieg spielen wollte; die Klügere, die nachgab. So weit kommt's noch, dachte sie und schüttelte den Kopf. Nein, sie wollte Paulina trösten, damit sie wieder ihre Rolle spielen konnte, die Rolle der anschmiegsamen Tochter. Und dazu musste sie Mama verzeihen.

„Das hast du dir bloß ausgedacht!“, widersprach Paulina.

„Kannst ja Mama fragen.“

„Wie denn, wenn sie nicht spricht?“

„Nimm sie doch das nächste Mal einfach in den Arm. Vielleicht fängt sie dann schneller wieder zu sprechen an.“

„Glaubst du?“

„Wetten?“ Sophie reckte den Hals. An der Wand gegenüber hing ein Spiegel und sie sah zu ihrem eigenen Erstaunen, dass ihr Gesichtsausdruck dem von Frau Beckmann glich, wenn sie etwas in Mathe erklärte. „Und wenn Mama wieder sprechen kann, dann kann vielleicht auch sonst alles gut werden“, sagte sie und nickte der vermeintlichen Frau Beckmann im Spiegel zu.

„Alles?“

„Alles!“

„Du meinst, dass ...“

Aber Sophie hörte nicht mehr zu. Sie schwelgte in ihrem ganz persönlichen Wunschtraum, einem Gespinst so süß und rosa wie Zuckerwatte, bis ein Klopfen sie herausriss.

Paps! Er hatte nicht nur Paulinas Lieblingsschokolade und Marzipan für Sophie mitgebracht, sondern eine große Sporttasche, die er vorsichtig mitten ins Zimmer stellte. Er tat sehr geheimnisvoll, legte verschwörerisch den Finger auf die Lippen und öffnete den Reißverschluss mit einem Ruck.

Tomlinson sprang heraus. Zuerst stand er bloß da, sah sich um und zitterte. Es war ja auch sein erster Aufenthalt in einer dunklen Tasche gewesen. Doch er fasste sich schnell. Dann schoss er zwischen Paulina, Sophie und Paps hin und her. Dabei wedelte er wie ein Irrer mit dem Schwanz, besser gesagt, der Schwanz wedelte mit Tomlinsons übrigem Körper, und trotz

Papas Ermahnungen bellte er natürlich, was das Zeug hielt. Bis Schwester Annabell mit Gewittermiene über sie hereinbrach und Paps zusammenstauchte. Keine fünf Minuten hatte das Spektakel gedauert, aber es waren großartige fünf Minuten gewesen. Die besten fünf Minuten seit Langem.

Später am Abend, als Annabell das Licht ausmachte und ihnen eine gute Nacht wünschte, versuchte Sophie, wieder in die Zuckerwatte zurückzufinden. Vielleicht wird wirklich alles gut, sagte sie sich, und mit „gut" meinte sie „wie früher" und dass sie wieder alle zusammenleben würden. Als richtige Familie. Mit Paps, Mama, Paulina, Sophie, Tomlinson und – ganz vielleicht – sogar mit einem zweiten Hund. Einem Hund, der Sophie gehören würde. Ich werde ihn Opa nennen, dachte sie, weil eine richtige Familie auch einen Opa braucht. Und bevor die Miesmacherin und Lästerzunge, die in ihrem Kopf wohnte, einwenden konnte, dass zu viel Zuckerwatte schlecht für die Zähne sei, schlief Sophie ein. Mit einem Lächeln auf den Lippen.

„Frau Doktor, wie geht es ihr?"

„Haben Sie wirklich einen Hund ins Krankenhaus geschmuggelt, Herr Pechtold? Sind Sie von allen guten Geistern verlassen?"

Martin Pechtold wischte sich eine lange Haarsträhne hinters Ohr. Seine Kopfschmerzen hatten sich verschlimmert und es fiel ihm schwer, sich nach der durchwachten Nacht zu konzentrieren. „Wissen Sie, was die beiden mitgemacht haben? Sie sind noch nicht einmal elf! Ich wollte sie wenigstens zum Lachen bringen, wenn ich schon sonst nichts tun kann."

„Sie werden noch genug für Ihre Töchter tun müssen, Herr Pechtold. Zum Beispiel für sie da sein in der nächsten Zeit. Sie zu sich nehmen. Können Sie sich das vorstellen?“

„Ja, natürlich. Aber meine Exfrau hat das Sorgerecht. Sie wird nicht …“ Er kratzte sich am Kinn. „Was wollen Sie eigentlich damit sagen? Heißt das, Jana ist …“

Die Ärztin, die ihm nur bis zur Schulter reichte und deren Name ihm nicht einfallen wollte, nahm seine von Gips und anderen Materialien aufgeraute Pranke in ihre beiden samtigen Hände und drückte sie. „Herr Pechtold …“

„Was ist mit Jana? Wird sie nie mehr sprechen können?“

„Nein, nein. Meine Kollegin Dr. Zwerschina meint, dass sie auf alle Fälle wieder in der Lage sein wird, zu kommunizieren. Vielleicht schon in wenigen Tagen, vielleicht erst in ein paar Wochen. Und Dr. Zwerschina ist ein Ass in Sachen Traumatherapie.“

Er entzog ihr seine Hand. „Warum sehen Sie mich dann so besorgt an?“

„Weil Frau Pechtold … weil Ihre Exfrau krank ist. Sehr krank. Sie ist heute Morgen zusammengebrochen. Wir haben sie gründlich untersucht und einen Tumor in der Cervix festgestellt.“ Die Ärztin – Dr. Bökal? – mied seinen Blick. „Also im Gebärmutterhals. Einen ziemlich großen Tumor. Ungewöhnlich für ihr Alter. Sie ist ja erst zweiunddreißig, nicht wahr?“

„Sie hat Krebs?“ Seine Stimme klang heiser, als wäre sie während der medizinischen Erklärung eingerostet. „Was bedeutet das?“

„Die genauen Untersuchungsergebnisse stehen noch aus und ich will Ihnen nicht unnötig Angst machen. Aber es besteht der Verdacht, dass der Tumor gestreut hat und auch eine Niere befallen ist.“

„Metastasen?“ Er flüsterte das Wort, als fürchte er, das Unheil, das es bedeutete, heraufzubeschwören, wenn er es laut ausspräche. „Muss Jana sterben?“

„Wenn die Erkrankung zu weit fortgeschritten ist, dann ...“ Die Ärztin – Dr. Zögman? – stotterte. Sie war nicht geübt im Überbringen von Hiobsbotschaften. War nicht routiniert oder abgebrüht genug, und das war es vielleicht gerade, was sie so sympathisch machte. „Dann wäre es möglich, dass ihr nicht mehr allzu viel Lebenszeit beschieden ist. Obwohl das natürlich ...“

„Wie lange?“

„Das kann kein seriöser Arzt vorhersehen. Und wie gesagt, die Untersuchungen sind noch nicht abgeschlossen. Es wird alles davon abhängen, welche Therapien in Frage kommen und wie sie darauf anspricht.“ Wieder nahm sie seine Hand, drückte sie zweimal und ließ sie wieder los. „Es gibt auf alle Fälle Hoffnung. Jetzt kommen Sie ins Spiel: Frau Pechtold – Jana – wird jede Art von Unterstützung brauchen, die sie bekommen kann.“

Sie sah ihn fragend an. Fordernd. Ein intensiver Blick aus beinahe schwarzen Augen. Martin Pechtold, bist du bereit, dich darauf einzulassen und deiner Exfrau beizustehen?, fragte der Blick.

Er nickte, obwohl er es nicht wusste. War er bereit? War er überhaupt dazu in der Lage? Er hatte keine Ahnung. Die Kopfschmerzen hinderten ihn am Denken. Er wusste nur, dass er es versuchen wollte. „Haben Sie es ihr gesagt?“

„Der Chefarzt hat mit ihr gesprochen, ja. Aber sie steht unter Schock und ich bezweifle, dass es wirklich zu ihr durchgedrungen ist.“

Wortlos drückte er die Hand der jungen Ärztin – Dr. Gökdal? – und im Gehen fiel ihm ihr richtiger

Name ein: Gökhan. Dr. Gülya Gökhan. Als er an Janas Zimmer vorbeikam, zögerte er. Er wollte hineingehen. Ihr sagen, dass sie sich keine Sorgen machen müsse. Aber vermutlich würde sein Anblick sie nur aufregen. Womöglich befürchtete sie, dass er ihr die Kinder wegnehmen wollte. Er ließ es lieber bleiben und beeilte sich, das Krankenhaus zu verlassen.

Als er in seinem Wagen saß, legte er die Stirn auf das Lenkrad. Er dachte an die Geschichte, die ihm die Polizei erzählt hatte. Janas fingierte Missbrauchsanzeige, über die sie nie gesprochen hatte. Der unschuldig verurteilte Lehrer. Janas Schuld. Eine Schuld, die sie vermutlich noch lange verfolgen würde. Er stellte sich ihren Tumor als karfiolartiges Gewächs vor, das sich von dieser Schuld ernährte und für jedes Röschen, das ihm abgeschnitten oder weggebrannt wurde, drei neue fleischige Röschen ausstülpte. Quasi eine Karfiol-Hydra, die bis in die abgelegensten Körperregionen vordrang und in die winzigsten Körperhöhlen hineinwucherte, bis der Körper selbst zum Karfiol wurde. Er stellte sich vor, wie er diesen Riesenkarfiol in stundenlanger Arbeit aus einem Block Kalksandstein meißeln würde. Wie er dann seinen größten Setzhammer nehmen und darauf einschlagen würde, so lange darauf einschlagen, bis nur noch eine Handvoll Staub übrig bliebe.

Vielleicht braucht man gar keinen Hammer, dachte er. Er machte sich noch einmal auf den Weg ins Krankenhaus. Betrat Janas Zimmer. Sie saß aufrecht im Bett und starrte ins Nichts. Er war sich nicht sicher, ob sie ihn wahrnahm, ließ sich aber nicht davon abschrecken. Er setzte sich auf die Bettkante, umarmte sie und hielt sie fest. Wortlos. Sie erwiderte die Umarmung nicht, wehrte sich aber auch nicht dagegen.

Er spürte, wie sich ihr Brustkorb hob und senkte und wie sich sein Atemrhythmus an ihren anpasste, wie sie gemeinsam atmeten, ruhig und regelmäßig. Wie lange er so sitzenblieb, hätte er nicht sagen können. Ein paar Minuten? Oder sieben verpatzte Ehejahre lang? Als er sich sachte von ihr löste, merkte er, dass er geweint hatte. Aber die Kopfschmerzen waren weg, wie von Zauberhand.

Als Bukowski zum dritten Mal an diesem Tag erwachte, dämmerte es schon. Sie fühlte sich kräftiger als am Morgen, dafür war ihre Laune im Keller und das lag nur zum Teil am eklatanten Nikotinmangel. In erster Linie war der „Fall" dafür verantwortlich, an dem sie selbst so lange Zeit gezweifelt hatte. Jetzt konnte sie ihn als geklärt abhaken, aber mit welchem Ergebnis? Herbert Tobisch war auf der Flucht, Jo Fuchs tot, Jana Pechtold und ihre Kinder traumatisiert. Wozu also das Ganze? Was hatte sie erreicht? Sie hatte sich selbst an ihre körperlichen Grenzen gebracht, hatte ihre seelischen Probleme wieder einmal verdrängt – und sonst?

Sie stand auf und schlüpfte in den Bademantel, den Kim ihr zusammen mit Bukowskis Habseligkeiten mitgebracht hatte. Er war lachsrosa mit lila Punkten, eine Handbreit zu kurz, dafür drei Nummern zu weit. Aber er hatte seitlich eine Tasche, in der Feuerzeug und Zigaretten Platz fanden.

Direkt neben dem Eingang des Krankenhauses befand sich ein Aschenbecher. Dort stand ein Mann mit einem Kopfverband. Er balancierte seine Zigarette so lässig im Mundwinkel wie einst Humphrey Bogart in *Casablanca*. Anstelle des Bogart'schen Trenchcoats trug er allerdings einen grünen Morgenmantel, den springende Hirsche zierten. Bukowski stellte sich neben ihn. Während sie sich mit zitternden Fingern die erste Zigarette des Tages ansteckte, setzte er schon zum Smalltalk an. Ohne es zu wollen, erfuhr sie, dass er Leon hieß, Leon Ritter aus Gmunden, und im Burgenland auf Urlaub war.

„Ich hatte einen Fahrradunfall und leider keinen Helm auf. Gehirnerschütterung", sagte er. „Und du?"

„Bukowski", sagte Bukowski und war auf der Hut. Menschen, die gleich zum Du übergingen waren entweder Tiroler oder sie wollten etwas. „Kripo Wien. Kleine Schießerei." Sie legte so viel Rost in ihre Stimme, dass jedem Außenstehenden klar sein musste, niemand außer ihr habe den Kugelhagel überlebt. Damit hielt sie das Gespräch für beendet.

Aber ihr Visavis ließ sich nicht abschrecken. Die Eloquenz des Oberösterreichers kannte keine Gnade. Er interessierte sich für Polizeiarbeit und versuchte, sie nach Strich und Faden auszufragen. Der Typ war nervig zum Quadrat. Als er sie in die Cafeteria einlud, gab sie ihm natürlich einen Korb.

„Überleg es dir. Du willst doch nicht das Casting verpassen!"

„Was?"

„Den Wettbewerb um den welthässlichsten Bademantel." Mit der Zigarette zeigte er auf einen der lila Punkte und tat, als wollte er ein Loch hineinbrennen.

Bukowski wich zurück. „Angesichts deiner springenden Hirsche auf lodengrünem Grund bin ich doch von vornherein chancenlos", konterte sie.

Er lachte so herzhaft, dass sie sich davon anstecken ließ, obwohl sie fest entschlossen war, den Mund nicht zu verziehen. Natürlich platzte die Lippennaht auf und Blut tropfte zwischen zwei der lila Punkte ins Lachsrosa.

Er half ihr mit einem Taschentuch aus. Als er bemerkte, dass sie nichts mehr zu rauchen hatte, teilte er seine Lucky Strike mit ihr. Der Typ mochte ein geschwätziger Macho sein, gewisse angenehme Wesenszüge konnte Bukowski ihm nicht absprechen.

Also doch die Cafeteria. Sie sprachen über Alltagskram. Lauter banales Zeug, das sie kaum interessierte, das aber auch nichts mit irgendwelchen Fällen zu tun hatte oder mit ihren Albträumen. Und schon gar nicht mit dem FURCHTBAREN.

Als sie später im Bett lag, merkte sie, dass es ihr gutgetan hatte.

Sie schnappte sich den iPod vom Nachttisch, den Kim glücklicherweise neben Bukowskis Wäsche und dem Waschbeutel in die Sporttasche gepackt hatte, rief aus der umfangreichen Sammlung von MP3-Dateien ihr Lieblingsstück auf, stöpselte die Kopfhörer ins Ohr und legte sich zurück.

Alban Berg, das Violinkonzert. Sechsundzwanzig Minuten pure Schönheit.

Das Zitat des Bach-Chorals nahm Bukowski mit in den Schlaf: „Es ist genug." Und so war es ja wirklich, zumindest für heute.

25
13. September

Der Tod ist groß. Er muss ein Wiener sein, und ist doch ein Meister aus Deutschland. Anfang und Ende ist er, eine Pforte, die zwei Dimensionen verbindet.

Herbert Tobisch hat die Pforte geöffnet, im Namen der Gerechtigkeit, und heute wird er sie hinter sich zuschlagen.

Kurz vor Mitternacht hat der Wind gedreht. Er kommt jetzt vom Land und bringt den Mief nach faulen Eiern mit, den die Papierfabrik in Mimizan-Bourg in unregelmäßigen Abständen ausdünstet. Er erkennt den Geruch sofort, obwohl er ihm erst einmal begegnet ist, vor einer gefühlten Ewigkeit. Ist es wirklich erst zwölf Monate her?

Neben dem Geruch erinnert er sich in erster Linie an seine damalige Angst. Die Angst vor seinen eigenen Plänen und vor dem, der er werden musste, um sie zu verwirklichen. Das schlechte Gewissen quälte ihn, als er die Abschiedsbriefe an Hannes und Verena schrieb. Ihm war klar, dass er alte Wunden aufreißen würde. Nicht so sehr bei Hannes. Aber Verena würde leiden, und das wollte er nicht. Ihr hatte er längst verziehen.

Es gelang ihm, die Angst zu verdrängen und das mulmige Gefühl hinunterzuschlucken. Er zog es durch. Legte mitten in der Nacht seine Kleider und Schuhe am Strand ab und ging ins Wasser. Nackt und frierend ist er im Uferbereich halb geschwommen, halb gelaufen, bis er weit außerhalb des Badestrandes wieder Land betrat und sein Versteck im Kiefernwald aufsuchte. Hier, im dichten Unterholz, warteten ein Handtuch, Frauenkleider, ein Fahrrad und ein falscher

Pass auf ihn. Es war ein seltsames Gefühl, den gepolsterten Büstenhalter anzulegen, in ein geblümtes Sommerkleid zu schlüpfen und sich eine Perücke überzustülpen. Er hat das seltsame Gefühl überwunden, hat es mit Herbert Tobisch zu Grabe getragen und sich in Hemma Thom verwandelt, eine reiselustige, frankophile deutsche Rentnerin. Langsam ist er in die Rolle hineingewachsen. Als Hemma Thom ist er nach Wien gefahren und hat seine langwierigen Vorbereitungen getroffen. Als Hemma Thom hat er der Gerechtigkeit die Hand gereicht und ihr aus dem Morast herausgeholfen, in den sie vor fünfzehn Jahren gestürzt war.

Heute plagt ihn sein Gewissen nicht und auch die Angst ist verschwunden. Er konzentriert sich auf die Kühle und Feuchtigkeit des Sandes und darauf, wie es sich anfühlt, wenn er seine nackten Zehen hineinbohrt, bis Sand in Wurstform durch die Zehenzwischenräume gepresst wird. Eine Kindheitserinnerung, eine von den schönen.

Der Wind scheint eingeschlafen zu sein, aber er pausiert nur, als wolle er Atem holen vor dem Sturm. Und in dieses Atemholen hinein denkt er, dass er bereit ist. Nur noch ein, zwei Minuten. Er sammelt sich, lauscht dem Rauschen der heranrollenden Wellen. Mit einem Gurgeln ziehen sich die Wassermassen zurück, um sich aufzutürmen, dann wogen sie heran, unaufhaltsam, gewaltig, und schlagen mit einem Klatschen auf dem Sandstrand auf. Ja, es ist eindeutig ein Klatschen!

Er kann sich ein Lächeln nicht verkneifen und verbeugt sich leicht zum Wasser hin. Irgendetwas muss er doch richtig gemacht haben, wenn ihm am Schluss sogar Applaus gespendet wird?

Der Moment des Innehaltens ist vorüber. Der Wind nimmt Anlauf. Er verwirbelt sein Haar, rennt gegen seinen Rücken an und fährt – wie um ihn anzuspornen – in seine Kniekehlen.

Da läuft er los. Läuft in die Wellen hinein, die an seinen nackten Zehen lecken und ihre kalten Zungen um seine Knöchel schlingen, als wollten sie sichergehen, ihn nicht wieder zu verlieren.

Schon wird ihm der Boden unter den Füßen weggezogen. Er beginnt zu schwimmen. Obwohl ihn die Schussverletzung behindert, schwimmt er schnell und mit kräftigen Armbewegungen. Den Schmerz in der Schulter spürt er nicht, vielleicht, weil die Kälte ihn betäubt.

Sein Plan ist einfach. So weit wie möglich hinausschwimmen. So lange schwimmen, bis ihn eine der tückischen Strömungen erfasst, für die die französische Atlantikküste bekannt ist, und aufs offene Meer hinausträgt. Oder bis er vor Erschöpfung die Besinnung verliert.

Der ablandige Wind ist sein Verbündeter. Er wird verhindern, dass sein lebloser Körper an den Strand gespült wird. Das ablaufende Wasser der Ebbe wird ihn noch weiter hinaustragen, die ganze restliche Nacht hindurch. Erst in den frühen Morgenstunden wird der Wind drehen und sich zu einem heftigen Sturm auswachsen. Zwei bis drei Tage lang wird der Einfluss des Tiefdruckgebiets anhalten, so haben es die Meteorologen prophezeit. Die Windgeschwindigkeit wird zehn Beaufort erreichen und die Leute vom Strand fernhalten. Niemand wird ihn suchen. Womöglich wird seine Leiche nie gefunden werden.

Er schwimmt. Er friert. Und er sehnt sich nach dem Ende, das so nah ist. Nur noch wenige Atemzüge, und er wird fertig sein mit dieser Welt, die schon seit fünfzehn Jahren mit ihm fertig ist. Er macht sich auf, den Aggregatzustand Leben zu verlassen. Der Übergang wird schmerzhaft sein wie eine Geburt. Aber der Gedanke, dass sich in jedem Ende ein Anfang verbirgt wie in jedem Anfang ein Ende, ist tröstlich. In seiner bizarren Symmetrie liegt dieselbe mystische Schönheit verborgen wie in einem Möbiusband.

Er starrt auf die verschwimmende Linie, auf der sich das Indigo des Himmels mit dem Ultramarin des Meeres zu einer dunkelblauen Unendlichkeit vereinigt. Einer Unendlichkeit, die seiner Vorstellung von Gott nahekommt, Gott, dem Allmächtigen, der überall ist und doch so fern. Wie schön er ist, dieser abstrakte Gott, dem wir so wenig gleichen, obwohl er uns angeblich nach seinem Ebenbild geschaffen hat. Sein Dunkelblau ist erhaben und von klirrender Herrlichkeit.

Er schluckt Wasser, hustet, spuckt. Die Kälte dringt durch alle Poren und breitet sich in seinem Körper aus, von den Zehenspitzen bis unter die Haarwurzeln. Bis sie ihn ganz erfüllt und müde macht. So müde. Die Schwimmbewegungen werden langsamer. Kommen zum Erliegen.

Das Wasser ist überall. Es dringt in Ohren, Nase, Mund. Es schlägt über ihm zusammen. Es zieht an ihm, zieht ihn hinunter, in den lichtlosen Schlund des Todes.

Er wehrt sich nicht.

Die letzten Funken Leben in seinem Körper zetteln eine Meuterei an, sie wollen ihn nach oben jagen.

Er widersetzt sich der Meuterei.

Der Drang nach Luft brennt wie Feuer in seiner Brust. Er muss atmen.

Er atmet.

Begrüßt das Wasser, das in seine Lungen dringt, begrüßt den Schwindel und die nahende Bewusstlosigkeit. Nimmt nichts mit auf seine Reise in den lichtlosen Schlund, nur die Farbe Dunkelblau und den Gedanken an ein Möbiusband ...

Herzlichen Dank an:

- Tatjana Kruse fürs Einfädeln
- Beate Riess, Literaturagentin, fürs Ankurbeln
- alle Mitarbeiter des Haymon Verlags, ganz besonders an Christina Kindl und Georg Hasibeder, für ihre Professionalität, Geduld und Empathie
- Eva, Pia, Cornelia, Irmgard, Monika, Peter, Franz, Wiltrud, Edna, Karin, Günther, Arno, Susanne und Emma für anregende Gespräche und unerschrockene Freundschaft
- den HANS